国家出版基金项目
NATIONAL PUBLICATION FOUNDATION

1945—1949年

东北解放区文学大系

本卷主编◎金 钢

短篇小说卷④

总主编◎丛 坤

黑龙江大学出版社

《1945—1949 年东北解放区文学大系》

短篇小说卷④

金汤

周洁夫

郑伟皋

◇范　政

查　夜

初十的月亮，像一片黄瓤的西瓜。

从未被犁碰过的岭坡底草原好像今晚的天空，草原上盛开的黄花和大马莲花正如繁星一般地闪着光；花丛中弯曲的小道上走着七个荷枪的人：刘主任、门队长和他的五个基干队员。

跨过铁道，大家都不约而同地把枪捏在手里，向来好取乐的陈富贵说："叫我想起去年上山打鹰子了。"穿过一块苞米地，前面隐现出一个村庄的轮廓。

伏在围墙根上，刘主任用气声说："门队长带四个人去摸岗哨，陈富贵跟我去找他们主任，去吧！"

先是几个狗惊叫起来，慢慢地全村的狗都像负了伤一样狂嚎着，哪怕在十几里路以外都能听到。可是这村子好像并没有谁被惊醒；他们太累了。

一直摸到×主任的院子里，高丽种的犍牛在吃草，新拉出的粪饼冒着热气；屋里传出合唱般的高低的鼻鼾声和一股大酱小葱的气息。刘主任心里有点儿不是味儿了——他不忍心弄醒人家的好梦，——因为他自己是庄稼人，知道这睡眠是怎样一种甜蜜的滋味。

陈富贵小孩子似的恳求说："刘主任，让我放一枪吓吓他们。"刘主任说："别扯淡了，快叫门！"

陈富贵把房子弄得忽闪忽闪直摇，里边还没醒，他又说："报告

1

主任，确实都睡死过去了，我看把这大牛牵走，明天叫他到咱屯子去领，问咱咱就说是截了胡子的！"

"你这小伙子怎么这么屁呢？耽误了人家蹚地怎么办？"刘主任说着自己去敲门，里边才答应了一声，陈富贵故意把枪机扳得乱响，大声地叫着："快！快出来！"他这一弄果然有效，里边颤抖抖的声音："先生，别急别急。"门开了，×主任提着裤子出来说："吓！我当是谁——"陈富贵连忙接着："你当是来'扎孤丁'的吧？"大家都笑了，不过×主任笑得很不自然。

刘主任是个正经人依旧问：

"你们屯子有摊更放哨的吗？"

"有啊……你没碰到吗？"他这才明白刘主任来干什么。

"几个人？"

"两个……噢，有一个出门了，还剩一个。"

"岗位在哪里？"

"在……我们到现在也没弄个会房，真是……"

"你领我去找找站岗的好不好？"刘主任正要走，门队长他们带着一个扛锄头的大汉来了，门队长说：

"我们在各个街头上都没找到站岗的，后来跑到街心，这老伙计才拖个锄头从屋里跑出来。"那个"老伙计"光着个膀子只是傻笑。

"你是站岗的吗？"刘主任问。

"嗯哪。"他眯缝着眼睛，顺手一巴掌打死一个正在叮他的蚊子。

"我们进来的时候，你在哪里？"

"在家里……睡着了……嘿嘿。"

"扛个锄头干吗？"

"我拿错了，当是扎枪呢……"

"哈哈哈……"大家都觉得这位"老伙计"挺朴实有趣，这一笑可惹恼了×主任，因为他一个月前还在县里说要争取模范村的，他

2

简直寻不出解恨的话来骂这大汉，只是说："你是干什么的？村子要是挨胡子抢了你担得起吗？亏得人家还给你代锄呢！"什么都明白了，原来他们是专门雇了两个人站岗。刘主任说：

"×主任，这也不能全怪他，你们这个法子就是没有研究，叫一个人站一夜，就是牲口也得打盹儿呀！上次咱们开四村联防会不是都参考了吗？全屯子组织几个小组轮流，你怎么还用这个老法子呢？"

"这……我想挂了锄再组织……"×主任低了头。

"要是胡子就在你挂锄以前来怎么办呢？人家把你这个大主任架走了，村子人也不知道吧？"陈富贵好容易才插上嘴。

"别以为现在什么都太平啦，前几天柞木台子还丢了几个牲口呢……"门队长说过，大家又七嘴八舌地说了一些。

"刘主任，门队长，你们众位都在这里，这回我错了，下回，明天，不，就是今晚上，你们再来查，保管你查不漏，我，我这可不是吹空气！"×主任这样一表白，刘主任就很和气地说道：

"这不是俺们故意跟你为难，咱们不是一个联防吗？你们要有个什么万一我们也不过意呀！有空也请你们到北安屯去查岗，明天见。"×主任一直送他们到围门口，就去招呼基干队长了。

月亮渐渐地变成火红色向西山隐去，风吹得苞米摇曳着，八个人的鞋都被新露淋湿了……

"站住！什么人？"这声音惊跑了他们的疲倦，原来回到了自己屯子了，刘主任高兴地检查了各岗哨之后说："门队长，明天给放哨的人开个会，给他们讲讲刚才的事情……"

七月三日于北安屯

摘自《东北日报》，1947 年 7 月 15 日

◇林　蓝

高三柱娶媳妇

掌灯时分，农会主任老关到高三柱家里来串门。老关一进门，就看见炕上堆着的东西——贴门对的红纸，做长袍的青布料子，红蜡烛，靠炕沿边竖着一张新席。这些东西给高三柱的破房子漆了光彩，灯光闪闪烁烁，也好像特别光亮。老关张口问：

"你们这就准备过年了呀？"

"呃，呃，可真是，"坐在炕里的老高婆笑得合不拢嘴，"正要求雨，云就刮来了。"

老高婆忙拉老关上炕坐，一面叫三柱拿烟袋，一面把火盆直往老关面前推。老高婆露着她那满嘴牙都掉了的红红的牙龈，晃着光秃秃的头顶，急不待问地说：

"我正催你兄弟去找你，我说这事呀，可只有关大哥能帮忙。三柱那孩子，二十几的人啦，就羞得不能行，在这推推磨磨地叫我去……"

老关接过烟袋，凑火盆上吸烟，笑着说：

"倒是啥事呀？"

坐在背影里的三柱低下了头。老高婆往火盆跟前偎一偎，拨一下火盆里的灰，灰里隐隐地现出红火，老高婆左手托在右手上，就从头叙说起来。

"咱屯里分贾八爷的田产不几天，袁家屯我那个表妹老杨婆就扶根拐棍来啦。老杨婆这远近有名的月下老，到我家来，可没承想到也是为了保媒的事，你说，关大哥，像咱这号吃上顿没下顿的人家，谁舍得把闺女给咱来受罪呀？可真是穷人翻了身，分那两垧园子地呀，一下就传到袁家屯，袁家屯老徐家正要把闺女打发人家，看上咱三柱这孩子老实、正道，分了地，光景也过得上来了，就托我表妹来说合。你想，他关大哥，我这不真是满口应承都来不及吗？快入土的人啦，烧香祷告也想不到还有几天老来福，想不到呀……"

老关哈哈大笑起来：

"你这是财喜争进门！"

老关拍一下高三柱的肩膀，高三柱发愁地说：

"可难处在后头……"

"这事可叫人作难啦！"老高婆把话头接过来，"人家急着送闺女过门，订的日子就是后儿呀！要办事，只得卖分来的那匹小白马，你兄弟可就嘀咕起来，怕明年种不上地，我说我三十上你爹就去了世，剩下我这个寡妇，没一把米没一碗水的也到底还是把三个孩子拉扯大啦呀，家边上这块地还怕种不上？咱迈了头一步再走第二步，有了锅还愁没盖哩？直说了几夜晚，你兄弟今儿才上街卖了马买东西回来。女家的礼品钱款都托表妹送去啦，咱这边办事的准备可就难住了俺娘俩，后儿是喜日，就明儿一天啦！这真是——水开得咕噜咕噜响，等面条下锅啦，麦子还在地里没割，你说急不急死人呀？"

"不用愁，大婶子，"老关的通红的脸面光灿起来，"别说是三柱的事，三柱提着脑袋撵贾八，是有功的人呀！就是别人家的事，咱农民会上也一样得帮忙，我老关不能一边站着看……"

三柱转过身说：

"这事可只有靠关大哥啦。"

"可说哩，"老高婆充满希望的眼光望住老关，"家没主事的人呀。你看，猪还没卖，衣裳还没做，买酒也得个人手，大师傅，吹鼓班子，请客待客……咱虽是小人家，可也是难得难遇的喜事，总得像个样呀。"

"不愁，不愁，包在我身上。"

老关一袋烟又一袋烟地吸，一面在火盆沿上敲着烟灰，一面就和老高婆商量起来，没几袋烟工夫，就合计得圆圆全全了。临尾，老关烟袋一放，拿起布料子一面下炕一面说：

"我大媳妇那针线你知道，明儿贪黑，衣裳就送来。"

娘俩送出来，老高婆感激的话一遍又一遍地说，三柱把老关直送到家门口才回来，狗咬着，星星满天了。

第二天一大早，娘俩就打扫起房子，铺上了新炕席，贴上了红门对，破箱破柜也擦得亮亮堂堂，家里真是又一番景象了。吃过早起饭，捞忙的人都陆续来了，杀猪的杀猪，起灶的起灶，吹鼓手搭着棚子……到晌午，两口大锅底下就烧起熊熊的火，锅里头，肉汤蒸腾着馋人的香味，大师父刀手们系着油污的围裙出出进进，外屋案板上剁得当当响，吹鼓手响起了笛子喇叭，黄灿灿的太阳暖和得像春天一样……孩子们都跑到高家门前来了。

海旺家小妯娌俩，打扮得花枝招展，挨门挨户去请客，说是高三柱娶媳妇，穷人翻身办喜事啦，大家去喝上一杯，都喜欢喜欢。

贪黑前，老关送来了一坛子酒，还有高三柱的新大布衫。赶上灯，袁家屯老杨婆又打发人给老高婆送来了一身衣裳，不知是借谁家的早年镶黑云子边的蓝布大夹袄，还有一双绣花的小鞋，老高婆喜得直对送衣裳的人说："唉，唉，我老婆子啦，有件干净衣裳应应景就行啦……"

到晚上，事都齐备，娘俩乏困地躺到炕上，可觉得一心轻松，翻一个身又一个身，还是睡不着。满窗子月光照得屋里通亮，老高婆咳嗽一阵说：

"给你大哥二哥报了仇我也就心足啦，没想到还能添人进口，成上这个家!"

三柱翻过身说:

"工作团一来,我就看出共产党行的是又一路办法,跟先前那办事,大翻个啦!可说多少,你都不入耳,怕前怕后地,去撺贾八还拦我……这分了牲口分了地,你可知道人家共产党是真为穷百姓的吧?"

儿子不满的口气更引起老高婆的尊敬,她笑着说:

"年轻人眼睛亮嘛……可真是,要不是过来共产党,天还顶在贾八的头上呀,咱这个人家只差我一口气没咽……眼看就完啦。"

老高婆想起她那出劳工死在黑河的大财,想起为了几斗租,贾八爷又捆走了的二春。光复后,别家的人都跑回来了,她的二春却没音信……一年以来,哪天半夜睡醒她都要想起,想起就掉泪。今晚,老高婆心里可另是一番滋味,就像在丰收的季节想起了大旱的年月,那过去的悲苦被眼前的喜欢代替了。

天刚闪亮,星星还没落净,吹鼓手就吹奏起来,海笛声悠悠扬扬地传过了全村。吃过早起饭,远客近客都来到了。男客们请到了对屋老李家,女客们坐满了老高婆屋里的两铺南北炕。女人们有穿水绿的,有穿亮蓝的,还有穿酱红底子上起粉红花的。女人们手拿着绣花烟袋,端端地坐在炕上,海旺家两个媳妇来来去去地递茶水。大媳妇二十七八了,一件样子过时了的黑绒袍子衬得她的脸面分外白净,也衬得她的水灵灵的大眼睛分外光彩,长长的一对银耳坠子在腮边甩打着。二媳妇才十八九,穿着葱绿的裤子月蓝的袄,细眉细眼的脸面就像她头上戴的绫子花一样粉嫩。两个媳妇给客人们抓葵花子,不时地互相低声说一句什么,好像在品评谁的穿戴,彼此会意地笑笑。老高婆穿着那件镶云子边的大夹袄,这炕上坐坐,那炕坐坐,更是合不上嘴了。

大家说说笑笑地,葵花子壳丢满一地。阳光下窗户了,落炕了,可新娘子还不来,等着等着,人们有些困倦了。老高婆屋外跑了好几趟,她心里实在着急得厉害。门外棚子下,迎亲的调子一阵一阵吹,更吹得人心里发慌。

终于远远地传过来喇叭声,人们都拥到外边来,锅灶边上,板棚底下,到处都是人,院当中连放天地桌的地方都没有。乐声愈响愈近了,这边棚下的吹手们就嘹亮地应答着。老关推开人们放下铺红的天地桌,老高婆慌手慌脚地把吉星斗放在桌上,喜车已从大路上拐过来了。

披红的大车在门前一停住,人们就拥过去,孩子们挤挤嚷嚷地喊成一团。老关一面高喊着闪开道,一面把红毡子从天地桌前铺到了车边。身上挂红的新郎早站在天地桌前等了,海旺妯娌到车跟前去搀新媳妇。老高婆忙着招呼娘家的客,双颊鲜红的老杨婆连忙向老高婆道着喜。新媳妇高高的身量,穿着大红裤子大红袄,脚刚跨上红毡子,不知是谁忽地从后边揭去了蒙脸布,男人们就出窝的蜂一般叫嚷起来,喜豆子冰雹一般朝着新娘子身上打。海旺妯娌搀着新媳妇朝天地桌跟前走,女人们探着头,品评起新媳妇的容貌:

"瓜子脸……"

"长眉大眼的。"

"看眼红得……"

"听说上车时哭得厉害。"

"掉金豆嘛,不哭还不好哩。"

"你那会哩?"

"我是打从看日子就不吃饭呀!"

"喜得吃不下,是不是?"

"你这个贫嘴贱舌……"

女人们叽叽咯咯笑一阵,又议论起新媳妇的穿戴:

"那袄是直贡缎……"

"鞋上绣的是长叶兰……"

"早听说这姑娘手艺巧……"

"和三柱,可真是高树配好花。"

"是呀,像您那一对,就叫做西葫芦配南瓜。"

女人们推推打打地笑骂着,桌跟前早拜完天地,新人被簇拥到屋里去了。老吹手刘麻子,到天地桌前来唱喜歌,他半闭着眼,打一下钹,念一句:

"头戴乌纱压眉齐,身穿叶甲紫龙衣,中状元名扬天下,翰林院帽插功花……"

他咳嗽一声,正要再接着念,被自卫队上的小顺一把拉开,小顺夺过钹说:

"看你这旧脑筋,听我唱。"

刘麻子瞪小顺一眼,就看着小顺一面打钹一面唱起来:

"共产党来到关外,贾家屯变了天地,斗坏蛋清算旧账,撺贾八功劳最大……"

众人听着都称赞小顺的心机灵,说刘麻子可要换换脑筋,要不就落后了。

屋子里正在准备给新人吃交杯酒。孩子们堵塞住门口,大师傅冯四托着放了四个凉碟一壶酒的托盘在门外不得进来。娘家送闺女的客舒坦地坐在北炕上,半环着火盆,几根长烟袋一齐伸到红得喜人的炭火上。老杨婆的脸上虽挂满了长长的褶皱,而她的鲜红的双颊,她的溜溜转的黑亮的眼睛,还像当闺女时一样引人;从那微微凹进去的脱落了门牙的嘴里,常说出逗人喜笑的话来。

"让开路呀!"

冯四粗声粗气地在门外喊,孩子们睬也不睬,依旧挤头攒脑地争看着坐在炕沿上的新郎和新娘。老杨婆笑着从炕上欠起身,就对孩子们吵起来:

"你们这些小崽们忙什么?迟早都有这一天呀……"

孩子们被她说得都笑了,她摆着手又说:

"快,快出去,外边玩,学艺也还太早哩。"

南炕上的女客们也都笑了。孩子们退到门外,冯四进来,把酒和碟子放到炕桌上。老杨婆就指教着新夫妇怎么换杯。外边乐声又起,三柱端起酒杯的手直哆嗦,酒都洒到了外边。女的低着头接过酒来,一直没看三柱一眼。

吃完交杯酒又吃子孙饺,这以后,三柱到对屋招待男客,女的上炕梳头了。海旺两妯娌给新媳妇上头,打开了新媳妇又长又粗的辫子,在脑后盘上了蝴蝶髻,在擦了油的黑亮的发髻边上,插了两朵绒花,这两朵花真是精致,南炕的女客们齐声称赞了:

"真是,这花才称这头发……"

"和真的一个样呀!"

"真花也比不上这颜色……"

"颜色好就好在有浅有深……"

"红得均匀。"

新媳妇上了头,就坐在炕里,头直低到胸脯上。老高婆拿着炕桌子和冯四进来,指点着桌子如何摆,要坐席了。

南北炕都是桌子,在当中放了一排,人们就紧紧密密地坐在两边。海旺妯娌在南炕上倒酒,老高婆在北炕陪娘家客。凉碟子上来了,老高婆给客人们满上酒,拿起筷子连声地请大家吃菜。

客人们吃起来,老高婆子停在盘边上,思思虑虑地说:

"闺女到我家,可真委屈啦!"

新媳妇的姑姑,脸上有几颗小麻子点的女人,正在夹一片灌肠,忙放下筷子说:

"哪里话! 俺这闺女也粗手笨脚的,只能推磨做饭……"

"这就是大帮补啦!"老高婆又给客人添添酒,"这几年呀,我身板一天不如一天啦——烧火弯不下腰,端盆水就喘半天。三柱一出去卖功夫,家里杂七杂八这活……唉!"老高婆有点儿难过起来,"是真挺不过了。活够啦! 黑夜常寻思,阎王爷为啥就看不上我呀? 只忖着我早晚一合眼,三柱给人家扛上长活,这个家,不就像大风刮掉的老鸦窝一样?"泪光在老高婆的眼睛里一闪,"没承想苦路也有个头,八路军帮咱穷人分房子分地,三柱还能成上亲……这日月,我可要多活上几天啦!"

老高婆转悲为喜地说着,老杨婆举起酒杯一饮而尽,放下酒杯说：

"这叫做先吃黄连后吃糖呀！"

南炕上一个女客也扭头朝这边说：

"这以后，你老婆子可舒舒坦坦坐炕头上，等抱孙子吧！"

大家都笑了，老高婆从心底里笑出来，红晕浮上她的衰老的双颊，她一再地让大家吃酒：

"干一杯！干一杯！"

热菜一碗一碗端上，饭也来了。吃着饭，老杨婆说起袁家屯分地的事。她说袁贵堂要是不死呀，大家真得剥他的皮！现今孤孤寡寡的，众人也就原谅啦，只分他一百多垧地，浮产一点儿没动。脸上有麻子点的娘家客也说起了孙财屯斗争的事。说孙财克扣下那配给布呀，装满了几箱子，这回都给众人分了，各家各户都换上了棉衣裳，一色士林布，瓦蓝瓦蓝的，屯子里可比过年还喜欢。又说那天开大会，孙财跪着给大家直磕响头，磕得额盖上都碰破了皮，一面还自己打着嘴巴说："活该！活该！自作自受。"

大家都笑起来，老高婆夹一块炖得烂熟的肉，细细地嚼着说：

"看样子，共产党这一来，光景是有过头啦！"

"可真不假！"老杨婆放下了饭碗，"俺家有两头瞎马，这回分了三四垧地，明年不用种人家的啦。冬里勤拾点儿粪，春上多铲几遍，秋里的粮食可就足够吃啦；再种上几亩白菜，不卖几千块？油盐针线的都有啦。要是年成好，余富下，就先给我大小说媳妇……可真是，什么都好，就是差……只差老汉不在啦！"

大家笑得都放下了碗，老高婆对大家说：

"我这表妹呀，可真是老不害羞，三十上守寡守到如今啦，还是忘不了那个死老汉。"

南炕上也叽叽呱呱笑着，海旺家的小媳妇满脸通红地低着头，一面骂她那扬眉飞眼地向众人说着什么的嫂子。

老高婆想起了对屋的男客，就回腿下炕说：

"你们都吃，菜饭不好可要吃饱。表妹替我倒酒，我到对屋去看看。"

对屋里,正在八仙五魁地猜拳。老关的脸红得像关公,满脸的络腮胡都像要竖起来,他一面给几个农会委员倒酒,一面声音洪亮地说:

"日后要是遇上紧急关头,打胡子那一天,咱哥兄弟们可要拿出今儿喝酒这个劲儿呀!"

众人举起了酒杯,齐声说:

"对!有福共享,有难同当,咱谁也不许退后……"

三柱又给大家满上酒说:

"到那种时候,大家看吧,看我高三柱亏不亏农民会上待我这份心!"

老关放下酒杯,拍拍细皮白脸的得印,得印正在夹菜,放下筷子听老关说:

"得印,你手笔相应,以后就给咱农民会当书记。"老关又将脸向着三柱,"自卫队长这一角,俺几个委员早背地合计好了,非你不行,三柱!你那枪法远近都知道,人又实心。王祥那小子还是压力派,老百姓都对他有反映,过两天得开大会重选……咱能行风的行风,能行雨的行雨,只要大家抱定一颗心呀,咱屯里的事没个办不好的……"

"对!对!"大家连声跟着说。

农民会最老的一个委员张大叔,他摸着花白的胡子,酒珠从胡子上滴下来,他说:

"咱穷棒子掌印把,开天辟地头一回,要不把事办好呀,真对不起大会上拍咱们手巴掌的人,也对不起人家工作团对待穷人这份情义!"

三柱忙放下筷子说:

"大叔这话,可真说到我心里头啦。日后,不管自卫队长是谁干,遇事我不能站到后头……"

正在这时，老高婆进来了。她还没来得及给大家满酒，老关就拉她到炕沿上坐下来，一杯酒放面前啦。

"今儿是你老的大喜事，得敬一杯！"众人都说。

老高婆端起满满的酒杯，笑得酒顺着杯沿直往下流，她满心感激地、恳切地说：

"全靠大家，全靠大家……"

冯四进来，放桌上一碗肘子，大家停酒吃饭。

大家吃着，都说多少年没有这样痛快地喝酒啦，一个个都是红光满面的。

满屋子的酒肉香溢到门外边，棚子下，吹手们早吃完了饭，海笛声又悠悠扬扬地响起来。随着海笛的媚人的声音，随着晌午的暖和的风，酒肉香送到远远近近的洒满阳光的场院上。场院上，正忙着碾庄稼的人们，歇下鞭子抽袋烟的时候，就互相说着：

"是高三柱娶媳妇哩！"

一九四六年十二月十三日于佳木斯

选自《东北文艺》，1947 年第 2 卷第 1 期

红棉袄

　　自从工作团来到屯里,刘老三就像着了迷,天天除吃饭时回来绕一转,家里就再看不见他的影子。吃饭时,女人朝炕桌上放一碟子咸菜,刘老三呼噜呼噜一气吃几碗,丢下筷子就走。爬在炕头上的小坠子看见爹出门外了,便摇摇晃晃地朝桌子跟前走,向妈妈嚷着要吃饭,女人从灶灰里扒出烧熟的土豆,一面给孩子剥皮,一面就自言自语地埋怨起来:"你托生也不长眼,找着这号父母,饿不死也得冻死呀……"

　　女人吃着半温半凉的饭,心里又涌上来委屈。当闺女时,女人叫带弟,是袁家屯有名的头朵花。她漂亮,干净,爱打扮,一样的衣裳穿在她身上就显出两样的风致来。正月里唱大戏,台子底下的人都要往带弟家的车上看看。自从嫁到刘老三家里,谁都记不起她是从前的带弟了。她出嫁时陪送的月蓝大布衫和青棉袄,在大前年冬里,刘老三含着泪拿到街上卖,去还屯长孙八爷的租粮。那一年缺雨歉收,谷子长得像狗尾巴草,籽种都收不回来,可是,孙八爷的租子不能少交一粒,孙八爷脸一黑,望都不望刘老三一眼说:"你没想想也有穗子压断了梗的年月呀,我这两坰好坡地想种的可不是一家两家啦……"自从这以后,刘老三的女人就再没穿过一件囫囵衣裳,不梳头不洗脸是常事,挨打挨骂是常事,刘老三的脾气一年坏过一年。这以后,女人的脸上就再没有过笑容,整年整月苦丧得像寡妇,只愁着这穷日子过不到头——秋里出荷,连碗里的半碗米都给倒了去,喂上几口猪,喂上一窝鸡,支不上三天一趟两天一趟的化销;后两年,一年都吃不上半年粮,全仗着糠菜过,猪也喂不起

14

了。愁了吃又愁了穿，配给布都放在孙八爷家的箱子里柜子里，穷人家就连块洗脸手巾也捞不着。打下的粮都卖了也买不上一身衣，就只有布片片穿成布条条，到夜里，一家人盖一个麻包片睡。坠子上边，女人还生过一个小子，那是在腊月里，生下不几天，活活给冻死了。头年春，刚怀上坠子，劳工号就传到了刘老三，女人给八爷磕头磕得像捣蒜，八爷一脚踢她个脸朝天，刘老三还是叫人给绑走了。走到大门外，刘老三回过头来对女人说："争争气，日子还是得过呀！"这以后，女人挺着大肚子去担水，去推磨，眼泪掉在饭碗里。好容易挨到光复，刘老三死死活活总算跑回来了，女人心想以后可过几天消停日子吧，谁知道又起了胡子，胡子自称是中央军，旅部扎在八爷家里，八爷家针线不动，穷人的东西可抢个光，连坠子的屎布片子都拿走。八爷的化销又摊下来，胡子吸十个烟泡摊二十，胡子要五千八爷摊一万。"穷人就是这个苦命！"女人算认定了。

工作团来，胡子早没了影，真消停了，工作团白日开会晚上开会，屯子里可又吵起要告孙八爷的事。刘老三是最起劲儿的一个，天天到工作团住着的老范家去，女人又担上了心。前几天，八爷的少媳妇来，给坠子二百块钱，谈了半天家常，临走说八爷过去办事不能万万周全，对不过的地方请多包涵，都是家门前的人，不看人面也要看土面，再说，做事也得留后步呀，工作团不能在屯里住一辈子……二百块钱并没有把女人糊弄住，"留后步"这句话可说动了女人的心，引起女人的思虑来。这事女人没敢向刘老三提，刘老三那性子，要是知道了，一定会逼着她把钱再送回去，反而惹得不好看。

好几天，女人常左思右想地愁着，怕着。这天夜里，女人睡醒一觉了，刘老三才回来，往炕梢一倒，对女人说：

"明儿早点吃饭，要开大会。"

女人坐起来，冷冷地说：

"看打不掉马蜂窝反蜇自己的手！"

"女人家懂得个球！"

刘老三翻身睡了。

第二天早起，女人一睁眼，刘老三可又走了。女人看看屋角，借三婶子家的十来捆柴烧完了，又想起缸里也没了水，不由得心烦起来。外边是个大阴天，窗户上没一格囫囵纸了，风吹得噼里啪啦响，屋子里就像个冰窖。女人连连打着寒战："这天气怎么出得去门呀？"女人把麻包片给睡得正香甜的坠子盖严，一面拉着自己肩头上扯落下去的布片，正在这时，刘老三推门进来了。

刘老三满脸的心事，进门一看就发气：

"啥时光啦呀？还消消停停睡在炕上！"

"柴没柴，水没水，叫我咋做饭呀？"女人忽地坐起来。

"不会先掂对着借点烧？"

"今天借，明天借，眼看要变天了，人家打下柴可都是给你预备的？"

"妈那个屄，你就会强嘴硬牙！"

坠子醒了，懂事地看看爸爸又看看妈妈，一声没出。女人将坠子一把搂到怀里，两眼盯盯地瞅着地下。刘老三想起会场上贴标语的木板还没竖起来，又想起叫冯国栋找铜锣不知找到没，一心急着往外走，昨下晚没吃饭，肚里又饿得慌，刘老三可真上了火：

"昨黑没告诉你今儿要开会？"

"开会？……开会也顶不上吃，也顶不上穿！"

"你少放屁！"

刘老三顺手拿起门后的笤帚就往炕上摔，孩子哇的一声哭出来，笤帚碰到炕沿又掉到地下，地上的几只小鸡扑棱棱地飞一炕，堆在炕梢的苞米穗子就哗啦啦地往下滚，刘老三啪的一声关门走了，屋子里尘土漫天，伴着孩子的哭声，女人的哭声更高起来。

女人一面哭，一面数落：

"我前辈子作的什么孽呵……摊着这号男人……这日子可怎么过……"

女人伤心地哭着，直到隔壁三婶子过来，才劝住了。

当三婶子劝着刘老三女人的时候，外边锣声响遍了全屯，冯国栋的刺耳的声音到处喊：

"开会啦！开算账大会，在老徐家的场院上，各家都得到呀……"

这天晚上，刘老三回来吃饭时特别痛快，苞米碴子粥一碗又一碗地盛，他好像忘了早晨吵架的事，津津有味地对女人说：

"今儿这大会呀，咱穷棒子可真是大么！孙老八恨不得给众人跪下来——从前给他磕头他还不抬眼呀！今儿怎么样？哼！你一拳我一脚，王凤林把那老粗的棍子都打断了，打得他袄里的棉花到处飞。什么账都认赔啦，这真叫王八万万年也有到头的一天，天下的风水转啦，共产党把日头带到咱穷人门上来了呀……"

女人还生着气，心想不理他，可又忍不住：

"别一时痛快吧，以后的日子还长远。"

"以后？"刘老三望着女人微微红肿的眼睛，"以后屯里还要成立自卫队，怕他啥？张同志的话啦，咱穷人一人一口吐沫也把他淹死啦！别说还拿上枪杆子；怕就怕的是咱穷人心不齐……各人只顾自己。"

"就你好，不顾自己，再过几天，连这碗粥也吃不上啦！"

见女人又唠叨起来，刘老三早走出门外了，晚上还有会开。第二天吃过早起饭，女人抱着坠子到三婶子家去串门，一进院就听见冯国栋的声音在屋里吵塌了天。

冯国栋一只腿跷到炕沿上，正舞舞扎扎讲说昨天的大会，见刘老三女人进来，连忙转过身，鞠躬哈腰，满脸带笑地说："啊呀！是三嫂呀，恭贺三哥当上了会长，日后荣华富贵可别忘了小弟呀……"

女人上炕坐下，半懂半不懂地顺口说：

"你三哥参加上八路军啦，连三嫂都不顾啦？还顾你？……"

"老三当上什么啦？"坐炕头撕着旧棉花的三婶子抬起眼睛问。

"当什么？"冯国栋的不满的眼色朝三婶子一扫，连在炕沿上搓麻绳的三叔也捎带上,"当农民会的会长呀!我说你们这些人,可真是蜗牛怕出壳,开会的时候,我打着锣,嗓子都喊哑啦,你们咋都不去哩?"

三叔朝掌心上吐一口吐沫,正搓得起劲儿,这也住了手,翘动着几撮小胡须问:"是再先那兴农会?"

"真是旧脑瓜,"冯国栋也在炕沿坐下来,"兴农会是'满洲国'的合作社,咱这是农民会,张同志的话啦,就是穷棒子会。"

三婶子一点一点撕着那发黑了的棉花,一字一语地说:"老三那孩子言不出语不进的,写不上算不上,工作团咋派上他这个老实疙疸?"

"旧脑瓜,旧脑瓜,"冯国栋又连连说,"共产党办事讲民主,凡事都要大家说了算,可不像从前那上指下派呀。"

女人把坠子放到火盆边上去玩,一面说:

"俺房无一间地无一垄,你三哥要是再长啦短啦的,一家喝西北风啦!"

冯国栋笑着,点着头,意味深长地说:

"三哥净说人家这个脑筋不开,那个脑筋不开,可他咋不给三嫂开开脑筋?现今屯里这事呀,就得叫咱穷人来办,翻身翻身,就是咱穷人当家做主!穷人都不出头,那只有再请孙八爷出来啦,孙八爷掌上了印,还有咱穷人的日月?人家工作团给咱可想到家啦,你看农民会上几个委员,海旺、得贵、刘财,哪一个不是穷小子?你给众人办事,众人还能亏了你?将来自有办法。"

"你这话可也说得对。"三叔说。

冯国栋望望三叔,话说得更顺溜了:

"张同志的话啦,咱就单要挑那老实庄稼人,花舌子说得好听不当用,咱就要挑那心眼实、办事公的人才行。"

"要说心眼实、办事公,咱老三可数头一个。"三婶子说。

"这就对啦么!比方说明儿要分东西,心要不公,像先前'满洲国'那旧派头,像孙八爷办事,有利净往自己腰里揣,那还行?"

"分东西？"女人和三婶子一起问。

"房子，地，全要分，七条大黄牛，四匹马，满囤的粮食，成箱的衣裳……"

"要均孙八家的产，是不是？"三叔腿一松，麻绳掉了下来。

冯国栋又站起来，话未出口，嘴角已溅起了唾沫：

"这叫破家还债。这些年，配给咸盐豆油，配给洋火布匹，咱谁家他没克扣着呀？二尺六宽的士林布，咱穷人家谁穿过一尺？春上去他家买粮，行价五十他六十，秋里给他家铲地行价四十他三十，担个水啦，打个柴啦，抹房泥炕啦，哪一个年轻小伙儿没给他干过孝敬活？这些小账都不算，像张麻子正害病要人的劳工，不去就得到八爷那里送上三千五千；像硬逼着李秃子把眼看要下崽的老母猪送官猪，到街上杀开一看，小猪崽六七个，毛都长得黑汪汪的啦，人家打了李秃子一顿耳光叫重送；像老佟头好容易就路边上间破房框搭啦个顶，他说是挡了路，一句话就得往下拆；像高林种他两垧园子地硬要往回收，眼看辣椒开花，茄子都接上啦，气得高林含着泪都拔个净！像吴寡妇一垧多地白给他霸占去，像冯财两垧地出四垧荷，像李得印十年前借他一石粮，滚利滚到儿子这一辈，还没还完，要不是共产党来领咱穷人倒算账，我的天，就是到他的孙子长大也还是还不完呀！"

冯国栋一口气说到这里歇下来，屋子里的人都听愣了。

三叔早不搓麻绳了，他悟到真理似的说：

"这真是老天爷有眼，看穷人实在过不下去了，派来个共产党打富济贫。"

"可说哩，"女人也记起自家的事情来了，"那是'康德几年'呀？地旱得像火烤，八爷逼着要租，把我的新月蓝大布衫，青棉裤都给卖了，我过门那时候……"

女人还想说她出嫁时，刘老三准备给她做红衣裳的钱也被八爷拿走的事，三婶子可把话抢了过去：

"孙八爷这人家呀，霸天霸地，分他是真不亏。"

"不亏吧？会长的话啦，"冯国栋望女人一眼，"会长的话啦，要是叫他一宗一宗算呀，他那些房子地还不够还。"

女人叫看得有些不好意思，可又觉得自己忽然好像有了什么光彩似的。坠子早拍炕闹着要回去，她拉过来抱在怀里，忽然扬起声调笑着说：

"可说哩，冯国栋，成天只见你跑得欢，你当的是什么长呀？"

"我么，"冯国栋竟有点怯口起来，"农民会上看我腿长，就派上我个通信员……"

"同兴源？"三叔问。

"同兴源不是镇上的大烧锅吗？"女人说。

"那过年可给我打上二斤酒呀！"三婶子笑起来。

冯国栋自己也忍不住了，他回头就往外走，一面说：

"你们这些娘儿们呀，真会作弄人……"

三叔扶着门，探出头去：

"办公事可要认真，年轻人那冒冒失失的脾性得慢慢改。"

冯国栋早跑得不见影了。女人看看窗户上已落了阳，也抱着坠子回家做饭去了。

晚上，女人本想问问刘老三关于分东西的事，可是刘老三那股劲头，好像就没把女人看到眼里，女人也就赌气不提了。

第二天可真是一个好天气，黄灿灿的太阳暖和得使人心都畅快起来。吃过早饭，女人把坠子哄睡，正想趁好天去推磨，忽然刘老三回来，拿着一件红衣裳往炕上一扔。

女人的眼都叫耀花了，是一件崭新的大红袄。

"哪来的呀？"女人问。

"分的么……"

男人说着就往外走，别的委员在村口等着他去量地。

女人拿起棉袄，仔仔细细地看起来。这是红斜纹，又像是直贡呢。这针线做得讲究，黑扣门盘的花，下摆、袖口、领上，还滚着一道黑边儿，边儿是压得这样直，这样圆。女人把棉袄铺在炕上，用手比了又比,量了又量,然后往身上穿,刚伸进一个袖子,又连忙脱下来,把身上已成了破片片的脏褂子脱下,才又把新衣裳穿起来,扣上扣子,下摆可胯齐,刚合身。

新棉袄暖腾腾的,直觉得全身发热,女人呆呆地站着,好像一屋子都红了。

女人想起了什么似的,忽然把锅里添上水,在灶底点起火,然后,放一个凳子到板架上取下那已被烟熏黑了的落满尘土的梳头匣。女人小心地吹去土,打开来,取出一面缺了角的镜子摆在窗前,从锅里舀出热水,就梳洗起来。

女人把鬓前的蓬发梳过来梳过去,最后还是自中间斜着分开,然后梳向耳后。

女人又在匣里扒来扒去,找不到修眉的镊子,又看看镜子,她那双长长的微弯的眉毛还是像从前一样浓黑、整齐,用不着描,也用不着修。是因为洗净了脸呢?还是由于红棉袄的衬映呢?镜里的脸面是这样白皙、柔嫩……

女人对镜子发着呆,她想起当闺女的时候,曾怎样盼望过穿这样一件红衣裳呵……清明那一天,孙八爷家的麻脸姑娘穿红袄从柳树障子跟前过,柳树条刚发绿,红袄红得像五月的石榴花,长辫子直拖到袄边上,那后影曾引起她多少羡慕,她回家就和娘嘀咕,娘一面烧火一面就骂起来:"你这死妮子要上天啦!没露肉还不知足,要穿红等拜天地那阵吧……"娘的话没说错,到和刘老三拜天地那阵才穿了红,那衣裳还是借的,就穿了那一阵。刘老三本准备下了给新媳妇做红衣裳的钱,可真是她的命苦,钱没到手三天,就给八爷知道了,打发少掌柜的来:"呵,刘老三,娶媳妇请不请我的客呵!要办喜事啦,咱这笔四五年的老账可得非清不可……"刘老三赌气把五百块钱全给了他,以后还是又借钱办的事。这是女人嫁到刘老三家里来的第一件委屈事,为这,刘老三也在心里对女人暗暗抱愧,也许就是这个缘故吧,这回分东西,刘老三特意要一件红棉袄回来。

女人正对镜子发着愣,外边,冯国栋敲锣高声喊:

"今晚要吃翻身席了呵,各家都到老冯家院里领猪肉领白面……"

女人刚关起梳头匣,冯国栋可跑进来了:

"啊呀!这是哪来的新媳妇呀?"

坠子叫吵醒了,哭起来。冯国栋歪着头把女人看了又看:

"这件红棉袄呀,咱屯里也只趁三嫂穿……怪不得三哥连一丈七八的黑土布都不要,一眼就看上了这件红棉袄。"

"你别在这里贫嘴贫舌!"女人骂着,哄着孩子。

"今晚上,你捏饺子擀面条、谢三哥的情吧。"

冯国栋提着他的锣一溜烟跑走了。

女人把坠子放到炕梢苞米堆那里去玩,自己拿一个盆到东头老徐家去了。

刚过井台,远远地就看见给孙家揽羊的老袁头一手提块肉,一手提一布袋面走过来了。老袁头走一步把肉提到眼前看一下,冷不防和女人走了个迎碰头。

老袁头抬起头,满脸笑开的皱纹怔住啦。他翘着山羊胡,把女人端详又端详,然后拉长着他那细嗓子说:

"噢……是你,是带弟……这红棉袄一穿,可赛过当闺女时候啦!"

女人猛地有点腆,忙把话岔开:

"老袁头,方才你一步一看,是不是数这块肉上有几根骨头呀?"

"呃,"老袁头认真地对女人说起来,"我说王六那小子呀,就没把我老汉看到眼里,非分砍这块肋条给我不可,秤还打得平平的,高点儿都要往下去,"老袁头忽然放低了声音,"你到那儿等一阵,等砍后腿再去分……"

女人听得直笑,忽然看见前边地上一溜白:"面洒啦呀!"

老袁头回身一看,连忙把面袋往怀里抱,两条腿撅搭撅搭地往家跑了。

老徐家的院子里吵吵嚷嚷挤满了人，屋门口洒了一片白，领面的人出出进进，屋子里闹成一团。院子里，新开膛的两扇猪挂在杆架上，挂在杆头上的肝花还冒着热气。王六闪着明晃晃的刀，吓唬着围住他的孩子们。女人们靠着墙站着，拉着家常。

"可真是一叫就到，开起会来，咋三遍五遍地请，还到不齐呀？"

王六气喘吁吁地说，他穿着一件小短褂，袖子高高卷起，他用油污的围裙擦一下红得发光的脸。孩子们还是朝他跟前挤：

"我来得最早，我来得最早！"

"你？我来的时候院子里还没人。"

"猪一叫我就来了呀。"

王六割下一条二花肉放秤里称，孩子们又嚷起来：

"我家三口。"

"俺是两大人三小孩。"

"我们带小牛倌是七口，牛倌在我们家吃饭。"

墙根前的女人们忽然拥向门口那里去，原来刘老三的女人进来了。

女人们把刘老三女人团团围住。

"是你呀，坠子妈！"三婶子眼眯缝着，带笑说。

"可真不认识了。"老佟的媳妇说。

"年轻十岁呀！"老冯家的媳妇跟着说。

三婶子感叹地对老吴婆说起来：

"'满洲国'呀，那年月都把人给糟蹋得不像人了……俺老三家当闺女时候，袁家屯的带弟，谁不知道？"

"可不是！花要浇水，人要顺心呀，"老吴婆摇点着她那一头白头发，"这以后可好啦，年轻人有的是好日月啦。"

老佟家的媳妇和老冯家的媳妇扯起棉袄的下摆，仔仔细细地端详起来：

"可真是石榴红。"

"这号红穿三年也落不了色。"

"是直贡呢?"

"斜纹。"

"这黑边儿滚得可可一韭菜叶。"

"这扣子盘的都是尖头桃。"

靠远站的两个带辫子闺女也低声说着:

"看那眉。"

"看那眼。"

"配个刘老三,可真是好花插在……"

"男人不看长相呀,刘老三那人心可好啦,听说现在是农民会长哩。"

刘老三女人起初被大家看得抬不起头,过一阵也就自自然然地和大家一起说笑了。女人们谈说起谁家分的黑布,谁家分的蓝布,谁家分的新大布衫,谁家分早年的宽袖子马褂和马蹄袖的袄。刘老三女人想起刘老三身上还没一件棉,看看自己身上的红棉袄,心头上忽然涌起一阵酸。

领肉的孩子们都到屋里去了。王六放下刀朝这边喊:

"姑奶奶们都不要肉了呀?"

女人们才说说笑笑地散开来,往肉架这边走,王六这才看见了刘老三女人。

"啊呀!是会长家里呀……这件红棉袄配上你这个人,可真顶上一台戏啦。"

刘老三女人脸上热辣辣的,头可又高高抬着,觉得自己有点什么光彩似的。女人们领了肉又去领面。老吴婆从屋里出来,一面哆哆嗦嗦地捧着她那个面盆,一面自言自语地说:

"有罪呀!可也不是石灰,满地洒……"

坠子妈把肉放在面盆里,靠腰端着,最后走出老徐家的大门。

后来的男人们等在老徐家门外的场院上。场边上,两株老垂柳还没落净叶,树条儿微微地摆,金子般的阳光晒在高高的柴草垛上,人们解开扣,在场上谈论着明天分地的事。刘老三女人一出门,就碰上了这群人的眼,刘老三女人头也不扭地连忙走过去,人们看着她的后影可就谈说起来:

"这是谁家的新媳妇呀?"

坐在石碾子上的张大爷把手放在额上瞭看着问。

张麻子站起来,探身子朝西看着说:

"不是新媳妇,是刘老三的旧媳妇。"

"是刘老三的媳妇?"刘柱子睁圆了眼。

"刘老三那媳妇蓬头垢面的,能是她?"杨老大跟着说。

袁家屯搬这屯来的袁发把手一摆,大家都看着他了。

"听我说呀,"袁发故意把话放慢,"刘老三那女人是袁家屯李天祥的闺女,小名叫带弟。"

张大爷抢过话去:

"是老李家的闺女呀,李天祥是俺老三丈人家的外甥……李天祥的几个闺女我可都见过,那真是一棵桃一棵柳的……"

袁发白眼看着张大爷,不满地说:

"老李家那几个闺女,带弟可数头一朵呀!"

张麻子早不听他们的争吵,对杨老大感叹起来:

"看人家那媳妇! 我那媳妇老母猪一样,也算媳妇……"

刘柱子一下跳多高,指着张麻子对大家说:

"听呀,张麻子还看不上他媳妇哩,快去对镜子照照,看你那麻子点比铜钱还大呀!"

大家哄笑了,杨老大伸个懒腰,慢慢地站起来。

"唉……"杨老大长声叹口气,"我说张麻子,"杨老大故意把声音放大,叫大家都听见,"我打半辈子光棍啦,你要嫌弃你那媳妇呀,明儿我去找个媒人,后走给我行不行?"

大家笑得前仰后合了,王六在门口探出头来,粗嗓子可劲儿地往这边喊:

"你们这些人是过正月十五啦? 说说笑笑真消闲! 可我在这儿

等着伺候你们,早起饭还没吃呀!"

人们也不理王六,就都往老徐家的院里走。

刘老三女人一到家就切肉,剁好了馅,就和面,刚擀好皮包饺子的时候,三叔牵了个大黑骡在门外喊她。她出来,三叔说他们两家分了这头骡,是卖还是喂,叫她下晚和刘老三合计合计,三叔把牲口先牵他家经管去了。刘老三女人看着那骡子黑亮得像缎子一样的毛,胖得圆乎乎的后臀,简直合不上嘴,心里想:"到底是财主家的牲口,净吃粮。"

到黄昏,饺子包好了,锅里的水也早烧开,只等着刘老三回来就下锅。女人一身轻松地坐在炕沿上和坠子玩,一面心里想:"这回工作团来,不料男人撞对啦,看屯里人都乐呵呵的样子,大半孙家是反不了鞭啦……"女人又想,"共产党办事真是和先前反了个过儿,以后,穷人这苦命大半要变了……"

星星满天的时候刘老三才量地回来。

刘老三一进门,屋子里灯点得亮堂堂的,坠子可在炕上张着两只小手叽里咕噜地喊爹了。炕上早摆好桌子,桌上放着一碟子凉肉片和一碟子酱,还放着剥好的蒜瓣和嫩黄的白菜心。

"你为啥不请工作团的同志到家吃顿饺子呀?人家辛辛苦苦……"女人说。

"晌午叫冯国栋送几斤肉去,说掉了舌头人家还不收……"

刘老三说着盘脚坐在炕上,女人拿来一壶温热的酒,笑着说:

"这军队,可真是,祖祖辈辈也没见过。"

"要不就能打走日本人啦?张同志的话啦,共产党是为老百姓,靠老百姓的……"

刘老三先喝一口酒,夹一片肉放进嘴里,肉切得菲薄,凉酥酥的,原来自己女人还有这一把好手艺。刘老三回过头来,女人正揭锅下饺子,水气从锅里扑出来,模糊了女人的身影,被灯光映照得一片红。

女人把饺子一碗一碗端上来,又笑着对刘老三说:

"你尝尝咸淡……"

刘老三夹起饺子咬一口，是猪肉萝卜馅，油直往外淌，可真鲜！刘老三好像这辈子头一回吃饺子。

坠子双手往碗里抓，又烫得叫着缩回来。女人夹两个放桌上给她凉着，自己坐炕沿也端一碗吃起来。

刘老三一杯又一杯地喝，话就像下坡的水一样顺畅地往下流：

"哪辈子也没想到有这一天呵，穷人可出头了！从前那日子，就是夜晚做梦都是苦的，现在可真像吃了满嘴白砂糖……明儿把地分完，后儿就成立自卫队，张同志答应发给十杆枪，咱各家还要聚钱买洋炮①，年轻力壮的小伙子咱穷人有的是，工作团走了，看他孙八爷敢动弹？就是把他那胡子祖宗——中央军的旅长搬来，也得痛快举起手，给咱缴枪！……"

"看饺子凉了，快吃吧。"

女人把碗推到他面前，又腼腆地说：

"明儿分地，咱不能分点近地？村后头孙家那园子足有两三垧……"

"女人家就知道护己！"刘老三的声音里却没有一点儿责备的意思，"咱穷棒子办事可要给他们看看，不能有利就往自己身上拦呀。"

女人下炕去烧火，刘老三端起碗又说：

"赶后儿把事办完，我就去南甸子割柴火……"

女人说：

"还是先把孙家赔的粮食扛回来，上镇去买布，好给你做上棉衣裳……"

坠子扶着桌沿，这碗抓抓那碗抓抓，刘老三下了炕。

豆秸在灶底噼啪噼啪响，火焰从灶门伸出来，映红着女人的衣裳，映红着女人的脸。女人的脸是这样白净，在端正的高高的鼻梁

---

① 洋炮即土炮。

上,在长长的乌黑的眉毛下,一双水灵灵的眼睛是这样动人……

刘老三夺过女人手里的柴火说:

"你吃去,我来烧。"

女人惊讶地站起身,五六年来,第一次,她听到这样温存的话语……

一九四六年十一月末于佳木斯

选自《东北文化》,1947 年第 1 卷第 5 期

冷子沟的斗争会

"后天开完大会就放贾老七……"这消息不知从哪儿传来,村前村后传遍了。昨晚工作团召开的大会上告了贾老七的人今天都不见了,有的悄悄下了地,有的坐在家里不出来。

徐跟成夫妻吵了半夜架,早晨起身,女人也不烧火做饭,低头坐在炕上对丈夫又埋怨起来:

"这回可是自己找着石碌碡碰,等贾老七出来,看你磕头跪炉子央求也晚了……"

徐跟成拿起镰刀,又一下扔到门后,他在柴火堆上坐下来,不说话,也不望女人一眼。女人又说:

"哪辈子没咱穷人打赢的官司!不知道你哪来的一股子火,领头去告贾老七……你是凭房产地业呀?还是凭皇亲国舅?"

"你给我住嘴!"

徐跟成忽地跳起,甩开手想给女人几个耳光子,见女人眼圈红了,他转身出来,狠命地把门一关。门震响着,尘土从大梁上落下,女人伤心地抽咽起来了。

徐跟成绕老王家的后栅走,他躲过井台前来来往往担水的人。辘轳把在身后响着,徐跟成心里烦乱得厉害。

房顶上白刷刷地落了一层霜,早晨浸满湿意的寒冷已是凌人了。谁家的牛倌赶着牛马往地里走。地里,勤快人家的庄稼早收割完,徐跟成想起自己那半坰谷子,三四天没下地,怕早叫风掠了。

几只白色的大鹅摇摇摆摆地从贾家的大门走出,高高地仰着脖子,傲岸地侧视着徐跟成。徐跟成啐了一口唾沫,急急地穿过街道,往住着工作团的老宁家去了。

工作团的人一大早可都出去了,只有李同志一个人在写什么东西,见徐跟成进来,忙起身让座。

"李同志,"徐跟成坐在炕沿上,双手捧着头,"贾老七要是放出来,我可完了……"

"这话怎么说?"

"贾老七早就说过:工作团到了冷子沟,谁要敢提我一句,谁分我一间房子一亩地,他走着瞧吧——我贾老七到胡子队里是个头儿,到八路军那里也能当上个官……"

"八路军可不要他这个官。"李同志笑着说。

"我是想定了,"徐跟成现着满脸的忧愁,"明儿开大会我先问问人家,问问我徐跟成是当过胡子,还是偷过谁家的萝卜,拔过谁家的葱,大家要说我徐跟成不是坏人,日后,哪一天我徐跟成被害了,可就是贾老七下的毒手,给我报仇不报仇在大家的心啦……"

"这不是办法,"李同志放下了笔,"办法是大伙儿团结一心,明天开大会,把过去受他压迫的事一条一条讲出来。公家是要看他犯罪的大小轻重,看老百姓大伙儿的意见来处理他呀。"

"团结一心?人家早拉松了,刘梭这小子分给他的地他也不要了。"

"你呢?你是不是也拉松了?"

李同志意味深长地望着徐跟成。

"我?车碾一转,话说一遍,我说过的话就不能往回收。"

"可是啦,一块砖怎能垛成墙?要打倒贾老七,就非得大家齐心不可呵。"

"那还说哩……"

徐跟成站起来,考虑了一下,把脚一跺:

"动土也是打墙,打墙也是动土,他妈的,我拼上了。"

徐跟成去找张大炮。张大炮七百块钱押给贾老七八垧地,十年了,一个钱也不给,也不还地照。张大炮一见徐跟成就把刘梭骂一顿,两个人东头到西头,南头到北头地去串通人了。

到晚上,老佟家来了一屋子人。给贾老七扛四年活没拿到一个工钱的潘发站在窗户外边瞭哨。徐跟成端着灯,从这炕照到那炕,看有没有贾家的狗腿子混进来。

烟草的烟弥腾着,屋子里暖和得很。大家挤挤嚷嚷地在谈说明天开会的事:

"明儿要是斗不倒贾老七,冷子沟可别打算过了。"

"可说哩……"

"斗不倒?咱哪一条不是理?哪一条屈了他?"

"是理可得人说呀。"

"老赵要在就好啦,老赵真是钢嘴铁牙!"

"老赵的媳妇可死得冤!"

"那媳妇真是冷子沟的一朵花……"

"老赵干起活来起早贪黑,还不是一个顶一双,年初一也编筐子搓麻绳的,手不闲……"

"那对夫妻才真叫龙配凤,可落个死的死散的散!"

"二栓他爹哩,还不是生逼得上了吊。"

"拼围子那冬里,大小冻死五六个,要不是贾老七叩咕警察,那围子还拆得了?"

"四海(胡子)还不是仗着贾家的底……"

"可昨儿开会,这咋都不说了哩?"

"咱冷子沟的人,大半是还没受够。"

徐跟成挥着手,叫大家静一静。

"今黑地找大家来,咱众人合计合计,不要明天开起会大眼瞪小眼,谁也不说。"

"明天见了贾老七,是不是又鞠躬哈腰七叔七大爷地叫啊?"张大炮学着样子,大家都笑了,"咱谁盯谁不盯,今黑地就说个明白,谁说就落上个名,明天大会上不能拉松。"

"明天我打头,你们敢说不敢说?"徐跟成问大家。

"说呗,咋不敢。"

"大家说,我就说。"

有人提议今晚先谈谈谈谈,怕明天见了贾老七就说不出口。大家就一个一个述说起往日受的压迫来,越说劲儿越大,斗争的情绪起来了。

散会的时候,已经是二更天,月牙儿挂上了屋脊。迎着脚步声,狗叫着,夜显得更静。风带着凛人的寒冷吹过来,冷子沟沉入酣甜的睡眠中了。

徐跟成摸着推开门,月光洒满一窗子,女人早已睡着。徐跟成躺在炕上,两眼盯盯地望着窗户,大伙儿方才的话引起他一个大胆的念头。他寻思着,计谋着,直到月光移过了最高一格窗棂,直到院子里,那只秃尾巴的公鸡闷声啼叫时,才蒙眬睡去。

第二天早晨,太阳刚落地,老王家房后的空场上就吵吵嚷嚷地挤满了人。工作团的同志在栅墙上贴着红红绿绿的标语,孩子们在碾盘上敲打着锣鼓。

徐跟成一起身,脸不洗就去找张大炮。

"从前,贾老七害死穷人不眨眼,今天咱可不能放过他呀!"徐跟成压低嗓子,决然地说。

"对! 杀人偿命,到时候了。"张大炮拍了一下胸脯。

两个人又去找别人,昨晚那一伙儿就又都到老佟家来,秘密合计着,都说,去了贾老七是除大害,冷子沟少了一只恶虎。

吃过早饭,外屯的人就陆续来了,到了晌午,场子就坐满了,女人们远远地站在柳树障子跟前,徐跟成、张大炮他们却最后才来,他们刚一到,保安队的人就押着贾老七来了。

会场上立刻静下来,每个人的眼睛都向着贾老七。保安队同志给他解了绑,他就抱着膀子站在碾盘前。大概是烟瘾又发了,贾老七连连地打着呵欠,他的发青的脸上却现着泰然的表情。

工作团的同志刚宣布开会,像从地下钻出来一样,忽然跑来个老袁头。他蹑手蹑脚地走到贾老七背后,花白的山羊胡子翘着,对贾老七说：

"七大爷！那五百块割地钱可不是我急要，今儿是大伙儿给你算账……"

老袁头压着嗓子，只有头前的人才听见。贾老七带着不屑的神气听着，一丝轻蔑的笑浮上唇边。这激怒了徐跟成，徐跟成三步并两步地走到人群前面去，开口就骂：

"你这个杂种养的老兔崽子！再笑我打掉你的牙！……你王八万万年，也有到头的一天，从前你骑到我脖颈上拉屎拉尿，今天可到了算账的时候啦……"

徐跟成脸涨红了，唇边溅满唾沫。老佟在他身后小声说："慢慢讲，讲那场劳工的事……"

"说说他怎样勒你大脖子呀！"

会场上有人喊。徐跟成紧一下腰，就左面对着大家，右面对着贾老七述说起来：

头年夏天，徐跟成女人生孩子还没满月，劳工号就到了他，上头派下来，就只有去吧，徐跟成给女人借了两升小米就走了。到依兰遇见贾七爷，七爷一把拉住徐跟成"关心"地说："出劳工遭罪，家里还有坐月子的女人，还是出几个钱，我给你联络联络。""得多少？""尽着办吧，咱几辈子的乡亲邻居还能难为你？"于是，徐跟成连夜起身就往回跑，到家卖了老母猪，卖了现从女人身上脱下的大布衫，凑了七百五十块钱，徐跟成又跑回依兰去找贾老七。

到依兰，七爷问："你带来多少钱？"徐跟成摸摸腰，说："七百五。""七百五？这还能办事？……至少得三千！""我的天！"徐跟成在心里叫，停一阵说："那我还是出劳工去，咱人穷就只有搞命顶。""这么着吧！"七爷忽然"慈悲"起来："你出一千五。""再要七百五我也没处弄了。""那我先给你垫上。""日后我搞啥还呀？""你给我做几个月的工夫不就还上了吗？"徐跟成想了又想，把钱数下五十，心想回去做盘费，剩下的整数七百就递给七爷，七爷却说："那五十也拿来！"徐跟成只得也递上，就空着身子回家了。路上饿得腿直软。没几天，七爷也回来了，打发人叫他去上工，徐跟成进门就给躺炕上抽大烟的七爷往下跪："我给厢房李家耪青的几垧地不能撂呀！七爷怎么也得让过这个秋天，等割倒庄稼再给七爷来还上。"七爷抬起了身子，啐一口痰："工嘛……不用你来还啦，劳工我也没给你联络成，你等着去下趟吧。"徐跟成发了愣，半天才说："那……求七爷把钱赏还给我吧！家里没吃粮，天天借米下锅……""钱？再提钱送你坐司法！"七爷发了怒，一巴掌拍得烟盘子当当响，徐跟成含着泪正想往回走。七爷一个眼色，少的就上来……

说到这里，徐跟成就做起手势：

"……少的就上来，噼啪噼啪，一阵耳光打得我眼发花……"

徐跟成左一下右一下地边说边打边走，直走到贾老七跟前，他冷不防地甩开手就往贾老七脸上打过去，打得贾老七眼发了黑，他晃晃歪歪地扶住碾框才把身子站定。

"打得好！"

"打得痛快！"

"真行，老徐真有一手……"

吵嚷声渐渐低了，潘发从人群中站起来。潘发的事谁都知道。他给贾家扛年作，春上借了几斗吃粮，到年底，七爷算盘子一拨拉，反而欠上贾家的了。欠上债不干也不行，潘发一年一年扛下去，债就几斗几担地往上加，到第四年年底，潘发借了几百块钱，含着泪脱下自己的破棉袄，才算赎了自己这个活身子。

可是，潘发没有提这些，他说：

"贾老七，你听着，我自己的事不提，我单问你，配给豆油你掺米汤，发盐一斤扣二两，洋火你抽头，布匹你留私；你三百垧好地出一百垧的荷，小户人家一垧你写两垧，一垧半是三垧；贾老七，张开狗嘴你说说呀！这些事倒是有没有？"

潘发又转过身：

"大家说，有没有？"

"有！"

众人的声音哄然而起,贾老七身子微微一动。接着,四喜说起"康德九年"失火的事。村西头火烧得红了半个天,贾老七不许开他加了锁的井盖。栓嘴跟着站起来,他说的是"康德十年"的事。"康德十年"年初一,各家都到贾家去拜年,香案上炉烟缭绕,每个人都恭恭敬敬地向贾太爷的牌位磕了头,每个人都得三十五十地放在案上,放后,还得给贾太爷发誓:日后如对人言说,死了就压在阴山背下⋯⋯

"我说,三叔,那回你花多少?"

"六十呀! 新崭崭的老绵羊票⋯⋯"

"我花四十。"

"我花三十。"

"这花销叫啥名目呀! 真他妈的坏肠子曲弯多。"

"贾老七那心窍像蜂窝,老赵的媳妇⋯⋯"

"对! 谁说说呀? 把老赵的事说说!"徐跟成往人群后边招呼,后边,女人们就吵嚷起来。

"老张婆清楚,住一个屋,南北炕。"

"老张婆,老张婆到前边来!"

女人们笑着,把老张婆推出来。老张婆一头闪亮闪亮的白头发,她颤颤巍巍地往前走,潘发去扶住她,人们让开了道。

老张婆的头直摇点,两个大耳环子晃呀晃的,她咳嗽一声,就说起来:

"人哪,说话可得嘴对心,心对嘴,说生儿养孙的话哪! 凭实说,贾老七,"她回头看贾老七一眼,"人家那媳妇死得屈,人家清清白白的,死还落个坏名声,这事做得毒呵。"

"老大娘呀,是叫你说说,这事怎么个起怎么个落⋯⋯"

"你急啥哩?"老张婆望望方才讲话的年轻人,就哆哆嗦嗦地扳指头数起日子来,"是腊月二十四吧,头天晚上老赵媳妇还和我一起祭的灶⋯⋯腊月二十四,头晌午前,贾老七打发陈拐子和老赵合计,叫老赵来年给他扛活——老赵干活不是顶两把手吗——应许的条件是带两垧地三千块钱，比别人多五百，老赵也是性子直，老赵说：'我卖功夫倒过得自由自在，我可不能像潘发，把活身子当给贾七爷，日后我女人也没钱往回赎呀！'说着，老赵拿起把斧头就走，去砍柴火了。这可惹下了祸，陈拐子回去添枝添叶地给贾老七一说，日头刚偏西，陈拐子又来啦，说是七爷要老赵媳妇去一趟，老赵媳妇放下针线也就去了。谁知……"老张婆忽然放低声音，"是后来我听三大娘说的，老赵媳妇一进门，陈拐子带她到后院草房里，就把门堵起来……造孽呀，老赵媳妇已怀上四个月的身孕啦！这还不算，毒就毒在这，随后陈拐子站到大路沿上等，瞄见老赵背柴火走过来，他就迎上去，歪嘴笑着说：'赵大成呀赵大成，你养下孩子可有我一半呀……'老赵一愣，气得手打战，斧头就往陈拐子头上去，陈拐子早跑走了。可说老赵媳妇回来，披头散发地倒在炕上就死呀活呀地哭，我心里就有八成啦。我劝着，也落了泪。一顿饭工夫，老赵就回来啦。一进门，气哼哼的，额头上紫筋暴着，老赵举起斧头就往媳妇身上打，我横身子挡住斧头，我说：'老赵呀，你消消火，心要放明白呀。'老赵丢下斧头，到外屋灶台前坐着，媳妇在炕上哭得断几回气。打二更啦，老赵才回里屋上炕睡下，媳妇也不出声啦，这我才放下枕头睡……谁知道，我的天！第二天早起起来一看，那媳妇在外屋门框上吊死啦……"

说到末尾，老张婆声音发咽了，泪涟涟地往下掉。潘发扶她坐下，又站起对大家说：

"从那天，老赵就跑出冷子沟，至今没下落。"

会场上嘈杂声起，后边的女人们有几个用袖子擦眼泪。突然栓嘴跳起来就跑：

"把陈拐子给抓来！"

"早跑啦，抓贾老七那天夜里就跑啦。"

"没有磨就能出豆腐啦？还是问贾老七！"

张大炮上去抓住贾老七，一把推到大家眼前："说！不说立时就要你的命！"

贾老七晕里晕腾地站住脚，他好像竭力在使自己不倒下来；老张婆一口唾沫唾到他脸上，有人想上去打他，会场上吵嚷一片。

"静一静，静一静，叫二栓说说他爹怎么上的吊。"

潘发大声喊，二栓给拉到前边了，他先是愣愣地站着，忽然大哭起来，他像小孩子一样呜呜地伤心地哭着，人群沸腾了：

"别让他说啦，别让他说啦……二栓他爹给贾老七打更谁不知道。"

"把老头打得脊梁上紫一条红一条……"

"为啥？"

"说是七爷丢了银筷子。"

"你咋不知道？俺后村十来家凑钱给老头买的棺材……"

"把尸首给丢在墙外头，七爷还发脾气哩！"

"狼心狗肺呀！"

"打！打！"

人们拥向前边去，挤成一团。贾老七这边被拉着胳膊，那边被拉着腿，工作团的同志挤不进人群来，在外边摇着手，嚷着不要打，可是一点儿也听不见。

张大炮突然站在碾盘上：

"大家听我说！"

人群散开来，向着他了。

"大家说，贾老七是不是恶霸？"

"恶霸！"

"是不是土豪！"

"土豪！"

"是不是该死的坏蛋！"

"坏蛋！"

喊声震天，人群好像凝成一体，人们都忽然高大起来，贾老七好像站在人们的脚下。

徐跟成眼睛红了，也跳到碾盘上去，他嘶哑了喉咙问大家：

"贾老七该怎么办他呀?"

"枪毙!"

"枪毙!"

潘发先喊一声,人群随着哄起来。贾老七吓得脸白了,接着脸上沁满了晶亮的汗珠,他哆嗦着的手在解衣扣,汗流全身了。

人群的摇撼山河的声音回荡在场院上,腾越房屋,飞向田野,远远地又传过回声来……

一九四六年十月

◇罗 丹

红马和其伙伴

我们冒险冲过宽阔的浪涛滚滚的沙河。多少人都被这险恶的洪水的急流带走了。病弱的老红马,在波浪里痛苦地挣扎着。浮沉了几次,最后,四个过河队员把这个半死的牲口,硬拉到岸上来,我们疲乏了。仿佛经历了长期的夜行军,一点儿气力也没有。然而,必须继续走,因为我们的周围都是敌人了。老红马动着绅士式的慢步。其实,就是"走着"这一点,也已超乎它的力量了。头丧气地垂着,下肚皮驰松得全是皱褶,痛苦地觳觫着。七月傍晚的蚊群叮着它,红马只是无力地摇着耳朵,我同情它;然而,引不起我对它更多的注意,因为我要注意和考虑目前的严重的敌情,不过,饲养员李炳龙却难过到极点了。

道路多石难走,马掌全都掉了。马蹄落到地上的每一步,都可怕地抖动着。

"孽障鬼!"花机关骂了。这似是埋怨,其实是我对于马冷淡,激起他的愤怒。他爱自己的马。关于"马"的问题上面,他永远是站在"马"那一方面的,欺负马就是欺负他,是李炳龙的铁的信条。

部队中都高兴叫麻子做"花机关"的。饲养员李炳龙有一张密密的麻脸,因而叫他的原名的像是很少了。他调皮,喝酒,落后得要命。军人大会上也斗争过三次了。同志们批评着,然而他,只是垂着头不做声而已。我离开狼牙山的那天,一个管理科长叫他跟

39

我,其实就是"整编"到我这里来罢了。李炳龙的脸皮,和老红马的驯良恰成反比例。我常常严厉地批评他。然而,他勤勉,坦直精明,有经验,却使我们的关系变好起来了。他的可怕的疯癫症,也使我常常关心着他的健康,平常,他总是很有礼貌,老是那么绝对服从的神气。然而,当他的红马被损害的时候,他就变得暴躁而固执了。在伙伴面前,李炳龙总是夸耀自己。因为他是一个重机关枪手,受过两次伤,领到甲等残废证,并且是马夫班中唯一到过北平的人。他夸耀道:"哪!鬼子打走后,你们也要到那大地方去见见世面的,电火好比信号弹里射出来的五色球……"李炳龙看成革命的财产,爱自己的红马,就像从前爱自己的机关枪。人要叫"红马"才好,假如叫"老红马"呢,他就生气了。小眼珠一翻:"啐!还是不到八岁口哩。"李炳龙挺讨厌和在"红马"上面的那个"老"字,他常从人对于马的称呼上来判断对方是善意或者恶意的。花机关拖起马尾擦着手掌,弯下腰从马屁股下面去察看着马的四蹄。他皱紧眉头,马是艰难地移动着的。的确,像这样的走法,一个钟头至多走三四里地,比重伤兵担架还要慢了。红马的受罪,使李炳龙更忧虑起来。"什么地方宿营呢?"花机关的小灰眼睛定定地盯住我。马的苦难使他加强了对我的反感。

我看了他一眼,不理他。因为过法我已告诉他四次了。而他的发问,也不过要提醒我,要我重新考虑我的"决定"的意思。他追问道:

"郎家庄?"

"郎家庄。"

"走到天亮?马走死了呢?"

"走死就骑新马。"我冷淡地说。他再不看我,抽出烟斗,装上阜平烟叶,侧着头吸起来。沉默就表示他准备要更决心地坚持自己的意见了。在这严重关头,李炳龙不仅是马的保护者,也是马的发言人,唯一的发言人,他与"红马"之间,似乎有着完全的共同意志。他傻想着:"假如红马会发表意见呢,那咱们就有了办法呢!该死。

牲口就是牲口……"而我呢,是一定要赶到郎家庄去找寻主力的。敌人正开始着大规模的"扫荡"战争,三面都是敌人,许多交通线都被切断了。在平常,李炳龙总是紧张,多顾虑,老练。有点儿步兵班长的气味。现在,他的眼睛没有离开过那该死的马。

李炳龙默默地走着。一面用旧白布擦马肚皮下的湿水,马实在严重了。汗水还像泉水似的涌着,一直流到蹄子上。他由于委屈吧,喃喃地诅咒道:"不做马夫了。批评就批评吧!不是为着革命,我李炳龙还干这行?有什么好处!再活一百年也还是喂马……"接着就叹气了。

这实在是一匹平庸无奇的军马,但李炳龙却能够算到"第七点"优点来。当他得意的时候,居然叫红马做"太太"或者"皇后娘娘"了,他认为自己的马弄得四不像是耻辱。没有战争的日子,在晴明的午后,李炳龙总是照着骑兵的养马法,把红马牵到村外,拴在杏树下。他自己呢,也就躺在红马旁边的杏树阴影中打盹来了;或者,坐在马屁股后头,把马尾分成三股,用蓝红绒绳编得像大姑娘的辫子似的,在他的伙伴面前夸耀道:

"哪,我敢说。教导员的花斑马也没有她美。"

"看辫子!独一无双!"

或者,在晚间,当大伙儿遛马的时候,李炳龙追赶着偷到红马面前的公马。吆喝道:

"你配得上!老子捶你。滚!"

马夫班的伙伴们,笑红马是他的老婆。李炳龙就满意地瞟了自己的爱马一眼。高声大笑道:

"拜三拜哪,给你做干妈!"

他的长脸,因笑而麻子挤得更密了,灰眼睛眯成一条缝。于是,就到红马的脖颈跟前低语着莫明其妙的什么……

我从沉思中醒过来。穿过了一个村庄。在村头一株大树下休息下来了。李炳龙匆匆地转回到村街上去,但又匆匆地转回来。他想让红马空身走路找毛驴子来拖行李的计划破产了,因为老乡们的牲口都坚壁了。他叽咕着：

"连条狗也没有了！"

红马给马袋沉重地压着，滚在地下，李炳龙在它旁边蹲下去。但突然他从马鞍角上，取下一个挂包扔到路旁边去，嚷道：

"湿水货！你是老子的独生子也不成！"

挂包是小鬼苗洛年刚才放上去的。李炳龙瞧不起小鬼。"湿水货"是打不响的手榴弹的意思。洛年就从树背跑出来：

"你凶我！"

"马少了的债？"

在盛怒之下，李炳龙把小鬼的毯子也拖下来扔到路上，并且松开了马袋的绳结，拖出日本军毯和文件来，挂在自己的肩膀上。马背因负担减轻而耸动着。他拍着马耳朵，赶他起来，低语道：

"咳！苦命儿，走！"

但是，李炳龙是一个心地善良的人，当我批评苗洛年的时候，他又像老成人似的，替小鬼辩护，在我面前减轻小鬼的过错。在平安的行军中，花机关有时也让走不动的小鬼骑二三里地。"上马！老子还没有你这样享福哪。"他端着洛年的小屁股推到马鞍上去，就挥着鞭子走到前头，准备午饭或又找宿营地去了。

无际的夜色从山岭四面降落下来，村庄和小树林凝成沉沉的黑影了。无人的道路上，也就显得更加荒凉起来。"到平阳镇了。"李炳龙轻轻地喊着，好像路已经走完了似的把前马肚带也松了下来，可是，他几乎是带着恳求的口气。

"还走？不看马也看我李炳龙身上吧！"

他已经停下来了，弯了腰身摸着马肚皮，好像要知道肚里的小马仔也是不住在流汗似的。到郎家庄还有四十里地，人和马却实在是再也走不动了。我们商讨的结果，进平阳镇让马歇一歇，上草料，钉好马掌，做饭吃，下半夜等月亮上来再赶路。李炳龙高兴了，从鞍上取下缰绳挽到胳膊里，领着红马走到前头去，他的高瘦的身材就隐没在逐渐浓密起来的夜色中。

平阳镇也同样冷落。没有部队，也没有敌人，老乡们都上了山了，这是战争就要在这里发生的征兆。我到得晚，李炳龙已经在村旁杨树道上喂马。红马显得更衰弱了，默默地垂下头跟着它的伙伴走。他还背着背包，马枪翻到胸前唱着七扯八凑的京腔。这是他赶着马群跟着他哥哥到北平去的时候学来的。

他告诉我：马一点儿也不进口，从耳朵到蹄子还是汗。村长也到山里藏粮食去了。虽然找到了草料，但是却跟一个老妇人争论起来，李炳龙认为全村人都应该像他一样，关心到红马的灾难似的。

"肚里的小马仔也受罪哩！"他善良地说。

我点点头，心里却正想着目前的敌情，李炳龙叹气道：

"你像巴不得马死？"

"比死马还糟。这不是人骑马是马骑人了。"我说。

他沉默了。只是来回地哄着马走。用女人似的尖嗓子哼着。然而，红马已经完全不愿意再走了，晃摇着想倒下来。他让马站住，并且温柔地轻轻地摸抚着马的颈子，一面向我道：

"我的烟斗没烟叶了，没钱了，给我支烟抽吧。"

我给他一盒烟，他抽出一支，倚着马身抽起来。李炳龙每月除了津贴之外，打草鞋、割草还能卖不少的钱。这些钱除了他抽烟之外，就几乎都消费在马身上了，他有这样的脾气，喜欢用自己的钱来打扮自己的红马。有一次，我发觉红马孤独地被拴在一棵杏树下，它的伙伴是很少离开它的。中午，李炳龙从市集上回来了，带着一条崭新的马后鞧，他领我到他的伙伴面前去，他指着红马的后背说：

"后鞧坏了，肉都磨出来了，你看这两条红道，就像鞭子打的一样。"

我问他花了多少钱，拿出钱来归还他，他说：

"我就是要用自己的钱来买，我愿意这样哪。"

并且，为了自己的红马，他还犯过错误。有一次，在行军之前，我去检查马匹，发现鞍子底下的白布垫子，换成全新的了。我问他

哪里来的布,他眯着的小眼睛,满不在乎地说:

"这是公家发给的布,做被里子的。"

我又去检查他的被包。他的被里子已经很烂了。他把露出棉花的地方,用一小角小角的白布,像膏药似的钉补起来。而把发来的六尺布,用四尺去做了白垫子。他是错误的:

第一,旧的马垫子至少还能用半年。第二,他不应该把公家发给他做被里子的布,去做垫子的,因为公家很困难。第三,他的被子是非换一副里子不成了的。我责备他浪费公家的财物。不爱惜自己的铺盖。可是他固执地说道:

"没有被子我还有棉大衣,还能冻死!"

我简直气极了!他呢,只是两手交叉在胸前倚着门板,嘴角上吊着烟斗,一副人在绝望之后反而安静下来的顽固神气。我罚他举枪二十分钟。他立正着,笔挺挺地举着枪,洛年羞他,说他是一个不遵守纪律的八路军,李炳龙受到严重的侮辱了,默默地垂下了头。我难受地走到他跟前,希望他下次不要这样,他低语道:

"我决心做个好八路军,但不知怎的又错了。我李炳龙就吃亏在这上头……"

我回到屋里去的时候,他一面又开始喂着马,一面以他那惯有的步兵班长的神气,从我后面高声叫道:

"一有情况,出东村山口上山。告诉苗洛年,不要解绑带睡觉……"

半夜,静极了。小鬼熟睡着。我翻身起来,李炳龙的床位空着。

我轻轻地走到马厩间里去。李炳龙在铺着干草的地上跪着,腰身向前弯曲下去,依然背着他的马枪。红马躺在他的膝边。他常常伸张开自己的长胳膊,仿佛要把老马抱到怀里去似的。他没有向旁边看一眼,我想,他的全部思想,都集中地寄托在他的老红马身上了。李炳龙从身旁一个竹篓里,抓起炒熟的糠,一把一把地擦着马的周身,马脖子和马腿。使暗红色的马背转成褐灰的颜色了。有时,站起来俯身下去,和马一样艰难地喘息着,把这庞大的动物的身躯朝天翻过来。他嘟哝着，卷起了掉落下来的袖筒，拖用两脚在马身上跨开。夹着松弛地拉下来的马肚皮，轻轻地用热糠擦它，好像在洗一只要破的气球。并且，常常用巴掌心慎重地抚摸着肚皮最隆起的部分，用手指弹着，发出不清楚的低语。大概是说"小马仔活不成了！"红马，连尾巴也没有摆动一下，躯体僵硬得像笨重的碾石，只是蹄子的轻微的抖动，使人看出它还是一匹有生命的动物。马又被翻了过来，他像先前一样地跪着，继续耐心地擦起马背来了。新起的月色，从破窗格子间透进来，照到他的严肃的麻脸上，泛出一种奇异的颜色。他常常两手垂下来，眼睛凝视着马背，在月光中沉默着，神圣的沉默呵……他显然是劳作得很久了的。他的破灰军帽歪戴到后脑勺上，紫色的高而秃的前额间，涌着汗珠。热糠把他的无血的脸，熏成暗黑色的了。李炳龙跪着，马枪尖擦着他的军帽的后边沿。在午夜的月色光影中，仿佛是一个在神坛面前默默忏悔的囚徒。夜沉沉的，静极了，李炳龙没有睡过。用双十字纹打成的背包，搁在他的跪膝边，在荒凉的村落里，度过这漫漫的七月的长夜。

他告诉我：马在草地杨树道上，整整躺了三个钟头。水干了，但一根草也不咬。周身都是冰冷的。他就在老百姓家里，买到了两升糠炒熟来擦它。只要擦出汗来就好了，他有把握地说。虽然我知道这是幼稚得可笑的治疗法，但为了偏爱他的伤心，却慰问起他的劳苦来。是的，李炳龙被人漠视，但难道他是一个卑劣的人吗？在这夜里，从这个固执的残废者的身上，我是这么亲切地触到了一个崇高的然而是被过去奴隶的生活所摧残的善良的灵魂呵。

"来！你把窗台上的蜡烛点着。"他说。

红马的"上火"更严重了。右眼完全闭了起来，左眼红肿流泪。李炳龙跪到马头面前，我照着蜡烛，他从军衣底下摸出一根细针，翻起马眼皮来。我几乎叫了起来：

"你干么呀……刺它？"

"刺它，流些毒血；火就下去了。"

我揪住他的右手，制止他，劝他天亮了到郎家庄去灌药。他生气地叫道：

"过不了今夜就要瞎了——比刺我自己的眼睛还要不愿意呢。"

李炳龙的麻脸，几乎碰到马脸上了。他脸对着马脸，眼睛对着马眼睛。像一个兽医似的工作着，而马呢，却好像灌过了麻醉剂，只是被翻起来的马眼皮，可怕地抽搐着。血从那紫色的薄膜上，带着黏液流到马面颊上。之后，我们就放倒马头，李炳龙用食指摸着合起来的马眼皮，抽出自己的脏手巾，擦干马脸上的血。接着，又继续地用热糠擦起马背来，全屋都充满着焙焦了的糠末的气息。

村街上一点儿声息也没有，月亮挂在天边，是平静的夜。我们不赶路了。李炳龙看着冷清的院落，忧伤地说道：

"明天要人抬了，这贱东西！"

虽然他与红马只有八个月的历史，但李炳龙却为红马损害了健康。也许是人类对于生物的牺牲，培养着怜悯也增强着爱吧，我们住在东沟的时候，正是阴雨连绵的六月，洪水淹没着田野、村庄。交通完全断绝了。每天一匹马只发三斤干草。老弱的马死了，就是最强的骡子都饿倒了，这时，李炳龙每天拿着镰刀爬到山上去割草。傍晚，他冒雨背着大捆的草回来，全身湿淋淋，像个落水鸡似的。有一天，他在山上，癫痫症突然发作了，倒在山坳里，翻着白眼，嘴角下流着唾沫，像一个要死的人。急流的山水，冲走了他的军帽。被水带下来的几根荆棘，塞在他的脖子底下，脸被刮破了。他的左手，还捏着镰刀。在他旁边，一棵小松树下，一大束割下来的湿草，包在我给他穿的日本雨衣里面……

李炳龙从不后悔自己的行动。就是在被猛烈批评的斗争会上，他也还是不能掩饰住服务于红马的那种愉快的满足的神色。李炳龙因残废而离开了机关枪之后，不久就遇见红马了。他是第一次爱马，这是幸也是不幸……

清晨。在静寂的村街上有骑兵的缓步的马蹄声了。午间从郎家庄开到了一团人。李炳龙向我要了"条子"就跑到团部卫生队去请兽医。病红马还是老样子躺着，一粒黑豆也不吃。这显然不是用疲倦可以解释的了。我帮着李炳龙灌了一次药，他高兴了，半疯地叫道："明早可以上路呀！""红马太太，天有眼哪！"他开始把马掌钉起来，在他眼前又展开了一个最生动的镜头了：在阳光照耀着的大道上，没有战争，我骑着红马缓缓地走，他离马头不远哼着京腔。突然，他翻过身来，双手高举着魔术家似的大声喝道：

"一千米远！红马太太。预备——跑！"李炳龙迅速地转过身去跑起来；他的红马太太也就飘着紧毛，跟在他后面扬开四蹄了，这个残废的机关枪手，喘着气，用正规的战斗员的步伐跑着。二十分钟之后，他的速度逐渐慢下来。突然，他转过身，揪住了"太太"的耳朵，右手举到帽边，客气地寒暄道：

"追击完毕。太太。辛苦了，稍息！"

李炳龙回忆着这行军中的最得意的游戏。并且，如一切马夫在快乐时所有的狂放态度。中饭时喝起白干来。

悲剧的是：黄昏后马死了，死得很安静。只是在死前后蹄子痉挛得很厉害，喉腔沉重地响着。最后，那用红绿绒绳编织起来的辫子尾巴，摆拂了几下就完了。李炳龙像受到雷击似的，战栗得怕人。但是他仿佛还不相信马是死了，抱住马脖颈，掀开覆在马前额上的鬃毛，不管那宽大的额头像化石似的冰硬了，鼻子像漏尽了气的管子，塌了下去，却依然地将脸紧挨着马脸，死扒着那翻开了的马右眼，仿佛要从那凝滞的白眼珠子里面追求到自己的希望。马腿的抽摇慢慢迟缓下去了，他摸着它；厚嘴唇碰到那新钉上马掌的马后蹄子上。就是这最后的微弱的动弹，这唯一波动着红马的生命之气息的部分，也惹起了他的希望和幻想，然而，红马是死了！的确是死了！当李炳龙确定这是"真实"的瞬间，便疯子似的扑到那冰冷的膨胀的马肚皮上，呜咽了起来。他那两只伸到后面的脚，也像刚才的马腿一样抖动着。我担心着他的四处伤口和他的癫痫症。在计划着弄一匹好看的新马来做他的伙伴。洛年蹲在死马近旁安慰着他。我在院落中走着,听着他的低低的哭声,从躺着死红马的黑暗而寂寞的马厩间里传了出来。后来他出来了。从星光下我看到他戴上了军帽默默地走到街上去。我没有拦阻他,洛年告诉我,他去办祭品或者请老乡来埋马了。

选自《大连青年》,1947 年第 5 期

模范村长

深夜。

村长的屋子里还透着菜油灯的亮光,他在统计着村里人缴给山里根据地的救国公粮。公粮的一部分,已经伪装在牛车上,秘密地出了据点,连夜送进根据地里去了。送公粮的人捎回信来说:这两天部队上可能有人要来他家里隐蔽一下。因此他是一心两挂的,常常停住笔,左手掌压在算盘上,想:"莫不是出了事给鬼子抓去了吗?"

沦陷区据点里的夜是寂寞而又恐怖的。鬼子岗楼上的哨灯闪着红光,街上静得怕人。村长听见鬼子的巡逻骑兵的急促的马蹄声从街上过去了。

他的十二岁的女儿金珠早就睡熟了,他还是轻轻地推拨着算盘上的珠子。可是有人拍门了。从拍门的稳重和轻声听来,他料想多半是自家人,敢情就是那个部队上的人来了。可是老练的村长还是做应该做的事,迅速地把公粮单子藏起来,一面倾听,想从拍门声来推测对方是什么人,并且平静地问道:

"谁呀?"

"山里下来的。"对方说。

山里来的当然是八路军了,村长开开门,一个穿便衣的生疏人走了进来。对方警惕地向街的两头张望了一下,就细声而亲切地说:

"好危险! 鬼子的巡逻骑兵才过去咧。赶紧把门关上吧!"

可是村长没有关门。他的锐利的目光,定定地盯住对方,打量

49

着这个生疏人,皱起眉头问:

"三更半夜叫门,你是干什么的呀?"

"我是二支队武工队员,到你村里有任务,支队长要我来找你。"对方的眼睛意味深长地望着村长。

"那你是八路军了。"村长依然观察着对方。

"不是八路军还是汉奸不成!快把门关起来!"对方像老朋友似的笑了笑说。

村长去关门了,在这短促的时间里,这个农村党员心里做了大胆的重要决定。"一点儿不像,不像八路军,莫非是鬼子玩的计谋?"村长知道驻在村里的松田中队长是阴险毒辣的老特务。于是他又锐利而严厉地盯了对方一眼,这个生疏人的贼溜溜的狡猾的眼睛,使村长更相信自己的判断了。于是他再不言语,到柜台上拿了一条粗绳迫近这个生疏人。对方奇怪地问:

"你干什么!开什么玩笑?"

"你不是八路军吗?"

"那我还是日本人吗?糊涂家伙!你怎么要绑起自己人来了呢?"对方生气地责备起村长来了。

"谁是你自己人!"村长开始动手绑那生疏人。

"唉!"对方突然惊异地说,"你怎么一下就翻了脸了呀,你和咱们八路军关系有这样久喽!"

"你神差鬼使碰到老子手里来了!谁和你共产军有关系?咱是正正派派的西朝庄村长。大日本皇军治下的村长。"

村长高声地说,并且抓住了对方的胳膊,把他的双手反绑起来。对方悲愤地生气了:

"你是混蛋!咱们八路军把你当好人,你可来出卖我们?"

"可是我就没把你共产军当好人。"

"你是汉奸!黑狗子!看你能活几天!"

"他妈的没料想找上了汉奸。"对方激愤地说。一面观察着村长的形色,并等待村长的回答。

"你是老鼠进布袋,自己装自己啦。"

村长只是轻蔑地说着,并且突然从锅灶旁抽出一根棍子来,抽打开始了。村长咬着嘴唇,举起棍子,打在这个自称"武工队员"身上。对方挣扎着被反绑的双手,躲闪着,一面注视着,咬牙切齿地问村长道:

"你真是要反革命,反对八路军,不抗日了吗?"

可是这些好像很恳切愤激的话,并没有动摇村长的判断。"是假的,没看错。"他想了一下,就大声愤怒地骂道:

"先打一顿你这狗养的,就给皇军去处置。"

"八路军"叫着,窜来窜去躲闪着棍子。他女儿金珠早就被吵醒了,并且默默地坐在炕上睁着天真的惊异的黑眼睛,看着愤怒的父亲和那被打的"八路军"。她心里想:"干啥爸爸打起八路军来了呢?"她开口了:

"爸爸,他是——"

可是村长严厉的目光把她的话截住了,并且命令他女儿:

"下来! 打这个共产党八路军!"

金珠虽然只有十二岁,可已经是她爸爸的忠实的助手,替父亲捎信给八路军已经三次了,因此她虽然幼稚,却又是非常伶俐机警的,她不吭气了,心里想:"爸爸打这个人心里有数。八路军他不会打的。敢情是汉奸……"因此,她从炕上跳下来,找出一根小棍子,就学着父亲的样,一面骂着一面打起这个生疏人来了。对方开始叫嚷起来,但继续动摇村长,并企图逃脱了:

"八路军也是中国人,不要打了,你放了咱吧!"

"咱当西朝庄村长就专打八路军! 还想放你跑?"

"你想到咱治安村来造反了。咱打死你再去报告皇军!"金珠的尖嗓嚷着说。

父女两根棍子一下一下落到这个倒霉家伙的身上、肩膀和头上,对方狼狈地在屋子里逃闪着,像条老鼠,并且狼似的呼号着,可是村长想:还假吗? 老子打到你承认。于是,怒骂着,向女儿说:

"打他的狗脸!"

对方挣扎着反缚着的两手,双脚滑稽地跳着,脑袋乱转着,躲闪着棍子。下巴和鼻子被打肿和出血了,他逃到柜台后面。一面为着躲避棍子,把脸伏在柜台上。号叫着说:

"不要打不要打! 不是八路军,我是皇军!"

村长心里乐开了,可是棍子落得更紧了,向他女儿说:

"不要信他的鬼话,他是骗咱们的。打他!"

"看你这鬼样子才不像皇军哩。"金珠努着嘴巴,一面高兴地想:"我还是头一回打鬼子咧,爸爸真能成!"

"我不是骗的,我真是皇军。"这个老特务突然理直气壮起来。他以为村长一定会放开他,向皇军求饶了。

可是,村长更硬了,把皇军从柜台后面拖了出来。

"你这个八路,还敢冒充皇军? 咱们把你送到皇军那里,枪毙你!"

村长左邻右舍的老乡被吵醒了,以为发生了什么事情,都跑来叫门。金珠跑去开门,低声而又兴奋地告诉自己的邻居们:

"咱家在惩鬼子装的八路咧,你们都来打吧!"

男男女女四五个拥进村长屋里来了,村长向他们使了个眼色,大声地说道:

"来! 把这假冒皇军的八路军捆起来,打死他!"

老乡们吵嚷起来。有的用脚踢,有的用棍子抽,金珠却朝皇军脸上吐唾沫。老乡们把这家伙的双脚也捆起来。他们嚷着:"像绑猪一样,要绑紧!"由于农民们的民族仇恨心,把这个在中国住了十一年的老特务打得半死了,躲到地上,凶恶地嚷着:

"我是皇军,放开我!"

"还说是皇军,打!"村长说。

"我真是大日本皇军,不信你到司令部去问。"对方像条狗似的喘气了。

"打! 还敢冒充?"

"你们都要杀头！打皇军,嗯嗯。"日本人威胁着。

"打!"日本人越凶,老乡们就打得越凶了。

这个受惩罚的重伤的日本特务,被全身捆紧丢到地窖里去了。然后,老乡们就哈哈大笑起来,金珠笑得腰都直不起来了。可是,都担心着:"咱们打了鬼子怎么办呢?"村长笑了一笑说:

"不要紧,老老实实报告皇军嘛。"

第二天上午,西朝庄据点的松田中队长,像庙里的凶神,装腔作势地坐在靠背椅上。他是在中国住了十五年的老特务了,他让村长进来。村长报告说:

"太君,咱家里来了个八路军,还冒充皇军咧。咱们把这家伙打了一顿。送来给皇军司令了。"

突然,松田得意而满足地哈哈大笑起来,闪着狡猾的眼睛说:

"那是皇军,是我叫他装八路军去试探试探你是不是忠实大日本的。"

村长装作惊慌极了,惶恐地说:

"太君,咱们该死！打了皇军。"

可是,松田站起来,挺着胸脯走到村长面前,皮靴在地板上敲着,赞扬地说:

"打得好！打得好！"

然后,又伸出了大拇指:

"有人告你跟八路的有联络,皇军不相信的。你大大地忠实大日本,是模范村长的!"

接着,松田就出去看自己的杰作去了。那个家伙被绑在门板上,像狗似的呻吟着。

选自《大连日报》,1946 年 6 月 4 日

◇ 罗立韵

参军去

早饭后,刘大娘喂完了猪,把粗糙多皱的双手,在青夹袄的大襟上擦了擦,走回屋里。她怀着神秘而又喜悦的心情,揭开了柜盖,顺手拿出一叠新布,和些零星东西摆在炕上,她爬上了炕头,盘起腿,悠闲地吃起烟来。缕缕升起的白烟,绕着她灰白的鬓发四散开去,一道金色的阳光,从窗上的玻璃投进屋来,照得两旋子谷粒黄灿灿的,显得这简陋的小屋却很有生气。此刻刘大娘沉浸在,由于幸福而陶醉了的境地。

吃完了烟,刘大娘放下烟袋,上身微微向前倾斜,伸手轻轻地抚摸着,摆在她眼前的一块直贡呢,那面上印着成串的牡丹花,嫩绿的叶子衬托着鲜红的花瓣。她眼睛也开了花,仿佛她一辈子也没有见过似的,她的眼睛不离开它。"这十二尺直贡呢,"她心里想,"足够给新媳妇做一件被面。"接着她把每件东西都仔细地端详过,最后打开一双水红色的长筒洋线袜子,高高地举起来,凑近自己眯缝着的老眼前,很久很久舍不得放下,她决定着:"叫着媳妇过门的时候,就穿上这双袜子,孩子们可也该漂亮漂亮。"于是一幅美满的景象,在她的面前展开。

去年冬天,她卖了三石粮,给她二儿子刘贵定下本屯陈万才的女儿小花,人们都说小花长得很不错,大大的眼睛柳叶眉,脸像粉团,手像葱白,不高又不低,粗细活哪样也都拿得起来,再说小花参加了妇女会以后,更学得能说会唱的,还认识了好些字,真是个好媳妇。

自从刘大娘的老伴儿和大儿刘富死后,她就成天盼望着刘贵长大成人,好给她报仇,将来娶个媳妇好给刘家继续香火。往日她一想到人家孩子媳妇热热闹闹地挤在一铺炕上的时候,她心里就像吃了醋似的发酸,夜里她们娘俩冷冷清清的,她总是睡也睡不着,老睁着眼睛朝着窗上的月亮,看它一格一格地往上爬;要不就是梦见她家里的锅熬着猪肉粉条,碗筷乒乓直响,锣鼓喧天地给她儿子娶媳妇。如今,这日子总算盼到了! 前几天她已经和刘贵商量好,种完大田择个吉利日子过大礼,过了五月节就把媳妇娶过来,这件喜事老陈家也都答应啦。刘大娘想到这里,因为她向往将来美满的生活,因为她有些疲倦,而进入了甜蜜的梦乡里。她闭着眼睛,她好像看到了她的儿媳妇在煮饭、喂猪、喂马、担水……不仅家里的事不用她儿子操心,就连她自己也坐在炕上享起清福来。为了这过度的欢快,为了这从来没有过的好日子,她被自己的笑声从幻梦中惊醒。刘大娘又笑了笑,她知道这是梦,但是她相信这梦不久就要成为事实,并来改变她半生穷困冰冷的生活,为日益富裕满意的生活,她毫不怀疑,像一般富有经验又十分自信的老人一样,她举起手揉揉眼睛,又一次地审视着眼前的布、袜子、香胰子、毛巾和旋子里的粮食,她完全得意地低声自语着:"这是哪辈子修下的福呵?!"其实,刘大娘懂得:这都是共产党、毛主席和民主联军给穷人带来的好处。她常说:"没有他们成天风里来雨里去地打反动派,那咱们穷人还有今天吗? 不用说别的,若是他们不来,我刘家还能娶得起媳妇吗?"近来刘大娘全部精力,都集中在她儿子的终身大事上,为这(对于刘大娘是天大的喜事)所鼓舞,她不知道劳碌,也不嫌麻烦,的确,刘大娘没有了痛苦,也真的显得年轻和能干得多了。

"突"的一声外屋门打开来,刘大娘急忙收拾起摊开的东西,把它们放在炕角里:

"是谁呀?"她柔声地问,可是心里好不高兴,她用着连她自己都听不到的声音,好像是说:"我刚刚坐一会儿,谁又来麻烦我啦?"

"是我,妈妈。"刘贵走了进来。

刘大娘不好意思地笑着:

"我当是谁呢?你看我把给你媳妇的东西都藏起啦,怕人家看着笑话我,成天摆弄这些东西。"

刘贵因为心里有事,他不曾用心听他妈妈的话,只在屋里直转圈,他那带有野性的面孔上,浮起一层忧郁的荫翳。刘大娘看出她儿子有些异样,她想:"为什么他今天没下地,莫不是出了什么事啦?"她像所有爱孩子的妈妈,她慈祥地安慰地问:

"怎么啦,二贵?"

刘贵一时想不出合适的话,既能表达他的心意又不使他妈妈难过,但是他又不能不告诉她,关于他新的行动。刘贵在极度紧张和崇高的心情下,他终于开了口:

"妈妈,我参加了民主联军,明天就走!"刘贵呆立着,像一个无辜的被告人,在等待着裁判官宣布他的正确行动,应当受到奖励,不应当遭到阻拦似的。

刘大娘就怕他儿子要去参军,但是现在她听到的话正是这个,它像一条木棒无情地打到她的头上,她昏晕了——刘大娘的幸福和快乐为惊恐和苦难所代替,她不自觉地忆起了往事:什么"康德七年",因为给日本人做劳工而死去的丈夫;给本屯地主张歪脖子扛活,累得吐血而死去的大儿;共产党来后斗倒张歪脖子,她们分到了土地、房屋、粮食、马;她二儿子被众人选为农会组长;她眼看着就要娶儿媳妇;她儿子明天就要走……

刘大娘被这破灭了的希望而激怒,她瞪起眼睛,有力地伸出右手,用食指指着她的儿子,她想要发脾气,但当她看到她儿子那驯顺和祈求的面容的时候,她惶惑起来:"这可怎么办呀!"她嚎啕大哭,哭得比死掉丈夫时还要悲痛,那个时候她固然伤心,可是她还有指望,今天,她想她什么都没有了!

西院妇女会委员姚四嫂,正在同她的会员开会,听到刘大娘哭叫,不知道是发生了什么事,她忙跑过来。

刘贵见了姚四嫂,他心里开朗好多,好像打架的人在不分上下的当儿,来了一个帮手,他坚定地安详地请求着姚四嫂:

"四嫂,你劝劝我妈。"

刘大娘是个明白人,听她儿子要参军,才为了舍不得他走,就一时想不开。她儿子去年秋天就要参军的,生叫她给拦住了,冬天给他定了媳妇,她想刘贵这回是不会离开她啦,想不到他又要去,所以一时伤心起来。刘大娘擦擦眼泪,擤擤鼻涕,她望着姚四嫂,她像迷失了道路的孩子,遇到这位可以问路的姚四嫂,她需要她同情和帮助。

姚四嫂前天就知道刘贵参军了,现在也看明白了刘大娘的意思,她不能说假话,她很了当地说:

"刘大娘,是不是二兄弟要参军去?我看他愿意就叫他去吧,我们家你四侄明天也去,咱们两家还不是一样?……"姚四嫂还要说下去,却叫刘大娘当头给打断了。刘大娘没有得到安慰,反倒受了批评,她生气地说:

"你们年轻人总是一条藤,我老太太可不能跟你们一般见识。"刘大娘蓦然又想起她的老主意,她轻声地对刘贵说:"我大老太太啦,你要走要颠的不要紧,你也得问问你快要过门的媳妇呀。"刘大娘希望这话能够打动刘贵,可是刘贵知道:"现在是战争不是和平,怎能在后方等着娶媳妇呢!"但是他不好直说:

"妈妈愿意了,她还能扯腿吗?"

姚四嫂看着刘贵一定要去,刘大娘也不像不能说劝,她也就壮起胆来说:

"刘大娘,小花在我们家呢,我去给你叫来,你问问她。"她转身要走,叫刘大娘给拦住了。

"小花怎能到这来,我跟你去吧,养了这样不听说的孩子,有什么办法?!"刘大娘怀着暴风雨过去就要天晴的心情,她想若是媳妇不愿意那可就好了。她不知道姚四嫂她们正开会,就是讨论怎样动员参军。

刘大娘和姚四嫂走进了正在开会的房里,她们是热烈地在争论什么,谁也不肯服输,刘大娘听到一句不知是谁高声地喊,像千百万人同时说出一样:"……赶紧打倒反动派,咱们女人也有份呀!姚四嫂是头行人,她能劝姚四哥参军,我们也不落后,等会儿跟他爸爸合计合计也叫他去。"接着就是一阵响脆的鼓掌声。

大家看见刘大娘和姚四嫂进来,停止了发言,大家都站起来,有的扶刘大娘上炕,有的给刘大娘装烟,就是小花坐也不是站也不是。

不晓得姚四嫂从哪里学来的,她拍拍手,把手心朝下两手向前一伸,她说:

"刘贵二兄弟要参军,刘大娘说只要小花愿意,她就叫他去,小花你说愿意不?"

大家都开心地看着小花,这可把小花羞坏了,她满脸通红,低下头去。

刘大娘盯着健美的羞怯的小花,她想:"她是多么可爱,她不会乐意吧?若是真的这样,可正合我的意思。"刘大娘的心开了窗子似的那样敞亮。

聪明的姚四嫂,看小花不讲话,她马上又说起来:

"小花,你要是愿意二兄弟参军,你就点点头,你要不愿意,你说个'不'字。"大家都赞成这个主意,你一言我一语督促着小花表示态度。

小花一时很难决定:说不愿意吧,自己知道是不应该的,再说,在这样多人面前也太丢人。说愿意吧,又怕刘大娘伤心。方才开会她正为这个苦恼,因为她是个没出门的姑娘,还没有处理这样大的问题的经验。

刘大娘有些急了:

"孩子,你不愿意就说不愿意吧!"她伸出手摸着小花丰满的肩膀。

大家都笑起来,看着小花是送郎上战场呢,还是留郎在家乡。

小花是个要强的孩子,她不能忍受谁对她不尊重(其实也没有人是轻视她或是嘲笑她的,不过大家觉得刘大娘太会说话了)。她扭过身去很拘束地说:

"大娘,还是叫他去吧!"她心愿地劝说地对刘大娘说。

"好!小花也是模范!"

"……"

刘大娘低着头拖着无力的两腿,在一阵吵嚷之后,叫姚四嫂送回家去。终于,她艰难地从痛苦和矛盾中解放出来,她是被这群火热的年轻妇女感染了。她想:"人家青年的媳妇们,都离得开汉子,我们大老婆子还舍不得儿子吗?"她再也不想固执她的意见了。但是这又怎么对她儿子说呢?她打了一个唉声,她严肃而亲切地对刘贵讲起来:

"二贵,我不是不叫你参军,是为了你和你媳妇。现在有吃有穿,我还怕挨饿受冻吗?你实在愿意去,你就去吧。"她转为教训似的口吻说:"二贵,去了就得好好干!你到队上要听长官们的话;跟弟兄们要商商量量的;对待百姓不要吹胡子瞪眼,别忘记了咱们是穷人,听说队伍上还拔英雄、挑功臣,你也该给老娘争口气……"刘大娘把平日学来的道理,都告诉了刘贵,她怕他不知道这些。

刘贵听他妈叫他走了,不知道他是表示对他妈的感激呢,还是因为他太高兴了,他大声地说:

"在家靠老娘,到队伍上靠官长!"

姚四嫂看着刘家娘俩已经完全和解,她停住了笑,对刘贵半正经半打趣地问:

"二兄弟,你有什么话要嘱咐你媳妇的?就对我说吧,我会告诉小花的。"

"我在外边好好打仗,不嫖不赌,不要惦记我。她在家也要好好生产,不要成天串门乱跑。打完反动派——"刘贵打算说:"我就把小花娶过来。"可是话到了嘴边上,他又不好意思说出口,就换了

一句:"回来再团圆吧!"刘贵转过身来对刘大娘说:

"妈,我到农会上去,屯里还有很多事没办妥呢。四嫂你坐着。"他看了一下姚四嫂,飞一样地走了出去。

"我也该走啦,大娘,人家还等我开会呢。"

刘大娘送走了姚四嫂,她就东抓一把,西抓一把地给刘贵收拾东西。

天都大黑了,刘贵还不见回来,刘大娘一个人胡乱吃了饭,就躺下来。她翻来覆去地睡不着,尽想着刘贵,外面狗一咬,她就想一定是刘贵回来了。一直等到鸡叫刘贵才办完了事回到家来。

"是二贵吗?"刘大娘像一年没有看见刘贵似的问。

"是我,才办完事。咱屯有十五个人参军,大家举我当了班长,我跟优军委员到各家去了,有困难的,都跟屯干部商量好了,将来怎样帮助他们解决。咱们的一垧半地和那匹马,农会主任说由插具换工组帮着管,秋后分粮食吧。你老能做多少就要做多少,饿不着的。听说咱们都打到长春大南边去了,我看大伙儿再多加把劲儿,蒋介石就快完蛋了。"

刘贵一边说一边脱完衣服,就睡下了。刘大娘本想还要和他说些什么,可是一阵的工夫,刘贵已经打起鼾来。

刘大娘一夜迷迷糊糊,也没有睡成觉。天还没有亮,她就爬起来给刘贵做饭。

等刘贵起来的时候,太阳已经出来很高,没等他穿好靰鞡,刘大娘就把烙好的白面饼拿上来,还有一大盘子炒鸡蛋。

刘贵看看他妈,由于没有睡觉而浮肿起来通红的眼睛,此刻他确有些留恋。因为街上锣鼓已经敲起,刘贵也顾不了许多,他想是快要走的时候了,就急忙地跟他妈吃了饭。

刘大娘看着她就要走的儿子,也不知道什么时候他才能回来,刘大娘想说些什么,也不知从哪里说起,只看她把吃剩下的饼,包得好好的递给刘贵。待了好一会儿,她才战栗地说:

"拿着路上饿了吃吧。"

　　刘大娘扣上门,跟在背着背包的刘贵后面,走向农会去。

　　在农会门前的广场上,人早就挤得满满的。刘大娘不知道她眼睛有些发花呢,还是屯里增加了人,她觉得到处都是人,到处都是参军的。她想:"有这么多的人,有这么多的兵,不用说拿枪炮打,就是拿镰刀锄头,也把反动派打垮啦!"若不是姚四嫂来拉她走,她还不知道刘贵他们就走啦,更不必问她,大伙儿怎样开会,怎样讲话,怎样喊口号,妇女会又怎样唱歌了。

　　刘大娘和姚四嫂走在妇女们的头前,紧跟在农会主任、屯长、屯自卫队组长的后面,把未来的英雄们送出了屯,人们才停下来。这时刘大娘才看到刘贵胸前戴着一朵大红花,骑着一匹高头大马,走在坐满了人的两辆大车的前头。他那严正而粗豪的面庞,和他那高大而健壮的身躯,正标志着东北劳动人民是忠厚、坚毅和剽悍的化身。

　　刘大娘凝视着刘贵的背影,一种愉快与骄傲的微笑,在她的脸上辉耀起来。她回过头看看小花,她正在被少女特有的忸怩所困扰。她看看姚四嫂,她却理智和温良地在谈笑。这群伟大的女性,她们已经能够在需要无数英雄不断涌入前线的时候,在今天或是在将来,把儿子把丈夫送到为了自己也为了大家的战场上去。

　　送走了参军的健儿,大家回进屯来,一路上人们都争着问:

　　"刘大娘,你怎么养这样一个好儿子?"

　　"刘贵干什么都是好样的!"

　　"……"

　　刘大娘在奉安屯住了二十七年,她有过苦难,有过快乐,可是没有过光荣! 现在,她知道了:这光荣原来是受众人尊敬;使人更年轻,更有力量,更快乐;和应当更多做事! 忽然刘大娘想起她的猪还没有喂,于是她轻捷地跑回家去。

五月于哈尔滨

选自《东北日报》,1947 年 6 月 4 日

◇ 金 刀

农民会长

看看小的,就想起了大的,大的活着不也四岁了吗? 怎么死的呢? ……不敢想,不敢想。

王保树今天在农民大会上当选了农民会长,当劳工的老伙伴王二愣装了瓶酒,给他庆祝。说:"这回咱可翻身啦。"王保树一欢喜,就多喝了几盅。这是几年来捞不到的事。

酒进了肚,脑袋嗡嗡的,身子也要起空。一瞥眼看看老婆孩子,孩子正咕乍咕乍吃奶,像只小牛。王保树乐得直抿嘴唇,张开两只大手就要抱,孩子正吃奶,又舍不得抱,站在老婆跟前直瞅。老婆也望着孩子笑。

王保树瞅着瞅着不笑了,心里转了个弯,有些酸溜溜的。醉眼惺忪瞅的好像不是孩子,而是……一堆血肉……一堆骨头……不敢想,啊,不敢想。一巴掌拍在自己脑门子上,转过身就跨出房门槛。

"唉,唉……"是个苦闷的叫喊。

在平日他未尝不拿着劲儿,不去想那些。今天,脑袋偏有点儿不听调弄,这几盅酒有点作祟,热乎拉地把些旧事都给翻上来。这些旧事啃着王保树的心,啃得他"唉唉"地叫唤。虽然过去的已经过去了,虽然今天的小日子也抽开步了,老人的身板也挺硬实,孩子也会爬啦,老婆也穿上件蓝大衫,从区上又分下了几亩地,从斗争张大肚子又分得了几百块钱,可能在年底再买口猪崽,转年春使使劲儿还能添头牛,慢慢还能……然而越是因为这样,也就越想起了从前的苦。

他从孩子的死想到汉奸特务,又从汉奸特务想到孩子的死,最后在他脑袋里就剩下一团血乎拉的东西——那被狼吃剩的孩子的尸首。他觉得有点儿透不过来气,便随手拖过一张三条腿的板凳,坐在房门口,掏出短烟袋,一边抽着烟,一边眨巴着眼,把自己又送到一些过去的事里去。

时候也不远,就在去年,谷苗长个半尺来高,妈把病得要死的当劳工的他,搁大车接回来。爸也当劳工,亏天老爷保佑,跟着也回家了。为了儿子的病,一双老人家地也不顾得铲了,一天这烧香那还愿,老是眼泪汪汪的。可好,儿子病好啦,一双老人家又病了,老婆也病了,就剩下两岁的小子和自己,这真算没咒念。他一面要服侍老人和老婆,一面又要照顾孩子。熬了点儿小米粥,先给老人灌下去,再灌老婆,再喂孩子。长了这么大,哪会喂孩子,喂多了就呛一口,喂少了就吃不进去。他急得溜溜转。

"这可咋整,这可咋整!"

排长来了,王保树像见了亲人。一手抱了孩子,一手往屋里让,预备诉诉苦。排长筋了筋鼻子,没进去。

"王保树,村上挑你去青年团,明天去受训。"

"咋的,排长?"王保树糊里糊涂没听清,紧跟着问。

排长像怕什么咬着,早把屁股掉过去,又把脖子转过来:"青年团!"

王保树想再问,排长已没了影。

"管他咋的。"他没往心里去,走回炕边看看妈,妈闭着眼呼哧呼哧直喘,摸摸头,烫人。去看看爸,爸也一样。王保树的心里真像刀绞!

米也没了,还得设法弄点儿米。

"上哪弄呢?"王保树的算盘打不准。眼望着小的小,病的病,怎能离身?不弄又没吃的,憋得王保树直打磨磨儿。

晚上,孩子睡了,病人也没有动静。他找了条口袋,悄悄地走出来,反扣上门,一直朝着姐夫家走。道,看不清,跟头把式地算摸到姐夫家大门口。讨厌!狗也欺人穷,朝着来过多少趟的王保树下死劲儿咬!姐夫出来,把他领进屋。灯下瞧姐夫的脸色,实在够人看几天的。姐姐出来了,问道:

"兄弟,你半夜三更的来干吗?"

厚着脸皮把话说了:"家都病啦,没吃的,想借斗米。"

姐姐的脸也是活的,呱嗒一下就撂下来。王保树像是在刺猬身上,不知怎么好。

姐姐和姐夫都走进老婆婆屋里,嘀咕了半天,才出来。

"俺婆婆说,借半斗给你,秋天可得还一斗。"姐姐有点儿不放心。

"只要救活了命,还二斗也承愿。"王保树咬了咬牙根。

姐姐送到门口,又嘱咐了两句:"兄弟,下回别来啦,你还不知俺是大家?"

王保树点点头,含着眼泪没放声。

把米背回来,天也亮啦,没到门口就听孩子哇哇叫。赶紧打开门,放下口袋,走到炕边。孩子拉巴巴啦,滚了一屁股蛋。妈瞪着白眼珠子一口不接一口地喘。也顾不了孩子,赶急凑着妈的耳根子叫"妈——妈——",妈没答腔。

"妈——妈——"王保树哭咧咧地喊。

他怕妈要死,对着妈耳根子狠命喊。妈喘得轻了,慢慢地缓过气来,可没说什么,又闭上眼,王保树放了心。孩子还哇哇哭,赶紧给孩子擦巴巴,换尿布。弄完了孩子又给爸翻翻枕头,又看看老婆,这才动手淘米,煮粥。院子有人喊,一探头,看见进来二十来个人,雄赳赳地都拿着红缨枪,像是捉胡子,王保树有点儿愣。

"王保树在这么?"进来个大个子挺横。

"干吗?"王保树胆虚虚地瞅着他。

"受训去,装什么懵懂!"大个子真冲。

王保树像一头掉在冰窖里:浑身瓦凉。这回明白啦,排长昨天说的就这个事。

"你望望,"他哆哆嗦嗦地指着屋里,"我这一家都病了,怎么去?"

"谁管那个! 这是公事!"大个子像要把王保树吞到肚里。

"不看老的看小的,孩子这么点儿,没人照看怎行。"王保树恨不能要下跪。

大个子丢个眼色,那帮家伙把王保树就围上了。五花大绑,外带一个脖子扣,像拖死猪似的就拖到会上(协和会)。田书记摆了公堂。

"为什么不来受训? 混蛋!"田书记也打着官腔骂人。

"不是,老爷。"王保树吓得乱颤,"俺家……都病啦。"

"死也得来! 就你敢违抗!"田书记霍地站起来,走近跟前狠狠打四个耳光,"他妈的,你敢违抗,叫他上那边跪着!"

过来几个人,把他拖过去对着"满洲国旗"跪下,干腿子下边还给放了三条木棍。

"这会儿可舒坦吧?"不知谁这么一说,大伙儿都笑起来。

他心里这个委屈就别提了,打着骂着还挖苦着:"俺就算个泥团团,随便捏吧。"他没放声。木棍垫着干腿棒,痛,痛得直咧嘴。他歪了下,板子跟着就打到身上。

"不许动,动,打死你!"

哦,还有这么一手,真算能出熊道眼。他咬了咬牙根:"挨吧。"眼皮包满了泪,但他不让它淌出来。他暗暗地恨:"这群狗犊子,有那一天……我非……"

冷不丁又想到家:"唉! 爸爸妈妈死了没有? 门也没带上,孩子爬出来没有?"一颗心急得像要从腔子跳出来,火烧火燎! 他想要爬起来跑,跑回家。"唉!"还是白想。

日头把脊梁杆子烙起泡，哪儿都火辣辣痛。脑袋浑浆浆的，像要劈开。嗓子眼儿直冒油烟，从早起到现在没捞口水喝。这条命要完蛋！

下午三点来钟，村长来了。迈着四方步过来，先审了一顿，然后又假作人情给保下来，让他回去趟，明天再来。这算得了赦。刚要走，村长朝他斜楞一眼："明天回来，把鸡蛋带个五十六十的，别死巴巴的。"

"是，村长，能叫我回去趟，就是五百六百也行。"王保树说天地良心话。

也忘了腿痛，也忘了晒一脊梁燎泡，一条心都挂在爹妈和孩子身上。这一往回走，好像比跪着那时还着急，恨不能一时飞到家。就像晚回去一步，爹妈就见不着面。他转过身，还不敢快走，恐怕走快了，叫人家心疑，再给抓回去，心里这个难哪，就别提了。

走出有二里来地，回头望望，看不见人，这才撒丫子跑，顺着老大山沟子，顶烟上。鞋摔掉一只，脚丫撞出血来，没管它，还是跑。累得这口气不接那口气，眼也冒了金花，还是跑，他想一下飞到家。

看着烟囱了，看着房檐角了，看见大门了，他更加了劲儿。他希望能听到孩子哇哇哭，可是没听到，大山沟鸦雀无声的。他已来到家门口。

他光惦记着家啦，没留心脚底有些什么。脚丫踏着一些黏糊糊的东西，有些两样。刚一看，"妈呀，这些什么！"他打了个冷战。

一堆血肉，一堆骨头，肠子在一旁，脑袋别在夹肘窝，大腿和肋巴露着白寥寥的骨头，血，把地染了挺大一块儿，紫勾勾的。

他吓得发了呆，突然又明白过来，他"哇"的一声，一头扑在地上。"孩子……孩子……"他打着滚哭。"孩子……孩子……"他捧着这颗稀糊烂的小脑瓜哭。他的脑袋顶在小脑瓜上："孩子……苦命的孩子……我的孩子叫狼吃了！"他哭得要闭过气，他哭昏了！

王保树想到哭孩子，真哇的一声哭起来。哭声惊醒了自己，抬头一望，什么也没有，孩子也不见，日头靠山啦。不过有股劲头可塞在心口窝。他把右拳头使劲儿打在左手掌子上："我的孩子是叫狼吃了么？不，一定不，是他们吃了，是那些汉奸和特务！"王保树今天回过味儿来，自己念念嘟嘟的："他们虽然跑了，可是谁收留下他，我就揍谁。不报这个仇，我的心过不来。"

他忽然想起排长昨天到家说的几句话："老王家，咱们村长从前和你那些事，也都过去了，管他谁吃点亏，就不用再提了，中央军也就快来啦。"

但他又想起来白天农民大会的事，会上几千只铁拳头，一举起来就刷齐，像能顶破天。在这些拳头中被举做会长。

"哼，怕么！我一定要给自己报仇，我一定要领着这些拳头报仇！"

王保树紧绷绷的脸上，挂着个冷笑。

一九四六年六月十五日

选自《白山》，1946 年第 4 期

◇ 金　汤

程福祥的家庭会议

五月的晚上,程福祥召集全家四口人开家庭会议,会上还请来了一个互助组的邻居们来参加。

程福祥首先发话,他说道:"咱们家给地主耪了十五年青,一垄地也没置下,可说每年耪了个光净光。今年翻身分了地,可得好好过啦!现在是咱们给自家干活,为了过好日子。你看前几天互助组的乡邻们,帮助咱们抹了几天房子,今天又来参加咱们的家庭会议,人家为的啥?还不是为了咱们一家好过吗?如今晚,穷哥们儿翻了身,真是心都长成一个啦!这个会咱们有什么就提什么,先提我的,我有哪个地方不对,哪个地方不好,说出来我就改,全家痛快,过日子也就更加上劲儿了。"

他老婆听他讲完,接着讲道:"今天我不怕大家笑话,知道的人赞成我们为着过好日子,不知道的人会说他怕老婆子,我无心思计较。要说起来,就得提旧事:今年正月二十几,我在家里编席子,你和人家耍了一天钱,输了两千多块;那时家里就剩二斗米,给了人家,就没吃的,不给人家,又怕不行,后来总算借着还了。这些事,你说有没有?"

程福祥回答道:"有,有,你说了就改,再往下提吧!"

他老婆又说："去年冬，我编席子，你有时连秫秸也不扒，出门整天不见回来，这样子一共有十几次，你说干啥去啦？"

程福祥连忙回答说："有这么十几次，是到老杨哥他们家闲串去了，喝了三次酒，看了两场牌。"

程福祥还要叫她往下说，不料他老婆说道："没有了，你给我提吧，看我有哪点对不起你！"程福祥的女人是个能干手，正派的女人，她这么一说，明明是敲程福祥的边，引得满屋子人，都会意地对着程福祥笑了起来。

程福祥赶忙对大家说道："对呀，对呀，都提得对呀，只要提得出来，我就有决心改掉它，看今后谁干得好吧！"

在家庭会议上，程福祥和他的老婆还订了竞赛计划。他老婆说："你别看我是个女人，干活可不在你们男人以下。我除了做饭、薅草、喂两口猪外，春天和秋后还要编席子五十张；春天一张换三斗，秋后换二斗，一总能够换粮十二石。"

程福祥说道："你能干，我比你更能干，三垧分到的熟地要种好，另外还开三垧荒地。插镪换工外，再给人家打十个零工，这个钱就拿来买冬衣穿。此外，村里的事要办好，帮助街溜子王海转变，叫他勤劳生产。"

他们这个家庭会议开得很好，影响到全村的人都羡慕他们，都跟他们学习。在春耕完了的时候，全村开会总结，共开出荒地一百七十垧，增加猪一百零四头，王海和其他五个街溜子都得到了改造，程福祥的功劳不小啊！

铲蹚完了以后，程福祥的庄稼长得比别人高，下了两场小雨，程福祥的庄稼有了十成，全家除去吃用外，还剩九石粮食。区政府为了奖励他，叫大家向他学习，开大会赏给他一匹大马，还赠给他"劳动英雄"四个大字的光荣称号。村中有几个好唱的人，给他编了一无支歌唱道：

　　程福祥，程福祥，春秋四季忙上忙
　　政府号召大生产，全家劳动做榜样

熟地种好还不算,开荒三垧增荣光

妻子生产也逞能,编起席子五十张

卖席换粮十二石,庄稼收成吃不完

劳动英雄乐洋洋,安家立业得奖赏

选自《翻身农村风光好》,东北书店 1948 年

大十六屯的风光好

　　说句肺腑话，拜泉大十六屯的老乡可真翻身啦。两个月以前，这地场还是地主的天下呢！自从那些恶霸土豪坏家伙们，都一个个地被斗倒了下去，穷哥们儿爬起来当了家。眼下，这屯堡的穷人不光说了算，而且还都打下家底变成新发户了。

　　一进这屯子，就觉着有股紧张劲儿，大伙儿正在修南边跟西边沟子里的三座桥，人很多，黑压压的，干得可有劲儿啦，真是锹镐三响，齐下火龙关。

　　带头的王老头说："眼看快要拉大秋跟送公粮了，这桥不修哪行。现在咱穷哥们儿翻了身，屯中要紧的事，就得赶急着办。"冷不丁地他转过身去看了看桥，接着说："这桥若不是今天咱穷哥们儿翻了身，你就别指望桥能修成。从前地主当令的时候，砍一棵树割捆条子，都得瞅地主的脸，给他拿若干的钱，现在可好啦，大伙儿齐心干，一个钱没花就修成啦。"说到这里，他又指着那桥上说："桥头上穿白小衫赤着脚踝挖土的那个人，你看他是谁？是咱屯新近还俗的李老道呢！"顺着他的手望去，李老道，脑瓜子剃得光光的，脸晒得红红的，简直是一个地道的庄稼汉。

　　屯子头上有两个小姑娘放哨，拦住道要路条，那人笑着问她："你认得路条吗？"又逗她说："没有怎么办？"那个小些的姑娘溜走了，过会儿，从对面小马架里出来一个老太太，一边纳着鞋底，一边咕噜着："往他要，没路条不行，送他到农会去！"那人赶快把路条给她看了，她又狠狠地瞪了一眼才走了。一会儿，一个十多岁的半大小子，拉着头牛走来，他也用奇怪的眼神瞟着，马上就问有没有路

71

条,当时那人就反问他说:"你也不是站岗的,问这干啥?"他立了立眼睛说:"你们不是咱屯的人,问问咋的?"

"对对!"急忙地认了错,并告诉他岗上已经看过路条了。

正在这个节骨眼儿,一辆大胶皮车,打从身旁赶过去,车上载着几个五花大绑的犯人,三个武装民兵,傲然地分坐在车角上,看样子真有股子虎实劲儿。一打听,才知道是犯人,是头些日子阴谋放火的坏蛋狗腿子,打算乘大伙儿救火的机会,好叫那些被押的恶霸地主逃走。不想到弄巧成拙,这些坏东西都落网了。

选自《翻身农村风光好》,东北书店 1948 年

地也叫他翻翻身

洮安胡宝山村，天刚蒙蒙亮，大街上，家家户户便热闹起来了，人吵牲口叫，闹成一团了。牲口都套上犁杖，预备下地，贫农赵连才大声喊着说："好地的谷子种完了，赶紧把去年的紫花垄种上苞米，南街大地主扔了的撂荒地，谁有力量谁去开，不是穷人翻身了吗！这回地也叫他翻翻身！"

村里，去年种了四百八十七垧八亩地，撂荒了三百八十七垧八亩地。另外还有没开的生荒，二百零七垧，今天混家子核计，不但要把去年的撂荒地全部种上，也要把生荒地开他一部分。在村长李林森、生产委员李德荣的号召下，把二溜子也编成生产小组了。本来胡宝山村，亘古就没见过谁家真正套一副犁杖，能够干脆地去种地，今年就大大地不同了，村里有互助生产小组，代耕队，二溜子队，都编得清清楚楚，全村人民，和气生财，互相竞赛，都说："秋天见！"往年，全村土地五勾被地主占了三勾还多，他们种不完都给大蒿子给癫死了，也不给穷哥儿们种，所以村子房前左右，成了一片荒草甸子，好不可惜！生产委员钟四虎子说："胡宝山的荒地老鼻子啦，'满洲国'再不倒台，穷人全得搬家，没想到八路军来了，三尺多高的荒草地，也见了新土，八路军帮助穷人翻了身，穷人也帮助地翻了身。"

全村的男女老幼，都紧三活四地下种，两头不见太阳地赶种大田。

选自《翻身农村风光好》，东北书店 1948 年

73

翻身换脑筋

吃过饭大伙儿挤到一间屋子里，高高兴兴，说说笑笑，就开起晚会来了。

这一阵痛快，过去是没有过的，忽然一个人高声说道："好啦，乐够啦，让我问一句，——咱们今天为啥这样高兴？"

"真翻了身！"大伙吵吵嚷嚷地回答。

"为什么是真翻了身？"

一问起这句话，大伙儿的话就多了。都说："头年斗争高明海家，大伙儿没有得到多少东西，后来斗争姚家和董家也没落着什么，只有这次斗争李奎家，房子住上，土地分上，牲口拿上，东西才真得了，真翻身了……"

大伙儿正说得很热闹，有一位红眼巴的陈老五插嘴说："对呀，东西真得了，翻了身了，不过还得换换脑筋才是哩。要是不换脑筋，坏地主要翻梢，分得的东西就不牢实。"

老陈头是个老实人，大伙儿都信服他，一听他说的这一套，都嚷嚷道："真的呀，脑筋也要翻翻身，不翻可不中。脑筋翻身，第一要大伙儿抱团，拧成绳，参加农会才好哩。穷人要跟亲兄弟一样，谁也欺负不了，谁来动一个，就给他个齐大呼地干！"

老陈头说："真得抱成团才对哩，这一回斗争，我把命都豁出来啦。头年清算高明海，我去早了又害怕，不去又怕农会不让。我去的时候东西都分完了。瞧了半天，背了一座佛龛回家。他妈的，我心里想高明海发大财，原来有佛爷保佑，我供了这佛爷，也一定发大财，背回家后便天天给他烧香叩头，谁知道别人过年时有吃有穿，我穿着单裤还露肉连饺子也没吃上，原来佛爷是假的。这回斗

74

争李奎家我分了房子,分了地,分了粮食,佛爷也叫我扔出去了,'穷人穷命',这回偏不穷了,可知'命'呀'神'呀全是扯淡!"

旁边萧海山插嘴说:"穷人穷,不是'命',也不是他妈的'神',纯粹是坏蛋地主给压迫的。有钱的天天吃好的,风雨吹不着,自然又白又胖;咱们要是天天吃肉,谁不都是一副富态相?"

老韩头也插嘴说:"穷人不该穷,半夜三更就起来,财东家的财产都是我们侍弄出来的。"又接着说:"常言道:'扛活不够本,越扛越加紧',我老少三辈子扛活没有摞下一块儿尿臊褯子。我扛了一辈子活,十几年前借的口粮到这前儿没还清,累得孩子六岁就当了小猪倌。扛活就是扛债,越扛越拔不出腿来。"

说到这里,冷不丁有人敲着菜碗唱起来了:"从小真命苦,扛活扛到四十五,你看命苦不命苦? 刻下八路军,来了翻了身,有了区政府,你看得福不得福!

另一个接着唱:

从小扛大活,
十八打了头,
半辈仅打头;
刻下八路军,
来了翻了身。

唱完了,都说作得好,你一言我一语,说还应该补充补充,最后就改成了:

从小放大牛,
十八打了头;
扛活四十五,
棉裤破了补又补;
穷人齐心翻了身,
今天换上新棉裤,
有粮有地有房住,
这回才真得到福。

做完了小唱，大伙儿就讨论起生产来。老陈头说："李奎那小子头年就说：'穷人分地，看你们能种不能种？'我说咱们决不要丢脸给他，要争这口气儿，给他看看：有困难，大伙儿帮着干，有工没牲口，大伙编组搭犋，忙的时候，蹚的蹚，铲的铲，要蹚得多，铲得细，还看谁勤快，看谁打的粮食多。"

大伙儿都赞成老陈头的意见，就你一句我一句，叨咕起编组搭犋的事儿，赶编好了组，三星已经偏西了。

选自《翻身农村风光好》，东北书店 1948 年

还是老头洒脱

在于家围子村，地主于耀先，外号叫于二奸，对农民非常刻薄，他家的伙计，要比谁家起来得都早，又比谁家贪黑都大。每天早晨鸡不叫时，于耀先就起来招呼伙计，待至伙计们都下地，他再去睡"回笼觉"。

给他扛了四五年活的老李头，也没能挣上一件新棉袄；他只有一件开了花的破棉袄，晚上还要当被窝，连铺带盖，所以生满了虱子。一天晚上，他扒完了麻，天气就不早了，临到上炕睡觉的时候，又捉了一阵虱子。等到捉完了虱子，脱靰鞡要睡觉，刚脱下一只，于耀先便来招呼吃早饭了。于耀先看见老李头脚上穿着一只靰鞡，便说道："还是老头洒脱，已经穿上一只啦！"岂不知，那只还是昨天早晨穿上的。从此以后，这句话就在村子里当作故事和笑话传开了。

共产党来了，领导农民翻身，在斗争于二奸的时候，李老头首先揍了于二奸一顿，群众们都说："对，'还是老头洒脱！'"这倒不是又来讽刺老李头了，是说给地主听的呀。老李头自己也说："老头岁数大，叫地主压迫的年头也多，今天翻身，也该我老头洒脱啦！"

选自《翻身农村风光好》，东北书店 1948 年

火红的日子

　　一走近李秀贞的家门口，从那未打完的黑土院墙的活口子，便能看见两间半齐整的上屋，窗户上新镶了玻璃，而且擦得那么亮呀，打老远望起来，好不晃眼睛。若是一进院子，就会听到"咯嘎"乱叫，那就是从恶霸地主蔡老七家分来的两只大鹅，一齐扑拉着膀子叫起来。

　　她是永安区姜五连街妇女会的主任，新翻了身，分了八垧地、两间半房、一口柜、一百个鸡蛋，现在又买了一头小毛驴、一匹小马，拴上一辆花轱辘车了。她为什么过得这样好啊？除了分了家底子以外，那就得看她自己说的话了："我庄稼活不力巴，点种、铲地、推磨、挑水、打柴、抹房子，跟老爷儿们一样会干。"她新近又养了二十只小鸡子，卖鸡蛋积攒下钱，买了口老母猪，现在已下了十多个猪羔儿。此外，她又当了白城县妇女会的委员。

　　李秀贞不糊涂，她知道这是谁帮助她翻的身，她说："得房得地可不能忘了本，一定叫我儿子参军报国家。"她早早就把她儿子送去参军了。欺负她的蔡老七，虽然被清算了，解去她多年的恨，但她可不是"好了疮疤忘了疼"的人，要替穷朋友报仇保天下，这就是她送儿子参军的意思。

　　提起来"疮疤"，她的疮疤可不浅哪！你看她对人诉说受地主的气吧："头八年，我二十九岁，当家的就扛活累死了，带四个孩子，没柴没米，五天就吃上三顿饭哪，那年正月，正赶上下大冰雹，五尺深，冻得大小孩子缩成个团，齐哭乱嚷。那该死的恶霸地主陈铁一，那时候是甲长，非逼着叫我出劳工去刨汽车道不可。我说：'甲

78

长啊！我去非冻死不可！'他瞪着眼睛骂我：'穷骨头！冻死还不臭块曲麻菜地！'又吓唬我说：'不去就取消配给本。'在呼呼的北风烟雪里，恶霸用鞭子把我跟我七岁的大儿子赶到冰道上去，娘俩都穿了破单，浑身没点棉花，冻得就像筛糠一样脸上没点人色。一人多深的大冰块，分给娘俩九方米五大的地方，刨了三整天半才刨完，手脚都冻得没皮了，我七岁的孩子耳朵眼睛都冻破了。这时候正过正月十五，地主们都坐在热炕头上，掏着小酒壶，吃喝玩乐，狠心的狼们哪！"

"天下没有不吃屎的狗，地主就没有好东西！我大儿十六岁就给蔡老七扛活，一点儿粮食粒也没落下，反替蔡家出了三回劳工，差点儿没病死在大沁他拉，黑了心的蔡家地主，抛了我大儿子不管，还叫我二儿去顶工……"

李秀贞的苦事像讲古一样多，她好跟人唠嗑，唠完了总会讲现在的火红日子，最后就要说："我的小花轱辘车可得好好使，小白马也得喂得胖胖的。"是啊！她可再不受地主的压迫了。

选自《翻身农村风光好》，东北书店 1948 年

孔老太太的三件喜事

赉北县莫莫格区,有二十多个小屯子产盐,去年算一下,旧有的熟盐地,有九十多垧,今年又新开辟了四十多垧,政府除了把熟盐地抽出小一部分,作为机关生产,其余的一百多垧,尽数地分给贫苦的老百姓了。

一位姓孔的老太太分得盐地以后,乐得见人就说:"我家今年有三件光荣的喜事,第一件是分得了盐地;第二件是儿子当了战士;第三件是抱着了孙女。"乌蓝照村一个蒙古老乡说:"在伪满时节老百姓吃的盐,日本鬼子都不准熬,叫我们吃他的配给盐,现在咱们政府,不但准咱们熬盐,还给我们发盐业许可证,拿过去和现在比较起来,真是一个是地狱,一个是天堂!"

现在全区分得盐地的老乡们都说:"咱们熬盐呀,想过好日子的就熬盐呀!"一天到黑都在努力地熬着盐。

选自《翻身农村风光好》,东北书店1948年

隋淑兰斗争亲兄弟

延吉太平区长新乡隋凤魁,是全区有名的一个大地主,有地一百五十多垧,他的一奶同胞的姐姐隋淑兰家很穷,在伪满"康德九年"七月间,全家六口人几天没有掀开锅盖,隋淑兰到隋家借粮食,隋凤魁不但没借给一粒粮食,反大骂她一顿,隋淑兰就忍气离开隋家,走出门口见他院里放着一个叫小猪啃过了的角瓜,饿得没有办法,就把角瓜拾起来,隋凤魁和他老婆沈贵莲(她是个地主的女儿)看见了一句话没说,就用棍子毒打起来,当时隋淑兰已有五个月的身孕,结果小孩子也被打掉了,几乎叫打死了。从此以后"穷姐姐富兄弟就变成阶级的仇人了",五六年没有说过话。今春分土地时,隋淑兰也分了三垧半旱田,当时她说:"穷人依靠谁也不行,只有共产党才是穷人的亲人。"后来在深入挖坏根时节,隋淑兰成了积极分子;八月二十六日那天,彻底清算隋凤魁时,她把隋凤魁扯着就给拉出来,问他:"你知道我是谁吧?"她上台讲话说:"人穷了,亲不亲,友不友,弟兄也是仇人,不管地主是我们的亲戚哥兄弟或父子,我们穷人要团结起来,把他们斗倒。"隋淑兰在这一次斗争中提高了阶级觉悟,打破手足关系,教育了全乡群众。所以长新乡的人们,提出口号说:"地主有钱,六亲不认;农民团结,挖去坏根;打倒地主,农民翻身。"

选自《翻身农村风光好》,东北书店 1948 年

佟家沟改名胜利屯

佟家沟的庄稼，苞米像棒槌，谷子像狼尾巴，高粱火红。村长王凤仪说："乍一分地时，地主瞧不起咱：'看你们穷小子搁嘴拱呀！'咱们组织了互助换工，比往常年还多种了百十多垧地呢！"他指着他种的谷子给人看说："这样子，少到家一垧地打八石。"他又说："这佟家沟是大地主佟文生起的名字，现在改了，叫'胜利屯'，取其穷人翻身胜利的意思！"

听村长王凤仪说，村子里每个人平均分到了两垧地，能收六石粗粮，除了人吃马喂纳公粮，每人每年还能剩下一石五到两石粮食。他又说："这才是第一年翻身呀！我们的副业生产还没有算上！"他们全村子还有三个粉房，一个豆腐房，一个大车店。别看茅草搭的小马架，可有实路货，差不多都摆着座钟、穿衣镜、红漆柜箱，杂七六八的，都是分来的浮物。军属孙桂英从柴火堆里捞起几块儿破麻袋片子说："不怕你们笑话，这就是从望县搬来时候的家当！"接着她把分到的花缎大袄、旗袍从箱子里拿出来比较说："我过门的时候还没穿过这么好的衣裳呢！"

王占英、董林、安向春是转变了的二溜子。起先他们都是好庄稼人，因为越干越穷，灰了心，反正是受穷，不如混一天算一天。如今在农会的帮助下，很快地都回了头，王占英还当了劳动模范了呢！

一个打过三十多年头的老庄稼人，一面盖粮仓，一面对邻居们一遍一遍地絮叨："一辈子没有看见过二斗存粮，今年分了地，打这几十石，小马架里哪能搁得下呀！"

　　生产模范郑祥，他从十四岁到五十四岁，一气儿给人扛了四十年活，他说做梦也没想到还有翻身的这一天。年轻人参军，他自己不够格，可是他说出这么一句话："谁要再来翻咱穷人这个天下，我这个老命也豁上和他拼了！"大伙儿都说："对！"

　　这个心思就是翻身以后千万个穷人的心思，这就是我们的力量！

　　　　　　　　选自《翻身农村风光好》，东北书店 1948 年

五十多岁老魏头要参军

老魏头是通辽杨家窝堡屯大家选的村长,他五十多岁了,去年咱们军队撤走以后,他叫当屯的恶霸地主董维德捆了起来,用胳膊那样粗的棒子打他,还问道:"你还当八路不啦?"他咬着牙说:"你要打不死我,我还当。"那一次他被打得只剩了一身骨头,爬出了杨家窝堡;在国民党暴政下的辽河北岸要了一冬天饭。

今年咱们队伍回来,他把要饭的家伙一扔,就回到杨家窝堡,他和穷哥们儿头一个就斗倒了恶霸董维德,都分了房子牲口和好地。斗争胜利以后,他再三地要去参军说:"我豁上我这把老骨头不要了!"主任对他说:"参军是打老蒋介石,在地方是打小蒋介石,要是小蒋介石都打垮了,老百姓组织起,那老蒋介石也就好打了,你已经这么大年纪,还是在地方上做事的好。"可是他还强辩说:"我也还能硬实四五年呢!"虽然这样,最后还是全屯的群众,好容易把他劝住了,选他做了杨家窝堡的村长。

选自《翻身农村风光好》,东北书店 1948 年

再别叫我们街溜子了

洮北永平区，保全屯、五家屯、靠山屯三个屯，四十二个街溜子，已有三十八个转变了。要问为什么呼啦巴子转变了呢？就是混家子，耐心地说服，挂街溜子牌和榜，开大会斗争讲理，让他们坦白，悔过自新，订生产计划，召集街溜子参加竞赛。

其中已经转变的街溜子，像保全屯孙文德的老婆，从前每天领着孩子串门，走到谁家吃谁家，把孩子扔到炕上就出外看牌，屋里活像个猪圈，没有炕席，把被和褥子都输光了。现在转变过来了，光着脚丫搅泥抹房子，把屋里抹得又白又光，每天早晨把院子扫得一棵草刺儿没有，积土攒粪，自己还撸胳臂拉滚子，厌了两垧地。

五家子王照祥，以前成天价不离赌钱场，输了钱，家里有什么连窝端，今年也变了，领着老婆孩子抹墙、盖猪圈，他扶犁杖，老婆点种，妹子压滚子种地，还在准备开一垧荒地。

以外，杜家庄跳大神的高明山，专门用自己的六头牛吃租粮不生产的邱申，今年也都干开活儿了。说也可佩服，邱申的高粱苗长一寸来高，他的大垄已扣完了，还抽开空侍弄园子。

这些街溜子，现在都齐大乎地要求大伙儿："再别叫我们街溜子了！"大家对于他们，也就开始关心照顾了。

选自《翻身农村风光好》，东北书店 1948 年

◇周洁夫

好兄弟

一

担架队员一条心，
遵守纪律听命令。
越过几重山，
越过几重水，
不怕困难向前进！
好人要当担架员，
爱护伤员兵，
嗳嗳哟，爱护伤员兵！

当偏西的太阳缩进云层的时候，一组组长王兴章仰起脖子，和全小队队员反复唱了几遍民夫担架歌，一直唱到热辣辣的阳光又刺到他的右脸上。他觉得喉咙干涩涩的。咽口唾沫也困难，身体有些乏，上眼皮尽往下压。他听着在身后滚动的大车辘辘声，不禁想起他的哥哥。

他哥王兴才是去年十月参军的。

哥儿俩从小一起长大。他哥十一岁那年，到张七爷家当羊倌，过了两年,当他长到十一岁的时候,他哥升了牛倌,把原来的位置让给他。哥儿俩起早归晚,一块睡冷炕,吃冷饭,受冷气。这样过了三年,他爸的身体衰了,他哥回家帮他爸下地,又把放牛的事情让给他。他爸租种了张七爷两垧地,种了十来年,除了出荷纳税,只够两口子两张嘴吃。他哥一回家,多一口人吃饭,地没多半垄,就不够吃了。勉强撑持了三年,他哥抽上了劳工,他第三次接了他哥的手。熬到"八·一五",他哥从牡丹江回了家;第二年春上,张七爷全家却卷起细软财物,穿上兔子鞋走啦。过不久来了工作队,村里像燃起一把火,几辈子压在人家脚底下的穷哥们儿都直起了腰。他爸租种的两垧地归了他家,又分得一垧好地、一匹马。那匹马他哥儿俩全放过,是匹好青马,毛色油亮,喜得他娘龇着牙直笑。后来哥儿俩一起斗争张七爷的把弟陆乡长,一起入农会。九月间农会主任一呼吁参军保家乡,他哥第一个报上名。他的心头也痒痒的,可是三垧待收的地把他留下了。

二月底边,区上动员担架队上前方,他抢先报上名。来回二十多天,大伙儿在一块笑笑唱唱,走了不少地方,见了不少世面,他心里好乐。虽说在道上遇见几回飞机,挨过一次炸,受过炸,受过伤,他满不在意,倒说:"给蚂蚱咬了一口,算得什么!"这一回是第二次上前方,临走前帮着他爸,使唤着那匹青马,把三垧地种上了。走时一身轻松,好像刚从江心里洗了个澡。

现在一想起他哥,他的脑袋就开了戏了。有一幕时常开演的戏,这回又出演了。

他刚当羊倌那年夏天,张三爷带着他的两个少爷,到张七爷家来歇夏。爷儿俩成天骑马打猎,喝酒玩女人,佃户于良发的嫂子就在半个月里给叫去了三次,每次都是流着眼泪回来。两个小的也是一对小煞神,大的跟他哥同年,穿一身西服,头发梳得油光滑亮,像个日本小子,有时也当真用鬼子话骂人。小的从城里带来个橡皮弹弓,装了半口袋吃剩的桃核,见人射人,见马射马。有一回他赶着羊群回来,那小子正站在门口,照着头羊一弹弓,头羊扭头就窜,羊群全乱了。他咕噜一句，那小子迎面又射来一弹弓，桃核尖正刺在他脸上。过后他到马厩里告诉他哥，他哥一手抚摸他打红的脸庞，一手按在他的头发上，好久才闷着声音说："二弟，咱们别忘了，大了要出这口气！"……

"那两个小子跑了，还不是去当国民党！我哥哥要捉住他们才好呢！"想到这，他的心头跳了一下。

"喂！老二，咱们也唱，你听二小队唱得多有劲儿！"他的左膀给人狠狠触了一下。那是于良发在向他说话。他扫了一眼，见于良发把光顶草帽往脑后一推，盖在铺盖卷上。张开大口，眨着左眼睛，吼叫开了：

　　担架队员一条心……

接着有十来个略略错落的声音加进去，他也不知不觉地跟着唱起来：

　　越过几重山，

　　越过几重水，

　　……

他又陶醉在现实的欢快里，疲困从他身上躲开。

道是熟悉的道，不过走起来爽快多了，不像三个月前滑溜。冰雪都渗到地下去了，道旁翻过了的土地黑油油得逗人爱。经过一片麦地，麦苗长了半尺高，绿油油，齐崭崭，在太阳底下像是要融化。面前出现一片绿林，绿林后面隐着黄泥墙、黄屋顶。快接近绿林，小队长喊起口令：

"一，二！一，二，一！一，二，三——四！"

杂乱的脚步立刻整齐起来，他也自然而然挺起胸脯，愉快地用全力喊着："一，二，三——四！"屯口，一个拿着红缨枪的十三四岁孩子，咧开嘴对着队伍傻笑。路旁的门打开了，穿着干净单衫裤的大娘们倚在门旁，指指点点地低声讲话，一个孩子跳到碾盘上，稚声稚气地唱："没有共产党就没有中国！"他也想唱，可是小队长还在头前吼："一，二，三——四！"他只好和大伙儿一起喊口令。他边踏步边用眼角瞅,心花都开放了,脚底心装上了弹簧。

穿过屯子,又是绿的麦苗,又是下了种的黑土地……走一程,又一程,太阳掉在右面,眼前又出现一座村庄。那村子散在路左边,从一排房顶上望过去,能够望见两棵相距不远的大杨树,右面那棵的浓绿丛中有个灰鸟窠。

队伍就在这个村子宿营。王兴章那一个分队被分派到西头一家贫户家住。他把大车上的担架、棍子、绳子搬进屋里,把背上的小铺盖卷往炕上一扔,担起房里的水桶,就往井边走。

他到井边已经不是第一个,二小队小队长老陆,那个爱唱爱闹的小个子,弯着背脊在绞水。他旁边有个穿绿军服的青年人,正在把扁担的铁钩钩到桶把上去。

王兴章放下水桶,招呼二小队长:

"哈!老陆!你又起了模范作用!"

那个穿绿军服的青年人忽然放下扁担,跨上一步,两手握住他的手,连声说:"啊!老乡!你好!你的伤好了吗?"边说边握手,握得他的右手发痛。

他呆住了。他端详着对手。那个人刚修过脸,两道蚕眉下伏一双乌溜眼,脸孔紫里透红。颈上缚一条白毛巾。敞开军衣和衬衫的上边两个扣子,露出油亮的胸膛,胸口上有个铜钱大的青疤。他迷迷惑惑,怎想也想不起那个人在哪见过。那个人开口了:

"那回在江心上遇见飞机,还记得那回事吗?我就是那个伤员。我叫张成虎!"

"啊!同志!是你!啊——"他从心里涌起一阵喜欢,不自禁伸出空着的左手,搭在同志的手背上。"我的伤算什么伤,三天就长了肉。你呢,你的彩好全了?……"他想接着说"恭喜你呀!",猛觉这句话封建,把它咽下去了。

二小队长老陆已经打完水,看了他们一眼,挤着快活的小眼睛说:"啊!老王碰见老朋友了!让同志给你讲讲前方故事,可别入了迷,忘记担水。"说着,担起水桶,低低哼着小调,摇摇晃晃走了。

张成虎瞧了一眼空水桶，忽然赶到井头，一口气提上一桶水，倒在空桶里。王兴章抢前说："我来！我来！"张成虎轻轻推了他一把，飞快又提上一桶，把另一只空桶装满。于是担起自己那担水："你家在哪？你头前走！"这动作又弄昏了王兴章，张成虎紧接着说："我没有别的答谢，给你家挑一担水。见见你老人家！"

王兴章明白了，禁不住咯咯笑起来："我家远着呢！咱们担架队学了你们八路军，我是给房东担的水。"他的脸上的红瘰疬堆在一起，张着厚嘴唇。

"啊！"张成虎扫兴地放下担子。解下毛巾，揩着额上的汗："那，你在哪歇？停会儿来看你。"

王兴章指一指西头那排茅屋。又红又圆的太阳正挂在屋顶上。"我在三小队里，你问王兴章就是。"

王兴章担起水桶走了。他走到第一棵杨树边，回头望了一次；走到有鸟巢那棵杨树底下，又回望了一次。他见张成虎一直站在井旁看他，脸上披着直射的太阳光，红得像熟了的高粱穗。他欢欢喜喜地想："哈！这么壮了！不过三个月呀！"

二

三个月前。他们那个中队抬着一批伤号往后方送。王兴章那一组抬的伤号看来伤势很重：脸孔蜡黄，眼窝坍下，黑胡子爬在深陷的两颊上，不声也不哼，好像一具没知觉的石人。

担架第一次歇下，他发觉伤员全身打战，挣扎着往上欠身子，嘴里咝咝作响。脸上现出痛苦的神情。他的心一阵紧，凑下脸问："同志，怎的，要解手？"伤员逬响着牙齿摇摇头，动了动嘴唇，没有说话，又咝咝地往进吸气。第二次歇下，伤员又出现了同样状态。这回他猜到了，准是背脊受了伤，冻冰的硬地触痛了伤口。第三次在旷地里歇，他就先爬到地上，叫于良发他们把担架的一头压在他的背上。伤员的背脊临空了。他在担架底下觉出伤员没打颤，也没听见咝声，他放宽了心。出发时，他从担架底下钻出来，走近担架，替伤员掖紧被子,伤员张大眼睛,从深陷的眼窝中定定地盯着他,眼神中含着激动和感谢。那种眼光他似乎看见过的!喔,想起来了,是他哥到县上去的那天早晨,他哥把他拉到马厩旁边,摸一下青马的鬃毛,然后低声向他说:"二弟,我打反动派去了!不打垮反动派不回家!爸年岁大了,家里事情你要多照顾。"说完话,定定地盯着他的脸。那眼光就跟伤员的一个样儿。

"哥会不会受伤呢?"这念头第一次从他脑子里闪过。早先他只是担心哥在前方打不好仗,丢他家的脸。"要是哥受了伤,担架队员会不会尽心照护他?"想到这,他突然觉得躺在担架上的那个人就是他哥了。

以后,每逢休息,要是在村头村沿,他让担架的一头儿放在阶石上、门槛上;要是在野地里,就让担架的重量压在他的背脊上。傍黑到了兵站,伤员换了药。从医生口中,他才知道伤员的胸前打进一颗子弹,从背后穿出,幸亏不曾伤到肺。

当晚伤员给安顿在老乡家里。他要求照顾伤员。在炕底下铺了一层草,睡在草上。半夜里,他恍惚听到伤员嚷起来,跟着是刺人的哼声,想是伤员翻动身子,触痛了伤口。他掀开身上的白羊皮大衣,一跳跳到炕跟前。月亮光水汪汪洒在伤员脸上,伤员的眼睛在月光中闪光。他拨了拨炭盆的炭火,从炭盆上的茶壶中倒了一碗温开水,递到伤员干裂的唇边,随后把伤员的被子掖紧些,才倒头睡下。屋里起了一股寒气。想是到了下半夜。他蜷缩成一团,好久没有睡着。刚合眼,伤员又嚷叫起来:"缴枪!别跑!举起手来!……"他又跳起身子,只见伤员阖着眼,鼓着两腮,听到一阵轻微的鼾声,他踮着脚尖走回草铺,心想:"那同志在战场上一定是只虎!听声音都有点儿虎气。"

第二天出发,伤员没什么变化,仍旧不声不哼。他还是不让伤员的背脊触到地面。这期间,他和于良发有过一次争执。在第二次休息时,于良发要求代替他支担架,他不让,于良发也不让,后来还是他耐下性子,答应下次由于良发来,那个固执的中年人才不说话了。在他们争执的时候,他瞥见伤员的眼睛蒙上一层泪水。

太阳刚偏西,二十来副衔接的担架到达松花江边。江面上铺满白茫茫的冻雪,只有一条道上没有雪,像毛玻璃那样发着暗光。担架队就顺着那条冰道过江。他那副担架走在最前头。刚到中心,隐约听到轰轰轰轰响,后面有人叫了声:"来飞机了!"他回头一望,果然看见空中游来两个白点子。他听见中队长大声地叫喊:"卧倒!快卧倒!"走在担架旁边的于良发马上卧倒,倒转头喊:"老二,快把担架放上来!"他把担架压在于良发的背上,刚要卧倒,猛地看见伤员盖的是条青被子,在雪地里特别显。他连忙脱下大衣,反盖在伤员身上。把伤员的脸也遮上。这才飞跑了二十来步,滚倒在雪地里。

两架银灰色飞机喤喤飞过来,打头顶上飞过。他松出一口气,后面一架忽然掉转头,扫了一排机关枪弹。前头那架也折回身子,尾巴一翘,扔下一串亮晶晶的东西。他闭住眼睛,听得呼呼一阵尖啸,烧着一股浓烟,硫黄的气息直呛人。他觉着大腿弯有些不舒服,一摸,摸了一手湿,原来离腿部不远的冰上给打了一个洞,冒出来的水溅了他的左腿,四围很静,什么声音也没听见。

他的心一紧,好像浑身都在水里。他跳起身,冲破消淡下来的烟雾,冲到担架跟前,揭开大衣,他的心放宽了。伤员大张着眼睛,眼里发火,下唇磨着上牙,一见他就冒出一句话:"妈的!我要有一杆枪啊!"

"同志!静一静!不要心烦!"他安慰着。可是他自己心底也在说:"我要有一杆枪啊!"

他拿起大衣往身上披,啊呀,领子上崩了两道口子。他急忙俯腰察看伤员的脸,没见一点儿伤痕,只是气色平和了些,显出紧张过后的疲乏。他的拉紧的肌肉也松弛下来,立刻感觉一阵寒意,他怕伤员受冷,又把大衣盖在被子上。他的脚忽然被什么东西碰了一下,他低下头,见于良发向他做着手势,向上指一指担架,露出等待回答的神气。他摇摇头,笑了一笑,那个多皱纹的圆脸也微笑了,打扇似的眨着左眼。

他那组的担架员陆续爬起来,围近担架,互相开着玩笑,好像刚才并没有遇见什么危险。中队长吹起哨子,喊出"抬起走"的命令。他抬起担架,觉着肩上针刺一样的痛。刚从担架底下站起来的于良发,突然抢过抬担架的木棍,把王兴章往边上一推,小声说:"你快歇歇!看你一肩血。"他一摸右肩,可不,摸了两指血。仰卧着的伤员这时也看到了,用破声喊了声"老乡!"就要挣扎起来。王兴章一手按住肩膊,一手按住伤员,笑着说:"没什么,怕是擦去块皮。"

一溜担架合着脚步,轻微地摇晃着,往松花江北岸走去。王兴章站在江心,脱去衣服一看,肩上划了一道寸把长的口子,伤口还浅,没伤到骨头。棉衣前后穿了两个小孔。他咬了咬牙,重新披上棉衣,跨着大步追赶担架。

到了江岸,中队长要他回家去休养,他摇摇头,说:"我这是跳蚤咬的伤!"

第二天早晨,他们要回到松花江南岸去。别的担架队接了这批伤员,临别,伤员对王兴章伸出抖颤的、发热的手……

三

在挑水回去的路上,在把两桶水倒进房东的水缸里去的时候,三个月以前的情景,在王兴章的脑子里迅速地转了一过。"这么壮!哈,变成另一个人了!"他自个儿笑出声来。

他吃了晚饭一丢下碗,就出外瞭望。见一个孩子唱着儿童团歌,赶着一群羊走进左边一家院落里去;见两个青年农民,脸红脖子粗地争论着什么,急步从他身边走过;又见一个长着络腮胡的中年农民,持着红缨枪从村口走去。东头的红霞渐渐变紫了,这才见前面有个穿军服的人向杨树走来。手里提着个包儿。他像匹小驹那样蹦迎过去,一边嚷着:"张同志!张同志!"

那个人也加快了脚步,手里的包儿直晃荡——现在辨出那是个白手巾包儿了。在有着鸟窠那棵大杨树底下,他们的手握住了。他孩子气地、反复地说："张同志！你壮咯！壮多咯！"边说边捏弄张同志的手。

"医院里调理好，"张成虎露出阔门牙，"一天不断的慰劳品，又是鸡蛋，又是苹果，吃也吃胖了。"

他们在道旁的杨树荫下坐下，脚插在松软的田地上。张成虎打开手巾包。

"这都是慰劳品。肥皂、牙刷、烟丝，连这块手巾，全是。烟丝你自己抽，东西捎回家去！"说着把手巾包捧到王兴章的胸前。

王兴章跳起身，红了脸，口吃地说："我不要！我，我一点东西没慰劳，还能倒受你的？"

张成虎一抬手，捉住他的手腕，把他拉到原地坐下。"我有双份的！你不收，我心里不安。咱们八路军从来不讲客套。这点东西只是表表我的心。"于是包起手巾包，搁在他的腿上。

温暖的东南风迎面吹来。头顶上的树梢微微摆动，发出沙沙声。树上有只斑鸠在叫。两个人望着面前的黑土，静默了一会儿。王兴章偏过了脸："张同志，你认识王兴才不？"

张同志抱着膝盖，认真地想了半晌，摇摇头："这个名字不熟。他在哪部分？"

"摸不清，"王兴章叹了口气，"他是我哥。参军后从没往家捎信。"

"那可不好找。咱们队伍有几十万人呢！"

"我妈常担心他，怕他有个好歹。"王兴章眼望着天空，好像在对自己说话，"我倒是担心他打不好仗，替咱家丢脸。"

"好！"张成虎伸出个大拇指，伸到他的鼻子前，"这么想才是正道。——我问你，你哥的性子怎样？"

"他呀，性子刚烈，从小就胆大，黑夜里单人走道不打战。可不爱讲话，时常自个儿想事情。说心思比我细，说胆量比我大。"

"比你还胆大吗？"张成虎的嘴唇掀开了，眼里射出光彩，"那放心。他死不了。子弹这东西打不死勇汉子。咱们连上有些新战士，都是弄蛇打架长大的。打起仗来呵！哈！说冲就冲在头前。打完仗没伤一根毛。你哥哥又会动脑筋，不是个冒失鬼，那，保险，十回有十回不吃亏。"

听了张成虎一席话，王兴章的心落了地。看样子，张同志是打关里来的老八路。人家血里进血里出的，讲的话一定错不了。"哥在战场上一定也是只猛虎！"他心里笑着，斜眼一瞅，见张同志眼望远方，眼睛在薄暗里一闪一闪，不禁想起那晚上说梦话的情景，他往近移了移屁股问："你也上前方去吗？"

"自然！上前方！归队！妈的，三个月真把人憋死了。早一点儿上前方，多杀几个反动派，这才对得起这个！"张成虎拍一拍胸脯上的金钱疤，眼睛更亮了。

"我已经打定主意，这回到了前方，一定要求上火线。肩膀上，——"王兴章停顿了一下，才找出一句恰当的话，"肩膀上的血不能白流！"

"着呀！好兄弟！"张成虎跳起来，重重拍一下他的肩膀，"你要有一杆枪准能揍倒几个反动派！我保险。"

王兴章的心开花了。张同志说行那就成；他全身发热，青年人的气血直往头上涨。"揍倒几个反动派！"不知怎么，一想到反动派，张三爷那两个小子就显了形，还有留着八字胡的张三爷，脑后折了一层肉条儿的张七爷……尖锐的哨子声突然把这些人们冲散，他听出这是集合哨。连忙提起手巾包，跳起来说："我们点名了。"

"那，前方见！"

王兴章扭转头，只见灰乎乎的人群都从屋里跑出来，聚起一大片。他迎着人群拔步往回跑。跑了两步又回头说：

"张同志，你到前方打听打听我哥。"

第二天清早，淡淡的月亮还挂在西方，担架队就在微明中出发了。月光和星光越来越淡，田野里逐渐能辨出田垄和小径。后面传来一阵坚实的脚步声。一会儿，就有一队徒手的战士赶上辘辘的大车，赶上他们那一个小队。王兴章在那支队伍中发现了张成虎。他吼叫一声：

"张同志！"

张同志只是向他点点头，没说一句话，从他身旁擦过去。他盯着张同志的背影，只见他的要涨破军服的背脊左右摆动。那支队伍走得好快，不一会儿就抢到一小队前面去了。这时他才收回眼睛，用神秘的语调问身旁的于良发：

"老于，你知道刚才点头的那个是谁？"

"谁？谁知道？"于良发的答话不大热，露出不想多费时间的神色。王兴章撞了他一下，扁一扁嘴巴，"你一辈子也猜不到！"

"我又不认识他。自然猜不到。"于良发眨着左眼。

王兴章放声大笑起来，他的笑声散在旷野里，散得远远的。

血红的太阳从左边爬上来。

四

一片广阔的漫坡地。几十个土坟像围棋子那样散在道路两侧。一个新坟顶上栖着一只乌鸦，呆呆注视着前方的地平线。那里有两座独立家屋在燃烧，上空现出一片紫色。当一个通信员鞭打着喘气的棕色马从道上驰过的时候，乌鸦唰地飞起，飞到一棵榆树顶上，又呆呆地望着驰向独立家屋的骑者。远方响着紧密的枪炮声。突然传来一阵撼动天地的爆炸声，乌鸦惊飞，棕色马跳了一下，随即绕过独立家屋消失了。就在两座独立家屋之间，出现两个照亮的人形，先后弓腰走下。头前一个穿一身旧短衫，结一条白腰带，扎一条变灰的白手巾。后面一个白衫黑裤，戴一顶尖顶硬草帽。他们抬着一副担架，担架上躺着一团绿色东西。他们走近新坟边的榆树，后面那个喘息着说：

"老二，歇一歇吧。"

担架给安放在榆树旁边，他们两个面对道路坐下，用手拭去额上的汗珠。

"老于，这是第三个了？"

"唔,第三个!"于良发脱下草帽扇风,"我说,老二,你真行。开头我当你给打中了呢,没想到你是替伤员挡子弹。"

"我见子弹一股劲儿地落,看光景横竖走不了,一横心就覆在他的身上。"

"险呀!幸亏我们的炮弹把那挺机枪打哑了。要不,我也不好回家了,大叔大婶准会向我要人。"于良发抽了口气,冲着王兴章笑。

"我向中队长请求上火线那回,就打定了主意,人活百年总要死,死要死得有光彩。同志们打仗为谁?"他迅速向担架瞥视了一眼,"还不是为咱们老百姓!何况子弹打不死勇汉子。只要心坚,没有过不去的火焰山。"

"说来也好笑。刚上去那回,我心里总是七上八下的。后来见敌人的炮弹只在空中炸,倒像一朵朵红花,老炸不着人,胆量就大了。你看:这是头,这是手,一样也不缺。"于良发拍拍光头,伸出两臂摊了摊,快活地摇摆着上身。

伤员在担架上动了动,低低呻吟了一声。

"走吧,"王兴章走过来,蹲倒身子,把绳索套上脖颈,抓住木棍的两端,"早走早到,让同志早点上药。"

担架微微摇晃着,背影逐渐缩小。在独立家屋中间又出现两个抬着担架的人形……

登上漫坡,在独立家屋前面,展开一片平野。离独立家屋四百米处,拦着一道长长的土围子,被炸药炸开一道口子。有几处被炮弹打毁,露出近似半月形或三角形的缺口,缺口下堆着崩土。战斗就在围子里面进行。枪声和手榴弹的爆炸声响成一片,围子上空升起火光和烟云。围子外面横着一道壕沟,有几块木板搭在上面。围子跟前躺着两具黄色尸体,那是在逃向围子时被射杀的敌人。抛在尸体旁边的美国步枪,在中午的阳光下寂寞地发光。

两个精悍小个子抬着一床担架向快烧完的独立家屋走去。在那里他们碰见了王兴章和于良发。

"咳！老陆！抬了几个了？"王兴章招呼头前那个小个子。

老陆左手的大拇指尽力勾住木棍，伸出四个指头。"没有你们多吧！"竖着腰走下漫坡。

王兴章的左手按在眉毛上，向四下瞭望，在壕沟这边，除了炮弹坑，翻起的成堆泥土，看不见一个人。"同志们都冲进围子去了！咱们也进去吧。"说着就跑开步子。于良发跟着跑了一会儿，开始马一样地喘气。王兴章猛然站住，要于良发放下担架，他把担架背在背上，跨开大步就跑。跑过壕沟，那支发光的步枪撩花了他的眼睛。他放下担架，抬起步枪，撇上肩。顺手解下一个尸体身上的子弹带。围在白腰带上。"我有一支步枪了！老于！"他回过头，却没见老于的影子。一支步枪口从壕沟中伸出。他一惊，壕内又伸出一个头，咧着嘴说："我捡了一支枪！"于是老于从壕沟爬上来了。

突然王兴章听见一声闷声，紧接着又是一声，好像装满洋芋的麻袋滚到地上。他飞快回头，见右边只隔两根电线杆远的地方，有个人跛着腿在跑，另一个正在土堆上直起身子，穿的都是黄军服。他立刻用在村口放哨时那样威严的语调，高喊一声"站住！"刚直腰的那个就在土堆上站住了，跛腿的那个还跑，在背后简直看不见他的脑袋。王兴章飞快摘下枪，打了一枪，没打中。那家伙转往壕沟跑，眼看再两步就要到壕沟了，他正发急，不知从什么地方打来一枪，那家伙就倒在壕沟旁边，头挂进壕里，背上渗出一股鲜血。他回过头，见于良发正在背后死命拉枪栓，显出难受的神色："妈的，偏偏卡住了。"那么谁打的枪呢？在他惊愕间，头上飞下熟悉的声音：

"好兄弟！你真的上火线来了！"

他抬起头，见缺口旁站着一个人，那人正是张成虎！他欢叫了一声飞奔过去。张成虎摆摆手："我就出来。"说着转过身就不见了。

他奔近缺口，这才看清举手站在土堆上的家伙不过十六七岁，面色发白，索索打战，好像一碰就会跌倒。这时缺口内走出一个穿着黄军服的家伙，垂着光头。他急忙举起枪，随着又出来一个，一见王兴章的黑枪口，急忙伸手捂住发青的脸。于是一个熟悉的侧影从缺口挤出来，张成虎站在他的面前！除去手上那支步枪，肩上还斜挂着两支。他满脸泥土，两只快活的黑眼睛在黑脸上闪烁。"啊！真巧！又碰见了！"

"还捉了个俘虏呢！"王兴章隔着人向土堆指了指。

"有种！"张成虎露出牙齿，牙上蒙一层泥垢，像一条条小黑虫。嘴唇都干裂了，显然经过了激烈的战斗。他看了一眼王兴章，黑眼睛眯缝着："噢！还缴了支美国枪！"

王兴章脸红了。弄不清是不好意思还是高兴。

于良发走上前来，热心地问："同志！围子里打得怎样了？"

"没死的全缴了枪！"张成虎又露出黑牙齿笑了，脸上的灰土也没掩住他的快乐。

王兴章听了听，果然听不到枪声。他向于良发挤一挤眼睛。于良发却催促他："咱们快抬伤号去吧。"

王兴章指着土堆上的蒋军，对张成虎说："你把他一起带走吧！"

三个俘虏从王兴章身边走过去。张成虎拍一拍王兴章的肩膀："好兄弟！小心着使，那支枪是支好枪呢……"

王兴章目送着他们走过壕沟，于良发凑过头问：

"你在哪里认识这位同志的？"

王兴章神秘地挤一挤眼睛："在松花江上。你也认识的。你还用背脊当过他的枕头呢！"

"啊啊！是他呀！"于良发拍着枪身说，"真猛，一抓就是两个。我说，你哥要是那么猛就好了。"

这句话提醒了王兴章。"他不知道打听到我哥没有？"他想。他刚要喊叫，于良发却用枪托捅了他一下。"快走吧！你看老陆他们又来了。"

王兴章奔去捎上担架，刚进缺口，迎面遇见一个同志押着三个俘虏。那个同志招呼他:"老乡,从这往东再往南拐,那边烧锅院里有几个彩号。"

他们拐过墙角,迎面又过来一大群俘虏。王兴章高兴得心头乱跳,不禁站下来观看。一边低声数着:"十八,二十六,三十四……"

于良发推一推他。"走吧!"王兴章刚转身,他又低声加了一句:"看来反动派成了九月的蚊子,到时候了。"

就在同一个时候,在偏西的阳光底下,在遥远的战线上,一群战士飞一样地奔跑着,追击着溃兵败将。在这群勇敢的战士里边,有个脸色黧黑,身材高大,步子迅捷的战士,这个人就是王兴章的亲哥——王兴才。他正向着自己的家乡方向跑来!他的挂满尘土的脸上也闪着快乐的光辉,他的手里也握着一支美国步枪,不过他现在没有想他弟弟,他只想着一件事情——歼灭敌人!

一九四七年七月

选自《老战士》,东北书店 1948 年

机警捉俘虏

战斗快结束了,炮兵已经撤到小后方,四中队只留下上士于长江和有病的五班三炮手贺桂林在大后方看粮。深夜一点多钟,于长江听见外面狗一直咬,就叫贺桂林出去看看。贺桂林出到屋外,只听雪唰唰响,天漆黑,闻声不见人。他回来说:"怕是咱们部队吧。"于长江不放心,跑出去瞧,还是闻声不见人,听声音是由东往西。他叫贺桂林回屋找个老乡,于长江问:"咱们门口有往西的道吗?"老乡说:"道是有,离这远着呢!"于长江一盘算,要是咱们人为什么不走道,穿地垄走呢? 不对! 他喝问了声:"谁?"没听见回答,光听见踩雪的声音:唰唰唰,往西走远了。

村里还住着这部队四个留守人员,于长江要贺桂林告诉他们做准备。贺桂林走不多远,又听上士喊:"谁?"接着一声枪声,接着又是上士的喊声:"贺桂林回来!"贺桂林赶紧回转,两个人一起打开枪了。"别打啦! 别打啦!"黑地里有个人蹩过来,听口音是关里人,于长江一盘问,才知道他们一共有一连一排人,过去了一连两个班,这一个班八个人寻思走不了,便来接洽投降。于长江问明情况,守在大门口,贺桂林守在房门口,要那帮人进西屋。

八个蒋军出溜溜进了西屋,于长江见他们人多,怕变卦,就扯起嗓门喊:"贺桂林!"贺桂林应声:"有!"于长江又喊:"告诉一排,赶紧追击! 告诉二排马上集合出发!"说着又往西打开了枪,两个人乒乒乓乓打了一阵枪,贺桂林对屋里敌人说:"把武器放下,交枪不杀!"

八个蒋军带着二十多颗手榴弹,两支大枪——有些人把枪扔在河里了——大枪里都顶着子弹,贺桂林两枪把子弹放了,把手榴弹都搬到屋外,他本来病得有点迷糊,这回却神志清醒,精神比往常更好。

第二天早晨,东下屋的老百姓说:"你们不是两个人吗?怎么听起来像有四五十人?"贺桂林开玩笑说:"我们就有四五十人,说来就来,说去就去了。"

最后补充一点:偷跑过去的那一连两个班敌人没有跑掉,都落在步兵手里了。

选自《阶级的硬骨头》,东北书店 1948 年

老战士

一

　　孟连长全身缩在日本大衣里,左手大拇指和食指夹住下巴,右手食指在一张四开报上往下移动,逐字逐字地念着:"进犯蒋军受创溃退,遗尸五十余具……"他轻蔑地笑出声来:"这些送死鬼!"这时门轻轻推开,通信员跨进门限,用刚发育的声音说:"报告连长!有个老头儿要见你。"

　　"请他进来。"孟连长的左手从下巴移到桌沿,站起来,把滑到肩上的日本大衣拉上,来回踱着步子。他想:"一定又是来慰劳部队的。"他在八步长的房子里踱了两转,当他第三次背向着门的时候,一声非常熟悉的苍洪的"敬礼!"使他猛地转过身子,他疾速地奔过去,一下握住来人的双手:"呵,刘长勇!"

　　"连长!"刘长勇半仰着头,眼睛停在比他高半个头的孟连长的脸上:"你黑了! 瘦了!"

　　"几个月来尽走路呵!"孟连长掐了掐手指:"咱们有半年没见了。是不是?"

　　刘长勇点了点头。卸下背上的蓝布包裹,投到铺着日本军毯的炕上,就在包裹旁边坐下,把戴着圆毡帽的头伸向前面,高声大气地说:"前天我遇到一个熟人,他是在这一带做买卖的。他说,李家村上住着一连八路军,连长姓孟,对老百姓有说有笑,可是个好脾气。我就问他长得怎么个模样? 他说,大高个儿,瞎了一只眼。好啦,他这么一说我就猜准定归是你啦,天下姓孟的又瞎了一只眼的连长可不多啊！今天一大早我一撒腿就跑来了，一气跑了四十多里地。"

"难得你老远跑来看我。来了就好好玩一玩，歇一两天再走。"

刘长勇忽然呵呵大笑，笑得眼梢的皱纹都挤在一起。他亮着嗓子说："连长，我不回去了！"

孟连长诧异地盯着刘长勇发红的脸。

"连长，你记不记得我讲过的话？"

孟连长显然更迷惑了，咬着下唇，眉间现出两条短槽。

"今年四月间，你和指导员再三劝我复员，说是和平啦，咱们要遵守——遵守什么个鬼方案。那时节我看你们攥得急，要留也留不下，就应承下了。临走前一天，我想着不好，要是国民党要滑头怎么办呢？我又跑到连部来问你们：'要是国民党自己不裁兵，趁着咱们复员发大兵来打咱们怎么办？'你们说是大概不至于吧。我心里总放不下，就说：'要是国民党反动派要打内战，我一定回到八路军来！'就这句话，你忘了吗？那时候你还点头称好呢。"

"哦！"孟连长的眉心解开了，他感慨地说，"那时候我们实在太老实了。"

"害得我闲了五六个月。"刘长勇气愤地说。

孟连长却突然问："你今年四十——？"

"四十二。"

"是呀，四十二怎么还能扛枪！"

"我离开部队的时候也是四十二呀，一岁也不短。"

孟连长背靠桌沿，望了一回刘长勇背后的墙壁，然后摇摇头说："你还是回家吧！"

"我回家做什么？"刘长勇发急了，他摊开两手，抖动着爬满黑短髭的下巴："我的孩子已经成了家，在区上当助理员，吃穿都由公家给。分到的七亩地人家给锄了两遍草——我去锄人家还不让，谷穗长得黄饱饱的。媳妇会纺线，又会织布，吃穿全不愁，家里安排得妥妥帖帖，用不着我这个老粗插手。现在反动派快打到家门前来了,离咱们家只有百来里地。孩子成天跑去跑来,征草点粮,媳妇又做鞋子,又当宣传员。他们小两口儿两片嘴会说,两双手能动。我呢?在家里碍手碍脚的。下地吧,别人忙着打仗,我这个捞过七八年枪杆子的倒躲到地里去,怎么说也说不过去。再说,我是个特等射手,打仗也打了十来年,最精通的还算拿枪这一门,我不出阵去干倒他几个还干啥?这回出来,我已经给孩子们说妥啦:要是我回不去,死了,他们就得多出一倍力,替我报仇,你看,我还能回家去吗?"

孟连长想起了一件事,他大声地说:"我忘了告诉你:我已经调开原先那个连了。班上的同志恐怕你一个也不认识。"

刘长勇起初怔了怔,但立刻恢复原来的神情,他执拗地说:"只要能扛枪杆子就行,熟人多不多我不在乎。"

孟连长再没有什么可说了。他沉吟了一会儿,从抽屉中抽出几张油光纸,说:"好吧,我写封信问问看。"

刘长勇站在旁边,眼珠随着笔尖上下溜走。等到一张纸被墨迹占去了三分之一的时候,他想起一件事情,急促地说:"我是个特等射手,你把这一点写上。"

孟连长笑了笑,在纸上涂去了几个字。当刘长勇认识的"手"字在纸上一出现,他才宽慰地呼出一口长气。

二

刘长勇已经穿上军衣,背上大枪。虽然班上一个熟人也没有,但不到两天,他就跟他们搞熟了。

现在刘长勇杂在队伍里,向他自己村子那个方向走去。星星在头上闪烁,时而有一颗流星拖着长尾巴从高空中堕下,消逝在低空中。风吹来有些冰人,摇得两旁高粱沙沙发响。队伍静悄悄地移动着,背上的枪筒发出暗淡的闪光。

"老伯伯! 坑!"

走在刘长勇前面的王海根回过头叮咛。他是新战士,爱闹爱唱,爱开玩笑。他只有十八岁,比刘长勇还要低一截子。在短短五天内,他对刘长勇已经换了三种称呼:开头叫名字;第三天改叫"刘老伯";第四天索性叫"老伯伯"了。

"前面还有个大坑呢,小心把你埋进去。小老鼠!"刘长勇跨过坑,快乐地说。

"我跌进去马上能够跳出来,你要跌进去呀,嘿嘿,骨头都跌碎啦。"

"别作声!"

副班长在刘长勇的背后喝了一声。

…………

转过一个山坡,刘长勇的眼前突然亮了。天空低处映着一片红光,红光处传来急骤的铁锤落在砧上的脆音。

"到家了!那是吴老四和他的侄儿在打矛枪头子的……"刘长勇的心跳起来:"他们睡着了没有?该睡着了吧?不会,凤儿恐怕还在纳鞋底子的……"

"谁?"远处传来一声吆喝。"那是谁呢?好像是刘二贵的声音,轮到他放哨那是准不会出错子的。"他想。刘长勇就在持着矛枪的刘二贵身边过去了,没有向他打招呼。

队伍走进了街口。当刘长勇走过第二条横街的时候,他侧转头望进去,街里灯全熄了,只有几只狗在街上拖长声音嗥叫。他辨不出哪一声是他家里的老花狗叫的。

"那么他们睡着了。也该睡了,白天劳累了一天……"他在心里说着,跳着的心慢慢地平静了。于是他把肩上的三八大盖往里耸了耸,抵紧皮带,眼望着王海根的后颈,走出村口。眼前又出现了一片黑暗,金属的碰击声也越来越低微了。虽然他不愿意回头去望,但不知不觉地还是回头望了两次,而望到的只是映在空中的红光。

"好好睡吧,我不会允许敌人来扰害的!"他第二次回头向前的时候,喃喃地说。

　　队伍又走过一个村子,风吹来更冰人了。刘长勇的左腿上起了一阵胀痛,腰部也逐渐往前倾斜。"见鬼,这还成!"他低声咒骂着,挺直胸膛,打起精神,故意把左腿狠狠蹬着地面。但右腿也像有什么东西绊住了似的,越走越跨不开步子。

　　"跟上!"副班长的声音又响了。刘长勇这才发觉王海根的后颈已经看不清了,他急忙小跑了几步,追近了王海根,却忍不住喘了几口气。

　　走在王海根前面的孙铁宾听到喘气的声音,他站住了,退到一旁,拉住刘长勇的枪皮带,想把它接过来:"让我背上!"他轻声地说。在他说来即使是轻声,但连隔了五个人的班长刘仁弟也听见了。他说了一句:"轻些!"

　　一种受辱的感情从刘长勇的心底浮起,他想说"走你的吧!"但是他了解孙铁宾是个直心汉,看不过就讲,讲了就完,待每个人总是诚心诚意,所以只说了句"我不累",就把孙铁宾扔在后边了。

　　孙铁宾只几步就赶上了刘长勇,他又轻声嘱了一句:"累了就说啊!"

　　"加油! 老伯伯! 别掉队!"王海根扭转脖子,悄声悄气地说。

　　"走你的吧!"这回刘长勇大声地说了出来。王海根伸了伸舌头,回过头不作声了。刘长勇又懊悔起来,暗暗责备自己火气太大:"这是自家人呀,小孩子家又不存什么恶意。"他心里一阵难过,莫名其妙地说了句:"喂,小老鼠,冷不冷?"

　　"背都湿透了呢!"王海根搐一下背脊,顽皮地说。

　　休息的口令终于从前面传了下来。刘长勇坐到地上,抚摸着大腿,随后张开两臂,让腰部尽量弯倒。就在这时,远处传来第一声的鸡叫。

　　　　　　　　　　　三

　　队伍解散了。战士们三个两个地走着,低语着,风把脚步声和低语声淹没了。

刘长勇低头走着，觉得浑身燥热，在他的耳朵里，震响着孟连长的声音："大树坡的老百姓刚从日本鬼子手里解放出来，没过上一年安乐生活，国民党反动派又骑到他们头上去了。逼着他们一天到晚搬石头，捐木料，把庄稼全荒了……咱们这回一定要拿下碉堡，解救老百姓……咱们要一颗子弹消灭一个敌人……"刘长勇的心猛烈地震跳了一下。

"一颗子弹消灭一个敌人！"这是一句他最爱听的话，也是一句他最爱说的话，每次一听到这句话，总像有一股诱力似的引他奋发勃兴。他念着它，钻进一条小巷。一扇门砰地推开了，一个人闪出来，迎着他喊："快一点儿！就等着你呢。"

桌子上点着一盏煤油灯，班长刘仁弟站在桌子和窗户中间，从破窗纸钻进的风吹起他露出帽檐儿的头发。同志们都坐在炕上，有两三个人吸着草烟，烟气把灯光遮得更暗淡了。刘长勇爬上炕，坐到炕角落里。他摘下三八式，横在膝盖上，立刻又把枪往下移了移，让枪托碰着炕席，就着灯光检视乌亮的枪口。

"听呵！乱动个什么！"坐在炕沿的孙铁宾把胳膊往后通了通，刘长勇这才把眼光移到油灯那边。

"……咱们第五班担任主攻！"班长刘仁弟说了一句，静默了。这是他常有的习惯：说一句，停一下，但每一句话都清楚沉着："——这是个光荣的任务——大伙儿都要努一把力——把乌龟壳拿下来——捉几个黄皮兔子——缴上几支美国枪——大家有信心没有？"

"有！"炕上骚动了，有人往前面移，刘长勇给人影遮住了。

孙铁宾跳下炕，转过身对着大家，把灯光全遮暗了。他用打锣似的声音说："我提出跟全班人比赛，看谁缴枪多！"

"好！""我和你比！""……"炕上有几个人同时说起，声音混成一片。半截烟头飞到地上。

刘长勇推开挡在面前的王海根，全身映在灯光里，把三八大盖往空中一举，大声地说："还要不浪费子弹，一颗子弹消灭一个敌人！"

"行！一枪打一个！"孙铁宾抖一抖枪，侧过脸："班长！你做证人。"

班长刘仁弟绕着桌子走过来，说："我要参加比赛，让别人做证人吧。"

"我参加！""我也参加！""我向全班挑战！"洪亮的、急促的、粗壮而有力的声音一个接着一个。而窗外的风也吼啸得更厉害了，好像有人在用鞭梢猛击着空气。

班长刘仁弟眼睛发亮，他摇手止住了喧嚷："好吧，大家都比赛，大家都做证人！——谁还有什么意见？"

"我有——"刘长勇跳到地上，挺直身子，站在班长面前："我要求参加上半班！"

班长犹豫了一会儿，说："要能快跑呀！"

"我冲锋的次数记也记不清了。这里——"刘长勇撩起左袖管，指一指手腕上铜钱大的疤痕，"就是孟连长打坏一只眼睛那回受的伤，我是紧跟在连长后面的。"

"你——"

"我老了，牺牲了也不要紧。"刘长勇抢着说。见班长舐着下唇不说话，他又补充了一句："我的经验多。"班长点了点头。

王海根忽地钻进来，插在中间："报告班长！我要求参加上半班！"

班长摇摇头："你没有打过仗。"

"做什么总得有第一次的。我的家离大树坡只有三十里地，就在西面。"王海根伸手往窗上指了一指，他的语音和食指都有点抖颤。不知怎么，刘长勇忽然难过起来。

"集合！"那是值星班长的粗嗓子。破窗纸外面贴上一只眼睛。

房里响起枪上肩和脚步的声音。班长刘仁弟第一个走出去。孙铁宾在门旁把王海根挤了一下，拖着庞大的身影紧跟出去。刘长勇留在最后面，他四周看了看，不曾发现遗留什么东西。在离开之前,他把那盏煤油灯吹熄了。

四

刘长勇跟着前面的黑影,弯下腰大步走着,有时小跑一阵。风灌进他的嘴,灌进他的肺,几次忍不住想咳嗽,但他立即用舌头抵住上颚,把咳嗽压制下去。他登上一道斜坡,走了三五百米,前面那个黑影终于扑倒了。他紧跑了几步,扑倒在那个人的旁边,前面正好是一道土坎。

黑绰绰的天在移动,一颗星也不曾露出来。刘长勇摸不清现在是什么时候,只从瘆人的寒气判断,总该过了子夜。他伏着,把枪平伸在土坎上,竭力凝视前方,前方是黑糊糊的一片,什么也看不清楚。

"妈的,急死人了。"伏在刘长勇右边的王海根不耐烦了,低低骂了一声。刘长勇立刻伸手捂住他的嘴,爬了两步,用嘴堵住他的耳朵,严厉地说:"不许嚷!"

又过了约莫半个钟头。刘长勇的眼前突然一亮,他赶紧又把头低下一些,从帽檐儿下望去,他看见就在距离三百米远处,透出四点白光,在天空低处也出现了一道闪烁的光焰。那白光一亮一灭,又一亮,两分钟后眼前又全然黑了。刘长勇这才明白碉堡这一面有四个枪眼,碉堡还没完成,顶子没盖起。

"那是换哨的还是解小手的呢?"刘长勇猜测着,而班长的声音在他身旁响起来了:"散开些!"他往左移了两步,右手指扣住扳机。

风小了一些。头上露出几颗星星。寒气却越来越浓重了。刘长勇缩回手,在僵冷的手指上呵了口气:"准到了拂晓时候了!"他想。

"啪!啪啪啪!"远处什么地方信号枪打响了。随着是绵密的枪声。背后,班长发出攻击的命令。刘长勇跳起身子,手端着枪,一直冲奔前去。他发现前面有两个黑影:一个高大,一个矮小,那矮小的忽然斜着跑起来,插到他的左边去了。"这冒失鬼!把目标弄得这么大。"他暗暗着急,他想叫,但刚一张口就止住了。

迎面射来两颗子弹,从身旁掠过。就打在后边的地面上。不知谁还击了一枪,碉堡上发出一道火星。突然间,碉堡的斜角吐出血红的火舌:"咯咯,咯咯咯,咯咯咯咯……"刘长勇急忙扑倒,就在同时,左前方有人"哟"了一声,随后发出一声短促的呻吟就静默了。刘长勇的心头好像受了一下重击,他想立即爬到那里去,但猛烈的机枪火逼使他伏在原地。

机枪扫射了一阵,停止了。刘长勇双肘着地,开始爬行,刚爬了两步,就见一团东西蠕动过来,刘长勇迎上前,腾出右手把它拥过来,那个人正是王海根。他小声地问:"伤在哪里?"

刘长勇的手被王海根拉到左腿上。他摸了一手暖湿的凝液。在他的手背上,那只火烫似的手抖动着。他用最大的忍耐压下愤怒,对王海根悄声说:"往右边下去!那边火力弱。"

王海根的牙齿碰击了两下,没有说话,抱住枪爬下去。

"一个同志受伤了!"刘长勇在心里叫。他闻了闻左手,一股血腥味刺进他的鼻孔。像所有八路军里最勇敢的战士那样,一见到自己同志的血,他自己的血也会沸腾奔涌,刘长勇的血液流速增快了。他像一只蜥蜴似的,向着机枪巢那个方向爬去。

他抑住呼吸爬行着,半仰起头,眼睛发痛,仿佛眼珠要跳出来。他觉得全身发烧,有什么东西在胸口内膨胀,要使他全身炸开。他解开上胸前一个纽扣,用牙齿从地上拔起一根草,把它嚼烂,然后轻轻吐掉。他往前紧爬了足有五十米远,熟悉的机枪狞笑又逼使他停止了。这一回机枪是朝着他后面三十米远处打的,子弹打他背上呼呼穿过。他双眼像猫眼睛似的发亮,端稳枪,对准火舌处放了一枪。于是他的眼前突然黑了,机枪声中止了,碉堡里隐约传来骚动的声音。

刘长勇冲过去。背后也传来细碎的脚步声。碉堡内掷出一颗手榴弹,在他面前四十米远处爆炸了。接着是第二颗、第三颗,火力封住了碉堡。在火光中,他发现离碉堡只有七八十米远了。

风静止了。东方现出鱼肚色,碉堡的轮廓逐渐清楚,远处的枪声已由稀疏变为零落了。

"缴枪不杀!"

"投降不杀!"

"不要受蒋介石欺骗,投到人民方面来吧!"

在左侧的山头上,送来一阵嘹亮的召唤。刘长勇也高声喊了一句:"缴枪不杀!"

"投到人民方面来吧!"这是孙铁宾打锣似的吼声。

零落的枪声和手榴弹的爆炸全停止了。刘长勇听见碉堡内发出一声怯弱的声音:"缴枪不杀吗?"

"不杀!"刘长勇仰起半身回答。

"不投降是死,投降是生!"山头上又送来嘹亮的召唤。

"我们缴枪!"刘长勇清楚地听见由同一人发出的怯弱颤音。他一跃而起,冲到碉堡跟前,仰起头吆喝:

"把枪支交出来!"

一支枪托从碉堡墙上伸出,他抬手接住,猛力往下一拉,就撇到肩上。他忽然想起机枪,见碉堡不高,就喊了声:"别忙!"伸手攀住墙沿。

不知是墙高还是背了两支枪的缘故,双臂还没弯起,全身就堕下来了。他退后几步,第二次纵身攀住墙沿的时候,只听哗啦一响,隔着墙头,听见孙铁宾响亮的喝叫:"举起手!"

"呵,他们进去了。"刘长勇一慌,两手一软,两脚又蹬落地上。他的耳内灌进一阵纷杂的嘈音,他赶紧曲着腰,绕着墙飞奔起来。

刘长勇跑到门跟前,正好碰着一个低头垂手的人从门里走出,黄军衣上面溅着几点黑血。紧接着又出来两个,第四个才是持枪的班长,左右肩一共挂了三支步枪。那枪的样式比普通步枪短一些,亮光光的,他偏头一望,自己缴的那支也是同一式样。他等班长离开门,正要往里闯,门却给一个魁梧的人堵住了。那个人正是孙铁宾,肩上赫然扛着一挺乌油油的机枪!接着班上的同志都出来了,每个人都多了一支枪,每个人的前面都有一个抗着子弹箱的穿着黄军服的人。

他走进碉堡,见墙角里躺着一具尸体,他覆卧着,胸口处有一道血流,一顶钢盔滚在头旁。他捡起钢盔,扣在灰军帽上面。四周看了看,再也没有什么可带的军用品,这才无可奈何地走离碉堡。

五

"谁?"听见脚步声从门外响过去又响过来,孟连长从炕沿站起,大声地问。

"我。"随着门帘飘起,刘长勇空着手走进来。

"啊,那么多东西!"刘长勇一眼看到堆在墙边的战利品,叫了起来。但当他发现那挺机枪的时候,他的心痛了一下。

"多吗? 这要缴满他一仓库呢! 缴日本的没缴够,拿美国的补上。"

"呵呵呵呵……"刘长勇快乐地大笑起来,以致大声咳呛了。

"你怎么不睡觉呵?"

"白天睡不着。"刘长勇咳呛着说:"我躺在床上,翻来覆去睡不着,就跑到这儿来了。"

"我知道你是第一个冲上去的,五班长已经告诉我了。"

"我是让你给写上一封信。"

"写信?"孟连长也有整两晚没睡觉了。回到村上,讲话,点胜利品,派人送俘虏,忙着统计战果,写信给在医院养病的指导员,忙了这一阵,实在疲劳得不成样子了。

刘长勇一屁股坐倒在桌子横头的凳上,兴致勃勃地说:"我要告诉他们,我们打了一次胜仗。我这个做爸爸的总算没有丢脸,打死了一匹黄鼠狼。"

孟连长受了感染,他又来了精神,他一步走到桌前坐下,提起笔,侧着头说:"你说吧。"

"贵儿,凤儿! 自从……噢,连长! 你先把咱们这次缴获和俘虏

113

的总数统统写上去吧！"

孟连长迅速地写了几行，抬起头问："还有呢？"

"你说我一颗子弹消灭了一个敌人！缴了一支美国枪——咳，可惜没缴到机枪！"刘长勇拍了拍大腿，沮丧地摇了摇头。一会儿，他猛地站起："你告诉他们：下一次战斗，我一定缴他一挺！"

"好！缴他一仓库！"孟连长挤一挤那只好眼，笑了。

刘长勇却扶着桌子放声大笑，房子里滚动着他的快乐的笑声。

一九四六年九月

选自《老战士》，东北书店 1948 年

平常的故事

　　这屯子离辽阳城二十里，三十来户人家，晚上老远一瞅，黑簇簇的，就像个小树林子。这晚上，屯里的狗嚎嚎叫，雪嚓嚓响，一支队伍进了屯。队伍一班一班分散，走进每户人家。道上静了，狗叫声停止了，只有一盏红灯笼挂在屯头一家屋檐下，红光淡沙沙地映在白雪上。

　　第四班被分配到一户没有院子的人家。四班长郭海兴一进里屋先瞅炕。炕是对面炕，靠窗的那铺炕空出来，摊了张旧炕席，炕桌上点个小油灯。对面炕上一床破被裹了两个人，一个老汉坐在炕沿吸旱烟。两铺炕之间安张落色的桌子，桌旁站着个四十来岁的妇道，穿一身八卦棉衣，睁着红眼睛瞅他。桌头供个神像，跟前放个海碗，碗里三炷香快点完了。神像两边乱堆了盆瓢瓶罐，灰蒙三分厚。桌下塞着麻包、木头箱、土豆，这人家真是一眼看透底，一瞅就知道是个穷家。他亲热地说："老大爷！大娘！麻烦你们啦。"

　　老汉瞪起呆滞滞的眼睛，啥也没说。那妇道走前一步，勉强笑说："不麻烦，老总。谁又不能把房子炕背起来走。"接着叹了口气说："就是房子小，炕窄，怕住不下。"郭海兴知道这一带前几天还是蒋管区，咱们军队第一次来，老百姓不了解，便笑着说："咱们住一宿就走。天太冷，要是夏天，咱们在外面睡也行。"

　　这时同志们都进来了，卸枪的卸枪，脱靴鞋的脱靴鞋，一个说："这房子跟外面一样冷！"另一个叫："就这铺炕？"郭海兴放沉声音说："小声些，看把老乡吵醒了。"那妇道赔笑说："咱们是两家子，不是老，就是小，全都没铺少盖，要不这铺炕也腾出来。"郭海兴抢着说:"哪能叫你们腾两铺炕! 挤不下咱们就睡地上——噢,你们是两家子?"妇道指指老汉:"他姓陆,咱姓方。他六十一了,耳朵有点儿背。"随后又指指破铺盖:"这两个孩子都是他孙子,大的十一,小的五岁。唉,两家都没个精壮男丁,过日子比过关还难,活一天,挨一天,挨到哪天是哪天。"郭海兴又问:"你家就你一口子?"方大娘的红眼睛湿了,她轻轻摇了摇头说:"唉,怨咱前世没修好。"她抬起袖头揩了揩眼睛,忽地转了话头:"老总走累了,早一点歇吧。"郭海兴听话辨色,知道她有心事不肯讲,也就不追问了。

谈话间,王永春已经到外屋烧洗脚水去了。听见高粱秆子响,方大娘急忙跨出房门说:"老总,让我来。我真老昏了,开水都没准备下。我来烧。"郭海兴抢出门,一把把她拦住:"大娘,你睡吧,咱们自个儿来。"方大娘说:"百姓哪有不侍候军队的道理! 我烧!"王永春抬起通红的脸,大声说:"国民党军队才让百姓侍候呢,你真老昏了。"郭海兴喝止他:"他说话就爱带个把。"随后对方大娘说:"咱们人民解放军不兴让百姓干活。咱们也是庄稼人出身,自个儿劳动惯了。大娘,你进去睡吧。"方大娘回进屋里还是不睡觉。

大伙儿轮着洗完脚,郭海兴和王永春从外屋抱进两大抱高粱秆,铺在地上。王永春从炕上取过大衣,往胸口上一盖,就睡下了。这时屋里又吵响起来,每个人都拿着大衣往地铺上倒,嘴里嚷着:"你上炕睡! 你上炕睡!"一时争执不下,后来还是郭海兴指定几个人在炕上睡,大家才不争抢了。"老好人"吴善芳上炕时还嘀咕着:"就我好说话,总叫我睡炕上。"方大娘不自禁地对郭海兴说:"老总,炕上还能睡个人,你上炕睡吧。"郭海兴笑着说:"我在地上睡惯了,在地上睡香。"说着拉过大衣盖在身上。不一会儿屋里就起了鼾声。方大娘想:"这队伍不叫人侍候,也不吆五喝六,真怪!"

郭海兴一睁开眼睛,太阳光正照在脸上,他赶忙爬起来,在神像跟前烧起三炷香,老大爷坐在炕头巴吱巴吱抽旱烟,一手伸在石盆上烤火。两个孩子也起来了,面朝里坐着,两身棉衣都是补了又补。他记起水缸里的水昨晚就剩不多了,就披上大衣走出去,方大娘正在往坑里塞高粱秆,破锅盖的边缘上冒着热气,他问了声:"大娘,水井在哪儿?"方大娘偏过脸说:"出门往左一拐就看见了。"说罢赶紧又往里塞高粱秆。郭海兴提起水桶,悄悄走出门。门外雪堆尺把高,帽耳结子一会儿就冻硬了。

锅开了。方大娘揭起锅盖,用勺子搅了搅,锅里漂起开了花的苞米粒子。门一响,冲进股冷气,方大娘回转头,见郭海兴挑了担水进来,她一怔,想过去接,又不敢,便装作没看见,回头去搅苞米粥。

郭海兴把两桶水倒进缸里,搓着手走进里屋。吴善芳已经醒了,背靠窗户打呵欠。郭海兴走到那个小的孩子跟前,按着他的肩膀,低头问:"小弟弟,你叫个啥?"不料那孩子肩膀一抽,"哇"地大哭起来。那老汉急忙按熄烟袋,抖着声音说:"孩子小,不懂得好歹,请老总别计较。"方大娘抢进来,用身子护住孩子,带笑说:"这孩子见不得生人,就爱哭。"随后逗孩子说:"小喜,别哭了,快叫伯伯!"孩子还是哇哇哭,黄皮拉瘦的脸上,眼泪流成两道槽。老汉急了,举起烟袋,就要往孩子的头上落,方大娘伸手挡住,瞪了他一眼,老汉才抖擞擞地收回烟袋,连声赔笑说:"对不起,老总! 怪我没管教好。"郭海兴没想到他们会慌成这样,倒给弄得不知道说什么好了,幸得吴善芳一下奔到坑跟前,纵身上坑,坐到孩子对面,用大拇指按着鼻子,眯起眼睛,向孩子摇了几摇头,孩子才带着泪花笑了,郭海兴也笑起来。老汉见郭海兴一笑,才松了口气。方大娘也松了口气,走了出去。这一闹把大伙儿都闹醒了,先后把大衣往身旁一撂,坐了起来。

郭海兴虽然知道老乡对咱们没认识,可这么一闹,心里总有些别扭。这时方大娘端进一个瓦盆,盆里盛着苞米粥,稀得只见黄汤汤。二次又端进一碟子大酱,一碟子酸白菜。一见这饭菜,郭海兴的别扭消散了,他扭转头说:"咱们活动活动,把门前的雪扫掉好不好?"哄一声,大伙儿前脚踏着后脚,涌出门去。刚扫开头,就见电话员在屯头支电线,大伙儿知道队伍几天内不会再动,准是要打辽阳城了,都上了劲儿,一会儿就把门前的雪全铲到屋背后。

吃过早饭,郭海兴和方大娘唠起嗑来。方大娘把这群人的行动看在眼里,心放宽了,态度也随和多了,讲着讲着就把她的心事滴水不漏地倒出来。原来方大娘家有过这么一段遭遇。

方大娘的丈夫早去世了,留下一垧地,一个儿子。儿子名叫方忠德,今年十八岁,是个老实疙瘩。去年腊月间,屯里抽丁抽到他儿子身上,陆老爷子的大孙子陆喜元也抽到了,两家家主一合计,便叫青年人到外屯躲躲风。没承想乡长刘五爷亲自跑来要人,一进门先扮出个笑脸说:"辽阳县这回要兵要得紧,不然也抽不到你们头上。派来的带兵官就挺在我家里,说是兵不交齐不走。我天天供酒供肉,这笔花销少不得要往民户身上摊。我看还是把你的孩子交出来好,大家都省事。"方大娘说:"孩子吓跑了,谁知道跑哪去了。再说咱孩子今年才十七,还不够龄。"刘五爷眼一瞪,鼻子一皱,猫头鹰一样叫起来:"这回要的是明年的兵,明年你孩子不是十八岁了?看你刁,能刁过我刘五爷手去?哼,跑得了和尚跑不了庙!"说着一撩皮袍角,背着手走了。当晚,她和陆老爷子都给抓进了乡公所。关了三天三宿,第四天乡长才把他们提出来。她回到屯里,才知道她儿子和陆喜元得知消息,自动跑回来"投案"了。她一听两眼发黑,支撑着赶了三里地,赶到乡公所,新兵早押进城里去了。人没见到,反倒受了刘五爷一顿奚落。回来她整整哭了一通宵。

春上,她打听到儿子受了三个月新兵训练,补充到连上当了二等兵。陆喜元没有下落。她家养了几只鸡,那时已经积攒了三十多个鸡蛋,第二天早晨,便把鸡蛋装在筐子里,进城去探望儿子。寻问了好一会,才找到营房,卫兵不让进,她哀哀求告:"老总,行行好……"这时出来个当官的,斜系皮带,皮鞋后跟敲得阶沿石噔噔响,喝问了一声:"老婆子,干什么来的?"她一说来意,那官长斜了他一眼,半抬着头说:"人倒是有这么个人,就是不能见!"她说了一串好话,那官长不住用皮鞋尖敲着阶沿石,头像害了抽筋病,不住摇晃,最后瞅着她说:"怎不叫他媳妇来呢?他媳妇来准让见。"方大娘气不过,颤着声音说:"长官,欺侮老婆子罪过……"没等说完,那长官就吼起来:"娘卖屄,罪过?老子就不晓得什么叫罪过。"说罢飞起一脚,把她手里的筐子踢飞,蛋黄流了一地。她又气又怕,正不知做什么好,只听窗口里有人叫了声"妈!"随后有个黑瘦的小个子从门里奔出来,她哭喊了声"忠儿",扑了过去,谁知那官长一个箭步窜到她面前,两手抓起她的棉衣,猛一推,把她推到地上,嘴里还骂着:"下次再敢来,小心脑袋!"跟着一个转身,赶牛似的吆喝:"回去!到这当兵来了,又不是念书来了,快滚回去!"

等方大娘爬起身来,她的儿子和那官长都不见了,卫兵用刺刀对着她:"走!走!"她拾起筐子,三步一回头地走开了。往后就再没见她儿子的面。她想起来就哭,眼睛肿了消,消了肿,不知道流了多少眼泪。打端午节起,她每天烧两回香,日盼夜祷,盼祷她儿子平安回来。

陆老爷子的大孙子原是个扛活的,两个精壮男丁一走,两家合起来种方家那垧地。老爷子、方大娘都下地。忙了半年,秋后收下四石五苞米,粮刚打下,县里就来征粮,一下征去了两石五。这个月初又征了一回,说是征,简直是挨户抢,结果又给抢去了八斗。灾难没有个完,八月节前,村里来了一排清剿队,这屯住一班,那屯住一班,一住下就要细粮吃,要酒喝,杀母鸡吃。她家的三只母鸡全给捉去杀了。这帮子人到处串门子,一来就得当老太爷看待,一点怠慢不得。有一次,一个清剿队的家伙喝得醉醺醺地闯进来,硬要陆老爷的孙子小喜叫他"爸爸",小喜没叫,那家伙一巴掌把小喜打倒在地,还跳着脚骂:"娘卖屄,这小崽子准是个土匪种,刚长牙就这么倔。"自此,小喜见了穿军装的就躲。这帮人是刘五爷请来"保护地面"的。

方大娘说到伤心处就哭起来。吴善芳听得头顶冒火,他擂了下炕桌问:"那个恶霸乡长在不在?"方大娘说:"人家耳朵长、腿快,听说你们要来,前几天就带起一家人,把细软财物装了三大车,跟清剿队一块儿,跑到城里去了。"吴善芳说:"大娘,放心好了。庙跑不了，和尚也跑不了。别说他跑进辽阳城，跑进紫禁城也要把他抓出来！"郭海兴问："他家有地没有？"方大娘说："地老了。早先就有三十多垧地，国民党一来，他谋上了乡长，东霸一块，西占一块，又置起了十多垧。——唉，我那苦命的孩子，不知儿时才能苦到头。那兵营就像个铁笼子，一关进去，画眉鸟也叫不出声来。"郭海兴说："大娘，不要难过，只要你家的孩子不坚决替蒋介石卖命，咱们一定要把他救出来。"方大娘擦了擦眼睛说："真的？能把忠儿救出来我死了也高兴。他嘴唇左边有颗黑痣，矮个子。上次见他时，脸精瘦，眼珠子没光彩。"

这天吃下午饭时，方大娘拿来十来个咸鸡蛋，摆在炕桌上，笑嘻嘻地说："这是我给孩子留下的，快半年了。尝一尝。"郭海兴连忙说："还是留着吧，我们不吃。"方大娘见大家不吃，随手拿起一个，就要往炕桌上敲，郭海兴跳起来拦住说："快别敲，敲碎了也不吃。咱们军队里有纪律，不能随便吃老乡的东西。硬要叫咱们吃，就是存心叫咱们犯纪律了。"方大娘见郭海兴脸都涨红了，就放下鸡蛋，摸着炕桌说："怎么你们一口一个纪律，国民党军队一口一个娘卖屁，都是军队，差多远！"

一连住了三天，这班人和这两家人都搞熟了。方大娘差不多记全每个人的名字，改口称同志了；小喜敢跳到同志们炕上来玩了，口口声声叫"叔叔"；大的孩子——二喜学会了《人民解放军大反攻》，同志们在雪地里演习攻地堡，他也跟去看；陆老爷子的话也多了，同志们演习回来，他总是把烟笸箩往外一推，大声招呼："吸袋烟吧！"可就在第四天早晨，方大娘起身一看：对炕和地上都空了，炕桌上放着柴火钱，高粱秆捧回外屋。队伍悄悄开走了。

方大娘家冷落了。她还是早起三炷香，晚睡三炷香，不过多了一个愿心："枪子儿千万不要碰在这帮好人身上。"

这天清早，方大娘叫炮声惊醒，她的心顿时上了锁。天亮不一会儿，炮声更密了，就跟击鼓一样，通通通通分不出点儿。老爷子也听见了，皱起白眉说："自古说铁打辽阳，不好打呢。"方大娘一听心乱了，一头出到屋外，手搭凉棚向东望。太阳光刺眼睛，天一片青，远处升起浓烟，"也不知道谁家打的炮？炮弹千万别碰上忠儿……别碰在这帮好人身上！"

炮声过午就不响了。一静，方大娘的心反倒更乱了。她破格跑到神像跟前，又点起三炷香。老大爷也破了格，一袋接一袋抽旱烟，烟气塞满一屋。二喜一会儿扒到窗户上望望，一会儿跑到门外望望，有次他大声问爷爷："八路军能进辽阳城不？"老爷子吐出口烟回答："难说。城墙厚呢，城头上能跑得了马！不好进。"

方大娘好容易熬过白天，熬到掌灯时候，她点上油灯，刚坐下，外门呀地开了，一个穿灰大衣的矮个子走进里屋，那脸跟大衣颜色一样，几绺头发掉出帽檐，给汗水黏在额头上。方大娘拭拭眼睛，一头扑过去，两手按在那人肩上，一句话也没说，眼泪就像两条线，流进牵动着的嘴里。那人低低喊了声妈，喘了口气，就坐到炕头上了。

陆老爷子一家人也围拢来，二喜摸着他的灰大衣；小喜站得远些，瞪起大眼睛望着他的湿眼睛；老爷子哑声问："忠德，瞧见咱家喜元没有？"方忠德站起来低声说："喜元哥开到沈阳去了。"随后像是记起了什么，又把这句话大声重复了一遍，眼泪也跟着流下来。老爷子扭转头，叹了口气，把两个孙子拉开，慈声地说："忠德才回来，累了，别打扰他，让他歇歇。"说罢一撒手，出到外屋去了。

这边方大娘解开她儿子的帽耳，把孩子的头发往上撩了撩，端详着她儿子的脸。脸两旁多了两个深窝，眼睛下边现出两道凹痕，眼里起了细红丝，全脸都老了，好像出门了五年。身上带着汗酸味，还带着硫黄味，她担心地问："忠儿，伤着哪里没有？"方忠德又喘口气，摇摇头，伸手抹眼泪。方大娘抓起那只手，止不住喊了一声，又挂下两串眼泪，原来那只手背肿得像馒头一样。方忠德缩回手，劝慰他妈妈："晚间修工事冻的，不要紧。好些弟兄的手，还有冻黑的呢。妈，往后可再也不受那号子罪了。"

"忠儿，自从那回见了你，妈想起你来就心痛。这哪里是去当兵,简直是进了阎王殿!看那个狗官气势多高。"

"那家伙是咱们的排长。这回可消了气了,妈!"方忠德的眼睛明朗起来,"他带着咱们这个排,守在西城一座洋房里,中午八路军的炮弹下雨一般撩进来,呆不住了,就退到后面一座楼上。八路军可来得快,机枪还没安好,他们就翻过城墙冲进来。排长扫了一梭冲锋式,从窗口退到咱们后边,连声喊:'打,打! 不打,扫死你们。'我闭起眼睛打了一枪,偷偷回头一瞅,妈的,他溜走了。不一会儿八路军冲上楼来,咱们就缴了枪。刚下楼梯,就见那家伙横在楼底下,想是叫八路军揍死了。"

娘俩谈得正酣,陆老爷子铲了一铲高粱火灰进来,把石盆捧到这边炕上,倒进火灰。方忠德伸过手去,方大娘把它一把拉开:"别烤,烤了就好不了! 待会用温水洗洗。"老爷子二次进来,这回端了小半盆稠苞米粥。方忠德边盛边说:"咱们一天两顿饭,一顿干的,一顿稀的,稀的比这稀多了,到底还是家里强。"方大娘眼圈红了,她想把家里的苦境告诉孩子,又怕孩子伤心,就没有说出口,转了话头:"你碰到郭班长了吗?""哪个郭班长?"孩子停下筷子问。方大娘便把几天来的情形跟孩子说了一遍。接着说:"郭班长待人真亲,他比你高半个头,高鼻梁,鼻梁上有几颗雀斑。""听说打辽阳城的八路军有好几万呢,哪有这么巧。"方忠德笑着说。方大娘也笑了,跟着心一沉,自言自语地说:"不知道他们怎么样了? 都是有说有笑的好小伙子。"说着走到神像跟前,又点起三炷香,插到海碗里,低声祷念:"但愿郭班长他们平安回来!"

第二天,两家人正围在一铺炕上吃早饭,外屋门忽地推开,里屋门口出现一个人,那人站在门槛上喊:"辽阳城打下了!"方大娘一瞅,赶忙跑下炕奔过去,老大爷也伸腿下炕,伸出个大拇指说:"铁打的辽阳也打下了,真是这一份。"两个孩子也蹦下炕,跑过去叫"叔叔"。方大娘瞅着那人的脸说:"哟,几天就落了肉。"接着身子往旁一缩,欢欢喜喜地说:"你看,我的孩子回来了!"方忠德一看那人的样子就明白是谁了,亲热地叫了声:"郭班长!"郭班长咧着嘴说:"恭喜你们!"这时门外又走进一串人来,小喜一把抱住吴善芳的大腿,王永春抱起二喜,嚷着:"唱个《人民解放军大反攻》,忘了没有?"方大娘叫这个,喊那个,笑哈哈地说:"一个也不短,都回来了!"一时屋里塞满喧闹声,挤满了人,暖和了许多。

方忠德见这帮人挺亲热,很想跟大伙儿唠唠,可是他们刚吃完早饭就开起会来,开得挺起劲儿。他便坐在对面静听,有时候也笑笑。这会开了一白天,晚上又开,开完会,郭班长就摸黑出去了。方忠德说:"怪不得你们能打胜仗,打完仗还开会讨论。"王永春答了话:"这就是解放军和'遭殃'军的不同之处。在先我也在那边干了一年多,一打仗就害怕。解放过来以后,诉了苦,了解是为自己打仗了;平时常演习,战前想办法,战后开战评会;懂了道理,有了本领,胆就大了。"

"你也在国民党部队里干过?"方忠德好奇地问,移到这铺炕来,两个人便在一块唠起来。因为有过一段相同的受压迫生活,两个人越谈越投机,别的同志也不时插上三两句话。方大娘见孩子跟同志们谈得来,在对炕直笑。这时郭海兴回来了,进门就对方大娘说:"告诉你一件喜事。在恶霸乡长家里挖出地窖来了,粮食衣被一大堆。村里的老乡正愁过不了年,都主张分。指导员叫我通知你家,明天吃过早饭,到乡公所去领粮,领回来好过年。"

方大娘天一亮就爬起来,和陆老爷子一块儿,一人提拎着一个麻包到乡公所去了。这里郭海兴和方忠德拉开了话。从吃过早饭拉到中午,方忠德问了解放军里许多事情,郭海兴把知道的都告诉他,还把自己家里分地分房的情形介绍了一下。方忠德越听越入神,郭海兴也越讲越有劲儿,索性把方忠德拉到屯头上,站在贴着《土地法大纲》的墙跟前,挑了几条,详细解释给他听。这天太阳很暖,雪都化了,雪水在他们站着的地方流成条小河,他俩也没发觉。

正谈着,方大娘的声音响起来:"郭班长,你看!"方忠德回头一瞧,见妈身上披着一件半新的宽棉衣,套了一条青棉裤,围了条绒围巾,麻袋鼓鼓地压在背上,他急忙接过麻袋,方大娘直了直腰,拉了拉棉衣下摆向郭海兴说："郭班长，不怕你笑话，我一辈子没穿过这么干净的衣服。"郭海兴见老爷子也赶来了，直喘气，就伸手抢过他背上的麻包。老爷子喘过气来，把夹在腰间的团花被子往郭海兴面前一伸，恨恨地说："你闻闻，尽樟脑味，准是在柜子里锁了几十年啦，咱爷仨合盖一条破被子，盖了五年。"郭海兴心头一阵阵热乎乎的，好像是他自己分了东西，他敞开嗓门说："这都是穷人的血汗，这回还给穷人了，千该万该。"老爷子指指麻包说："这半袋是粳米，光粳米就存了四五十袋，他还尽往咱们身上逼，班长，他能跑了吗？""跑不了，这回兴许给民主政府抓起来了！"方大娘忽然跳开两步说："啊呀，雪都化成河了。今年雪都化得早了。你们一到，春气就动了，我看你们就是活菩萨。"

以后每逢同志们开会，方忠德就坐在对炕听，闲下来就和同志们唠嗑，他很快就把郭海兴当哥哥看待，把王永春当朋友看待了，有什么话都跟他俩说，他俩也对他讲了许多解放区的事情，讲了好些革命道理，方忠德总是睁着大眼睛静听，把这些话全收进心里去了。

过年那天，一大早，四班同志就忙碌起来，有的扫地，有的抹桌子，有的把土豆收拾到一块儿，方大娘拦也拦不住。郭海兴还跑到连部，托文书写了一副门对，贴在大门旁。到吃早饭时候，里外都收拾得干干净净，穿过窗缝的阳光也更亮了，在炕上炕下一闪一闪跳动。

方大娘昨天就托邻舍进城买了几斤猪肉，用粳米换了几斤白面。她包完自家的饺子，又帮四班同志包了一大堆，下饺子也由她下。吃下午饭，两边炕上都吃饺子。方大娘穿着新棉衣，有说有笑，给小喜盛了一碗，又给自己的孩子盛了一碗，笑吟吟说："要在部队里，怕吃不上吧？"孩子说："去年吃的是高粱米，菜里挑了两块肉，就剩下酸白菜了。"老爷子原先精神也挺旺，忽地停下筷子，向坐在对面的方忠德说："你喜元哥要是不调到沈阳去就好了。"两个人自小一块儿受苦长大，听老爷子一提，方忠德的心沉下来了。方大娘怕他们伤心，笑着说："我看沈阳也快了，过得了夏也过不了冬。"方忠德却望着房顶不出声，他在想一件心事。

年初二下午，队伍就出发了。起初方大娘见同志们背上背包，拿起枪，还以为是去演习，没承想郭海兴走到她跟前说："大娘，咱们走了，麻烦你们好多天。"这时同志们都出去了，门外响起号声，郭班长也匆匆跑了出去，方大娘连说一句话也来不及，方忠德呆了一会儿，急忙追出门喊："郭班长！郭班长！我有句话跟你讲！"郭海兴转身停住，方忠德摸弄着胸前的扣子，低着头，却用坚决的声调说："我想参加你们的队伍，收不收？"郭海兴说："坚决不坚决？咱们部队里可要能吃得下苦啊！"方忠德头一仰："我一小受苦长大，还怕吃不下苦？班长，我是穷人出身，倒在地主军队里当了一年兵，想起来难过。我要把脏点子洗干净。"郭班长拉起他的手说："那好哇！你跟你妈讲过没有？"方忠德摇摇头，郭海兴说："那先跟你妈讲通了再说。"说罢跨开大步走了。方忠德想了想，还是赶上去。到了屯头，见队伍已经出了屯，锃亮的汤姆式、轻机枪、六〇炮，扛在肩上，步枪崭齐地挂在肩上，那队伍真有股威势！方忠德在队伍后面跟了一会儿，郭海兴几次催他回，他才慢吞吞地走回，快到屯头，见他妈挽着个筐子赶上来，把筐子塞给他说："忠儿，你快赶上去，把这十个咸鸡蛋叫郭班长带上！"方忠德说："他们不吃群众东西，赶上去也白搭。"方大娘眼望队伍越走越远，望到滚圆的红太阳碰到树梢，望到队伍进了树丛，她才往回走，方忠德一声不吭，走在后面。

太阳光把那个小屯照得通红。娘俩走了十几步，方忠德突然抢到娘跟前说："妈，我要参加解放军！我已经下决心了！"方大娘惊了惊，偏过脸，轻轻地说："才回来又要离家？"方忠德说："就譬如我没回来，家里还不一样过了？现时天下变了，我参了军，你在家也不愁没人照顾。我要打到沈阳解放陆大哥去！"方大娘紧闭嘴唇，想了一阵，擦擦眼睛说："好，随你便吧！这是个啥队伍，看了几天，我也明白了。能参加这样队伍，妈放得下心！"方忠德没说话，从他娘手里轻轻接过筐子,跟妈靠得更紧一些。快到家门时,门里传出歌声,这是二喜在唱《人民解放军大反攻》。

一九四八年六月

选自《老战士》,东北书店 1948 年

枪

初冬的风呼呼地在田野中打旋,陈长发踏着灰白的公路,迎风走来。他一手扛着镢头,一手握满小木牌,他找到昨天分地时作为标记的石块,放下镢头和小木牌,搬开石块,插上一块木牌,用镢背一下一下敲打起来。他的心热辣辣的,不知不觉顺口唱起来:

扎枪头子尖又亮,

红缨长又长,

反动派敢来咱家乡呀,

嘿!请他吃一枪。

说起陈长发的红缨枪呀,全屯三十六杆红缨枪中就数他的最耀眼,谁见了都夸奖。三个月前,一股中央胡子摸进屯里,陈长发的家遭了抢,他身上穿的衣服裤子全给扒光,还挨了一顿揍。不久,工作队来了,屯里成立了自卫队。他打了个扎枪头子,在那匹唯一的青马身上,摘下一把马尾当缨子,用红茹娘汁把它染得血红血红,连枪杆子也染了。

上个月初,自卫队由工作队小组长老赵带领着,到七里地外的沟里打了一回胡子。缴到了一支大枪、两匹马,活捉了一个胡子。那个胡子是被老赵用大枪崩坏了左腿,自卫队长老冯赶上前,连人带枪一把抱住活捉过来的。后来就把那支枪给了老冯。闲时陈长发就向老冯要过枪来摆弄,越摆弄越心痒。"多会儿再打一次胡子,得一杆大枪就好啦!"他想。可是胡子三个五个带着枪投降了,听了又喜欢又懊恼。

陈长发插好一块小木牌,又跑到榆树那边插第二块,他敲了几下,木牌只进去一寸深,就给什么硬东西挡住了。他倒转镢头挖了一下,镢口碰在一件什么铁器上,虎口也震痛了,他狠命一提,一大块泥土翻到脚面上,露出一截黑黑的小圆管。"哦呀,那不是枪口吗?"他的心一跳,赶紧蹲下身子,双手握住枪口往上一扳,枪口像冻在地层下似的,动也不动。他又拿起镢头,顺着枪身的方向,小心地刨去一层土,这才把那支枪起了出来。

他喜欢得血往上冲,两手发抖。他抵紧皮带,把枪往肩上一甩,走了几步,又往外一甩,枪支摇晃一阵才给左手抓住。于是他卧倒在地上,对着榆树,瞄准那枝垂得最低的枝梢,勾着扳机放了一枪。枪清脆地响了一声,他拉开枪栓,枪膛内白亮亮的,一颗子弹也没有。像放一只玻璃杯子那样,他把枪放到地面,又挥起镢头,在起枪处的四周挖了一阵,一直挖到出现了一个大坑。可是除了泥土和草根,什么都没有发现。

他竖起腰,用袖口抹着脸上的汗水。他看见远远有个人倒背着大枪走来。一看那背枪的样式和行走时上身微微摇晃的姿态,他就肯定那是老冯:"大概是查哨回来了。"

他的心头忽然乱起来。他记起上回打胡子的时候,临出发前老冯对大家讲过:"这次打胡子,不管缴了什么东西,都得照实往外交,不能藏私。"

"这支枪该不该交呢? 这是我挖出来的……我说原来就是我家里的! 不好!"他马上在心里批评自己,"向自己人撒谎,我成了什么人了? 亏我还是个分队长!"他的汗又沁出来了。老冯也越走越近。他到底下了个决心,张口大喊:

"老冯! 老冯!"

陈长发边喊边迎过去,两手捧着枪往老冯面前一送:"你看!"

"呵,那是九九式呀! 好枪!"老冯接过枪,一看就叹赏起来。

陈长发盯着枪身,使了劲才喊出一声:"这是我从地里挖出来的。"

"啊!"老冯腾出一只手拍一拍他的肩膀:"这比金子还贵重!

比挖出金子还诱人呀！"

陈长发看了老冯一眼，牵动一下嘴角又遏住了。

老冯拉开枪栓："有子弹没有？"

"没有。挖了个大坑都没找见呢。老冯，你把这支枪交上去吧。代我说说，你就说——"他原想说"能不能给我留下？"不知怎么，却说了个"我是从地里挖出来的"。

"这十有九成是胡子埋的。我把它交上去，记你一功！"老冯露出黄污的阔门牙，把那支枪加到右肩上，返转身就走了。陈长发知道他是到老赵那里去的。

在回家去的时候，陈长发低着头，心里乱糟糟，一时懊悔，一时想到老赵那里去探探，一时又想回到地里再挖一挖看看，步子也跨不出去。好容易拖到家，他就一五一十对他媳妇讲了。

"咦！你真傻呀！"他的媳妇嚷起来，"挖到了枪又白白交给人家，下次胡子又到了咱家，看你用扎枪一个个挑去？"

陈长发一听就生了气："你懂得什么，光知道一个家。有了大枪也不是光为保卫咱一家子的。"这一来，他的心倒安实了。"我这是大公无私。"他想，也就把这件事情丢开了。

第三天下半晌，老冯来找他。说老赵要他去一次。

他们两个走进老赵住的房子。老赵正在看一本油印的书，见他们来了，就走到炕边，掀起褥子，抽出一支枪来，陈长发一眼就认出来：正是那支九九式呀！

老赵把枪塞到陈长发面前，笑着说："老陈呀，这支枪决定给你了。"

陈长发倒呆住了，犹疑了一会儿才接过枪。枪口抖颤着，划着花花。

老赵又从褥子底下抽出一排子弹："还有十发子弹，也给你。——这武器是保护大伙儿的，可要好好爱护，没事别乱打乱放。"

陈长发接过子弹，揣在怀里，不知说什么才好。老冯一把拉住他持枪的胳膊,说:"回吧,回去用红菇娘染一染。"

陈长发给拉出门,这才觉得枪特别凉,手心特别热,像握着一块冰柱。他突然活泼起来,拉住老冯的枪皮带说:"我看看你的枪。"老冯一把推开他:"看你自己的枪吧。"……

陈长发回到家里,一脚刚跨进门槛,就望着媳妇大声地喊:"喂,你的擦头发油还有没有?"

他擦了一阵枪,把枪背枪筒擦得乌油油的。推上三颗子弹。就把枪横放在炕头上。晚上他几次醒转来,伸手到被窝外抚摸它。

一九四六年十二月

选自《老战士》,东北书店 1948 年

送俘虏

——一个战地记者的记事

战斗在早晨四点半钟结束了。国民党反动军一个营全部覆没。二十天前被侵占的白羊岭又回到人民手里,我在战场上巡视一周,跟几个指战员谈了谈战斗经过,准备回到后方司令部去整理几天来搜集到的材料。

到指挥部辞别的时候,眼睛绷满红丝的袁团长叫住我:"吴同志,你带批俘虏回去。"他随手交给我一张名单,指着当中一个名字叮咛了一句:"这一个受了重伤,路上要好好照顾。"

我见这一行写的是——

"范鹏 连长 二十八岁 湖北人"

名单上写着十三个名字,除去范鹏,其他都是士兵。

范鹏躺在担架上。一张白被单裹住他的全身,大半个脸给绷带遮住,露出的右眼窝深深凹下,围着黑圈。一个二十上下的红脸老乡,把一团卷好的白布塞到褥子底下;另一个同样年岁的紫脸汉子蹲在担架旁抽旱烟;在他旁边,站着个中年的黄脸汉子,一手提着茶壶和瓷碗,另一手握着蒲扇柄。他们都戴着晒黄了的阔边草帽。这三个自然是担架队员了。押送的一共四个人,其中一个是班长,他自己对我说名叫张兴方。俘虏们的上身军服都脱去了,穿着衬衫、汗衫或者背心,油污脏黑,散发着汗酸味。下身一律穿着卡其布的黄短裤,绿色的胶皮鞋不是裂了后跟就是大脚拇指从帆布面上露出来。多一半没穿袜子,有的却刺目地套着翻口的花呢长筒袜。有一个俘虏的左胳膊给一束白布吊在颈项上,他又瘦又弱,忧

131

郁的眼睛呆呆望着前方。他们的尖头美国帽子全摘去了,头上压着两三寸长的乱发,脸色就显得格外憔悴了。

出发了。我走在最后面,我的前面是担架、两个押送战士、俘虏群。班长张兴方走在俘虏群旁边。一个高个子战士走在最前头,他走得挺快,那个左臂受伤的俘虏不时得小跑几步才跟得上队伍。

天上没有一朵云彩。太阳刚离开山顶,就带来一股闷热。路旁的茂草一动不动,好像绣在地面上那样。小青虫结成一张密网,尽在面前乱舞乱飞。走出七八里地,弯进一条谷道,闷热越加逼人,暑气烧灼着鼻孔,俘虏们的手臂刚从额上移开又按到额上去揩抹汗水。好容易转出谷道,挤着的山壁突然退开,眼前出现一条直直的大道。

大道上不时遇见单个、两个、一小群人,有的背上挂着一大块鲜猪肉,有的挽着满筐烙饼,也有的背着一袋面粉,他们用憎恶的眼光看俘虏,向我打听战况,当我把胜利的消息告诉他们以后,他们的脚步都变得轻捷起来。我记不清有多少人问过前方的战况,我的声音越来越哑了。

在一排五棵大杨树底下,队伍休息下来。在路对面,在张开的伞一样的胡桃树底下,有个四十上下的女人在纳鞋底。她的面前放个茶缸,缸边横一张小方凳,凳上竖一叠饭碗。

我和张班长一起走到胡桃树下,那个女人马上舀了两碗茶水递给我们。没等喝完,她又舀了两碗放在缸盖上。我在张班长回去的时候吩咐他:"叫他们都过来喝吧!"

那个女人忽然悄声问我:"那些哩哩啦啦的家伙,都是反动派俘虏吧?"

我点了点头,她就对着张班长的后影大喊起来:"同志! 你别叫了。我不让他们喝——呃! 你叫那几位同志过来吧。"

三个押送战士轮着喝了茶水。他们一走我就用商量的口气说:"他们在太阳地里走了十几里路,都渴了,让他们少喝一点吧。"

她揭开高粱秆编成的缸盖,像吵架一般地说:"你看,只剩下半缸了！我这是要留给八路军同志喝的！"于是她盖好缸盖,拿起凳上的四个饭碗往缸盖上一撮,把银针往头发上一擦,又纳起鞋底来了。

我只好回到树枝底下,要张班长再去跟她商量一下。张班长过去跟她讲了好一阵,才端着一碗茶回来,向我摇摇头,走到担架旁边,蹲下身子说:"喝水吧。"

范鹏张开眼睛,半抬起头,随后突然摇摇头,后颈靠上枕头,眼窝又合成个小黑圆球。

"喝啊!"张班长把茶水送到他的嘴边,他却紧紧抿住嘴唇。张班长一手托住他的后颈,想扶起他的头来,他却一偏头,把后颈对着张班长。蹲在担架另一边的红脸老乡突然从被子上空伸过手,抢过饭碗,往地上一泼,狠狠骂了声:"死顽固!"

我把那个红脸老乡叫过来,笑着问他:"你们三个人谁负责任?"

"我！我是组长！我叫宋二虎!"他的气还没有平,声调愤愤的。

"你们也喝口水呀!"

"我们带着有。"他指一指担架旁的茶壶。

"大热天,累了你们啦。"

"累倒不累,就是憋闷得慌!"他拍一拍大腿:"都是咱们的队长捣鬼啊! 他说有个重伤号要抬。一听说是重伤号,我和老朱抬起担架就走,谁晓得是抬这个死顽固种子呀!"

这时候紫脸膛的老乡——大概是老朱了——抽完一袋烟,从树根下站起来说:"赶紧走吧,早走早到,还能抬一趟。"

临走,我跟张班长说好,决定到前面村上烧水喝。然后我向俘虏们解释明白,要他们再忍耐一会儿。

到了前面的村里,烧了一大锅开水。俘虏们捧着饭碗,把热腾腾的水大口大口喝下去,有几个几乎把碗边都咬碎了。他们一碗又一碗地喝着水,范鹏却在一旁用恶毒的眼光瞅他们,不知道是不是故意,一连咳嗽了七八声。可是没有一个俘虏理睬他,依旧大口大口喝水,咂着嘴唇。

又走出十来里地,头顶上的太阳稍稍偏向西面,眼前出现一座被枣树围绕着的村庄。张班长提议该吃顿中饭了,我就派他先进村去接洽,我们在村头枣树荫下歇着。过了一会儿,张班长出来了,领着我们走进一家院落。

院落中站着一排三间的窑洞。窑门上挂着长串的红辣椒。一个老太太站在正中间窑洞门口,一见我跨进院门,就迎出来一步,但马上退回门口,倚在门侧不动了,——自然她看到了后面的俘虏群。张班长让俘虏们在院里歇下,笑着对老太太说:"老太太,麻烦你啦。"她不答话,一偏身,让我们进窑。窑很深,我感到一股凉意。

老太太紧跟几步,指着门外悄声问:"那些东西是不是反动派军队?"我照实告诉了她。

"他们不在这里吃饭吧!"她紧接着问,声音放大了。

我想起喝茶的事情,看一看张班长,张班长就说:"他们也没有吃饭。"

老太太沉默了,两手扯着新蓝布上身的襟角,然后擦一擦裤腿突然转身走开。她站到门口,往院子里看了一会儿,扭过身决绝地说:"你们八位在这里吃。他们,送到别家去吧。"

张班长急忙抢上一步,理直气壮地说:"刚才村长陪我来的时候,他告诉你做二十一个人的饭,你不是说做三十个人的也行吗?"

老太太拍了拍手:"村长真糊涂,不说个清楚。唉! 我也糊涂……"

我一看,怕闹僵了,急忙接过说:"老太太,你老听我说,他们虽然是顽固派军队,可是已经放下枪啦……"

我接着跟她讲了一阵宽大俘虏的道理,老太太听了态度缓和了点儿,说:

"你说的可也有点儿道理,可我就气不过他们扰害咱们那么凶……"

134

她一掀门帘进到里屋去，不一会儿就听见沙沙的声音。

我走到院子里。见靠门坐着的几个俘虏低倒着头，我猜想他们是听到刚才的话了。范鹏死了似的挺在担架上，紧闭着干焦的嘴唇，嘴角划出一道不屑的线纹。一个衬衫袖口快挂下来的俘虏坐在碾盘上，从旁边那个高个子战士的手里接过烟袋，卷了支烟，接着火，咝咝地猛吸起来，精瘦的脸颊凹下现出两个深洞。他一连抽了三四口才吐出一口烟气，偏转头向高个子战士说：

"你们的炮真准哪，两炮就把碉堡顶打穿啦！"

高个子战士笑了笑，轻松地说："我们的炮弹是长眼睛的，打东到不了西。"

"两颗炮弹要了六条命。"另一个俘虏从碾盘另一边接上嘴，向担架努一努嘴："连长也是给炮弹打伤的。"

抽烟的俘虏冷笑了一声，捻熄了烟，夹到耳朵上。他向担架那边瞥视了一眼，又冷笑了一声。我发现他的眼光中含有满足的快意。这神情使我惊异，我正想问他一些什么，张班长在屋窑里叫我了。

张班长蹲在灶肚旁烧火，映得火红的脸上流着汗珠。他说："我跟老太太说妥了，让他们都进里屋歇歇。"

我引他们进到里屋。二十个人挤满了屋子。尽管流漾着汗酸气味，苍蝇嗡嗡地旋飞着，靠墙的几个俘虏不久就闭上眼睛，发出轻微的鼾声。

老太太在灶对面的案桌上揉面，鼓起两腮，她的不快似乎还没消尽。我走到她的身旁："老大娘，你家有多少人呀？"

"连我三口子，"她望了我一眼继续揉面，"贵生一早就抬着担架走啦。他爸送饼子去啦。昨晚上我们推了大半夜碾子——这就是新麦子推出来的。"

"啊呀，你们真是八路军的好父母呀！"

"唉！说这个。"她把揉好的面团往案头一推，"割麦子的时候全靠你们帮忙，三十多个人一鼓动，半天就把这一大片麦地割完

135

了。再一说:没有你们八路军在前方挡头阵,反动派一过来,别说麦子,麸子都保不住。——这群田老鼠什么东西不要!"

锅响了。她赶紧拿起刀子切面,我就在一旁擀起面来。她边切边说:"大前天东头王家来了个亲戚,他是从白羊岭逃出来的。他亲眼看见白羊岭给糟蹋得不像个样子,反动派心狠手长,把小媳妇用的针线包包都抱走了。同志,你评一评,这还成什么世界?"

第一锅面条熟了。她把面条盛在大盆里,摆出八副碗筷:"你们刚好一桌,先吃吧。"

"不,让他们先吃。我们不饿。"张班长从灶肚旁转过通红的脸,急促地说。

老太太看了看张班长,又看了看我,半晌才慨叹了一句:"你们真是佛心人哪!"

她又从案桌下拣出几副碗筷,往灶头上一放。高声喊叫:"快出来呀! 还让人家请吗?"

俘虏们拥出来,低着头从她身旁经过。他们盛了面条,低头吃着,没有一个人说话。

张班长盛了一碗面汤走进里屋,一会儿就听见他的劝诱的声调:"喝些面汤吧。"过了一会儿,又响起他的声音:"先喝一点儿,还有三十里地哪。"又过了一会儿,他依旧端着满碗面汤退出来,蹲在灶旁的宋二虎突然站起,吼叫似的说:"同志,这个死囚得给他硬的吃! 嘿! 给他面条不吃,给他藤条就吃了。"

大概是在凉窑歇了好久的缘故,这回出发太阳更毒了。那个手臂受伤的俘虏掉了队,宋二虎吆喝着要他赶上,我索性喊他过来。他停住,略略迟疑一下,不安地走过来,离我还有五步远,就挺直立正,用好手行了个敬礼。我走到他的跟前,问他叫什么名字,他放下的手又一次迅速举起:"报告官长,我叫王德福。"

王德福和我并排走起来。"你家里还有什么人?"我问。

"官长,我是去年十月抓来当兵的。"他用发热病那样的颤音说,"那天我挑着菜上城,小胡同里钻出四个家伙,穿着二尺半,一绳子把我捆定，就拉到营里去啦。我家里有个老娘，是个半瘫子。那时我老婆刚生过第三个孩子，还没满月，谁晓得她们是生是死啊！"他抬起袖口抹眼睛，抽搐着肩膀，"我几次想跑回家去，可是我怕呀。我们班上有个姓于的想跑没跑成，连长叫全队集合，当众把姓于的打了二百军棍，打得屁股上的肉都看不见了，成了个血人……"

"连长就是那个姓范的吗？"

"不是他是谁！"他压低声音，向前方望了一眼，见担架在二十步路以外，这才安心说下去，"听说他是什么军校的毕业生，真像个煞神呀！这回你们打碉堡，子弹在碉堡里穿来过去，弟兄们死的死，伤的伤，眼看不行了，一排长就到跟前说：'连长，咱们缴枪吧。'他却拿起盒枪，一枪放倒排长，随后把盒枪比住我们叫吼：'你们谁想缴枪谁就别想活。八路军抓住你们，一个个都得抽筋剥皮，知道吗？给我小心打，不准回头，谁敢回头，哼！看一看一排长！'我平时就给吓怕了，只好胡乱放枪，脑瓜子后面冷森森的，好像连长的匣枪口就顶在我的后颈上。后来你们的炮一个一个撩过来，第一炮偏了，落在碉堡后面；第二炮正中碉堡，木片石块直往下掉，哭喊声乱成一片，连长也压不住了。正在乱闹，又一炮把碉堡打了个窟窿，炸死总有五六个，我的手臂也受了伤，连长叫了一声跌倒了，碉堡里乱得像受了惊的羊群。在火光中，我见左手旁有个人忽地转过身，用枪口对准哼着的连长，只听啪的一响，连长就不作声了……"

"放枪的是谁？"我第二次打断他。

"细一看，是于喜亮啊！他一拉枪栓就跑到门口，一把拉开门，大声地叫：'别打了，我们缴枪……'我们也不知不觉随着喊起来：'我们缴枪！'你们的人就一下冲过来了……"

"于喜亮呢？"我又一次插问。

"那不是他？那个走在头前的！"

我踮起脚步，顺着他的手指看去，正是那个在院里抽烟和冷笑的精瘦个子。

"他跟我在一个班上。"王德福现在已经没有什么拘束,用谈说家常那样的神态说话,"他是河南人。五年前跟他爸出外逃荒,在西安附近碰上军队,都给抓了伕子。他爸磕头磕出了血,还是扛上了子弹箱。饿了三四个月的老头子,哪能经受得起呀!第三天,就拖倒了,大口大口吐血。押队的家伙硬说那是传染病,要把他爸拖出去活埋。他趴在地上磕头求告,人家狠狠踢了他几皮靴,拖着他爸走了。可怜呀,他还不知道他爸埋在哪块地皮上,尸首都没处找寻。他偷偷对我讲过两次,一说就抓胸口,打耳刮子,恨怨自己不孝。他从来不哭,他说他的眼泪哭干了,那回挨了二百军棍也没有流一滴眼泪。"

我不禁第二次去望于喜亮的背影。他紧跟在那个领头的战士后面,半仰着头大步走着,好像他不是一个被押送的俘虏而是一个押送的战士。

队伍在一口井旁歇下。于喜亮跑到井边,绞动辘轳,打上大半桶水,把桶提到嘴边,仰着脖子喝起来。王德福说是他也要去喝些,又敬了个礼,一直跑了过去。

太阳快碰着山顶的时候,我们终于到了后方司令部。

王旅长埋头,正在一张摊开的大地图上画着记号。见我进去,他抬起头来:"你们才到吗?他们在哪里!"

我知道他已经接到袁团长的电话了,就说:"他们在外边。"

王旅长折起地图,背着手走出门外,他的警卫员影子一样跟着他;随后通信员也跟了出来。

一见王旅长的魁伟身形,张班长和三个战士马上持枪立正。宋二虎也站起敬礼,看情形他是见过王旅长的,他亲热地叫了声:"王旅长!"俘虏们都唰地立正了。

王旅长走到担架旁边,俯下腰,仔细看了看那小半张蜡一样的脸,抚摸一下绷带,沉重地说:"伤得不轻呀!真作孽,何苦替蒋介石卖命呀!"

范鹏连长睁开黯淡的眼睛,它正好碰上王旅长的眼光。似乎那对闪着慈祥光辉的眼睛中有点什么可怕的东西，范鹏立时闭上眼睛，低低呻吟了一声。

王旅长背转身子，向挺立着的俘虏们扫视一眼，温和地喊了声"稍息！"便提高了声音，语调却依旧温和而缓慢："你们都走累了吧？——啊，鞋子都破啦。"

俘虏们低下头，看着露出的大拇指。只有于喜亮马上抬起头，盯着王旅长的宽阔的、眼梢叠着短纹的脸。

王旅长用充满激情的语调，向俘虏们讲了讲反动军是压迫穷苦老百姓的军队，八路军是为穷苦老百姓谋利益的军队。接着问："你们多半是庄稼人出身吧？"俘虏们有的看了看王旅长，有的互相对看一眼，没有作声。王旅长缓步走到王德福跟前，拉起那只起茧的好手："你是庄稼人呀！"

"嗯！"王德福的鼻子抽搐了，掉下两颗眼泪。

"你们愿意来打自己人吗？"王旅长的问话中含着几分严厉。

"不愿意！"于喜亮往担架那边瞪了一眼，"是枪支逼着的呀！"

"我们是畜生！我们给赶着往东就往东，往西就往西，当官的鞭子长呀！"一个我从没注意过的短个子，突然用激动的语调叫起来。

范鹏轻轻哼了一声。我见他的脸色变得更白，被单抖动起来。

于喜亮一步跨到王旅长面前："我家三辈子都是庄稼人，爷爷给地主逼死了，父亲……父亲死在他们手里！"他指一指担架，声音有点颤抖。"我这条命总算在棺材里头拖出来了！"他的眼睛冒着火，似乎放一根草进去就会燃烧。

那个低矮个子又在一旁激动地说话了："我们是忘本离宗的人！老百姓恨我们，恨得应该！"

头垂得更低，长长的、蓬松的乱发颤动着。

王旅长回头吩咐通信员："叫厨房擀些面条。先带他们去歇一歇，喝喝水。"接着他从上口袋掏出一个本子，写了几句话，撕下那一张纸递给我："你领担架到医院去。告诉金院长，要好好照顾他，有牛奶给搞些牛奶喝。"

我走到担架旁边,发现范鹏的眼角有一滴晶亮的泪珠。

宋二虎精神十足,喊了声"起!"拔脚就走。他们走得飞快,我紧赶也没赶上。只听见担架上发出一声声拖长的、痛苦的、近乎嗥叫的呻吟。——支撑着范鹏的内在力量显然消失了。

把范鹏安置好以后,我们一起离开医院。宋二虎一跨出门口,就呼了口气:"这回可轻松了。"

"快走吧!"老朱在后面催促。

"慢点走吧,反正任务是完成了。"我的心里也感觉一阵轻松,愉快地说。

老朱瞟了我一眼,急快地说:"我们还要到前线去!"

"呵——"我吃惊了,见他们的脸上沾满了尘土,不禁又开口劝阻:"明天去吧。"

"明天?咱们的伤员就抬完啦!"宋二虎的话和老朱的"明天就晚了!"几乎是同时发出的。

担架从来路摇晃着远去。我目送着他们。放在担架上的茶壶和瓷碗应和着脚步微微动弹,发出清脆的磕碰声音。那个黄脸的中年汉子执着蒲扇,在担架后面急赶着。夜已经快来到了,一群归鸦越过担架,越过我的头顶,向医院后面的树林飞去。

一九四七年三月于哈尔滨

<div style="text-align:right">选自《老战士》,东北书店 1948 年</div>

战场送饭

炮手们都两天两宿没睡觉了。队长见阵地上人多，叫一炮五炮手柴广义领几个炮手回后方休息。柴广义不大乐意，可是命令得服从，只好离开阵地。

柴广义碰到指导员，他问指导员："有啥事吗！"指导员说："告诉小后方，叫送饭。送完这顿送下顿，别误事，同志们都饿了。"一晚上没吃饭，柴广义也饿了。

柴广义领着三个炮手，找到小后方。大后方的炊事员杨才已经把馍送到小后方了。上士从草囤子里掏出馍来，一人分了三个，柴广义揣了两个，拿起一个咬了两口，忽然想到："人家阵地上还没吃呢！"他吃不下去了，不吃了。

炊事员杨才和上士推着爬犁，爬犁上放个三尺高的草囤子，上面用被子盖起来，草囤子里是热馍。"谁领领路？"上士问。

"我去！"柴广义说。他领头上了电道，简直往前走，走得挺快。走到一个小坟堆旁边，来了飞机，在头上呜呜叫。"你打不着。"柴广义想。飞机一走，他们又往前走，走到一个棱坎上，只听机枪响得突突的，上士停下了。柴广义想："阵地上从昨晚上到今早晨还没吃饭，就我自己一个人牺牲了没关系，得让同志们吃饱肚子。"他就说："我一个人去吧！"

柴广义向步兵借了个铅桶，装上馍，又把伪装大衣脱下来，包了一大包，缚住了，往肩头上一搭，又往前走。杨才和上士在后头跟着。走到一个屯子，这地方离阵地半里来地，柴广义让他们等着，就猫下腰跑上去，伪装衣包在胸前摆动。

机枪子弹哗哗响,抓着脚下的雪堆,土层,锃亮。出溜——一颗;出溜溜——一串。柴广义只想着早点儿把饭送到阵地上。他打五中队的阵地上过,炮手们在阵地里喊:"蹲下!蹲下!"一蹲下,雪一尺来厚,冻腿。炮一发射,他就起来跑。身上连连出汗,热气腾腾。

好容易进了指挥所。他喘着气说:"饭送来了。"

"你个人送来了?"队长问。

他应了声,揩头上的汗。然后从衣袋里掏出个馍,塞给观察员。

队长叫各排领馍。柴广义想看看一炮打得怎样了,他说:"我送去。"

他提着伪装大衣里面的馍,送到一炮阵地上。大伙儿正在忙着发射,他等一炮手王喜乔一拉火,就把口袋里另一个馍掏出来给他。大伙儿各人分了三四个,边打边吃。三炮手白国云问他:"你吃啦吗?""我吃啦!"他说。他估计大家没吃饱,等到指挥所发来"快放"的命令,他披上伪装衣,回到指挥所,问:"有啥事没有?"

"没啥事。你回去吧。"队长又叮嘱了一句:"子溜子这么密,别送啦。"

柴广义回到小屯子,炊事员杨才说:"你回来啦?"柴广义说:"回来啦。再送一回。"他脱下伪装大衣,又包了一包馍。杨才说:"咱们一块儿去!"他脱下棉大衣,也包了一包,两个就一块儿去了。

送完馍,柴广义一身轻松。他们回来的时候,刚经过四中队的阵地,我们的步兵就从四连阵地后面冲出来了。原来被困在文家台的敌人想突围,冲出屯子,往外直打六○炮,我们的步兵就去捕捉他们。这一来,正好把柴广义和杨才夹在中间。"卧倒!卧倒!"柴广义招呼杨才,两个人就卧倒在雪地上了。柴广义一侧身,往敌人那方看,只见敌人乱哄哄的,来回跑,我们的炮在敌人散兵群中开花,他乐得啥也忘了。我们的步兵从他身旁冲过去,就像浪头一样,好快,好猛。敌人倒下了,跪下了。他索性在雪上观起战来。看了一面,见敌人都缴枪了,他才大声说:"杨才,走吧!"杨才也乐得像匹小驹似的,嚷着说:"冲得好啊! 走吧!"两个人蹦起来,回到小屯子去了。

上士已经不在了,他们两个推着空爬犁往回走,把爬犁往小后方一放,喜喜欢欢往大后方走。半道上又遇见往阵地上送饭的,这回送的是饺子。和柴广义一路的有四个炮手。每人分了六个饺子。柴广义接过饺子,给四个同伴每人一个。不一会儿,教导员走来了。"谁有干粮,给我一个。"教导员喜欢地说,他自然知道了胜利消息,才那么高兴。"我有。"柴广义也喜欢地说,就给了教导员一个。他自己也咬了两口饺子,饺子有二两重,荞麦皮,羊肉酸菜馅,味儿不错。一辆大车从背后赶来,他问车老板:"吃饭了吗?"车老板说:"没有。"他就把手里的饺子送给他:"那!"

这一天阵地上的同志吃饱了。柴广义咬了两口馍,两口饺子,可是他心里头,比吃了一顿席还痛快。

选自《阶级的硬骨头》,东北书店 1948 年

◇郑伟皋

共产党员的本色

独占山头

战斗整整进行一夜,东方渐渐发白了,东山上的敌人仍在顽抗,气得萧水华连的同志们咬牙切齿,恨不得将这一伙儿不知死活的蒋匪一口吃掉。排长于春芳对同志们动员:"这个山头是我们三排的任务,同志们别忘了我们是萧水华连,我们坚决拿下山头,消灭这些敌人!"田家喜同志很干脆地答复:"排长你放心,死不了就坚决完成任务,你看着吧!"他是今春解放来的,九月份入的党。话还没有说完,他已冲出了四五步。

敌人发觉了,手榴弹像冰雹似的打下来。田家喜同志没有在乎,清楚记得郭团长讲的:"敌人打手榴弹,往后退就要伤亡,还完不成任务,往前冲就会伤亡少,或者不伤亡,并能取得胜利。"他没有卧倒,还是往上冲。眼看敌人动摇了,他身上背的四个手榴弹打完了,别人又没冲上来,只留自己一个人怎么办呢?他毫不犹豫地端着净亮的刺刀,朝着敌人冲上去。敌人见事不好,丢下两挺马克沁重机枪,一挺轻机枪,一些步枪手榴弹,撒腿就跑。七八个敌人跑出二十余米远,钻到壕沟里,照着田家喜同志扔过两个手榴弹,田家喜同志真火了,拾来敌人的手榴弹,瞄了瞄准打过去。那些不知死的东西还想顽强,田家喜同志一个箭步跳过去,一连刺死了四个,剩下的三四个才老老实实地做了俘虏。山头被他占领了。

重伤缴敌枪

几日来总是下大雨,山头上的勇士们都被淋湿,他们离敌人不过二百米远,子弹在每个人的身前后乱窜。

天刚亮,冲锋号响了,因雨大路滑,尤其是上山坡,进一步退两步,七班副赵春泽同志的身上、腿上负了好几处重伤,倒在山坡上跑不动了。逼在他面前的一个敌人喝道:"走,跟我走!"便用手去拖他,想把他拖到地堡去。

伤势很重的赵春泽同志,再经过雨淋,本来已难动转,但见敌人来拖他,突然挺着胸站了起来。敌人高兴得很,他满以为可以捉了解放军一个俘虏。哪知道赵春泽同志霎时怒火冲天,一下子挣开了敌人的手,反将敌人紧紧抱住。因为他本人没枪,他用牙咬掉了敌人的耳朵。敌人大叫:"同志,同志! 饶了吧,都是中国人,你叫我怎样我就怎样!"他就夺下敌人的美式步枪,跑了下来。

血流得太多了,雨淋得太久了,赵春泽的体力也实在支持不住了。可是他心里非常高兴,他把这支步枪当着拐杖,一跛一跛地拄着它,到了我们的绷扎所。

"赵春泽同志真顽强,真是好样的!"全连同志都伸大拇指头纷纷议论他的脱险故事。谁不称赞他呢? 一次战斗,他的左眼被打伤,没下火线,仍在准确地打着歪把子机枪,掩护步兵冲锋,那时他不是说过吗? 我不下去。左眼瞎了不要紧,右眼还能瞄准,只要不死就和敌人拼到底!

没有忘掉我是党员

小屯战斗进行至第二夜,王贵同志和班长他们迅速隐蔽地接近了敌人,展开手榴弹战。以后,王贵同志在手榴弹激烈爆炸的烟火中负了重伤,躺在地上不能走了。

漆黑的夜。地堡前面只剩下王贵同志一人。他清楚听见敌人嘀咕:"打倒了一个,没有下去,快点儿搜索!""找到后用刺刀刺死!"敌人在他附近蹓过三四趟,王贵同志表现了共产党员的顽强精神,忍痛耐寒一声不响,把敌人让过。当二排歼灭了第二个大碉堡的敌人,王贵同志这才叫:"班长,快点把我架下去吧!"他因流血过多,已没力量大声喊了,王贵同志见到班长说:"班长,我没有完成任务,对不起上级对不起党。"班长安慰他,大家也安慰他,他只管说:"告诉上级,我没有忘掉我是共产党员。我抱着不怕牺牲的精神去完成任务,不幸负伤没有完成,我腿好了很快就回来。"

选自《阶级的硬骨头》,东北书店 1948 年

◇草 明

婚　事

　　东北的秋天，来得很快，过去得也快，有钱人刚刚脱下绸衣服，又赶忙翻开箱子把轻软的羔子皮衣准备好。

　　一九四八年九月底，有一天风刮得特别紧，沈阳城刮得满街尘土，落叶和破纸随风飞舞着。饥饿和黑暗，越来越严重地压着这座死城。

　　刘小吉和他的邻居成儿、三泰，在皇姑屯区景阳街人行道的树下，守候着在树梢上摇摇欲坠的黄色的树叶子。一阵风过去，他们笑嘻嘻弯下腰去抢着扫，把落叶扫个干净，装到破麻袋里，便又缩着身子，靠墙站着，谈起来。

　　"风是我们的好朋友，它一吹树叶就掉下来，省得我们去一块一块摘。成儿，你说它算不算是我们的好朋友？"小吉问。

　　"嘻嘻。"成儿承认地笑了笑。

　　"怎么？我们的好朋友又多了一个？人家铁路工厂李大哥告诉我们：穷人的好朋友最多，有姓毛的，有姓共的——"三泰屈着手指头数着。

　　成儿立刻拿手掌堵住他的嘴，小声禁止道："你敢说下去，那边穿军服的来啦。"

"怎么你的手一股臭味儿?"三泰侧起头来。

"上午捡的粪!"成儿占了便宜,笑了。

"这是我的表姐,听说过几天就结婚,和当官的结婚。"小吉小声道,"你瞅她,打扮成花一样好看。"他又在牙缝里喷出轻蔑的嘶声:"前几天还像个鬼。哼,和国民党搭上啦,就——你瞅,还戴上手表,金镏子! 不要响,待我上前叫她一声。"他拖着齿耙横过马路,正面迎着那个故意避开他的表姐,大叫了一声"表姐"。那个有一张漂亮面孔,羞怯地跟在一个穿崭新黄呢军服的人后面的女人,侧着脸赶快躲开。穿军服的,停下步来正想对小吉发横,小吉的表姐赶快调解地说:"快走开,别捣蛋呀。"于是推着那穿军服的,一块往前走去。小吉就好像一个英雄似的跳回来,胜利地笑了。他们的话题又转到那两个走远的人的身上。

成儿说:"真不明白那些大人,肚子饿得咕咕叫,还要娶媳妇!"

"你饿,人家不饿啊。人家当官的,有的是钱。一个媳妇不够,还得娶两个三个。"小吉说。

"将来我长大了就不娶老婆,娶了老婆就有人顶嘴。我爸和我妈常干仗。咱们吓得直哆嗦! ——嗯,你表姐嫁给当官的,不怕他打她?"

"打她才活该哩。谁叫她不嫁给我哥哥! 我哥哥管谁也不打,可好啦。"

三泰打断他们的谈话:"说那些人干啥? 把咱的舌尖也说脏啦。我说,还是青杨树好,叶子大,好烧;槐树最讨厌,小的不好扫。你们说是不是?"

"我说松柏树最讨厌。如果我将来当了官,一定要把松树柏树都砍掉。"小吉狠狠地说。

"为啥?"成儿奇怪得很。

"它们冬天不落叶,要是全世界的树都像松树,那么,穷人还烧——"小吉没有说完,三泰反驳他:

"不,人家铁路工厂李大哥说:松木可以造客车货车,可以造船,比别的木头结实,他又说松树不怕冷,他说就好像工人不怕国民党一样!"

成儿又赶紧瞪眼提醒他。一阵风过,他们都散开抢着收树叶去了。

傍黑,小吉拖着饿软了的腿子,走回家。他哥哥刘新胜已下班回来,躺在炕上打哈欠。小吉把麻袋和齿耙一撂,爬上了炕,把头撞到哥哥的腋窝上。

"妈还没回来,把人饿坏啦!"他没有得到任何回答,便又转了话题,"哥哥,你说新世界就要来了,就要来了,到底哪一天才来。你骗我可骗了好多回啦。去年你说的上头把开支、过年费和欠薪都发下,就给我缝一身棉衣,你给我缝了没有? 今年春上……"

刘新胜是铁路工厂锻冶分厂抢锤子的,这时也是饿得没力气,也是满肚子牢骚,想起母亲去向姨姨借钱,兴许能顺便打听打听表妹最近的情况。想起了表妹,他就有一股说不出的滋味,禁不住更要想她。他心神烦躁地大声说:"是人家不给我钱! 是我不愿给你缝么?"

"兄弟俩又闹什么啦!"

门开开了,满屋子的昏暗透进来一线薄薄的模糊的亮光。听见母亲的温和的声音,兄弟俩一骨碌爬了起来。不约而同地叫了一声:

"妈!"

"借到钱没有?"刘新胜拧亮了电灯。

"妈,给我买了馒头没有? 不,去年过年你就答应我,一直到现在还没给我买。"小吉撒起娇来了。他蛮有把握地定睛看着母亲手里的小布包。

母亲看了小吉一眼,脑瓜衰弱地摇晃着,一声不吱,痛苦地皱了皱眉,然后小心地把小布包放在小儿子的手掌里。小吉打开小布包,看见雪白的两个馒头。一手拿一个,看了又看,举到唇边又拿下来。

"妈,怎么像棉絮一样,软绵绵的。"他试咬了一口,喃喃自语。

"分一个给哥哥!"母亲眯起眼睛教导着小儿子。

"妈,你吃,我不吃。"刘新胜把弟弟给他的馒头递给母亲。母亲咬了一咬牙根,回答她儿子:

"我在,刚才在你姨姨家尝了一个啦。"看见大儿子安心吃馒头,她就松了口气,说:

"不是为了你们,我再也不会上你姨姨家去!"

"姨姨又让你生气了么?"

"你表妹快出嫁啦!"

刘新胜嘴唇痉挛了一下,两只黑油油的手掌互相搓着来镇定自己。

"后天就过门,听说要行文明礼,在饭店结婚。今天屋里摆满了吃的,穿的,看样子钱没少花。我一进屋,你三姨就想往屋里躲,像见了鬼似的。新胜,你妈不像人了么?"她望望儿子,又望望自己一身又破又旧的衣服。

"婆家是谁?"刘新胜想着三年前,表妹长得又好看又胆小,见了他总抿着嘴笑。他每星期天都去看她,没人的时候,她老是稚气地逗他:"看你的手掌多大!"他就问:"你喜欢大的是喜欢小的?""不告诉你,为啥要告诉你?"她低头嘻嘻笑着,瞟他一眼。后来她长得更成熟了,母亲监视也严起来,只要他一到,姨母就把女儿支使开。不久,姨母结交了国民党的下级军官,局面不同了,手面也大了。原来就瞧不上姊姊的她,这时更和姊姊疏远了。刘新胜过年节才去一趟,他每次都看见表妹改变了,天真和稚气在她的脸上已找不到了,变得又娇又嫩,只是胆子还是那么小,长得还是那么漂亮。他还在惦念着她。

"婆家?听说是个营长,人有三十来岁了。"

咂着嘴唇的小吉抢着插嘴:"不,有四十来岁啦,表姐夫高高瘦瘦,才配不上表姐啦。今天我看见了表姐夫,他还想——"

"管你啥事,什么表姐夫、表姐夫,他算个什么姐夫!"刘新胜一肚子闷气发泄在弟弟身上。小吉低头嘟哝着。

"我一提到借钱,你姨姨就说,'哪来的钱呀。这是我女婿给莲娇缝的衣服,你要用,拿两件去卖吧'。新胜,你瞅你娘气不气?不借就不借啦,怎么叫我卖莲娇的嫁妆呢!我是个不仁不义的人么?莲娇不说什么,也惹不起人家营长啊!唉,'认钱不认亲',我才知道古人说的话错不了!你妈忍不住啦,我就说:'三妹,咱们同胞姐妹三人,就数你的日子过得好。你记住吧,人总有个低眉倒运的时候,你记住呀。'"她一面说一面擦着生气的眼泪。

"不提了吧,妈,后来呢?"刘新胜磨着牙齿,安慰着母亲。

"你姨父回来了,掏出兜里的钱,送到我跟前,又从锅里拿了两个馒头塞在我手里,连叹气带骂你姨姨说:'就算不是亲姐姐,也得救救人家孤儿寡妇呀。你高兴什么?人家养的两个都是儿子,大的要了手艺,一辈子饿不死。你一生只养这么一个丫头,你还把她往火里送!'他们两个吵开了,谁愿意听他们的!我赶紧就回来。钱有了,只是买不上粮食,铺子都关上门啦,这两天风声更紧,铺子早早就关门了。"

"妈,原来你还没有吃东西呢?"大儿子不安地说。

"不要紧,铁罐里还有一点糠皮。小吉,今天你捡了烧的没有?让咱们生起火来煮点糠糊糊吃吧。"

初冬来了,带劲的北风刮着,把街道上的落叶残渣刮个干净。

十一月二日,人民解放军解放了沈阳。

新年到了,刘家大娘和许多工人的家属一样高高兴兴地准备过个欢乐的解放新年。新胜从工会分得的二十斤大米,十斤白面,两斤猪肉和两斤牛肉,让她整整忙了两天。她把牛肉炖得香香的,猪肉拿来包饺子。她早就通知她两个儿子,哪儿也不许去,在家里拜拜祖宗,吃顿团年的饺子。她还去请了几家街坊,但是人家也都包了饺子,婉转地谢了她,不肯来。

一直到上灯时候,新胜才回家来。母亲把大盘热腾腾的饺子往炕桌上一放,满脸红光,得意地笑着说:"新胜,你看看味道怎样?

手生啦,过去当闺女的时候,哪一年过年的饺子不是我调的馅。你们二姨三姨就是坐着吃。你们爹在时,也称赞我就是饺子做得好。"她一边说,一边看看长得又粗又壮的大儿子狼吞虎咽似的嚼着饺子,一下子工夫就把饺子吃了一半;再看小儿子,脸色也转过来了,不是个干瘦猴脸了。她笑着,并且幸福地想:"这一下不大离了。就是短一个儿媳妇,明年娶上一个儿媳妇,再抱上一个孙子,那就算对得起他们的爹了。"

"小吉,你怎么饺子咬了半个就撂下呢? 准是花生和糖吃多了!"母亲责备小儿子,"你这小崽,饺子也吃不下啦。忘了本啦。去年过年吃的啥? 前年过年吃的又是啥? 你忘啦……"

小吉没答理母亲,坐在炕桌旁边看他哥哥从铁路工厂借回来的《东北画报》,看得出神。新胜听见母亲提到三姨,触动了心事,想起莲娇来:"她出嫁后怎样,解放后,他们逃哪儿去了?"自从解放后,工厂里工作都很紧张:又是上课、开会,又是选工人代表和成立工会,最近还加修"北平号"机车,又是不少人加班献器材,哪有工夫想这些事。这时他也不好意思问母亲,只是轻轻叹了口气。

"快快乐乐地过新年,你又叹什么气!"其实母亲一看心里就明白,只装不知道。

新胜没回答,装做毫不在意地问:"妈,你哪儿也不去么?"

"哪儿我也不打算去——你倒该去看看你的三姨父。"

"我可没工夫,明天我们开庆祝大会,后天我们集体献工。咱们修好'北平号'还得修'南京号',眼看天津、北平解放了,南京、上海也快解放。我们工厂,新年献工一天。现在哪有闲工夫呢!"

"过年总是过年呀,怎能不歇一天?"母亲叹了一口气。

"妈,你不知道,现在数火车要紧。国民党快完蛋了,武汉、上海、南京快攻下了。只是没火车头和客货车,兵怎样运进关? 大炮和子弹怎样运进关?"他撂下了筷子,满足地打了个饱嗝,热情地说下去,"过两天,还得给战士运高粱米啦,夏天的衣服啦……"

"你说的,现成的火车还不够用?"母亲还在不满意。

"差得太多啦！"新胜大笑了起来，"就把破的车头都修好，还不够用。解放军数不清……妈，你还不知道呢，上海、广州都打下，咱们全国都解放，就能过和平的日子了。"

"就能过和平日子？——就像你小的时候，日本鬼子还没来的时候那样？"母亲将信将疑。

"不，比老中国还好！老中国还是张大帅当权；如今是老百姓当权。妈，你不知道，共产党领导咱们工人和全国人民建设幸福的生活。唉，幸福两个字你知道么？"

"我怎么不知道。我看你脸上就知道！你脸上一天到晚笑呵呵地高兴，白天黑夜干还不嫌累！"她仿佛年轻起来，抚爱地瞅了儿子一眼。最近，她常被大儿子的兴奋和快乐所感染，也莫名其妙地高兴起来。"可怜的莲娇，过门才一个月，也没享什么福，就跟着丈夫逃难去了！"

"活该，谁叫她愿意嫁个猴营长！"

"这也是命中注定。想当初我们三姐妹一般高低的时候，就数你三姨长得好看，你三姨父是有钱的买卖家，一选就把你三姨选定了；我和你二姨后来都嫁给耍手艺的。倒了大半辈子霉，今天总算翻了身。你三姨，没生下个儿子，三姨父可不高兴，常常吵闹，家境也一天不如一天。现在女儿又给了倒霉的人，唉……你表妹，要不是为了样子长得好看，也不会给国民党当官的看上！自古红颜多薄命，一点不错！"

"妈，现在不时兴命呀、走运呀什么的了。谁积极生产，谁有本事，谁就受大伙拥护。看看人家李大哥，样样都好，大家都拥护他。难怪，原来解放以前他就参加了共产党。真是个好样的！"

一声不吱的小吉这时抬起了头来，赶紧往回翻着画报，指给母亲看一幅画：

"这不是李家大哥，这不是他？人家当上了生产模范，戴上了大红花……"

她眯起眼睛看了半天，好像看懂了的样子，拼命点头。过一会，

她也推开了饺子盘,拿袖子擦着嘴,满足地,缓缓地说:

"咱们不盼攀高,也不望结贵,过他几天太平日子就好。再给你说上个媳妇,小吉呢,明儿让他上工厂学点手艺,我的心事也就了啦。"

"妈,我什么时候上工厂?"小吉问,母亲没理他,满怀心事地说:"忠义街王大叔的闺女你看怎样?虽然不算出众,也算个中等人材,灶头炕沿的活,样样都能,脾气也不错。要不,李家大哥的五妹。人材比得上莲娇,可比莲娇能干,在织布厂干活,听说拿好些钱。就怕人家看不上咱。"

新胜闷着一肚子思想,只是不说话。自从莲娇出嫁以后,他就打好了主意,成天在李大哥家磨磨蹭蹭,三天两头,有事去一转,没事也去闲串。李五妹只是不睬他。现在母亲说出了他的心事,他更一声不响了。不过他并不灰心。他寻思:"人家李五妹比莲娇有志气!解放了,我就不怕了,就算李五妹像莲娇一样拿不定主意,我帮她立决心。"因此他总不放过任何一个向她献殷勤的机会。

五一国际劳动节日,刘新胜由于创造了制偏心杆的工具,比旧的工具制得精美,又发明以冷切断来代替瓦斯切断的车轮钢,省了工又省了材料,此外还改造了几样重要的工具,因此获得了劳动英雄的称号,得了一等奖。李五妹这几个月来本来就给刘新胜弄得心神恍惚,这时很惊叹他的飞跃的进步,所以"五一"节前夕,李大哥在五妹跟前给刘新胜做媒,劝她嫁给他的时候,她答应了。有一天她对刘新胜得意洋洋地说:"你当不上个英雄,休想娶我!"

"你为啥不早对我说?"新胜责怪她。

"早对你说了,你争来的英雄就不香啦,你不是为大伙的英雄啦!我大哥说:不是大伙喜爱的英雄就不香!"

举行婚礼的那一天,刘大娘高兴得没法,笑得总是合不拢嘴。他们实行的是新式结婚,新夫妇穿上一身新衣服,请亲戚朋友来喝杯茶,吃点花生和糖果。工会主任还来讲了话。工会主任是个老干部,等宾客都散得差不多的时候,他被左邻右里留住,问长问短。

这时上海解放不两天，大家都问上海是个什么样的地方。工会主任说着上海的工厂，说到上海的工人们怎样和官僚资本斗争，听得人越听越爱听。刘大娘婆媳俩一个忙烧水，一个忙倒茶。大家正在聚精会神听的时候，一个蓬头散发的四十来岁的女人撞了进来，大家吃惊地一望，没有一个人识得她，也就继续谈话。她像疯子似的眼睛发愣。刘大娘提着水壶出来，看了那个蓬头散发的女人半天，才惊叫起来：

"三妹，你怎么——？"

从里屋拿烟卷出来的新胜，站在母亲身旁，惊奇地瞪着一向极端自私，贪财又骄傲，现在落魄到这样田地的姨姨，说不出话来。新媳妇看见惊呆的婆婆和丈夫，也莫名其妙，皱起好看的眉毛，挨着婆婆背后站着。小吉胆怯地拉着哥哥的手。客人看见主人全家人的惊诧，也在交头接耳地议论。刘新胜走了过去，小声地向工会主任解释，闯进来的人是他的姨姨。

"三妹，半年工夫，你怎么弄成这个样子！"

蓬头散发的女人看见屋子收拾得很整齐，墙上贴了许多标语似的贺联，大家都是喜气洋洋地穿上干净的衣服，又是满地瓜子壳和花生壳，一看就知道姊姊家给外甥办喜事。她不敢哭，忍住了满肚子眼泪，只是经不得姊姊的盘问，她脆弱地哇一声哭起来。客人们也都走过来，围拢住她。她哭了一会，才收住了泪，把她家的不幸对众人说了：

莲娇出嫁才一个月，国民党的那个营长就把她的妆奁和首饰都收回，并悄悄把她卖到一家妓院去，自己拿了钱，逃命去了。今年三月，父母才接到莲娇的信，说她好比在地狱里一样，因为鸨儿不敢公开设妓院了，但是逼她们秘密卖淫，让她们更痛苦。做父亲的把老婆打了一顿之后，就把家财都变卖了，跑到营口去赎女儿。谁知他把钱交给鸨儿时，她又说还短她五十万的饭费和医药费。老头子一气就病了……

她已哭得没有眼泪了，只用后悔，羞惭和愤恨交织成一片的求援的目光看着大家。刘大娘的心听得早就软了,她忘了妹妹过去的势利和自私,她恶心地憎恨着那些国民党的野兽。在座的人都引起了共同的愤怒,当时就有人叫喊道:

"他跑不到哪儿去,现在南京、上海都解放了,很快全中国都是咱们的了,他跑哪去? 非把他追回来整治他!"

"哼,国民党缺德事儿多啦。他们在沈阳呆了三年,咱穷人不死的也遭了不少罪!"

李五妹自己暗暗庆幸地想:"幸亏我有个好哥哥! 不,咱们是工人的家庭,咱们怎能和她相比?"

刘新胜听得显然很难受,热情地问工会主任说:"按照新国家的法律,能搭救搭救我表妹么! 杨主任!"

杨主任沉思了半晌,大家的眼睛都望着他,那个因为贪财受害,陷在不幸里的妇人,更向他鞠躬作揖。杨主任连忙摆着手,叫她不用谢他,于是缓缓地说:

"你老人家可以到营口那儿妇联会问问该怎么办。还可以到政府里去告那鸨儿,逼人去做私娼,这是犯罪的,那鸨儿根本就理亏,她怎能还要你们钱呢? 营口已经解放,你找政府去,政府就会给受屈的人撑腰。现在政府是老百姓的,替老百姓办事,你找它去准没错……"

"先生,就求求你,给我写封信,说说情,求求你做做好事,我一辈子也忘不了你呀!"她说。

杨主任又赶紧摆手。另外一个姓沈的铁路工厂的工友抢着代替杨主任回答说:"咳,你这还是老脑瓜! 现在的国家根本和以往的大大不相同啦。过去是求情说面子,使洋钱;现在那一套吃不开喽。现在的世界有理走遍天下,无理寸步难移啦。也不用谁写信,你去找那边的人民政府,政府自然会给你作主。"

另一个笑着说:"咱们的杨主任么? 他每天都给咱们工人办好事,也不用咱们谢他!"

刘新胜本来很讨厌他的三姨,这时因为她受了欺负,倒同情起她来,跑到她跟前,按照自己的见解,详细地解说现在的政府和过去的政府如何不同,并鼓励她,安慰她。

屋子里原来洋溢着欢洽的空气,一下给对国民党匪徒的兽行引起的愤恨代替了。人们不约而同地想起了八个月以前的奴隶生活;也都不约而同地庆幸着自己的翻身,当了家作了主人。刘新胜想起了莲娇,又望了望自己的媳妇,觉得五妹比往日更可爱,心里溺爱地骂她:

"这小家伙心好狠,说:'你当不上个英雄,休想娶我!'她却不知道,要是在早,没解放那时候,我们工人是个狗熊,休想当英雄哪!唉,假如没有共产党,没有毛主席,咱们的婚姻也不能美满啊!真是!"

受骗的妇人原来悲哀绝望,这时杨主任给她想了办法,大家又给了她许多鼓励和启示,她觉得自己身上有了点劲,就仿佛一个濒死的人给输进了新鲜的血液,有了起色一样。这时她倒暂时忘了受苦的女儿和气病躺床的丈夫,迟钝的顽固的脑筋只忙于接受一些全新的东西。过去,她把自己和大家隔开,以致十分孤独。如果不是在危难中,她怎能找这些人呢?她最想不到的就是现在同情她而帮助她的,正是她平常最看不起的,耍手艺的人。

刘大娘包了一大包点心和一大碗肉给她妹妹,送她出门口时还叮咛她说:"如果还有困难,你回来告诉新胜,新胜会找他们杨主任想办法。"

晚间,闹新房的小伙们都散去之后,做母亲的把里屋门一关,就把小两口关在里面。刘新胜上前拉五妹的手,五妹没有躲开,笑微微地,但是一脸正经地向丈夫说:

"你说,咱俩结成了婚,要感谢谁?"

"要感谢你大哥吧,他是咱们的媒人。"

"不,我说要感谢毛主席!"

"为什么?毛主席能知道咱俩的事!"

"哼,你这个英雄就不明白,有了毛主席领着人民解放军解放了沈阳，我们妇女才算真正见了天。我们才能挑自己喜欢的人！不用说别的，没有共产党，你有劲也使不上来啊。"

刘新胜心服地笑了。

外屋母子俩也在说说谈谈。小吉已经玩得很累了，只是操心他的表姐，他不安地问道："妈，表姐死得了死不了？"

"死不了。"母亲坚信着，"共产党来了，受压迫的人都得救哪！受灾受难的女人也能抬头啦。"

小吉不再追问，一会就睡着了。母亲带着满足的心情进了梦乡。

一九四九年十二月于大连

解放了的"虎列拉"

我搬进了我们那个办公的机关里不久,公务员李小泉便吸引住我的注意力。他有两个特点:第一,身段小,看起来好像十一二岁;第二,他的绰号叫"虎列拉"。我走过不少省份,看见过不少的人物,但从来没有听见过像"虎列拉"那样离奇古怪的绰号。很快,我了解他为什么被人叫"虎列拉"的原因——当他用咒骂以表示他的不高兴、生气、愤恨和恶毒的时候,他就不住口地说:"虎列拉","虎列拉虎列拉的","虎列拉你的吧"……人们便不假思索地叫他做"虎列拉"了。

虎列拉这个名词,曾经和他的惨痛的命运分不开。

※　　※　　※

一九四四年,八月五日的黄昏,小泉的妈软弱无力地躺在炕上,指点着小泉做高粱面糊糊。她病了许多天,只是怕日本人发现,说是"虎列拉",所以不敢请大夫瞧。

"火生大点,水煮得开开的;十二岁了,你不算小了,要不是那害人的鬼子——唉,你也许小学已经……你爹爹就要回来啦,怎么回事,还不回家?"

"哪里还有煤呢!"小泉十分不高兴地向他母亲说。

"门后面还有两根劈柴,勉强点,煮开了——"女人把身子费力地移到炕边,伸出瘦削的臂杆往门扇指着。长发蓬松而污垢,披满她的黄色干枯的脸面。她把手缩回来,用破碎的袖子擦着脸上的汗液。虽然是上灯时分了,可是苍蝇还不知疲倦地在闷热的小房间里嗡嗡地叫着,撞扑着;使这居室那种贫穷,简陋和不洁的特色更加鲜明。

"难道又遇着那倒霉的金海旺和妍头吵了架,满肚子怒气往你爹身上发作?这时候还不回家,是了,准是……"

小泉把面糊糊做好,拉起衣襟往脸上一擦,便溜出屋外去,母亲似乎还在炕上唠叨着,可是他再也不愿意去听。他最恨母亲抱怨他不懂事,不勤快的时候,同时去抱怨那"害人的鬼子"。

"鬼子害你穷,害你受罪,害你挨揍,难道是我叫他干的吗?哼,在老家,嚷叫活不下去,到张家口来,也嚷着活不下去。我怎样知道什么地方才能让我们活得下去?……"小泉忿忿不平地想着。离开了母亲,他感到全身都轻松起来。索性穿过院子,他跑到大门外,沿着红砖墙走去。

这座宏大的红房子是"蒙疆运输公司"建造的,它毗连着三个大院子,每个院子密密地排列着四五十个小房间,那里面住着运输公司的苦力和他们底家属。它蹲在长安街的南段,从早到晚,吸饱了中国苦力的血,心满意足地蹲着。苦力们消耗了一天的精力,疲惫不堪地投进它的怀抱,第二天清早,便又爬起来,再去消耗那由于两顿高粱和黑豆面补充得来的力气。

李小泉忿恨地用指甲刮着红砖墙,然而它是那么结实,致使他徒劳。他虽然来张家口快二年了,不过他不喜欢这个城市,他回想着在家里的时候,跟着父母上地里去,躺在绿油油的山坡上,仰望着碧蓝的天空,哼着小调。

"那时节,谁也不管谁;妈的脾气也没有现在坏!"

在昏暗的前面,似乎有几个扭在一堆的影子向这边来。小泉好奇心一起,迎了上去。一看,原来是他的父亲李元庆,被两个同伴搀扶着一跛一拐地走着。他不言语,回过身子飞跑进自己的屋里,像下紧急的命令似的对他母亲嚷着:

"爹爹给鬼子打伤了,拐着回来了。"

他没有让母亲听清楚,便又回身往大门外跑去,迎接他的父亲。

李元庆赤着胳膊,穿上一条破烂的短裤;进了红房子的院子,他便推开了同伴并点头向他们称谢。扶着儿子的小肩膀，他往自己的屋里拐着。到了家，他那病弱的老婆早已扶墙抓壁地走到门框上候他了。

"你怎么啦，什么地方受伤啊，怎么回事啊？比上一次重一些么……"女人胆怯地向那沉默的丈夫发问。

李元庆没有回答，坐在木箱子上，把儿子的头搂到自己的怀里，露出牙齿咬自己的髭须。灯亮起来了，但是微弱的灯光，只有使这破烂的屋子更显得惨淡而已。

"还不是为了家里没有煤，我揣上了一块，给狗舍的看见了。哼。"他停住了，用手抚摩那乖乖地伏在腿上不动的儿子的头。他看见自己身上，给炭末弄得灰黑，儿子那长长的头发和衣服，也是那么灰黑，整个屋里的陈旧的家具，同样是那么灰黑，只有他女人那张脸，苍白得和整个屋里的色调不和谐。他不愿意再看，低下头去。一会儿，他想起了什么，轻轻把儿子推开，从裤腰里掏出两块拳头那么粗的黑炭来。小泉看见，哈哈地笑出声来。父亲看见儿子乐了，便又搂住了他，齐声笑着。女人看见父子两人在笑，自己也一面擦着伤心的眼泪，一面露出牙齿干笑着。

"泉儿，我们什么时候才能像一个人似的生活呢，我们臭苦力，我们工人，什么时候才能像一个人似的生活呢？"

父亲停住了笑，双手把儿子的脸捧起来，动情地问他。他的眼光是那么热烈，却又那么严肃。小泉看了，心里有点惶惑，他柔和地偏着头，回答他父亲说：

"快了，爹爹，等我长大起来，我就把鬼子一个一个杀死；我和小三，茂儿，镇安他们都长大起来，我们要把他们杀个干净。"

"你怎么杀得着他们呢。"父亲用低哑的嗓子问。

"我们去当兵。"

"哼，"父亲冷笑起来了，"现在的兵就不打鬼子的。"

小泉听了，垂头坐在地上。父亲伸了伸腰杆，用右手抚捏着受伤的左肩和右膝，徐徐地说：

"离我们老家不远,就有游击队,现在咱们中国的军队,只有游击队才去打日本。游击队,唔,听说他们这一两年又大大地发展了。日本兵天不怕,地不怕,就怕那支游击队,你说奇怪不奇怪!"

"爹爹,游击队会上张家口来么? 他们要不来,我们去投他成不成?"

"他们怎么也不会上张家口来的,他们害怕火车,不敢上有铁道的地方来。"父亲果断地说。

"我们去投奔他,人家才不要我们呢。我们是卖力气的,又不会打仗。"母亲插嘴说,"再说,我是个女人,你年纪又小,顶个啥?"

李元庆站起身来,困难地走到门口,打开门扇偷偷往外张望一下,才放心,扣上门,故意中断了刚才的谈话,大声嚷着:

"怎么,还没有做好饭?"

"哎唷,你看,我们都把吃饭忘了,面糊糊怕起了锅巴了。"

饭后,熄灭了灯,他们把不幸,痛苦,和各种幻想收拾起来,爬到炕上安息,让沉沉的黑夜占有这人间。

李元庆在家里养了一天伤。第二天早上十点钟,警察所来了一辆卡车,在红房子停下来了。四个伪警,和两个日本人神气十足地跳下车来,把守着大门口,然后把院子里的男男女女都叫了出来。叫人们一个一个去拉大便,然后用惊人的速度把二百 c.c. 的药水往人们肛门打进去。女人们忍气吞声地羞红了脸去拉裤子,用袖口掩着面。灌肠完毕,日本人便叽叽咕咕对伪警说:

"拉稀拉稀的,虎列拉的有,嗨? ……"

伪警察恭恭敬敬地立了一个正。然后不由分说把李元庆两夫妇拉上了汽车。

小泉的妈惊慌得几乎死过去,她一手抓住丈夫,一手拉着儿子,哀叫着:

"我没有虎列拉,我没有虎列拉,他也没,没有……泉儿,我丢不下你,妈丢不下你……"

伪警察一巴掌批在女人的脸上,立刻记下了三道白色的指印,跟着他一拖把小泉摔到三尺以外。

小泉一声都没有哼叫,按着擦伤的脸部,爬起身来:"妈。我跟你们去,我跟你们去——"

女人们把小泉拥抱着,安慰着他:"明天你爹妈病治好了,就要回来的。"

汽车快开的时候,小泉妈用惨痛的声音呼喊她儿子:

"泉儿,火炉下面,压住一块砖,把土拨开,下面有两只现洋。你肚子饿了,可以……"

——这是母亲给他的最后的遗言和唯一的遗产了。从此之后,他的父母再也没有回来。

开头,小泉在大婶娘的怀抱里大哭大闹了一阵,后来他自动停止了,开始沉默起来,帮助大婶娘做饭,收拾碗筷。

红房子被划为虎列拉的传染区,圈了起来,两个伪警察在把守,日本人还早晚来巡逻两次。不让外出,不让干活,没有吃的给发下来,这样整整过了八十一天。

恢复了自由,小泉头一个便去拜访他父亲的老朋友张鹏伯伯。老人一看见这个失了父母的孤儿,便搂住他,说不出话来。过了好一会,他一面流着老泪,一面颤声说:

"中国人遭了殃,中国的小孩也遭了殃!生一个人,养一个人,多么不容易呵!——活活把他俩烧死,活活把他俩烧死!东山坡的西,西面,唉,我,我亲眼看见的,你娘还在哼着,火焰却哗哗剥剥,比,比你娘哼得还响。你爹原是个强壮的汉子,那时节,他大腿却在微微抖动——"

孩子尖叫了一声,把脸撞过去堵住老人的嘴,十个手指头使劲抓住老人的胳膊和后脑,仿佛在和一个仇人搏斗的样子……

第二天吃了早饭,小泉悄悄挽了一个小篓子,藏过了一根三寸来长的铁筷子,跑到东山坡西面的那群起伏不平的小丘陵上来。经过两个多月的风吹雨淋,小泉发现不出什么火葬的痕迹;偶然有几根长长的被野狗啃剩的骨头,无限寂寞地躺在枯草丛里。小泉心里默祷着：

"泉儿来替你们收拾骨头安葬，我不知道哪一根是你们的，你们显显灵吧，如果是你们的，便很沉重，像铁那样沉重，显显灵吧……"

他一拾着骨头，便抓起往掌心掂一掂，觉得很沉重，于是放在小篓子里，然后继续去找，把篓子装满了，看一看，他心里想着两个人的骨头不止这小小的一堆。他把骨头倒在一边，提着空篓子再去找。一直到自己两条腿实在跑累了，他也就觉得两个人的骨头差不多了。他动手挖起坑来了，用短铁筷子，用手指去挖成一个两尺来深的坑，足足花了两小时的工夫。等到他把骨头都倒下去，埋上一层薄薄的土之后，他便疲乏不堪地坐在地上。把两只手臂盘在膝盖上，脸面埋在臂膊里。他沉思着，毫无目的地沉思着。"妈！"他突然叫了一声，便软弱无力地往下想，"你怎么不打我了呢，怎么不骂我了呢？……只要你活着，打我也成，骂我也成，我再不去恨你。你活转来吧。妈，你不理我了吗？你不——理我——了吗？"全身有一种痛楚的感觉，他眼泪不由得奔放出来。在他眼前，整个世界却模糊不清。

小泉的性格大大地改变了。他学会了刻毒地骂人，学会了做一种缩起上唇表示最轻视的鬼脸；此外他还学会说谎和破坏别人的兴致，使得红房子里的女人们没有一个喜欢他的。

大婶娘在邻居中间做了一番政治工作之后，把李小泉送进了救济院。不到一个月工夫，李小泉因为每天喝两顿小米稀粥喝不饱，逃了回来，躲在张鹏老伯伯家里。因为生活没有办法，老人又把小泉送到大婶娘那儿。

"你不学好——李元庆竟留下了这么一个孽种！——你再也不会有出息的一天了！"大婶娘给他的咒骂多于给他活命的粮食。

真的，李小泉一点也没有改好，他对人们只有越过越仇视和漠不关心，女人们也越过越憎恨他，小孩们因为母亲的教导而渐渐和他疏远。

164

一九四五年的五月,大婶娘便又把李小泉再度送到救济院去。李小泉在院里鬼混着调皮捣蛋,在院外瞒过日本人和伪警察偷偷上街去要饭。

※　※　※

一九四五年八月,八路军解放了张家口。

当日本人败退的时候,李小泉跟着同伴们去抢日本人的东西。他拿到了一匹红缎子和一双大皮鞋,用两只短短的胳膊紧紧地把胜利品挟着。飞跑着打算到张鹏老伯伯那儿。他正在走到怡安街拐角的地方,保长杨少敏迎面跑上去,一把拦住他,吆喝着:

"你往哪里跑?小贼子,抢别人的东西,放下!"

李小泉哪里肯听,他避开了那为非作歹的保长,两条短短的腿跑得更快,破碎的衫披,像是他的保卫者,一缕一缕地飘飞着追随着他。杨少敏迈开脚步,从后面夺了那匹红缎子,大踏着步跑掉了。小泉在他后面追赶着,哭闹着;终于声嘶力竭提着一双沉重的大皮鞋,跑到他的唯一的亲人张鹏老伯伯那儿。

"孩子,不义之财,丢了没有什么可惜;不要哭,好孩子!"张鹏听了小泉哭诉之后,安慰着他,他身材很高大,因为要替受委屈的小孩子揩抹眼泪,他弯下腰来,胸脯紧贴着他的刺猬似的脑袋。

小泉在老人跟前,觉得自己暂时得到了安慰。他抬起了头,仰望着他,用还在伤心的调儿问道:

"我不明白,伯伯,当强盗的人,偏爱说别人是贼子。杨少敏抢了我的东西,抢了别人许多东西,还欺负全街的穷人,他不是强盗谁是强盗?伯伯,人们为什么都喜欢欺负别人呢?山本次郎欺负金海旺,金海旺欺负杨少敏,杨少敏欺负刘大叔,刘大叔便骂大婶娘,大婶娘却来打我……我们穿不上,吃不上的人,就活该受罪受气么?"

小泉这一质问,老头儿没有半点准备,他因为不能马上回答他而感到了惶惑。最使他苦恼的,是这样的问题,他曾经思索了好久,但是到现在,还未得出结论。小泉那边是孩子气的圆面孔,给尘垢盖得厚厚的,几道洁净的泪痕,勇敢地冲过尘垢,直流到他的腮帮。老人望着这张面孔,又是爱又是疼,他不由衷地,含含糊糊地说着:

"什么!穿不上,吃不上的人,也有扬眉吐气的一天!你等着瞧。有那么一天,哼,马上就要变了,你等着瞧。"

老人越说声浪越高,活像不久的将来会真有那么回事似的。小泉判断老人又在哄骗他,不过这个时候,他需要的是同情和慰藉,其他的问题他可以完全不管。

他在老伯伯家里住了一夜,整夜听得见在漆黑的夜空里,断断续续的几声枪声。第二天,他把大皮鞋送给老人,自己便通过非常混乱的街道跑回救济院去。

当社会局派人到救济院登记的时候,李小泉面孔板得紧紧的,用轻蔑的眼光,和简短的答话回答穿军服的人。

"今年多大了?"

"十三岁。"

"呃,是中国算法还是外国算法!"

"当然是中国算法,我不懂得日本算法。"

"父母还在吗?"社会局的同志微笑地望了他一眼,又继续问。

"全都虎列拉去了。"小泉咬住牙齿说。

"上哪儿去了?"社会局的同志吃惊地问。

"日本人在时,说他父母得了虎列拉,拿去烧死了。这样死的不少哩!"旁边一位老太婆夹着叹息代他回答。

那位同志登记完毕,便安慰大家说日本人已经给共产党八路军打出去,当今的民主政府是替老百姓办事的,要穷人们翻身,以后不再是两顿稀粥,吃的是小米干饭;还要吃白面馍馍和猪肉……这班饥饿,老弱的不幸的人们将信将疑,又惊又喜地纷纷议论开来,老太婆立刻抱怨小泉过于没有礼貌:

"你那样子会得罪那位什么,嗯,对了,那位同,同志的,不管怎样,人家总是当今的官府派来的。"

小泉坐在炕边，骄傲地摇摆着两条腿杆，心里却想着另外一件事：

"那家伙他不懂得虎列拉！他不懂，他真不懂？他真不懂！——"

在这里，小泉所碰见的人当中，不了解虎列拉所包括的悲惨和野蛮的意义的，他还是第一个。因此，他很生气，以致忽略了那位登记者的和善友谊的态度。

过了三天张鹏老伯伯跑到救济院来找他。

"伯伯，你上哪去呢？我找了你好几回都找不着。"

老人微弯着腰，两手牢牢地按着孩子的肩膀，与其说是快乐，不如说是严厉地对孩子说：

"人们选我当闾长了，那王八蛋郝文孝滚蛋了，杨少敏逃跑了。当今官府还让我们和他们算账，有冤报冤，有仇报仇。孩子，你听说过么？斗——争——，和坏蛋们斗——争——唉，当一个闾长不容易，孩子，我过去不懂得斗争这个字儿；我真的不懂得斗争么？哈哈，我现在懂得斗争了。八路军教会我斗争，哈哈，我枉活了六十五岁——可是，你怎么流起泪来了呢？"

老人抚摸这圆圆的，被感动的面孔。他慢慢俯下身子去亲那给不幸剥蚀过的，还是稚气的面颊，这时节，他才发现自己也流下了两道老泪。

"伯伯，原来打日本的不止游击队，还有八路军呢。"他擦着眼睛说。

"傻小子，八路军和游击队都是一路的。他们还有新四军，还有纵队和横队；谁对我说过了，我记不清，年纪大了，没办法。"

"他们都是一路的么？"小泉高兴地笑起来，他想起那个不懂得虎列拉的同志，他想起在马路上匆忙地走路的八路军，"怨不得，怨不得日本鬼子跑得那样快！嗯。原来八路军就是游击队。"可是他马上又想起了一件事，担忧地问道："不过，唔，他们，那么，火车呢？他们不怕火车吗？"

"你真是个十足十的傻孩子。八路军会开火车的多着呢,他们会拔铁路,也会修铁路;他们还会使大炮呢。"老人把声音压低说,"听说,他们现在打绥远使大炮打呢。你知道,下午我还得和大家开会,我要回去了。这朝代,什么事情都等大伙来商量,大伙说什么就什么。过去,我们躺在那些王八蛋皮靴底下,这朝代我们光着脚丫子踩在他们头上,没有什么好客气的,现在大伙都是这一号,这一号。"他跷起大拇指,哈哈地笑着离开了救济院。

有一天的黄昏,李小泉在车站上缠住了杨少敏。杨少敏倚仗着个儿高,力气大,把他压在地上,打得他鼻孔和牙齿流血,后来人们来了,把小泉救起,把杨少敏送到法院去。第五间的居民跟着起来和杨少敏做清算斗争,李小泉每天都回去开会,成为一个积极的参加者。

十月初,李小泉便坚决要求参加八路军。在某机关工作了三个月,一月中才调到我们这边来。在工作上,除了有点贪玩之外,他是负责的,积极的;在政治认识上他有着惊人的进步;而对文化的学习他拿出了最高的热情。他每天晌午总拿着铅笔和本子跑到我房子里来,如果看见我在案上写字,他便站在门口装作并不打算来打搅我的样子,低头在本子上写。

"小泉,是不是要问字?"我叫他进来。

"唉,这个两位减法我还没搞清楚,真笨,学了又忘了。"

我发现他和成人接触的时候,他装做大人气;可是在球场或和公务员们玩的时候,他却跑得最快,声音最响,说话最多;他最爱和人开玩笑和角力。角力他总是输的,开玩笑他却要占便宜,此外他每天写日记。他的日记是生动活泼的。我把它摘录两段在下面。(用字和文法,经过我的修改,但竭力保存他的原意。)

　　一月十五日,今天开会,贾国宝批评我狡猾,李德批评我嘴不好,爱骂人,开玩笑开得过火。管理股长说我的狡猾毛病,鬼子在时政治坏,红房子生活环境坏,养成我的毛病。我要改它,不改它下次再开会别人再批评便不

168

好看。我也对两个同志批评了,这世道谁都可以批评谁。

一月二十日,今天我回红房子看大婶娘。他们吃的再不是揽白土和沙子的高粱面,他们吃的是小米,还买了大米和白面,留在过年时吃。真奇怪,刘大叔不骂大婶娘了,大婶娘看见我便欢天喜地;杨少敏,金海旺给斗了争,山本次郎也有虎列拉的一天! 如果爹爹还活着,我一定要问问他:"现在我们可像一个人那样活着?"他准是点头的。

一月二十七日,今天朱同志来此看我,我二人谈了半天。想起他头一回上救济院,我看不起他,现在我们是好朋友。他现在懂得虎列拉了。不过八路军来了之后,现在便没有虎列拉了。不,还有一个虎列拉,那是解放了的虎列拉——那就是我。

三月初,我便离开了我那工作机关,同时离开了那解放了的"虎列拉",不知他的近况怎样了,但据朋友来信:那边的小公务员们要在四·四儿童节选出解放了的"虎列拉"来当模范儿童呢。

一九四六年三月二十日于龙烟

选自《今天》,光华书店 1947 年

今 天

现在,王秀荣走路腰杆是挺得直直的,脸皮上闪着红润的光泽。最使她不明白的:不晓得什么地方来的浑身一股劲,叫她在工作,在开会,甚至在闲谈说笑,都充分溢露出来。这样的愉快和有劲,只有在翻身的人民,当了主人的劳动人民身上才找得到!

"王秀荣变年青了!""王秀荣变快活了!"人们当面议论她,夸赞她。她听了,笑了笑。过去,的确叫她恼恨,她最深刻的是三年前她照过一回镜子,使她气坏了。那时她住偏脸子,她照到镜子是在一个女工桂珍的家里。她为了去要一条破裤子,在那儿等候着。其实那条破裤子已经破烂得不能再穿了,不过桂珍的母亲还舍不得送给她,打算找一件比这裤子更破烂的东西来对付女儿的许诺,王秀荣等候着,又饿又冷地站着。突然一个丑陋的面孔在她面前出现了。那人看来是个妇人,因为她头发很长。灰黄的发髻上被尘土、干草屑和一些不知名堂的脏东西沾满,与其说那是女人的头发,不如说是乌鸦窝里的乱草。长发半盖住一只长长的脸孔,那脸孔,灰败得像不可救治的病人的脸孔一样。眼睛大得像牛眼睛,嘴角是歪歪斜斜的,眉心可怕地紧皱着,目光疯人似的痴呆,但又充满了憎恶、咒诅和怀疑——看那样子,活像个含冤未报的吊死鬼,或者是个在监狱里饿死的女鬼。

"倒霉!我碰见鬼了!"王秀荣悄悄说着,但一定眼睛,才发现那是镜子里面的影子,便放了心,于是她回过头去,看看究竟谁站在她后面。但是,什么都没有,房子里面没有谁,就她一个人对着镜子站着。她绝望地,可怕地把脸藏在胳膊里,嗫嚅着说:

"我究竟活在阳间还是在阴府呢？"

一九四六年的现在，从敌人的财产里，她分得了一间房子，房子里窗户门扇俱全，还带家具。那些家具中最使她心爱的是那精彩的炉灶和一套锅盆食具，此外还有那个白色的衣柜，衣柜比人还高，一只门扇上镶了一块三尺高的玻璃镜子。那镜子每天照着王秀荣修长的身体，照着她那整洁而朴素的短发和衣服。她每天早起总得站在镜子前面看一回。双眼皮，又长又大的眼睛，圆圆的鼻头都和年青时一样；只是嘴角总浮现着从前所没有的愉悦的微笑。

"谁也不相信我是一个上了三十五岁的女人！"每次走过镜子跟前，她得意地想。

可怕的过去的回忆，没有使她感到颓靡；不可知的未来，也没有使她觉得恐惧。信赖现在的人，顽强地相信自己力量的人，才能获得生活的真实，才能勇往直前。王秀荣就是这样一个解放了的女工。

王秀荣原是河北省人，他们村子在八路军所领导的解放区外围，被人们叫游击区的地带。八路军常到那儿去发展武工队，日本兵也常到那儿去捉"八路"。日本兵一回也没有把八路军捉住，反而常常被八路军所伏击，东西丢了，人逃的逃，死的死；如果遇着了地雷，那就只好分尸而死。王秀荣的丈夫叫郝礼彬，他没有参加武工队，但是武工队的人都相信他，让他带路，捎信。他们这一家子虽然只有四五亩地，穷是穷一点，但是三代六口人倒是过得很融洽的。一九四三年春天，敌人大"扫荡"的时候，郝礼彬给捉去了。他宁死也不说一句敌人想知道的话，敌人气不过，杀死了他，并常到他家里威吓郝礼彬的母亲和调戏王秀荣。老太婆为了保存三个孙儿孙女，她命令儿媳说：

"去吧，把孩子都带走。抚养大了，替老子报仇！"

王秀荣领着孩子们踏上茫茫的大路。

"我们到哪儿去呢？妈妈！"儿子二虎问。

"我带你们到一块好地方去。让你们长大成人。"

"可是谁也不认得呢!"十二岁的女儿丫头懂得了世故,胆怯地说。

"傻丫头,有手有脚怕啥? 自古说饿得死懒汉,饿不死穷汉。别害怕,胆子放粗一些,有今天,就有明天,只要活着,就有办法。你瞧瞧你娘的!"

夏天,王秀荣带着大女儿和两个男孩子,到达了东北重要城市哈尔滨特别市,他们母子四口都寄居在南岗姑母家里,姑母看见他们落魄的样子,早就嫌恶了三分。不过碍于情面,勉强招待。一个月以后,姑母便毫不客气地把王秀荣一家撵出去了。

离开了姑母家,王秀荣便开始了更困难的生活。她好歹在偏脸子那边找下一个住处,那是个阁楼,是人们屋顶剩下的一角又尖又矮的地方,只能够放一些破烂,而不是住人的,房东以廉价租以了王秀荣,并警告她小心火警,又严厉地禁止孩子们吵闹。

这鸽子笼似的房子说来也有趣的。人靠屋顶那一头站着,还勉强可以直立,靠屋檐那一头便得趴下来了,边上开了一个小小的斜斜向天的窗户——那原是准备别人上屋顶用的——夏天一下雨,雨水灌了进来,两个男孩子便使脚丫子在水里玩,然后又滚到矮炕上,因此,把这"鸽笼子"整个都弄得滑溜溜的。母亲回来,痛骂了一顿之后,孩子们才知道自己犯了错误。但是等到下一次下雨,他们俩准又会把"鸽笼子"全部弄湿。冬天下雪,房子里没生火,衣衫又单薄,孩子们冻得直哭。

那一天,天气很冷,王秀荣必须打发两个男孩子到街头去要饭,于是把自己的破棉衣和大女孩的棉衣都给孩子们穿出去,自己便瑟缩地躲在屋里做点针线活,门不开开,一点亮也没有,开开呢,冷风都进来了。为了御寒,她叫丫头出去捡一大捆破草回来,用布带把它缠在自己腰上,让脑袋和胳膊在外头。她坐下来,问她女儿:

"你看娘这模样好看不? 七八月里,你把娘安放在地里,麻雀子保险不敢来偷粮食吃!"

丫头想起了地里恐吓雀子用的草人儿,便一头撞在母亲那干草围着的怀里,笑个上气不接下气。王秀荣才拿上针线,让两条灵活的胳膊做起活来。

过了一年,王秀荣由于别人的介绍,到铁路工厂去捻线球去了,每月工资二十三元。不久,通账也搞来了,粮食有了。有了工资,所有的债主都来要账,她算一算,这些债务要还三年也还不清。粮食店这个大胡子是所有债主中最厉害的一个,今天说要带走她的锅子和破被子,明天又说要拉走她的孩子。她咬着牙根,下了班,晚上还做点零活。

日本人给她的灾难,仿佛是无穷无尽似的,每个月配给的粮食,总被扣下一部分,理由是王秀荣礼貌不周和打瞌睡。王秀荣自己也知道:她的衣服比所有女工都褴褛,但神气却那么骄傲。她一看见日本人,想装上一点笑容也装不成。"他们杀了我的丈夫!"她这么一想,面容都阴沉下来了,只好咬紧了牙根。这种咬紧牙根,仿佛已成了她自勉的习惯。因为她不喜欢叹息,也很少对本地人说"关里的事"去获取别人的共鸣,对孩子们倾吐倾吐心腹呢,他们又都太小。日本人越讨厌她,她也越恨日本人,她让这种关系继续下去。

一九四六年四月,民主联军进驻哈尔滨以后。王秀荣天天盼望她村里武工队有人来替她伸冤雪恨,日子一天一天过去了,武工队的同志没有来,只来了工作队。工友们开头谁也不敢和工作队的人说话。王秀荣打听出里面有关里来的人,她找到那位关里来的同志,便一五一十地把她丈夫的受害,她母子的逃亡和受气受难,统统说出来了。从此以后,王秀荣便把工作队的同志来工厂是替大家伸冤的意思向工友们作不疲倦的解说。六月间,斗争日本人山本的时候,她是最勇敢的一个。清算的结果,每人分得一千六百多元。后来又从敌产委员会那边领得了一所房子。她的丫头被工作队同志介绍到毛织工厂去做工,在那边吃饭,还领一千多元工资。她自己,每月有两千四百多元的工资,还有煤贴,房贴,粮食和棒子。

王秀荣住上了小洋房,穿上了新衣服,每顿饭可以炒上一盆青菜,口袋里还有余钱。她首先把大儿子送进小学里念书,然后做上了一顿四年没有吃着的肉馅饺子,请所有她欢喜的,和帮助过她的朋友和邻居(那里面有桂珍母女)来吃。铁道局合作社有她的一千元股子,贫民会合作社也有她一千元股子。

在工厂里,她是个小组长。四个月的工作总结,她被选为工作模范。在任何群众大会里,她都敢说话,不过她的话说得很简陋:

"我相信,有今天就会有明天——我是这样活过来,还得这样做下去。我脑筋笨,嘴也笨,说不尽共产党的好处。现在工厂是咱们工人的,为啥不加油干活?⋯⋯"

一九四七年一月于哈尔滨

选自《今天》,光华书店 1947 年

粮秣员同志

左云城的鬼子，在深夜里集中，两个钟头以内，便悄悄地撤退得一个也不留。这样的事情，除了天上的星星看见之外，鬼也不知道。

老百姓的感觉是灵敏的，当夜，他们就没有睡好。睡在炕上的丈夫摇醒自己的妻子，母亲紧捉住儿子的拐肘，掌柜的悄悄地盘着腿坐起来。

"怎么回事啦？"

"又闹什么新花头！"

人们恐惧着。第二天，守城的岗哨只是伪军，日本营房毁掉了，到处看不见一个鬼子。

日本投降同盟国的消息在这儿是被封锁着的，但是老百姓的感觉是灵敏的，他们到处议论着："中国军队要来啦！"

替日本当了多年汉奸，被傅作义封为反共司令的土匪乔日成，这时候挂着国民党的牌子，接替日本人来了。他一进城，便着手把伪军编成三个大队，跟着又成立了一个叫"县政复兴委员会"把县里几个无恶不作，敲诈屠杀老百姓的著名汉奸，搜罗到里面去当委员。

老百姓盼望中国军队来的热望，被一盘冷水浇得冰凉了。他们带着阴沉的心情，被迫着去参加"欢迎乔司令"的欢迎会，他们担忧地等待着随时都会落到自己身上的坏事情。

那一天欢迎会开过不久，东门外空地上围住了一大堆人，原来是那个原先替鬼子当警察大队长，现在在复兴委员会做事的汉奸吕有贵在那儿虐杀一个被俘的八路军的粮秣员。几个手执着上了刺刀的长枪的卫兵,穿着很破烂,他们喝骂着俘虏——电线杆上捆缚着的一个赤裸的汉子,他只穿了一条短裤(它已被鞭子打破,浸出鲜红的血)。他的腿上,身上和面部都印上给鞭子,枪托,批掌毒打的伤痕,红一块,紫一块,鼻孔流下的一道鲜血,从嘴角沁进了他的牙缝里,他磨着牙齿,咬着嘴唇,似乎在珍惜地吮吸他那不会白流的鲜血,他显然给愤怒,疼痛和寒冷磨折着,全身的血管都膨胀起来。虽然给斑驳的伤痕所掩盖,但从他很黑的眉毛,闪着怒火的眼睛,仍然看出那不可屈服的年青的面貌。

这时候,一个卫兵走到汉奸吕有贵跟前,低声说了几句话,便走开了。吕有贵穿着夹袍,戴上黑眼镜,望了俘虏一眼,然后吃吃地冷笑了两声,提高嗓音问道:

"你八路共匪,顽固不投降吗?"

"我是抗日的八路军,我是中国人,你赶快把我释放,让我回……"粮秣员挺起胸膛大叫着,他那勇敢的声音,使一向被鬼子和汉奸奴役着的老百姓,一方面感到震惊,一方面又感到痛快。

"住嘴,"吕有贵大喝起来,"告诉你,最后两条路:要活,赶快投降我们,否则枪毙你。"

粮秣员是个硬汉子,他的故乡给敌人占据已经八年,老母被杀了,嫂子被鬼子抢走,他在痛恨和伤心之下,参加了英勇地打击日本的八路军,在战场上受了一次伤。这两天,听得日军向中国投降,他和伙伴们正兴高采烈地准备彻底消灭不愿放下武器的敌伪,好早一点建设和平的新中国,谁知道,在鬼子撤退的左云城,却给与伪军合作的顽固军捉住。他一听见吕有贵说出"投降"两个字,胸膛都气炸了。他狠狠地瞪着万恶凶暴的汉奸,脖子上面血管鼓得像蚯蚓那样粗,他叫喊道:

"你们,你们是谁? 日本鬼子都投降我们了,我投降谁? 老子辛辛苦苦抗战了八年,今天把鬼子打得个投降了,你却叫老子来投降? 叫我向你们那妥协派投降吗? 叫我向……向你们王八羔子顽固派投降吗？……你们害……害羞吗？你们还有一点中国人的血液没有呵！……"

吕有贵脸上泛起了一层青色，冷笑了两声，然后向卫兵说了两句话。卫兵便从地上捡了一把干草，狠狠地塞进俘虏的嘴里，然后用刺刀刺他的脸，刺他的胸膛，刺一刀便问一声："投降不投降。"粮秣员听了，只得咬着牙齿，把眼睛一鼓，来代替他的反抗。于是，卫兵又用刺刀刺他。鲜血在他全身的皮肤上纵横地流着。

老百姓被粮秣员的正义的言词激励着，被他的勇敢的行为激励着，引起了高度的同情和义愤。人群里一个商店的小伙计情不自禁地低叫着：

"像这样才是打日本的军队，可惜太少了。"他说完，突然害怕得发抖，他说的话给伪军他们的人听见，不要掉脑袋吗？他小心地在四周回望了一下，幸亏旁边的人好像都没有注意他，这才放了心。但是，他的左边拐肘猛然给碰了一下，转过头去看，一个老乡认真地问他：

"你说什么？"那个也向四边望了一眼，然后悄悄地继续说，"你敢说他们少吗？在乡间，那才多呢！"

另外一个少妇非常怜惜地握着她婆婆的手，感动得哑着嗓子说：

"你看他胆子多大呵！他一点都不害怕。你看他的腮帮还在动，他还想骂呢！城里就没有一个汉子像他这样胆大。"

老太婆没有注意儿媳说什么，她也依着自己的感情去想着另外的事，她呻吟似的说着：

"唉！他也有妈妈的呵！作孽，他也有妈妈的呵！"

粮秣员成为一个血人了，他痛得晕厥过去，又苏醒过来，鼓起了眼睛，动着腮帮，这是他憎恨和抗议的唯一表示。最后，刽子手玩腻了，下令叫枪毙了，并要露尸三天。

于是我们英勇的粮秣员同志，在妥协派的反动的残杀真正抗日战士的毒辣手段下，流尽了最后的一滴血。

他斜斜地俯伏在快要枯黄的草地上,凝滞的眼睛大大地睁开,永远地睁开,嘴唇因临死的痉挛而露出两排紧咬着的牙齿。看那样子,活像他就要爬起来,找他的仇人去算账似的。

吕有贵大踏步地走掉了,卫兵们也走了;可是老百姓一个都没有走开的,女人们掉下泪来了,壮年人握着拳头,老汉摇头叹息。大家依依不舍地望着那个睁大愤怒的眼睛的尸体,仿佛这个陌生人是自己家里的一个亲人。

过了一刻钟,一个十五六岁的男孩子,大着胆子走近尸首,叫道:

"他没有死,他的眼睛睁着呢。"

于是他俯下身子去,轻轻用手去按他那受伤的胸膛,按了按他那完全停息了的心脏,便跳起身来,三脚两步地跑到母亲那边,悄悄说道:"他的心还在蹦隆蹦隆跳,蹦隆蹦隆跳!"

人群里突然又泛起了一种疑问,一种希望,一传十,十传百地交头接耳说:

"他没有死!"

"心还在蹦隆蹦隆跳!"

"他没有死!"

然而,牺牲者渐渐僵硬了。

人们眼看见自己这样的新的统治者,突然感到一种战栗。他们提心吊胆地散去,也提心吊胆地忖想着。

"虎豹走了,豺狼又来。"

第二天清早,守城的发现尸首不见了,老百姓里面又纷纷地传说开:那个八路军没有死,他夜里爬回去报信,过两天大队的八路军就会来——人们这样相信着。他们即使知道,自己的想法有点谬误,却仍然愿意这样想——因为牺牲者的精神已经在他们的心中产生了力量。

新的希望展开了,像乡下的盛装的坐在新房里的新娘,充满希望和紧张期待着她那陌生的,然而和自己今后的命运息息相关的新郎一样,"八路军是什么样的呢?"有人说是好的,比日本的,比国民党的军队都要好得多;有人说是奇怪的军队,因为他只替老百姓办事,不要老百姓的东西,有从乡间来的用确定的口吻说,八路军替人申冤报仇,只要他来,谁都不敢作恶。

三天以后的夜里,八路军×团进迫到左云城下了。

伪军汉奸没有放下他们的武器,斗争在进行着,在战士们勇猛的攻打和城内老百姓热心援应下,不到天亮,左云城便宣告解放了。

第二天早上,一个中年妇人打开半扇门,站到门口,大着胆子拉住一个八路军战士问道:

"那一天在东门枪毙的那个老总没有死吧?"

那个战士匆促地停下来,用手指伸到帽缝里抓一抓头发说:

"你说的是什么?"

"他没有死吧? 他回去叫你们来的吧? ——他就是给吕有贵打得满身是血的那一个。"

战士赶着去办事,便含含糊糊地用外地话回答说:"那我说不清,如果他能不死的,他一定不会死。"他又匆促地走开了。

那个中年妇人以为对方回答说不会死,便满意地点着头躲进屋里去。

是的,我们的粮秣员同志和其他许多牺牲者一样,他们的精神没有死,他们活在广大人民的心里。

选自《今天》,光华书店 1947 年

179

新夫妇

　　零下四十度的早晨,哈尔滨活像刚从白蜡的溶液里捞出来似的,在冷凝凝的大气里屹立着,她洁白干净得叫人幻想着神仙的境界。道路不仅铺满白雪,而且结成坚冰,只有柏油马路隆起的地方,因汽车轮子无情的碾轧,露出了一丝原来的面目。房顶,土墩都披上了厚厚的白雪;落尽了枯叶的树枝缀上了坚霜——这在南方永远看不到的银条树啊——霁虹铁桥的栏杆,洁白晶莹得似乎由水晶所砌成。北方严冬里的雪景常常给人们带来了一种沉毅的快感!像这样分量很重的,而又非常美丽的景色,只有高原上皎洁的月夜才可以和它媲美!

　　大地虽然都披上积雪,但是密密地排列着的房子,交错的马路,路旁齐整的树木,地势隆起的南岗,和那低斜的道外,都显出了它们鲜明的轮廓。东北日报那座高耸云空的楼房,仿佛是卫护全市的一个哨兵,门口挂了两支鲜艳的国旗——这鲜红的国旗在这洁白的世界里蓦地添上了不平凡的活的颜色——它为了说明市民们正在庆度他们和平而幸福的春节,在冷风里凝重地招展着,飘扬着!

　　早饭后,群众的秧歌队与机关的秧歌队,从四面八方出动了。接二连三的锣鼓声,伴随着络绎不断的人群,车辆,闹翻了整个哈尔滨市。

　　新婚夫妇李树坚和刘兰秀准备到地方法院一个女法官那儿去拜年。新娘子穿上藏青色棉袍,披了一块墨绿色的绒头巾。李树坚还是穿着平常邮政局的制服。他俩走到霁虹桥的时候,李树坚发现妻子掉在他后头有一丈远。

"看你这付封建脑瓜,人们都并排儿走,你偏要……"李树坚停下来,充满情爱地说。

刘兰秀瞅了他一眼,赶上两步,超过他,悄悄回答说:

"我就是这样的脑瓜。不像你浑身八路气。"

"浑身八路气又有什么不好?怕我们学不像呢!"李树坚一步赶上了她,捉住她的拐肘,提高嗓音问。

刘兰秀挣脱了,紧接着说:"八路没有什么不好。说句良心话,没有八路,咱俩结不成婚!只是,只是八路站不住的时候,看你……"

"哼,站不住!人家差一点便到长春去过年呢。只是他们不想那么早去就是了。如果他们——他们想到哪就到哪,谁也拦不住……"

两队秧歌队向东北日报社恭贺春节来了,道路被人群堵塞住,马车、汽车和电车都无可奈何地停下来,电铃、喇叭不住地向穿上新衣的人群喊叫着要求让路。

刘兰秀自幼寄养在她姑姑家里,丫头似的被使唤着,她姑父是道外某店铺的老板,她在他们家里,与其说是他们的亲戚,不如说是他们的下人,全家大小,谁都有权利使唤她。二十岁了,还没有给她择配。

她和隔壁的李树坚好起来了。李树坚是邮政局里的邮务员,二十四岁,眉目长得很英俊。他们两下说好:刘兰秀一定要嫁他;他呢,除了刘兰秀任何女人都不娶。

"男人的心容易变,过两天,你就又喜欢像我表妹那样又有钱又俊俏的女人了。"刘兰秀和他开玩笑。

李树坚却当真地回答说:"像你表妹那样的女人我才不娶呢,我养不活她,也看不惯,我就喜欢你,你的心和我的一样!"

李树坚请了个媒人到兰秀的姑姑家去了。

姑姑听明白媒人的来意之后,没有考虑地哈哈大笑:

"是那个送信的小伙?唔,那个穷小子也想娶老婆了。"

李树坚又第二次请媒人去了。姑姑干脆严厉拒绝说：

"不用说是我的侄女，他连我的丫头也娶不起。哼！"

姑姑的目的很简单，第一，她家里短不了一个用人，拖延兰秀的婚嫁便可以多剥削她点劳动力；第二，她想把她嫁给一个比较有钱的买卖家，从中取点利。于是，为了彻底断绝年青人的念头，她威胁邻人把李树坚住的房子收回来，赶走那年青人；并且禁止兰秀出大门一步，以杜绝他们的会面和通信。

李树坚在职工会打听清楚民主政府的婚姻条例，便到地方法院控诉店铺老板妨害婚姻自由的罪状。

店铺老板虽然买卖方面很会盘算，但是一辈子没见过衙门。在伪满时代，他总拿钱来收买警察，使他们不作难他。这一回给人一告状，他真又气又怕。

"什么民主政府！有了民主政府，穷小子们都壮了胆了！要是从前日本人在的时候，他李树坚敢怎么的？还不像一头老鼠似的打我脚底下走过？"他在老婆面前威风了一阵之后，便又颓丧地嘱咐老婆说：

"多一事不如少一事，还是拿几个钱去买通买通那边吧。哪一个朝代的官不贪财？……至于兰秀，我是不让她嫁那穷小子的，他娶得到她，我拿店铺作陪嫁。哼，他们还不知道我的厉害！"他武断地发誓说。

姑姑到处托人打听进行贿赂，她无计可施，只好狠狠地告诉她丈夫说：

"你看气人不气人，八路军那个寒蠢样子，穿得破，吃得坏，可是他们还不爱钱。从没看过这样的傻子！"

店铺老板沉默了一会，叹口气说："别小看他们傻，他们得民心，得了民心江山才坐得稳！……唉，还是谈我们的事吧，怎办呢？他们又要讲什么'民主'，又不爱钱，兰秀怎能给他呢？你这老糊涂，办什么事都能干，就这事办不好。"

"使钱这一着不用想了。我打听得八路的法官兴这么一着——"她往外屋望了望，见没人，便附在丈夫的胖脸上悄悄地说，"明天对簿公堂的时候，他们听女的说话。只要兰秀说个'不'字那就得了。"

老板连连点头，用充满称赞的腔调说：

"这事情还得你老糊涂去办！"

刘兰秀已经整两个月没看见李树坚了。心里的苦没处说。她活不能好好地干，饭也吃不下。每天夜里两只眼睛直瞪着到天亮。"只要和他说上一句话，我死也舒服！"她肚子里盘算着。有一回，隔壁的婶婶偷偷送给她一道小纸条，上面写上了几个字。"他给你的"，可是她不认得字。又不敢问表妹。只好对着条子哭了一夜，条子给泪水弄湿了，又放在枕头上晾干，晾干了，一会又给眼泪沾湿了。但这一切情形，李树坚无法知道。

审讯的前一天晚上。兰秀的姑姑换上了一付从来未有过的亲爱的面孔，小偷似的摸到她房里来。

"孩子，你多傻。你多可怜！要不是姑姑硬着心肠，你这一回就上了那小子的当了。"

兰秀正愁闷得慌，听了姑姑那没头没脑的话，直发愣。姑姑做出生气的样子坐在床沿，继续她的谎话：

"李树坚那家伙现在又和亨记的那妹子要好了，有人说他三五天就得结婚。他早就把你忘得干干净净了。"

"哼，那还不算，听说他还要告你姑父妨碍他的婚姻自由，你猜这是什么意思？原来他拿不起一笔钱来娶亨记那妹子，就打你姑父的主意，他知道他开了这么一家铺子！……"

刘兰秀将信将疑，但是眼泪早就掉下来了。她一句话不说，姑姑看见她落泪，知道自己的话已发生了作用，于是更火上添油地捏造：那一天谁看见李树坚上窑子家里串，那一天谁看见他和亨记那妹子一块进大众舞台，说得兰秀越哭越伤心。

"那一天他给我的条子，一定是给我退婚的。男人真靠不住！"她信了姑姑的话，恨起李树坚来，但她不服气在姑姑面前说一句低头的话，只是哭着，像哑子吃了黄连一样，把眼泪往肚子里咽。

"明天对簿公堂的时候，官厅问你怎样，你一口咬定你不爱那样的家伙。一口咬定，真的，如果你答应嫁他，即使你不怕他坑人，两天三天把你扔掉，也得小心你姑父把你的脑袋拧下来！你敢说嫁他，你姑父便央官厅叫那小子不得活！……"

姑姑威迫利诱，作好作歹地命令兰秀这样做，然后才安心去睡觉。

审讯那一天，李树坚和店铺老板两方面展开了剧烈的辩论。一个根据民主的法律控诉对方妨碍婚姻自由；那一个却诬蔑对方企图诱拐他的外侄女。

刘兰秀站在当中越听越糊涂了。她从李树坚的分辩里，知道他这两个月中在邮政局被选为学习的模范，且当上了职工会的副主任。他的眉宇还是那么英俊，品质还是那么正直，只是比以前懂得更多的道理。完全不像姑姑口里说的李树坚。

"可是，他就没有提他的亨记那妹子的事。他说他还爱我——是怎么回事？……"她心里乱得很，很多问题想不通，就着起慌来。她略微抬起头，看见问话的法官是个女的。她惊慌失措地又望了她一眼。

她长圆的脸，戴上一付玳瑁眼镜，穿上一套青布棉袄裤。短发往后梳，看样子大约三十来岁。她问起话来，是那么安详，严正，又那么和蔼。平常，刘兰秀看见"女八路"时，不怎样感兴趣，总觉得她们有可轻视的地方。现在这个女法官呢，越看越威严。她说不上自己害怕她还是尊敬她，只是不住偷眼望她。突然，女法官对她说话了：

"刘兰秀，现在，你老实地说吧。勇敢地决定自己的命运吧。"

兰秀怔住了，两片嘴唇不住发抖，心慌得像一只乱摇晃的铃铛，姑姑着急地从旁听席插嘴。

"说呀，你怕什么呢，难道你还能嫁给这样一个招摇撞骗的人吗？"

姑姑马上被阻止说话，但她的声音，给兰秀以一种无形的威胁。她再抬头看看姑父的面孔。啊，多可怕啊，他的眼睛凶狠得像要杀死她。"下了法庭，我还得跟他们一道过活啊！"这么一算，她悲痛地掉下泪来，双手掩住俯低的面孔，嗳嚅地说着：

"我——不——嫁他！"

姑父和姑姑这才舒了一口气，旁听席上都议论纷纷，李树坚焦急和生气。环境由沉默紧张转入纷乱和惋惜的气氛中，女法官又朗声不疾不徐地，用特别亲切的语调说：

"刘兰秀，你不要烦恼，现在给你十分钟，让你作最后的决定，现在的社会，不同过去的社会了。过去婚姻是由家长作主的，现在由本人作主，家长不得压迫。再说现在的政府也不同了，绝不是任由有钱人收买得住。民主政府是讲道理的。替老实的，安分的老百姓做事。你心里有话尽管说，我也是个女的，我知道女人的苦处……"

啊，得了！女法官的话句句都打动了兰秀的心，即使是数年前母亲咽气时的几句话，也没有现在她说的动人。泉水似的眼泪往外直流。女法官又开口了：

"你只管老实地说，你爱谁就嫁给谁。别害怕，法律是保护真理的……如果谁欺负你，你不用昧着良心说话，有我作主——"

刘兰秀突然胸膛充满了一股热，仿佛拉去了引线，立刻要爆炸的手榴弹一样，她左手拿袖子遮住脸，右手直向李树坚指着，连哭带叫说：

"我爱他，我要嫁给他！"

法庭立刻又给紧张的沉默笼罩了。刘兰秀的悲痛变为愤怒和激动，她抬起头来，趁手把额上的乱发一抹，转过身去，指着姑父，历数着他的罪状：

"是他们造的谎言，说李树坚变了心，要娶亨记那妹子，他们足足把我关禁了两个多月，不许我出大门一步。他们欺负我是个无亲无靠的人，把我当使唤丫头，我吃的是他们吃剩的，我穿的是表妹穿破的，七八年来没给过我一个钱。他们不让我出嫁，他们不让我见天日……"

最后法院判决刘兰秀与李树坚的自由订婚为有效。店铺老板以历年无值剥削刘兰秀的劳动力，应从财产中拨出两万元来充作她结婚之用。

他俩好容易绕过车辆，穿过人群，往地方法院的宿舍走去。

"我说，什么东西都不给人家捎上一点，真不像个拜年的样子。"刘兰秀又提起这事来了。

"你别闹笑话吧，八路军怎么肯受老百姓的东西呢。等一会你一定得和她握握手，握手是他们最亲热，最尊敬的表示。他们见毛主席也是握手，见老百姓也是握手。"

"听说八路不过老百姓的年。"她又好奇地问了。

"唔，他们过的是新历年。不过，老百姓乐意的事情，他们都会喜欢，喏，你们看见那些秧歌队吗？"

"我没看见过那样能干的女人，能当上一个法官。又不摆架子，办事又公平。"

"我们活了二十多年真冤枉，什么世面都没见过。八路军里面能干的女人才多呢！你听：火磨的经理是个女的，松花江商场的经理也是女的，工作队有女队长；你还没见过呢，咱们职工会的王秘书才好呢，她很有学问，跟咱们像一家人，她一开口就说中了咱心里的事——"

李树坚还没说完，刘兰秀便抢了过去说：

"可不是，那位姓毕的法官，那一天她一开口就说到我心坎里去了。她好比是我们的媒婆，不，她比媒婆的恩还重！"

他俩带着满腔热情来见毕同志，但同房的说她一早就出去了。他们异常懊丧。后来，李树坚提议去邮局职工会找王秘书。她同意了。

他们赶到王秘书家里时，正好女法官毕同志也歇在那里，此外还有王秘书的丈夫……

刘兰秀在两位女同志的热切的友谊关怀下,一点也不觉得生疏,好像她们之间已认识了很久,又好像家里的久别相逢的姊妹一样。一向被奴役的生活锻炼得不爱说话的兰秀,这时有说有笑了!

一小时以后,他俩辞别出来。他俩意识到自己是一对新的人——这"新"的意义不仅在于甜蜜的新婚生活,重要的是他俩正张开两臂,带着新的认识,新的感觉和思想飞向新的世界! 他俩都这样感觉着,但是都不能拿语言来说出自己心里的话,于是只好会意地相对笑一笑,李树坚牵着妻子的手轻轻说:

"我们逛一会再回家做饭吃。"

她甜蜜地对他笑了一笑。

邮政局展开家属大生产的时候,刘兰秀第一个响应报名。"三八"国际妇女节那一天,她拟定了生产计划,还向王太太,陈太太挑战呢。

一九四七年三月十五日于哈尔滨

选自《今天》,光华书店 1947 年

一　天

——这儿展开了工人文艺的远景

清早,火车头在我们住室前后的岔道倒来倒去。火车头的烟囱有时像一匹调情的母猫似的,闷着嗓门吱吱地叫,有时,却又生了气似的突然吼号起来。我被这熟悉的声音弄醒了。

刚洗过脸,一位老工友领了他的女儿摸上我的门来,要求我介绍她职业。十七岁的大姑娘了,看来还像十一二的孩子那么矮小。看见我略现惊奇的表情,他就带着不愉快的声调说:

"有啥法?她当长的时候,连糠皮也吃不上。国民党那时代,一个月拿个四五十斤高粱米,七口人哪能够吃?她没饿死,总算她有福气,瞅见了这个新国家。"

给她登了记,问了一会,我就让她先回家去。

通知了文艺小组今天下午职工活动时间内开文艺小组座谈会之后,又到职工会处理了几件事情,才算抽出身子来去参加厂务会议。

文艺小组座谈会是很有趣的。工人们把饭盒子放在会议桌上,坐下来,油污的粗壮的手往桌上一搁就便谈起问题来了。今天讨论的是台车分厂三位工友集体创作的剧本《劳动态度》。这个剧本早已写好,演出过,到新华广播电台广播过。但是作者们感到太简单了,不满足于这个成绩。便请鲁艺的同志来厂帮他们提高一步。于是他们在鲁艺同志的指导下,一连熬了三四个夜,才改好了的,并已在厂内试演了一次。

"大嫂子的脸色化装得太红了,不像个饿病的人。"

"收电费的比甲长还凶,不合理。"

"解放后,老刘被选为分厂长,他应该先给工友去拜年,不应等着工友来拜年。"

大伙正说着,有人提起机械分厂工友宋金瑞对这个剧有意见。小组长一听即便挂电话邀请宋金瑞来参加。走得气呼呼的宋金瑞赶到,便接着发言。他认为解放后的两场劲儿还不够,还不能叫人看了立刻感到工人未来的社会是个更美丽的社会——社会主义的国家。说到解放前的两场,他也提出意见说:

"头两场真不错,苦透了心;可惜就是没有把那一点表示出来。就是说嘛:日本人统治了十四年,光复了,工友们盼祖国,后来盼来个国民党,更坏,把咱饿透了,把咱坑透了。不是吗? 应该由剧中人把这个意思说明白,使大家更恨国民党。"

该剧执笔者祁醒非常虚心地频频说:"是,是。"演老刘的李恩(剧作者之一)连连点头。这一来,发言的人更热烈了。他们就是这样的人:不仅在生产上像老虎那么勇猛,即在学习文化上,他们也依然那么热情。在另一种场合里,这些勇猛的人却又那么害臊,害臊得像乡下的大姑娘一样。我清清楚楚地记得,有一天我对金毓春说:

"金毓春,你的那首《北平号》写得很好。已经在《东北日报》四版上发表了,你看见了么?"

他一时说不上话来,给煤烟和机油涂污了的正直的脸俯低不是,抬高也不是。为难了半天,才笨拙地说:

"我,我,不会写——"

再没有比工人更爱荣耀的了。但也再没有比工人更懂得用刻苦、埋头去获取荣耀,和用再接再厉、百折不回的韧力去保持他的荣耀的了。

高景水制电焊条成功受报上表扬之后,继续研究,不久便又发明用电焊代替瓦斯割铁板。金毓春受了称赞,在一星期之内投了三篇稿,都写得那么好。

《劳动态度》讨论到天黑,才算做了一个结束。我离开了会议室,深深吸了一口带碳酸味的空气。我突然感到对这浓浊的气息很有感情,犹如在屯子里时呼吸到浓厚的牲口的粪草味一样。北面动力分厂的两支特别高耸的烟囱,在黄昏最后的薄暗里,显着他的雄姿。宽敞结实的厂房,一排挨一排地往西面伸展开去,一直伸展到黑色的天幕底下。

黄昏后的二厂是很寂寞的,日间的马达声、机械运转声和熙攘的人影,不晓得消失到哪儿去了。如果不是文艺小组十几个人打这儿出来,笑笑闹闹的,那就会寂寞得更可怕了。突然,我发现南边最远的一所厂房透出了通红的火光。

"那是不是失火?"我用稳重的声调问。

"不,那是锻冶厂。喏,你忘了吗?明天星期日全厂职工为'二七'死难先烈复仇,献工一天支援前线嘛。锻冶分厂将就不用灭炉子,打铁趁热,提前在今夜里献工。那是洪炉的火光。不是失火。"一位工友解释说。

听工友说到"二七"献工,打铁趁热,又看见黑夜里洪炉的鲜艳的红光,我联想起《国际歌》来。这个场面,更帮助我理解《国际歌》的气魄!

胡乱吃了一点晚饭,回到住室,我便闭起眼睛回溯今天所做的事和所接触到的形象。我从精神到肠胃都那么饱和地陷入了沉思中。

"草明同志,我有一个意见。"

我睁开眼睛看时,潘恩学已经笔直地站在我跟前了。他两手并拢着提了一个空饭盒子,油污的大衣穿得很齐整,领上的扣子也扣上了。在明亮的电灯光下他那纯朴的脸上十分严肃,而且有点紧张。我赶忙让他坐。他坐下了,把饭盒放在脚旁,还是直着腰子坐得正正的。他原是文艺小组的,但今天因赶一件重要的活,没有参加讨论。

"这黑你还没回家么,活赶完了么?有什么事情?说吧。"

"我可不可以写小说?我写小说行不行?"

"自然可以。你可以写小说。"

他被我的安详的鼓舞弄得欢喜起来,稚气地笑了。整齐雪白的牙齿在黝黑的脸面中更显得洁白。他的紧张消失了,可是我还被他刚才那种紧张严肃的姿态惊讶着。他安静地往下说道:

"我要把我的经历写成小说。我的身世太奇怪了。我写它,要写得厚厚的,分开两个重点来写。"

"对的,应该有重点来写。过去你写过么?"

"没——有,"他拖长嗓子说,"在国民党时代,还能写什么东西么? 打从解放,才三个来月,你全知道我,就写过两首歌。"

"你听我说,我现姓潘,但是我原来不姓潘。我出生三个月后,家里大概穷得够呛。我们全家都上北大荒活命去。可是,人倒起霉来都来一块堆了。还没到北大荒,路过盖平时,我妈便死在路上了。大概我饿哭了,我父亲抱着我也大哭起来。一个马车店的老板,他有两个老婆,可是没有儿子,他们想把我留下,可是,打开破布一瞅,嫌我埋汰,掉头走进屋里,把大门关上了。"他说到这里,低下了头,望望自己穿得齐齐整整的大衣,愤愤不平地苦笑了一下,仿佛说:"我哪一块都挺干净,不埋汰。"

"后来一个种地的就从我父亲的怀里把我抱回家啦。他就是我的第二个父亲,他算是个贫农吧……我一直不知道,便在潘家长大起来了。我的奶奶爱我爱得要命。十冬腊月里,炕上没垫的,只铺上了一点干草,奶奶的屁股也磨破了。我夜里还要她侍候我,给我晾水喝,给我尿尿。我那时太小啦,现在想起来,自然不对……到了十岁我上学的时候,同学都笑我是买来的。我回家闹了起来,闹得天翻地覆,我奶奶才害怕得了不得,把这个秘密公开了,还添上一句:'你的生父要是喜欢你的话,不能卖你呀。'我当时对奶奶发誓说,如果碰见我那父亲,我就揍他。奶奶听了,便含着眼泪笑啦。"

"现在想起来,这自然不对,可惜那时候我太小啦。"他惭愧地笑了一笑。

"我的苦还多啦,十六岁我便被抓去当劳工,那味道,不是人受的,日本人把咱苦力往死里打!干下去是个死,逃跑逃不掉,也是个死;但是逃出了虎口呢,不是有希望吗?我一逃便逃到沈阳来,学了旋盘。咳,苦处多啦,当工人也是受压迫。好容易盼到光复,谁知国民党竟连豆饼也不让我们吃饱……"

他歇了一会,用手解开了领扣,把脖子一伸,忽然扬起眉毛来,好像他刚从枷锁里挣扎出来似的。他又孩子似的稚气地说:

"你瞅,奇怪不奇怪,现在,打从解放后我已进过两次训练班,我又是我们分厂的代表,我还参加了新民主主义青年团。多啦。这该是另一个重点了吧。可是,怎么写好呢?"

跟着,他又述说他在伪满当工人时,看过了《三国志》和神仙的小说;后来他邻居从破仓库里偷出来好多书,给小孩子们擦屁股去了。有一天他偶然发现书上写的是"这是干啥的?""他呼隆地跳了起来",觉得很有意思,从此他看上了几本新小说。沉默了一会,他又犯愁,叹了口气:

"我怎样写我的小说呢?写《三国志》那样?——不好。老舍那种写法,行是行——还有一种写法,比方说,他抬起了忧愁的面孔;或者说,他抬头看看天,叹了一口气——这种写法行么,草明同志?"

"这是新小说的写法。你可以用新小说的写法写。"

"就这么的吧,那么我试试看。"他站起身来,走到桌子跟前,想说什么,没有说便提起饭盒往门口走。但是,他又马上回过身来问我道:"听说人家写小说要用什么原稿纸写的,原稿纸是什么样的?"

我打开抽屉把原稿纸拿出来给他看,并答应送给他一些原稿纸。他愉快地道了别,回去了。

他走了,房子里什么声音也没有,我心里却不能宁静。我被兴奋和感动充满了!

他们都是未来的工人文学家,他们有那么丰富的动人的生活内容,他们有生动的语言,同时他们有那么高贵与蓬勃的创作热情。他们已开始认识文艺活动对他们生活的重要!

自从到了工厂以后,我有过好多次这样的激动:工人热烈而高贵的情感,向上的蓬勃朝气,蜜也似的纯朴温厚的友谊,使我无法控制我的感动和喜悦。像这样的时候,我失去了任何欲望。我只希望永远和他们在一块!

二月二十日于皇姑屯铁路工厂

选自《文学战线》,1949 年第 2 卷第 2 期

◇ 胡　昭

金生媳妇

　　金生媳妇懒散得出名。她不管整啥都是那么埋里埋汰、不干不净的。做完饭多咱不刷锅,锅底嘎巴得实在太厚了,没法再使了,她才拿铲锅刀子铲一铲。吃完了饭,饭碗一摞就奶孩子,桌子也不捡。夏天,招得苍蝇哄哄的,饭、菜就那么让苍蝇落……

　　金生一个人要侍弄一坰半地,还得干点别的活,家里的事管不了多少。有时候他看屋子弄得太乱糟,饭菜太埋汰,就对她说:"桂他妈,你收拾收拾这屋子吧,你看这成啥样子了? ——这饭里,我吃出两个苍蝇来了,这土豆子你也该好好洗洗再熬啊!"你猜她说个啥:"不干不净,吃了没病。庄稼人学那么矫情干啥!"金生说:"矫情啥,干净点总是应该的呀。庄稼人怎的?"她倒气昂昂地说:"你要干净找那个干净人去!"

　　一来二去,两口子的感情就弄得挺疏远。

　　头年夏天,跟前儿这几个屯子闹"虎列拉",金生媳妇谁说啥也不听,到瓜园买一筐瓜来,领着孩子坐炕上吃。弄得可地是瓜皮,满屋子苍蝇。不几天,四岁的小桂就得病了,连拉带吐,一气折腾了十来天。多亏县里的防疫工作队下乡来了,给孩子打了针、吃了药,才算"攀"了过来。防疫工作队的同志给他俩也打了针,说:若不是他俩抵抗力强,也得传染上。

　　过后,金生问她:"你不是说不干不净吃了没病吗? 这回若不着防疫队的同志,小桂不是'交待'啦!"她说:"他病是他该病,不死是他命大!"

※　※　※

开始送粪了。金生天天早早地就起来跟小组下地。好几回,金生起来了,他媳妇还没起来,他赌气也不招呼了,自个扒拉点冷饭就走。

这时候,县里工作队来了一个女同志叫郭玉兰,是上这屯子来了解送粪情况的。没有方便地方住,农会就让金生上外边去找宿,把郭同志安置在金生家。

郭同志也是庄稼姑娘出身,来了就帮助金生媳妇干这干那的,有空就不闲着。

她是要了解这一个村的情况,晚上在金生家住,白天就上别的屯子去。也常常晚出去或者早回来,在这屯子了解各组的情况。

有一回,郭玉兰上金生他们这组来了,坐在车上跟他们一道送粪。送完一堆啦,大家坐在车上往别处走。赶车的王二板子一边摇着鞭子一边大声说:

"金生啊,郭同志在你家住,你媳妇没做点拿手玩意给郭同志吃吃吗?"

"哼,她还有拿手玩意?要讲埋汰么她可拿手。"金生觉着脸有点热忽拉的,又回过头来问郭同志,"郭同志,这两天你来了,她还不大离了呢;若是早先哪,你都吃不下饭去。"

实在的,郭玉兰到金生家,头一顿饭就在饭里吃出来好几个耗子屎,熬的白菜上还带着泥呢。可是,她没磨得开吱声。这时,她又问旁边的刘魁媳妇:"金生媳妇怎么不见出来干活?"

刘魁媳妇小声说:"她可懒散啦,家里都整得乱七八糟的,还能出来?"

"那你们妇女会没去劝过她吗?"

"劝当啥?她不听你的你又怎样!——他们两口子不和睦,还不就是因为这个吗!金生是'恨铁不成钢'哪。"

郭玉兰没吱声,望着王二老板子那摇晃着的鞭梢,心里想:只要方式好,没有不能改造的懒人。

※　※　※

郭玉兰天天鸡叫头遍就起来,起来就轻轻地推开门走出去。先扫地、擦柜,完了到外屋去做饭。

金生天天是干一气活才回来吃饭,他回来,郭玉兰就把桌子放炕上,饭摆好了。金生说:"这还行吗,怎么来的客倒侍候起家人来了?"郭玉兰说:"吃吧,别吱声。"金生吃完饭下地去,郭玉兰又收拾一阵屋子才走出去做工作。

金生媳妇知道饭是郭玉兰做的,就红着脸起来领着孩子吃了。

第二天早晨,金生媳妇本来早就醒了,可是,觉着炕头还滚热,就眯着没动弹。胡里胡涂地好像听见郭玉兰起来了,又在刷锅了……想起来,可是……她还没动。

饭又做好了,金生媳妇见郭玉兰往桌子上摆碗筷了,现在起来吧,有点磨不开。她还是闭紧了眼睛。

第三天,金生媳妇就不得不早起来一点了。郭玉兰帮她看孩子,帮她烧火,金生媳妇忙忙叨叨地头也不梳脸也不洗地就去做饭。郭玉兰让她洗她不听,她就先给她预备下水,看她起来就递给她。慢慢地,惯了也就好了。

郭玉兰从外屯回来,看金生媳妇呆着没事坐炕上逗孩子玩,就对她说:"没事咱俩上地里看看去啊?"金生媳妇说:"孩子呢?"她说:"托东院老徐太太给看一会吧。"老徐太太没有小孩,事也不多,一边纺线一边给她看孩子,她俩就出去了。

地里,那么多的妇女干活!郭玉兰领着金生媳妇去帮助大伙卸粪。开头,金生媳妇不爱干,看郭玉兰一锹一锹扔得那么快,也就干了起来。

回来的道上,她对郭玉兰说:"以前不爱动弹。要是真干起来,也不照她们差多少!"郭玉兰笑了。

郭玉兰在金生这儿住了十来天,金生媳妇和从前大不相同了。

她走的时候,他们两口子出去种园子去了。小桂在东院老徐太太那儿,郭玉兰跑去看了看。完了,又像有什么要紧事似的紧忙跑回来,好好瞅瞅屋子:地扫得干干净净,屋里也收拾得齐齐整整。郭玉兰满意地笑了。

选自《东北日报》,1949 年 6 月 22 日

◇ 柳　桠

我们的小站长

小柳，十五岁，是个刚参加队伍不久的小游击队员，长得很结实，很黑，走起路来胸脯挺得高高的，一双埋藏在浓眉底下炯炯发亮的眼睛，最善于做出各种奇怪的表情，伸伸舌头，眨眨眼睛的，引得人们都哈哈大笑起来。

他常自豪他自己铁黑的皮肤，很习惯地在比他皮肤白的人前面，现出一种很得意的样子，一跳一蹦地走开了。

"白粉做的，软骨头，真是蹩脚！"这种时常出现在他口里的话，就是他不满意皮肤的表示！

一九四二年冬季，在一个纵横不到两百里的平原上，大规模的"扫荡"战开始了，敌人像潮水似的，两天多工夫，占据了这地区的全部村庄。游击队为了争取主动地冲出包围圈，到外围去主动地打击敌人，在战争的第二天夜里，队伍全部突围了。

小柳没有去，被留下来工作。这不光是上级的决定，而且也是因为小柳和本地的儿童团，关系太好的缘故！不然，儿童团怎么会到队长那里请愿，一定要求小柳留下的哩！

真的，徐大队长是很喜欢小柳的，临走时还送给小柳一支手枪呢，还对小柳说："留下吧！这是他们的真心要求啊！不久以后，我们一定就会见面！"

"怎样才能把工作做好，使情报送得准确和可靠呢？"这是队伍走了以后，小柳一直在小脑袋里不时要想的问题。

自从小柳把这工作，向全体儿童团员动员过以后，工作开展得很快，这时，敌人虽然封锁得很厉害，三里一个碉堡，五里一个据点的，到处还有特务活动；但是，紧紧团结在小柳周围的儿童，绝对不怕这些威胁，不论白天黑夜，他们还是照常活动，照常开会。七天过去了，十几个村的情报小组成立了，在一次选举区站长的会上，小柳以全票当选了，他的当选无形中更加提高了大家的工作信心。

时间过得很快，一个月的时间又匆匆地过去了。小柳因工作的繁忙，常常开会到半夜还不能睡觉，素来很健康的身体，也开始受到了损失，渐渐地瘦弱起来了。从他那埋藏在浓眉底下，炯炯发亮的红眼边上，一看就知道他太缺少睡眠了呀！一天晚上，小柳的头很痛，一开好王庄的干部会，小柳就准备回来睡觉了，他想："睡吧，不然病了，明天又怎么能工作呢？"

紧急的工作，哪里能允许他休息一下呢？！不能的呀！不能的呀！

"乒乓乓"，"乒乓乓"。小柳刚脱下衣服，外面有人来打门了，很急忙地喊着：

"开门啰，快开门啰，小柳在家吗？"

"是哪一个呀！"小柳边问边穿好衣服起来了。

开门一看，原来是王庄送情报来的，小柳忙接过文件，拆看起来，原来是件顶重要的情报啊！要马上做好的，看完了他一声不响地，在暗淡得要命的灯光下，很习惯地紧皱起眉头。送信的两个小朋友，也跟着发呆起来，他们不知道，什么事情会使小柳这样难过。儿童团规定了的：为了保守秘密，送信的人不许拆信，要不，就要受到重重的处罚。好的儿童团员，是执行决议的模范，从工作开始以来，这一条就从没有被破坏过的呢，当然，他们是不会知道，小柳为什么会这样难过的呀。

这样呆了半天，小灯里的油都快烧光了。小柳开始在灯下忙着整理自己的东西，一面在想：事情很重要，路很长，派别人恐怕都不行,而我自己去的话,在家里的工作又怎么办呢？想来想去,最后还是决定自己去了,好！召开干部会来最后通过一下吧。

很快地小柳便和刚才送信的两个小朋友,分头去召集。不一会儿童团干部到齐了,小柳就宣布开会了,他第一个发言,他说：

"据确实的情报,敌人集中了五百多人,于明天拂晓前,将县府留下来坚持工作的工作队包围歼灭,"停了一会儿,又继续地说下去,

"从地图上来看,谷家墩离我们这里,有三十里路,要通过五个敌人小据点,这条路我是熟悉的,一方面我胆子比较大,最近身体并不太坏,不要紧,我计划自己去,不知大家的意见怎样？"

"不同意！"到会的很多人都这样反对了,后经过小柳每次的发言,说明自己的身体是可以去的,最后,争论了好久,这才通过让小柳去,而且是一个人,他的工作由别人代理了,他的模范行动,深深地感动了每一个到会的干部。

像敌人一样可恶的西北风,狂叫着,大雨也猛下个不停,眼前是一片漆黑,这世界显得很恐怖的样子。小柳顾不得一切困难,手夹住一根三尺高的小棍子,忍着脚上疥疮的疼痛,一跛一跛向着一色漆黑的世界走去了。

一路上,小柳不知摔了多少跤,这是数不清的,脚上,腿上,都被跌出了鲜血,这些他却不管,还是拼命地向前跑着,在他通过最后两个据点的时候,差点儿被敌人开枪打死了,好危险呀！

"那一个,把手举起来,不许动！"一个敌人哨兵,拉着枪向小柳喝着,小柳赶快伏在地埂上一动也不动,哨兵用电筒向四周照了一下,没发现什么就走开了,小柳轻声地舒了一口气,装着狗爬,这才好容易地渡过了这难关！小柳真是高兴,拉开大步,在大路上跑起来了！

大约离据点下去有两里路,突然,小柳发现前面有个黑影子向这边来,他机动地将身子躲在一个小沟里,将手枪拿着,一双炯炯发亮的眼睛,一点不动地,拼命地向着前方,这看那黑影子,逐渐走

近眼前了,小柳用劲地看了看,知道这不是个好家伙,似乎就是那一天,带着鬼子包围王庄儿童团的那个汉奸。想到这里,小柳恨死了,不管三七二十一,乒的一声,那个黑影子倒下去了,停了好久,小柳才慢慢爬过去,从他身上搜出了一枝驳壳枪,和一大堆纸包,因天太黑了,没法立即检查纸包里是什么东西,搜完,小柳真高兴死了!

县工队在得到小柳的情报后的一个小时内,转移了。小柳因为天晚无法再赶回去,也跟着移动了。第二天,敌人扑了个大空,还打死了那个带路的大汉奸呢! 说他对"皇军"撒谎,这才被打死的,多使人高兴啊!

日子飞快地过去了,可爱的春天代替了酷寒的严冬,我们的游击队打进来了。一天,小柳像春天的小鸟一样,在那暖和的春风中,很神气,很快活地,带着一枝亲手缴来的,簇新的驳壳枪,笑嘻嘻地,又重新回到游击队里去了。

一九四七年五月二十日写于河北

选自《小英雄》,东北书店 1948 年

◇思 基

解放的时候

一

为着战争胜利，我们又全体动员纺花生产了。

我扛回车子时，房东家正吃前晌饭，老房东太太，桂香——老房东太太的媳妇，三妮子——老房东太太的闺女，坐在院子里，见我扛着纺车进来，都觉奇怪，立即就围拢来看。

"你也要纺线么？"老房东太太两眼直瞪着我，她仿佛完全不明白，为什么男人也要来作这些女人家干的活。

"是呀，"我说，"你看我不着么？"

我这话问得很突然，她还没有回答，桂香就笑了，她瞪了她一眼，才掉过脸来说："咱老八路还有啥不会的？ 俺们这儿没见汉们纺过，少见多怪哩。"

老房东太太说着，态度装得安静下来，然后放下碗，来注意我的纺车。她绕着纺车偏来偏去地看，一会用手摸摸，一会又用手摇摇，在她看来，这似乎是很新奇的怪物。

我看着她，一句话也不说——我对于她，也像她对于我的纺车一样，同样是不明白。也想探探她的态度，找找她的根底。

"你这车子纺花也着么?"她最后终于提出问题了。

"着哩,"我说,"你没见过么?"

"没。"

"这车子比你们的纺得快,轮子大,抽出线来容易上劲。"

"唔?……"

老房东太太听着,心里的疑惑更大了,开初是对于我这个人,觉得不应该作这些女人家的营生,现在却是对于车子,认为这不像是纺线的家具。

车子的式样,是根据延安的纺车装制的。轮子大,车叶少,车轴车轮都是木质的;架子高,比起庄户主的纺车,简单,车价也便宜。在延安两种车子用纺线来研究车子速度的结果,每天新式纺车要多纺二两五钱细线。因此,我决定,要向她们宣传这新式纺车的效能,我便在老房东太太的面前夸耀我这纺车,想在她们身上收效,把旧式纺车向前改进一步。于是,我故意走向车子跟前,把住搞手摇给她们看,说明坐着纺线比圈着腿纺,要不费劲些。

"你看,这不很是舒坦么?"我笑着,看着她们。

但是,生活的习惯成了她们的规矩,甚至有一种法律的力量了。老房东太太看着我,似乎觉得我是在作一种滑稽的把戏,歪来倒去,并不听我的话,直笑着我好玩。桂香站得距车子稍远一些,她不来摸它,摇它,有点害臊地老是嗤嗤地发笑,眼睛常在我和老房东太太间转来转去,但满脸都显示着对于老房东太太的同情。只有三妮子对于我宣传新式纺车感到兴趣。她来摇着,叫我教她。我把弦上好,把锭子安上,拉她过来,在老房东太太和桂香的怪笑声中,教她坐定位置,转动纺车。

三妮子今年才十三岁,她在互助小组里纺线是个中等水平,每天五六两,抽线上线都很熟练。但在家里,她却是个打杂的。她们三个人只有两架纺车,每逢赶活,她便是倒线倒拐的。纺车有空了,她才又能跑到互助组。她心眼很灵巧,手脚都很敏捷,她纺了几下我的新式纺车,她立即就掌握住了它,手摇的速度和抽线的速度,都显得很匀称。

"怎么样?"我故意问她。

"好使唤呢。"她回答说,"要使唤惯了,真会要快。"

三妮子站起来,老房东太太也过来要摇两下试试,她不坐在凳子上,两腿叉开,趿跶下来,两手张开像要往后仰倒似的,格摇了几下,故意把姿势装得很难看,便站了起来,没兴趣地要走。

"不好使唤?"我看着她的表情,知道她跟三妮子不一样了。

"可得是大——"她说着,便要走开。

三妮子想要看看我的本事,便叫我说:

"张同志,你纺给我们看看,俺们都不会使这车子。"

桂香仍站得远远的,看着我,不吭声,间或又嗤嗤地抿着嘴笑。

二

第二天我们合作社找木工给作了一个搓花板,这是很简便,又能大大提高工作效能的手工业工具,卷出来的棉花卷又光滑又好使。它在卷花上达到的最高成绩是一天卷过四十六斤穀卷子。这数目字曾令一个同志高兴和兴奋过。三妮子在街门口碰着我就拉着我问:"张同志,这是干啥的?"

"搓穀卷子用。"

我刚说明用处,还想向她解释几句,但她没听下去就夺过我的搓花板,径向院里跑去了。

"娘!"三妮子高兴地叫着,"你看张同志这搓花板。"

老房东太太正在石阶上的捶衣石上坐着拐线子,桂香在东院角烧火煮饭,见三妮子和我进来,说这也可以搓穀卷子,便像看见我的新车子时一样了,又都拢来看奇怪。房东老太太把线拐子放在石阶上,拿着我的搓花板就反反复复瞧,她仿佛完全不明白我这一个怪人将会还带来些什么东西。桂香素来不着声,很怕害臊,但这时她破了惯例,挤过来要抢着瞧了。

"这格纽纽的真能搓穀卷?"老房东太太不相信地看着搓花

板说。

"能!"我故意很干脆地回答她,并解释说,"这要比用手搓毂卷来得快。"

接着,我就向她们介绍使唤的方法,在老房东太太正房屋里去试给她们看。老房东太太对这试验的结果表示很冷淡。原因,大概是木板作得比较小,在搓花时木板打在桌上响了几下,这在用手卷花时绝不会有的。

晚上,老房东太太叫把她里弹回来的花搓成毂卷,三妮子推开我的门,说要来借我的搓花板使唤。她和每个小孩一样,都是很喜欢新鲜的。我很高兴借给她了,而且,我追着去教她。

我走进正房门去,老房东太太已坐在草团上,在一张矮小方桌上,开始用手卷毂卷了。灯光不亮,一条独凳子放在搓花桌近旁。棉花在小桌和椅子上堆成一咕噜。老房东太太坐在靠灯跟前,见三妮子拿着木板进去,就扁着嘴,似乎要想说啥,见我跟在后面,便闭住嘴,低下了头。

"搓花卷子哩。"我叫着,意思是向她打招呼。

"嗯……"老房东太太不大乐意地说,"你还睡呢!"

"没哩,我来看看三妮子搓毂卷子。"

"她会吃饭哩。白昼黑夜我会费。"

"俺没你搓得快呢?"三妮子不服气地看了她娘一眼,便又只管去搓毂卷。她搓的方法,仍是用老房东太太习惯的办法,把棉花在桌上堆成薄薄的一条,然后用高粱秆压上去,只是用木板代替了手掌去压着棉刷子滚。

"这样慢,"我接过三妮子的搓花板说,"你必须先把棉花铺好,卷起来,然后,再来使唤这木板。"

说着,我便在桌上铺给她看,而且,教给她使唤木板的一些基本知识。我趷跶下来铺棉花,占的地方很宽,使老房东太太举着棉花没地方下手了。她呆呆地不说话,眼睛只看着我,仿佛在说:"看你卷朵啥花出来;我纺了几十年棉花,倒没你懂得多了!木板要能搓毂卷,古人还不早教人!"

但她听我说话的态度,却是很认真的。眼睛含着一种嘲弄和厌恶看着我,我心里不禁警惕着,她这在寻我的岔子。

她有些厌恶耽搁她的工夫,我不能再解释下去了。

"就这样吧,"我看着三妮子说,"看懂了吧,再试试看。"

三妮子很聪明,手也灵巧,接连作了几个都很好,我高兴极了。我便夸奖她。意思是说给老房东太太听的——老家伙不要固执吧,你几十年的经验,今天小孩也超过你了。

老房东太太见我夸奖三妮子,脸色变得很不好看,一声不吭,只偷偷地用眼角瞟了几下三妮子的毂卷子,又骄傲地自己默默地卷起来。

母亲都喜欢别人夸她的孩子巧,但老房东太太却讨厌我对三妮子称赞了。她知道三妮子受宠,便是她自己受贬责,她底生活的观念就要垮台了。

桂香洗刷过锅碗,推门走进了房来,见我在夸奖三妮子,不好立即便去动手,把三妮子排挤开,便躲在灯光较暗的椅子旁边,偷瞧着三妮子。

"卷得太大了。"我又纠正着三妮子——有一半也是说给老房东太太听的——说,"毂卷小一些好纺。"

这句话,老房东太太也听懂了。她便接着说:

"俺们这里都纺的是粗棉卷,没人纺细的。"

我明白,我的话使她受了刺激,我便不再说下去了。

我跨出门槛,老房东太太便叫三妮子把地方让给她嫂嫂,说她搓不上劲,白糟蹋了棉花。三妮子兴趣还很高,不肯让出来,桂香便拖她,骗她,叫再到我房里来拿根高粱秆。三妮子还是不,不知怎么一下,竟把独凳上的油灯绊倒了。

"妖精!"只听着老房东太太无可忍耐地叫了一声说,"我看你费去!"

三妮子没有着声,上房里恐怖地沉默着,黑漆漆的。

"还不去点来！"老房东太太又怒声地命令道，"就你能干！白天黑夜直费得没尽头！"

我站在院当心，听得很明白，知道她是在指冬瓜骂葫芦，对我的宣传讨厌，故意发泄给我听。她的话不是对三妮子，也不是在骂我这个人，而是和我在一架纺车间争执，坚固地守住她自己一个固执的意见。

我刚走进屋里，三妮子也端着灯进来了，满手是油，她被骂得很不高兴，努着嘴，没和我说一句话，点着灯就默默地走了。

三

一个礼拜后，我明白老房东太太是一个完全不可能说服的人了。我几次企图再向她说明，新式纺车和搓花板能帮助我们增产得多，她都支支吾吾地，嗯了两声，掉头就走。桂香总是在我的宣传和她的固守之间怀疑和猜测，但对于我的话听得很少，只有三妮子还同之前一样，经常到我的房间里来，问这问那的。

有一次她说："你不是要作倒线车子吗？"

"要作的，"我说，"你拐子使得累了么？"

"慢得要死。倒线车子也像你的纺线车一样样大？"

"不！"我被她这诚恳的无知惹笑了。

"那有多大呢？"

"跟你那拐子一样样大。"

"那能倒几斤线？"

"六七斤。"

"六七斤？"三妮子被这数目字惊得发笑了。

老房东太太不明白我们笑啥，在门口探头听着仍旧是谈纺线车子扭头便走了。

"老太太？"我想叫住她道，"你不坐一会么？"

"不！"她说着我已经走进正房去了。

我觉得很丢脸。但就知道，我不能向她说半句难听的话，只能怪自己猪八戒的徒弟法术不高,对一个老太婆也没法可使。我伸头看着她,不禁长长叹了一口气……

"关系就真的这样恶劣么?"我想着,真是不太明白。

过了两天,我身上感到有些不大受用。吃罢晌午饭回来,就躺在炕上没起来。老房东太太,仍在正房里,纺线车子呜呜地摇得很响,不快不慢地,直在耳边摇得很叫,每一摇一转,每抽一条线,它的时间都是相等的,车子很少因断线停下来,我躺着,听得来觉着有一种音乐的愉快。这不禁使我想到她的固执来了。她的意见实在是有力量在支持她……

太阳快阴过东房根,从外边进来了一个老太太,年纪也有五十来岁,是老房东太太的近邻。她一走进正房,老房东太太的纺车就不响了。俗语说:"长流的水,老太婆的嘴。"两个人一碰头,瞎子理乱麻,就缠住没完了。话声一会儿高,一会儿低,一会儿紧张,一会儿又大笑……最后,谈到我身上来的,老房东太太的近邻问:

"你西屋里住着几个队伍?"

"一个。"老房东太太见我半天没动静,大概以为我不在家,便没顾忌地说,"一个怪汉子。"

"怎呢?"老房东太太的近邻,声音有些发惊。

"会纺线哩! 咱方圆各村,谁家汉们会纺线?"

"汉们也纺线呢?"

"可不是! 天天夸他的纺车,又是这长,又是那短的,前些时拿回块方木板,跟张锅盖模样,还说可以搓花哩。三妮子信以为真,去要来拨弄,毂卷没搓成,弄得俺一腿子油。气俺两手发痒! 你想:泼妇人的舌头,当兵的嘴,长长短短哪个信得!"

"就是哩!"房东的近邻佩服地说,"你见他纺过吗?"

"线是抽出来了。"

房东说过,她近邻就想要来看看我这怪人,有啥怪样车子。我听了这话,怕她们进房来看见我在家不好意思,便急忙蒙上被子,装着睡着。但忽然老房东太太阻住她说,我的车子不在家,扛回来第二天就扛走了。

"没啥看头,"老房东太太继续说,"四条棍子,八个格叉,没脸也没鼻子!"

两人大笑起来,老房东太太笑得特别放肆。大概她很得意,她竟嘲弄了我所夸的车子——因为,人都是这样,以贬嘲对手来显示荣耀的。

四

我从合作社回来,又扛了两架新纺车。老房东太太不愿意看,我偏想让她明白——固执是敌不过科学的。

我把车子放下,三妮子即刻拐着线,来车子上到处摸,看我把一堆零零碎碎的木板,怎么装成一架纺车。桂香在锅炉前,奇怪地盯住我,手里捏住把花柴,眼睛静静地一转也不转。

三妮子叫道:"娘!张同志又扛新纺车回来啦,活的哩——"

"活的哩,"这是三妮子要哄老房东太太出来看,故意说得这样含糊。但老房东太太不为这所动,"唔——"了一声,就又纺她的棉花去了。头都不往门外伸一伸。

我工作着。把一条新买来的粗麻绳往车轮子缠,绳子很硬,也过粗一些,很不容易套在车叶上。我用劲靠着它,一张车叶,一张车叶往过缠。忽然,车轴间的车叶,"嵫——"地破折了。

"糟糕!"我想,不由得泄了一口气。

三妮子赶紧低下头去寻看;背后桂香却嗤嗤地冷笑起来。这冷笑我是知道得很清楚的。这是她对于我宣传新纺车怀疑的失望的笑。我听到她的笑声,背脊上禁不住都凉了。

老房东太太听着我夸的车子坏了,立即就停了纺车走出来——她来看我失败来了!

"又扛来两架?"她说着,现出一种嘲笑的脸儿。

"两架。"我知道她不怀善意,应了一声,就再不吭声了。桂香仍旧嗤嗤地发笑……

老房东太太说着，走到车子跟前来，眼睛凑到折了的车叶上，手连摸连叹气。最后，她好像得出我失败的结论似的说："车叶子可得是小，新车还没纺哩？……"

她的话我是不能接受的。我没等她说完，立即就向她解释，这不是新式纺车的缺点，这是合作社木工同志们偷工减料，没有按照我们规定的尺寸作。这是自作聪明的人误了事。

但她抓住我失败的机会就不放了。她不停嘴地指责我的车架太仄，车头伸得太长，而且，木头太细，太轻……总之照她看来，我所夸耀的新式纺车，根本一个钱也不值。胖子戴柳官，还是尿啦的好。

冤家落了眼，对头是很欢喜的。

我再不吭声了。我知道山羊落在网里头，脚踏进她的眼眼里，哭和笑都是一样。她不会理解这中间的缘由，也不会饶过我！我便将断了的车叶取下来，在另一架车上取一根来加上去。心慌意乱，又缠起来。心里埋怨木工同志，叫我当场丢了脸，现在，只以自己的镇静来挽回这在斗争中的声誉。但缠着缠着，车叶间又响了一下，我急忙松开来看，车轴间又断了一片叶子。这真算要把人丢尽了。桂香嗤嗤的笑声更大，并走过来，要瞧瞧断的是啥。老房东太太翻了桂香一眼，自己也高兴得忍不住要笑。这时，我真快要不能忍受了，脸上觉得火烧一样，直想找木工同志吵架……但落网的鱼，跳又有什么用呢？我和她们是在进行着严肃思想斗争，这偶然的失脚，是她们攻击的好机会，她们不会来了解我，也不会来原谅我！打闹只能供给她们看笑话！我必须沉着！

桂香见我很窘，似乎想帮助老太太踏我几脚……

"又是啥断了呢？"她说着拉住车子转了几转，车叶忽然掉下来了。她乐得禁不住大笑。

老房东太太止住了自己说："看你快把牙笑掉了，还不去看看，灶里火没熄呢？"

<h2 style="text-align:center">五</h2>

晚上，大家都坐到院子里。我没事，又来整理自己的纺车——

这是我把两架车叶子装制起来的。断掉的,我交给合作社要他们重新再作一架。

纺车完全装制好了,明天就要开始纺线,要跟老房东太太见见高低了。老房东太太的近邻,听说贵三院里有架新纺车,也齐跑着来看稀奇。

老房东太太,捉贼见了赃的,抓住就不放,当着近邻们又把前轮车叶折断,我发急,一五一十,加油加醋说了大篇。这是她对我的新式纺车第一次说得这么多。近邻也多偏向她,笑得偏来倒去。

四喜家说:"没纺就断哩,那可怎使?"

成柱家也说:"这大格叉轮子,有柱没铁轴,上下一拢统,咱也没见过,可要看看同志纺。"

老房东太太,见大家都向她,便得意地插嘴说:"这可是新车子,不兴那些个——"

桂香听她娘说话敲打我,刚抿住的嘴,禁不住又裂开笑了起来。笑声里也替她娘暗暗加一点劲。

事到头不自由,有差有错颜色低,木工做了赖货色,我只得来忍住气。但一整天了,老房东太太得寸进尺地,气焰越来越高,我实在不能蒙着被子再不露脸了。

"就是这也可以纺,"我忍不住地说,"它决不会比'老'车子坏!"

房东的近邻们不知根底,不懂我话里的意思。四喜家,成柱家,便都笑着叫我当即纺给她们瞧瞧,桂香顺势随风给我从她房里端出一盏灯来,随手带了两个棉卷儿,只有老房东太太见事不好,独自默默不语,溜到了人堆后面……

六

清晨,天刚粉白,窗纸上微微发明,正房里就嗡嗡地响起来了。这是老房东太太的。接着桂香也爬了起来,在靠窗的炕边,也搬动车子,她们从来没这样早过。我明白她们夜个说要和我比纺一天,事情不是说笑的了。我急忙爬起来,我想,现在是该用行动来给她们点颜色瞧瞧,她们顽固的固执,语言是不能说服的。

她们有她们保守者的自尊心,我却决不能叫富有科学方法的战斗去失败!

东房里纺车响得很紧,正房里纺车响得更紧。老房东太太是不相信有人能纺得过她的。她有技术,她有自信,她还有一辈子用惯了的,她认为有一无双的纺车。桂香是个二十来岁的年轻人,她有的是力气,她车轮一天不停地飞转,也绝不能叫她疲劳和乏力,何况她还是手脚轻快,心巧眼灵的,那么她还怕谁呢?至于我,我前面已经说过,决不能让科学去失败,同时,一个男人,也决不在这群女人手里去丢脸!

这是没有正式宣布的比赛,这是心的斗争。三架纺车,三个房间,三种思想在相斗。谁都想把对方放在老虎背上叫他下不来!

桂香早晨也不作饭了,她把三妮子叫到房里,叽叽咕咕说了些啥,三妮子就出来刷锅烧火,代替桂香工作。她把火烧着,温上水,便在我们三个房间中跑来跑去,看看她娘,看看她嫂,又来看看我作的活。

"谁纺得多呀?"我问她。

"不差甚。"三妮子笑了笑,说着就又出去了。

不一会,三妮子刚添上把火,又走进我屋里来,忽然,桂香在东房里尖声地叫她了。

"三妮子!"

三妮子装了一个鬼脸,叫我不要吭声。

"三妮子!"桂香又叫了。

"啥呀?啥呀?"三妮子笑着,活泼地扭过脸,径向桂香房里跑了去。

吃罢早饭回来,院里一个人也没有。老房东太太和桂香的车子,响得嗡溜溜的。我的房里车子也在响,这是谁呢?我很奇怪……走进一看,原来是三妮子。她个子小,手短,坐在我的石凳上，抽起线来很吃力。见我进来，很不好意思，站起来就要走。

"不要忙，"我说，"好使唤不？再纺我看看？"

"不纺啦，"她低声告诉我，"人家我娘和我嫂，都在跟你比哩。"

"真的？"我故意装着不知道问她。

"谁还哄你？"

事情是再不用我推测了，要说服她们，现在，只有在我多纺的一根线上。

她们排除了一切杂务，老房东太太，不出门，不下石阶；桂香不掀帘子，不进厨房；三妮子作了她的替死鬼，啥都得干：草鸡生蛋了，老房东太太叫三妮子，赶快抓把谷子给它，小猪要吃食，也得叫三妮子，赶快把泔水热起来。现在，她们惟一要抢的是：时间！老房东太太，有技术，有一架习惯的纺车，如果再有足够的时间，谁还挡得住她呢？桂香欺她娘老，我又是汉们学纺线，因此，她有那一身横劲，加上眼灵手快，又有时间，她不能超过她娘，她也一定能超过我的……

紧张的工作，谁也不歇息。

纺车在响，各人的自信心在响……三妮子着急地，三个房间中来回串。

"谁纺得多？"我问她，但她总是说："不差甚，你的线细些。"

太阳晒过东房根，太阳晒过东房顶……赶活时，太阳落得特别快……赶天黑，胜败就该较量出来了。

斗争越到决胜点，时间的压力是越叫人心颤的。各人的纺车都响得特别紧。屋子里完全看不见抽线了，桂香才停了车，靠在门枋上来看着我说："还纺呢？停下点着灯纺吧？"

"不纺啦，"我停住车说，"你纺了多少？"

"谁知道，你呢？"

"我也不知道。"

老房东太太见我们在谈论纺线成绩，不声不响就靠在我窗子外面听。三妮子和桂香找过秤来，一定要给我称称，叫我赶紧把灯点起。

灯光照得我的小屋子很亮。三妮子从正房里拿了一个小藤篮,把我纺的线格蛋装在篮里,桂香掌秤,严肃认真地在灯下称起来。八个线格蛋称了十两零三。我很满意,三妮子也很高兴,说要去把桂香的也拿来。可是刚一转身,桂香一把抓住她,把她挡住了。

"你敢!"桂香笑着吓唬她说,脸有点红。我知道她怕称不起我多,怪害臊的,也不再追究下去。

老房东太太听得我纺十两零三,大概有些不大相信,不大理解,随即离开窗根,走进房来,在灯底下仔细瞧我的线。我想起了她夜个那股神气劲,便故意报复她一句说:

"老太太纺了多少?"

"可没你多。"她装着笑说,"线也不赖哩。"

"不行,瞎缠哩,"我也笑着说,"长远不纺啦,手弯弯,手肘肘,三不会动,四不会转,直像抱住根粗木棍。"

桂香,三妮子都笑了。三妮子这会比这几天都快活……

月亮照到院当心,天色不早,快该睡了。三妮子推门进来,说她嫂嫂要她来取秤。

"拿去干啥呢?"我问。

"称她纺的线子哩。"她低声说着,笑了笑转身就走了。

三妮子进了桂香房里,我很想瞧瞧去,看她今天纺了多少。但一种旧的感情把我阻住,终又静静地坐了下来。只听得桂香房里秤垂和秤杆在桌上一响,桂香和三妮子都嗤嗤地发笑……一会桂香又拿着秤到老房东太太屋里去,不多久,也笑着走了出来……但她们究竟纺了多少,我一个数目字也不知道。

七

纺线照常进行。纺车我固定地摆在炕前边。现在我有些不太怕老房东太太挑了。

我想,就是每天十两零三,她再快也跑不到哪里去,何况桂香在笑,不敢直接地说出数字来呢?

第二天我又到合作社去称花去,我想准备好了,要跟她们明明白白干一回,比输了也不要紧,新媳妇上了炕,不露□□也试过了。丢人丢脸,也不过那么回事。

走进屋子,放下棉花,炕头上取过搓花板时,忽然发现车子位置距离不对,再仔细瞧锭子,锭头上的线子也不跟我纺的一样,显得又粗又紧,我自己是从来没纺过这种线,这是怎么回事呢?

——老房东太太或者桂香试过我的车子了。我想着,研究着,越觉推测得对。

这推测的最后结论是相信她们顽强的自尊心有些动摇了。要是桂香来试车子,一定是十两零三惊动了她,她或许被一个汉们击溃了,心劲不服,开始怀疑我所宣传的新式纺车的功能。要是老房东太太来试车子,那就更是这样。

为了要证明我的推测,我把三妮子叫了来,低声问她:

"你来房里帮我纺过线么?"

"没有!"她有些不明白我的用意解释说,"俺娘哩,她来纺啦有一个穀卷。"

"前个她纺了多少?"我又提起那天的比赛,问她。

"八两七。"

"你嫂呢?"

"八两六钱四。"

一切都明白了。人在胜利的时候,是最聪明的。我马上就知道我应该干什么。我开始了大胆的攻击,把桌子搬到院子里,要把搓花板的卷棉法,做给她们看,间或把木板在桌上擦得很响,故意惹得她们心里不安。我要在这些不安里,摧毁她们心中保守,固执和自信的堡垒。

我的行动,收到了很满意的效果。我叫三妮子搓了一会,又示范给她瞧,喤喤地搓了有十来根棉卷,桂香的车子不响,眼睛从窗玻璃里偷瞧着我们,不一会竟走了出来,瞧我技术上各种细微的动作。随后,老房东太太也停了车,站在门口来拐线子,瞧瞧作活。

胜利使我很兴奋。人站上风能耐高。我棉卷搓得更快,又光,又匀,这是我自己都想不到的。紧张得一息不停,身上还觉得特别轻快。

"你一天能卷几斤?"桂香大概看得很眼红,最后,终于问我的成绩了。

"你们用手卷呢?"我没正面回答她,也想探听下她们的根底。

"快的六七斤,慢的四五斤,"桂香很诚恳地说,"你这样一天能卷十来斤么?"

"最快的,有人用这木板一天卷过四十六斤。"

"四十六斤"几个字,我说得特别响,也特别慢。桂香惊得连伸舌头,老房东太太停住线拐子光是看我……

八

我们的关系渐渐有了改进。喝汤时我从合作社扛来一架倒线车,老房东太太不再像前几天,冤家遇着对头的,碰头就走开,倒凑近跟前来谈趣,问长问短了。

"倒线车车做好啦?"她说。

"好啦,"我看着她问,"你看着不着?"

"可着哩,"她说着,去把住搞手摇了几下,"这倒可好。拐子一歪一倒的,忙得这头,顾不住那头,这车车只顾使劲地摇,那还不快?"

她的话很诚恳,脸上显得比前几天也愉快。

桂香见她娘在道好,转身就从房里拿出两个线蛋蛋来,要摇摇试试看。三妮子蹲在我旁边,一手夺过车子去,一定要自己先来绞。

老房东太太说:"你看她乐得——叫你摇上三天哩,绳子怕也捆不住你了。"

"十天我也不怕!"三妮子不服气地顶嘴说。

"那还怕不好么?"我插嘴说,"老太太给她做一个,你和桂香纺,叫她天天倒。"

但三妮子立刻变卦了。

"这又为啥呢?"我耍她说。

"俺可要纺棉花,"她赌气似的看了我一眼,"人家纺线哩,俺作勤务兵?"

她的话,惹得我们大家都笑了。老房东太太说:

"看她那张嘴,翅膀还没硬哩,倒想要高飞啦。"

"往后给她找个恶婆婆,"桂香也插嘴取笑说,"看她刁不刁!"

大家又是一阵笑,三妮子再不说话了,把住倒线车拼着死命往快摇……

九

夜里三妮子笑着来找我,一撞开门就跳了进来。

"啥事?"我拉住她问。

"做车子哩,"她笑着说,"娘叫你作那个样样的。"

这是我没料到的。我胜利了,我很喜欢;我忙答应她,明天一早起我就去,后天就可以扛回来。

"也给你作一个搓花板。"忽然,门口传来一个声音,三妮子和我都莫明其妙。站起来一看,原来是桂香。我急忙招呼她坐,递给她凳子。

"你说的是真的么?"我看着她问。

"可不是真的。"她说,"谁还要笑你?"

半月的争斗,和老房东太太,和桂香,我们就这样又永久和好了。

一九四七年三月二十八日下午草完于武安史二庄牛宅

七月二十八日改抄完于大连市玉华街招待所

选自《生长》,光华书店 1948 年

◇秋　浦

岗棚里活捉伪军

——八路军抗战故事之一

四二年冬的一个夜晚，手枪班长贾增瑞和战士赵金山、张文功，摸进了大安山伪军的岗棚。伪军们黑夜叫老乡站岗，清早才来接替的老规律，贾增瑞早就了解得很清楚了。这时，他们要去完成一个任务。

四围都是黑的，只有岗棚里闪着光；两个守岗棚的老乡正蹲在地上烤火。当他们突然发现贾增瑞站在他们背后的时候，不禁吃了一惊。

"不要怕，是我。"贾增瑞低声说。

从火焰的闪动的亮光中，两个老乡看清了这个面孔，高鼻子，浓眉，样子是那么熟悉。

一个老乡记起来了，仿佛问谁似的说：

"是二虎？"随又自己笑一声，"可不是。"

"二虎"是贾增瑞的外号，伪军们听到这个名字，就害怕，甚至于把"二虎"这个名字用来起誓，赌咒。这个说："如果我怎么样，那我准碰上'二虎'，没有好的。"那个就说："我如果那样，那我也准碰上'二虎'，没有好的。"老百姓听了"二虎"这个名字可是感到亲热咧。守岗棚的老乡们认出是他，比刚才安心多了。

贾增瑞打了个手势，说："今天来这里有点事，要借你们衣服用一用。"

老乡们心里都明白他要做什么，当然满口答应。

贾增瑞接过老乡的衣服，这个胆大心细的班长就把老乡们带到岗棚外，对守在暗中的张文功说："你把老乡们先带一个地方歇歇去吧，咱们完成了任务再在那大树下会合。"

张文功同两个老乡悄悄消失在暗影里了。

贾增瑞笑着说："咱们来替鬼子守夜吧。"他把一件老乡的衣服分给了赵金山。两个披上了老乡的衣，就蹲到火旁边烤起来。

天色漆黑，贾增瑞和赵金山一边烤火一边抽烟，不时轮流着向外瞭望，看看有无动静。

"小子们一准会来么?"赵金山把烟袋往鞋底上磕掉烟灰，又站起身来。这时，鸡叫第二遍了。

贾增瑞回答："会来的，你让我一个人同他们说话。"

"好。"赵金山对于他的班长是很相信的，因为班长做事勇敢机智，从来没有失败过，依他的办法，总不会有错。

天大明了。山下大安山村的房屋，和山上相隔几十步的敌伪军堡垒都清晰地显现出来，赶早拾粪的老乡也提着粪筐在山下走动了，但是接岗的伪军还没有上来。

"怎么回事啊?"贾增瑞也觉得有些不耐烦了，来回地在岗棚里踱着。踱了一会，又失望地围着火坐了下来。

正在猜疑不定时，往外一看，两个伪军背着长枪，没精打采地上来了。贾增瑞很兴奋地向赵金山使了个眼色，捏了把腰间插着的短枪，仍旧很镇静地坐着。

"你们是山坡上的?"伪军进了岗棚，随口问了这句话，就把枪支搁在一边，走拢来烤火。

贾增瑞慢慢地回答："是，哎呀，天可大亮了哩!"

一个小个子伪军望了他一眼，摆了摆手，说："你们走吧。"

贾增瑞伸出胳膊打着呵欠站起身来，赵金山也随着站起身来，贾增瑞的胳膊碰着了赵金山的肩。

赵金山跳过去,把伪军的两枝枪抢到手里,伪军看见这举动,有些发呆。

贾增瑞早已掏出了短枪。

"不许动,动就揍死你。"

现在,吓得发抖的两个伪军都明白了是怎么一回事了,哀求着:

"先生,可不要难为我们……"

"我们绝不难为你们,好好跟我们走吧!"

两个伪军顺从地跟着贾增瑞两个从敌人堡垒的不远处走了。贾增瑞和赵金山一个人肩上扛着一枝长枪。

选自《东北日报》,1946 年 4 月 12 日

◇ **侯朝记**

割断这根绳！
——战士王奎五诉苦

我八岁时,我爹给老刘家耪青种菜园子,我爹和老刘家商量好到分菜时好坏一样分,可是到了收菜时,老刘家却把好菜都收去啦,给我们就剩下些吃不完卖不出的烂菜。我爹和他们讲理,老刘家说的话不但不算,反把我爹好打,他老人家那时已四十一岁了,哪能打得过人家,三个手指头也残废了。闷气难消,我们就到警察署去告状,可是没钱买不通官,穷人难申冤,反倒把我爹押起来啦,还是我东奔西跑,花了两个大烟泡和五十块钱托人才保了出来。

我九岁时,我爹给老周家耪青,我在他家放猪,猪死了一个,老周骂我没良心,对东家的猪不爱护,把我狠狠地揍了一顿,我挨打受了冤屈,气得长了病,病得都快要死啦,地主不管,却几次地到家催我上工,不能上工就要给他家另雇猪倌。我们只好答应叫他另雇,我做过的半年活不要钱才算了事。我爹给他干了两年活,到年终分不着粮不算,还把我妹妹的嫁妆都垫上了才算完事,白白地干了两年,还欠人家十石粮,咱们穷人不识字,明知账里有假,可是又有啥办法?

我十岁时,老爹已经四十三岁了。秋后给他们白做零活,他叫我爹刨粪,那时是冬天,我爹穿得又单薄,冻得伸不出手来,稍息慢了一点儿,老周一手就把我爹推倒了,我爹那老年纪,再加那硬邦邦的地,胯骨就摔坏了,后来长了一个大包,不到三个月就死啦。

从此以后,母亲一人靠我养活,只是当个半拉子,挣不了多少钱,又被地主左折右扣,一年挣的钱还不够一家吃饱饭,我十五岁那年就累得吐血,地主对穷人简直一点儿不当人看呵!动不动不是打就是骂。有一回切谷草,不管我年小干了干不了,硬让我干,一下子把我手上切去一块皮,药钱还得自己掏;他常想法让你该他的,让你过年还得给他干,地主就用这些手段永远地拴上穷人给他当牛马当奴才。自从我当了八路军,才算割断了这根绳。我想穷人必须拿枪杆子,把地主们都打倒,才能永远不受捆绑。我决心替爹报仇,若是革命不成功,我一辈子也不回家!

选自《擦干眼泪复仇》,东北书店 1948 年

◇*彦　克*

重机第五班

公主屯战斗的第一天,野战部一营机枪连五班长赵岗,向射手李中和叮咛又叮咛:"切记咱们要打单发点射啊,最多最多也不能超过三发连放。"李中和的回答是:"班长,你放心,我没忘记了我的立功计划。"

敌人已进到一百八十米以内了,没有命令,不打;又到了一百五十米的地垄头了,还是不打;看着他越过了大坑,还是不打;敌人的骄劲,被逗得越来越大,骄劲越大越不注意隐蔽,越不注意隐蔽也就越合乎勇士们的心思,依照班长赵岗的话来说就是:"重机枪点名,百点百应,功劳也就越大。"端着冲锋式的一个家伙,摇晃着白旗,活像个浮水鸭子——洋洋得意地进到一百米的射程以内了,班长才下令开火,"噔"一声,那个家伙就一哆嗦,往侧一折,两腿一蹬,胸口冒一股白烟就再不动了。"噔!噔!……"李中和一边沉着地点射,王洪祥(助手)为了不使机枪出故障,就一边紧张地擦着子弹上的灰土,班长和赵甲生(助手)在一边叫好。

对面山坡的敌人,恼羞成怒,雨点似的炮弹,寻觅着重机枪阵地。勇士们却很沉着,"咣!"一颗炮弹落在前沿,开了花。机动的赵班长,马上命令转移阵地,因为凭大家以往的经验,知道敌人打炮一个规律:第一炮落在什么地方,跟着也会打来几十颗的,趁这空隙还来得及躲过,李中和抱枪身,王洪祥扛枪架。右移了十几米,不等架好枪,二十来个敌人,想往上涌,机智的赵甲生,端步枪撂倒了两个,其余就屁滚尿流地往回爬。重机枪架好了,又点射了他们,敌人的第一次进攻就垮了。受伤躺在阵地前的一个敌人,怒骂不已:"娘卖屄,长官骗我们说八路军没有重机枪,有也是破的,不打连发,我肏你妈!人家的重机枪比我们的还多,还好!"大家听着都笑了。

这样守备了一天,打垮了敌人四次冲锋,用一百来发子弹,"点"死了四十多个敌人,而勇敢沉着的重机第五班,谁也没有擦伤了一点儿皮。(公主屯)

选自《阶级的硬骨头》,东北书店 1948 年

224

◇ 姜御民

魏保忠的血泪仇

魏保忠,生在河北省沧县大窑庄,从小就住在两间破房子里,当时大肚子孙景林假仁假义地说:"你们搬来住吧,房租不房租不要紧,给我干点活就行。"

他爹六十多岁,给人扛半拉活,另半拉给孙大肚子干,偷空才能种自己的五亩薄地,娘也给大肚子家缝衣、洗衣、推磨、喂猪,什么活都干。哥哥领着弟弟妹妹每天出去要饭。这样,孙大肚子还嫌给他干活少,撵他们走,他爹哀求好歹才让住下去。老头常为这牛马的生活偷着哭泣,对孩子们说:"这日子实在愁得慌,不给人家干活,人家不让住房子。"大肚子逼穷人按人口摊派。没有办法,老头子偷工夫出外做短工,挣钱拿花消。但做了不几次,被大肚子知道了,狠狠地骂他:"我的活有的是,你还出去做工,你们穷人有房也不能给住!"管怎么哀求也不行,逼得老头子走投无门,恸哭不已。后来,搬到李唐家两间漏天的房子里住。天下老鸹一般黑,这李大肚子比孙大肚子更坏,一看见他们要饭就骂他们:"怨不得孙景林不招你们,你们竟出去要饭,太丢我们的名誉了。"逼他们赶快搬走,好歹托人说合哀求才住下。大窑庄有土围子,是留着大肚子防匪保护自己的,李唐在北大门盖了一幢房子,叫他一个流氓无赖的兄弟在那看门,并借此向庄上要钱要粮,大吃大喝。魏保忠姊弟们去要饭,每经这大门走,不是挨打就是挨骂:"你们这些小穷死孩子,饿死得啦!我宰了你们!"他们吓得哭着回家,爹妈为这一难关不知流了多少眼泪,有一次,是要过年的时候,天下着清雪,他们从四十多里外要饭回来,李唐不让进庄,调戏他姐姐,把雪硬往他姐姐身上扬,他二姐气得说:"你还不让回家吗?"那流氓拾一块拳头大的石头狠打在她脚踝骨上,当时就肿起,痛得她大哭。他大姐反抗说:"你凭什么打人?"那流氓说:"砸死也没有事,你还哭!"他大姐气愤极了不管三七二十一说:"有冤无处诉!"眼泪像断线的珠子滚出来了。过了十几天,他二姐的脚脖子肿得粗粗的,腿都发了紫。又过了十几天,就在连打带吓挨饿受冻中死去了。全家哭成一团,从叔父家找了一块破席卷埋了。从此,家里两天没有出去要饭,税款又逼得紧,他爹妈被迫无奈,一狠心又割一块亲生肉,把他大姐卖了四十元钱,除缴"化消"外,老头子把剩下的几个钱买了一麻袋苞米核子(即剥下苞米粒剩下的棒子)回家,推碎磨细了吃。住不多日子,大肚子拔劳工在围子边挖壕沟,他和哥哥两个去顶一个人,干了一天,累得腰酸骨头痛。监工的李唐,看到他干不动就骂,用大棍子打魏保忠,他痛着嚎嚎哭,孙景林说:"哭!活埋他!"在沟底下挖了个坑,抓他过去按在里边就埋,魏保忠吓得乱叫,幸亏大家说情,哥哥才把他拉出来。

魏保忠渐渐大了,给人家放牲口。一天,正走到通过李唐地的道上,碰上李唐那个坏种,硬说他的庄稼是魏保忠放牲口吃了。魏保忠与他辩理,李唐夺去牲口缰绳就抽他,抽完了又去找他掌柜的。

孙景林家有一只大花狗,常咬鸡,偷东西吃祸害人,被人药死在街上。李唐硬赖是他爹打死的。"人穷理屈",怎么辩理也不行,来了两个衙人到他家,把他爹抓上局子,绑在树上用枪把子打,打得遍体伤肿,但他坚不承认。后经叔父求托了好多人才保出来。刚走到家,壮丁又来了说:"你的事还没完,人家叫你给出狗殡。"老头子愤激地对壮丁说:"你回去告诉他吧!我不能出狗殡,也出不起,叫他用枪毙了我吧!除了俺家的根得啦!"后来,还是经人说合,给他

226

把狗埋了，才算完事。魏保忠他爹，从此整天价哭，哭他的穷日子，哭他一帮可怜的孩子们，哭他"不如狗"，他对孩子们说："你们别忘了大肚子是怎样对待咱家的，我死了也闭不上眼！"孩子们都哭了。"你们不要哭，长大报仇！千万别忘了。"月余后，他撇下一家老小死了。临闭目前，还咕念着："我是叫人家……逼……死的……"全家失去了唯一的靠山，哭翻了家。大肚子见了对他叔父说："赶快叫他埋，别放在家里臭。"又说："把你哥哥埋了，小孩全叫他们走。"他叔父求亲拜邻，弄了几个钱，钉了一个木匣子把哥哥埋了后，魏保忠和兄弟母亲们，也被撵走。他母子无处可住，暂时住在叔父家里，天天要饭吃。

他和哥哥已经大了，总得求生活出路。便抛弃了老母幼弟，背井离乡，来到东北。但当时被鬼子统治下的东北，仍然不是穷人们的天下。既到东北，弟兄两个叫红房子招工的卖了还不知道，挣了两个月的工钱，也叫工头带跑了。弟兄二人无奈只得沿路乞讨，到了苏木岛盐滩受了二年苦。后来又到双岛盐滩干活，挣的钱和水□子等东西一点也捞不着，都是被坏蛋们半路上克扣去了，于是不得不另求生路。魏保忠又给曲家屯曲家大肚子扛活，这大肚子更混蛋，只把他当牛用，不给他吃饱。干了一个多月，他提出算账，大肚子瞪眼叉腰地一付凶相，拿起棍子要打他，强逼他干，他不干要送他上衙门下他的煤坑。幸亏半路上有人说合，他一个月的活白干，但魏保忠仅有的一床破被，也被那大肚子扣留去了。

"八·一五"东北光复后，他就和哥哥一起参了军。在军队里，他认识了只有依靠共产党，穷人才能翻身，自己才能报仇。爹爹的遗嘱永远刻在他兄弟俩的心里。

选自《擦干眼泪复仇》，东北书店 1948 年

◇恨　芝

山坡夜语

太阳落了,晚霞像烧红了的烙铁,慢慢地阴冷下去。暮霭从村落和林木间爬出来,蠕蠕地扩大和展开着。于是在原野上,骄横地招展着的红膏药旗,被蹂躏的田野,被砍伐的树丛,烟熏而破败的村舍,便融合在颤动的暗影里,成了一片渺渺茫茫的大海。群山也不再是岩山和崇岭了,都变成了突兀高耸的煤块,在崇高的乌蓝的天幕下,漂浮着神秘的沉寂。

在面向平原的一个山坡上,松柏吐出森然的叹息,孤寂得像影子一般的老人,将羊群赶进荆条编成的栅栏里去,又从窝棚里取出一些拣来的枯树枝,在一块较平整的石板上,搭成一个不规则的架子,生起火来。羊狗在林外逡巡了一阵,回来便夹了尾巴,静悄悄地在他的身旁坐下,凝神地看着他,他正把较细的树枝引着火,使较大的木块冒起不驯顺的烟来,发出琐细的爆炸声音,渐渐燃成了熊熊的火焰。

冬夜在篝火的光圈之外幽幽地流动着。老人看见火势烧大了,便袖拢了两手,我们二人沉默地对坐起来。

"挺起你的胸膛来吧!"看见我有些畏缩,他宽慰我说,"老天既为你造下了这种境遇,你要不豁着一条小命去拼一下,就只有被敌人像鸡羊一般地宰杀掉。光害怕是不顶事的,害怕并不能找到路走,这完全是没有办法的事。"

我畏怯地耸了一耸肩头，隔着跳动的火焰，瞥了这老人一眼。他现在该有六十开外的年纪了，黑褐色的瘦脸，满布着勤劳和辛酸刻划下来的皱纹，头发和胡须全雪白了，严严密密地纠结在一起，差不多占领了大半个面孔，但陷下的小眼睛却灼灼有神，映着火光好像在燃烧一样，半点也没有老年人的昏昧神色。

"世上的事情，原是跟人们脑子里所想象的不同的。"他见我不做声，便挺直了腰肢，伸出一双筋骨棱棱的手来，摆动着在火焰旁边烘烤，继续说下去道，"你豁着不要命了，你倒许能顽强地活下去，你越是畏缩着想苟且地生活，你就偏偏不能在这个世上生存。这是真的，你不要只看见敌人厉害，那其实并不真正可怕。我已经见得多了，即使是武装到头发上的敌人，他也总不能没有致命的空隙的。是的，事实确实是这样。

"你总该听见说过土屋吧？他是鬼子里面的一个'太君'——鬼才知道，他们为什么要称他们的头儿做'太君'的！——这家伙真比豺狼还要阴险狠毒，比狐狸还要狡猾奸诈。他到我们这里快有两年了，学得一口的中国话，说起来就跟我们说的一样。他也常常穿着我们乡下人的衣服，面上不管见了谁，都露出一团和气的笑脸。但他要驻在你村里，你试着到傍晚不关门看，那他就会突然先到你的门口来，瞪着眼睛问你：'为啥还不关门，是准备招待八路军吧？'到了夜晚，你趁早不要点灯，你一点上灯他就知道了。他会像强盗一样地从屋上跳到你院子里来，问你：'现在还不睡觉，是在召开秘密的会议吧？'有什么师父就有什么徒弟，他的手下也全跟他一样，常常半夜不睡觉，到人家来装八路军敲门。只要开了门，那可就倒了大霉了——可是这一切又有什么用？结果是一样的，他最后还是被我们的人打死了。

"这是我那小儿子干的事。啊，在这山脚下——现在已经看不见了，白天是一眼就可以看见的，那周围栽了白杨，南头有个大庙的地方，就是我们的村子。是一个秋天，当庄稼快要收割完毕的时候，土屋带着他的预备队，驻到我们村里来了。我知道他不是人，对他一直抱定这样一个主意，就是我既惹不起他，就干脆不来惹他！一黑天就关门，一关门就上炕，上炕以后就是大门被敲破了，也不回答一声。我以为这样做满可以不再发生什么事故了。可是事情并不这样，他一心要找你，你就是要逃也逃不脱的。过了两个黑夜，土屋无缘无故地把我叫了去了。'你有一个儿子在八路军里吧?'他一看见我就这样问，同时还伸出两个指头，比做'八'字，'我是说的你那个顶小的儿子。'我吓得哆嗦起来了。我们村里参加八路军的人原是很多的，但一向却都已约好，谁也不去鬼子那里告密。他现在竟知道得这么清楚，我简直不知道应该怎样回答他好。

"'唔，'我看见他又狡猾又凶狠地瞅着我，终于只好吞吞吐吐地说，'我是有一个小儿子在外边的，不过，不过我不晓得他这时在什么地方。'

"土屋听了这话，向我一笑。在他小小的黑黄的面孔上，眼皮周围颤动着无数的细纹，两颗老鼠一般的眼珠，仿佛已把我的心思瞧透了。这样的笑我相信你是没有看见过的。我不安地瞥了他一眼，更加害怕起来。

"'我知道，你的小儿子在游击队里。'他慢慢地低声说，一听这个声音，我就知道他对于我是早就全都明白了，'我现在让你想一想，你还是去叫了他回来，还是让我烧了你的房子，没收了你的田地，再杀了你的两个大儿子?'

"我听了他的话，傻瓜一般地呆了半歇，只说不出话来。他在我身边走了两遭，忽然又对我客气起来，低声对我说：'老人家，不要发昏啦，只要你叫了他回来，便任什么事都没有，我们还要重用他哩！——你去想一想吧！'

"他说完这话，便走到里间屋里去了。接着我就被一个大兵，押到一个又小又黑的矮屋里去。这屋里什么都没有，又黑暗，又潮湿，阴森森的活像一个地狱。我一进去就心跳起来。听人家说，土屋在城里有一个小地窖，尽关着捉去的老百姓，人在里面因为太拥挤，要彼此替换着站在别人的肩头上；吃的一天只给一顿稀粥，拉屎撒尿都不准出来;看守的人还要早晚来浇两次开水,烫得人们在里面互相倾轧,这样一直把人折磨到死。我想我要是不答应叫回我的小儿子,也一定要被送到那个鬼地方去的。心里一害怕,我便发起恨来,以为这一切都是我那小儿子把我坑害了。

"我一共有三个儿子,在他们里面,这最小的一个,最惹我疼爱,也最惹我痛恨。他要是下地干起活来,你看着吧,弯着粗壮的腰,使用着各种家什,人会疑心他不是人,倒是一架什么机器的。可是你要跟他说些什么试试看,什么别扭可就都来了。我常常坐在门坎上说:'人总不能甘心顺了说话叽哩咕噜的鬼子的,日当然要抗,不过没有咱们家里的人参加,大家不也是一样要抗下去的么?还是在家里蹲蹲吧,家里有房子,也有地,虽然不宽绰,可都是自己的呀!'两个大的全能听我的话,别人一劝他们参什么军,他们便都不声不响地来告诉我了。偏就是这个小的,一点也不听我的,他还反转来问我:'那么,爸爸,大家要是全都像你这样想,还有谁愿意抗战呢?''唔,'我说,'人总不会全都这样想的……'可是我还没有说完,他就站起来一甩胳膊,走到别的什么地方去了——他就是这么个不听话的孩子。

"那时土屋还不常常到乡下来,城外到处都有游击队,村里到处都嚷嚷得像造反。青年人全兴冲冲的,一天到晚也不知从哪里来的那股劲。这个不听话的孩子,也常常夹在他们里边,拿着红的绿的小旗,三天两头地嚷着打倒谁谁谁,不然就说要到什么地方去打游击,我长到这大的年纪了,也不曾见过村里有过这般光景。有一次我可真急了,便同了他的大哥,把他叫了回来。'你要好好依着我,在家里安安静静地待着!'我严厉地对他说,'要不,我就要一头撞死在你的面前,教你落个不孝之名了!'他从来也没有看见我这样对他说过话,便低了头,一声不响了。我关了他几天,后来才放他出来,教他两个哥哥把他看着。我总以为这样做了满可以没有事了,不想过不多久,我竟毫无办法将他留住,他终于离开我走了。

"那是当春耕刚刚下种的时候,鬼子来了一个大'扫荡'。这

'扫荡'是从前所不曾有过的,山被炮声震得发抖,平地上四面八方都是机关枪响,汽车到处奔跑,步枪的声音简直被压下去听不见响了。'你让我到外边去躲一躲吧,鬼子来了一定要杀我的!'他哀求我说。'躲到哪里去?'我回答说,'在家里待着也不会有什么事情吧!''你怎么会知道呢?'他又对我说,'我曾打过他们,'二鬼子'里面有很多人,他们都认识我的。'我没有做声,他继续说:'爸爸,我要避出去还能活,我一给抓住就完蛋了!——你忍心叫你心爱的儿子死么?'他见我还是不做声,便仓惶地走了。我也没再教他哥哥拦阻他,他就这样离开了我。

"'扫荡'之后鬼子并没有像从前那样全撤走,却在乡间安了许多'钉子',土屋从此就在城外横冲直闯起来了。我打听得我的小儿子参加了区游击队,村里也没有人去土屋那里告密,便放了心,不想再叫他回来了。也就因为这个缘故,后来我才会发生了这么一回事。

"我蹲在阴森森的小屋里,老半天不看见我那两个大儿子来看我,心里更发了愁。我想他们是不会不来看我的!一定是也被土屋捉起来了。这怎么办呢?我苦苦地思索了一夜,我决定要把他从区游击队里叫回来。这是一定的,不要使我的一点薄薄的田产,这老祖宗做驼了背才挣下来的基业,不能一下子叫鬼子毁了,就是拿人来说,我也不能拿两个大的去换一个小的呀!再说那土屋虽然阴险奸诈,但他究竟是人,人心总是肉做的,凭我这大年纪去求求情,总不能就一定要了他的命。这样到了第二天,我就圆满地回答了土屋的话。

"回到家里以后,我打发两个大的,去找小的。四五天之后,他虽然被找回来了,看见我就那么一愣,他说:'大哥不是说你病了么?怎么……'为了要使他安一下神,我慢慢地告诉他说:'那是我教他诳你的,我并没有害什么大病。'他听到我这么说,便站了起来,说:'那我就要走了,大哥在集上看见我,我叫班里一个同志向队长捎的信,说我回来看一看你就回队的,他说着便显出要走的模

232

样！这可气恼了我了，他简直吃了'八路乐'，哪里还有我在他眼里！'不要做梦啦！'我大声向他说，接着便连说带教训地把前前后后的事情告诉了他。

"他的脸上立刻变了色，好像快要下雨的阴天。大概你还没有看见过他哩！五短的身材，鼻部饱满满的，嘴巴上泛着红色，厚的嘴角上永远挂着微笑。不管在什么时候，他总是显露着快活的神气，从来就没有看见他有过这副阴沉沉的嘴脸。我的心马上又变软了，温和地对他说：'救一救你的两个哥哥吧，好孩子，懂事一点，乖的儿子吃两个娘的奶，咱们庄户人家，犯不着学别人的样，那么闹哄哄的……'他一直没有做声。夜来我又教他两个哥哥去劝说他，这末着到了第二天，他才显出好像要去杀头的模样，跟我去见了土屋。

"土屋收他当了'二鬼子'，还夸奖了我一阵。可是我却害了他了。他从这一天起，就好像忽然老了十多岁，阴沉沉地闷着那副嘴脸，简直一笑也没有笑过。我天天盼他能像早先那样高兴起来，可是有一次他真的笑起来，我倒又几乎吓坏了。

"那是城里的汉奸官儿，要庆祝什么事故，教村里捐钱演戏的时候。土屋也来了，顺便教'皇军'和'二鬼子'在一起联什么欢。最初他们在一块空地上捉对儿摔跤玩，这时我那小儿子便露出快活的脸相来，只找气力比他小的'皇军'做对手，摔得人家高高的。后来当大家在一起说笑的时候，他又装做亲热的神气，拍一拍一个'皇军'的肩头，指指人家的大皮鞋，学做日本的腔调说：'你的驴蹄，大大的好的！'——鬼子见了马、牛、骡、驴，是一律都叫做马的，不懂得这是我们这里骂人的话，却只看见他的脸很亲热，以为是好话，便半懂不懂地笑起来，回答他说：'好好的！好好的！'旁边的'二鬼子'都笑了，许多鬼子也莫名其妙地混在里面笑起来。我在一边虽也忍不住发笑，却为他捏着一把汗，害怕鬼子懂得了他的话，忽然变脸。后来我瞅一个机会，悄悄地叫了他来说：'这不是玩的呀！下次再不要这样大胆啦！'这次他可完全不听我说的了，满不在乎地对我把头一昂，说：'咱不能干八路，还不能干九路？'——你怎么？我们这里凡和八路透着气儿的'二鬼子'，自己都称做'九路'的。"

老人藏在胡须里的瘪嘴忽然咧开，露出红色的牙龈来，眯细了褶皱的两眼，现出一个神秘的微笑。这时篝火大半已熄灭了，只剩两根较大的粗枝，还在跳动着没有力量的火舌。羊狗一直都不响不动，甚至在老人站起来的时候，只不过是紧紧凝视着他，仿佛听故事听迷了似的。他转身去窝棚里又取出一些枯树枝来，添到火上去，不多一会，火便必必剥剥地又烧旺了。

不知什么时候起了风，林木呜呜地长啸起来，刮着松子落在岩石上，幽然地发出清脆的微响，在窝棚后边的栅栏里，羊群在黑暗中不安静地浮动着，传来轻微的骚然的叫喊，羊狗把耳朵竖起来了，警惕地跳起来，很快便在黑暗中消失。但这一切对于老人，却好像见惯了似的，一点也不起什么影响，他略略歇了歇，便轻轻地翕动着嘴唇，又接着说下去了。

"年头一变，老年人的岁数也好像是白过了。我一向总以为自己是对的，不说别的，单是吃饭走路，也要比孩子们多得多，可是事实上怎样？见得正确的并不是我，倒是他们这群吵吵嚷嚷的孩子！

"我们这里是常来鬼子，也常到游击队的。因为游击队找机会打鬼子，鬼子找机会捕捉游击队，村里便显得异常搅扰。鬼子刚走，游击队便来了，游击队刚离开，鬼子又开了过来。老百姓当然是两头都要应付的。一边是自家的队伍，里面又全是家门口的人；一边虽然是敌人，但不应付更不行。大家最发愁的是怕他们在村里碰到一起。可是发愁也没有用，有一天他们竟终于碰到一起了。

"那天天刚亮，区队开进村里一驻下，土屋就带着他的警备队，来把村子包围住了。枪声和炮声响了老大一会，震得人的耳朵嗡嗡嗡嗡地响了好几天。我蹲在一个屋角里，心跳得发了麻，只祷告老天，保佑着不要教炮弹打落到我院里来。我们一家子都在一个院里住着，只要一个炮弹打中，一家大小这就完了。时间过得特别慢，一分钟就好像一年。好容易等到枪炮声沉寂下去，跑出来一探听，才知道区队已经打败了鬼子——原来区队受包围，看看吃不住劲儿了，便拼命冲出村，藏到芦苇坑里去了。土屋趴在村边的围墙上，眼睛上套了一个长筒儿似的镜子，一照一照地找区队，好指挥队伍去追着打。他可没有发现区队就在他的近边，没防芦苇坑里突然打来一枪，把他肩上打挂了彩。'二鬼子'看见先一乱，区队再咋呼着一冲，鬼子就全紊乱地跑散了。这真是一个意外，使大家全乐得什么似的。"

夜更浓了。在乌蓝的天空中，疏落的寒星显得分外的幽暗。山风变得凶野起来，呼呼地吹刮着，激荡得墨黑的林木，起着猛烈的扭摆和撞击，发出悲壮的雄伟的呼号。群山也被震撼得颤动了。窝棚吱吱呀呀地呻吟着，像要飞去一样。远处传来羊狗的吠声。羊群在栅栏里骚动着，恐怖地发出咩咩的喊叫。篝火烧得刮刮杂杂地响，火焰在扭曲地跳跃。夜在周围飘忽地流动着，老人映着火光的脸更加兴奋，眼睛也更加发亮了。

"不过，鬼子吃了亏，总是要报复的。"他继续说，"但人们对这又有什么法子呢？人总不能把土地带跑的，到外村亲戚家去躲一躲，你也不能老待着不回来。大家兴奋了一阵之后，就只好眼睁睁地等待着可怕的时候的到来了。约莫过了半个月，土屋的伤一养好，果然一出来就到了我们的村里。这次他带来了三十多个鬼子，一百多个'二鬼子'。一进村便对人们说：'大家不要害怕，我只找那私通八路的坏人！'真亏他记得好，凡是那天住过区队的人家，他都半个不剩地捉起来了。

"我那小儿子这次也跟着土屋回了村。他第一个先告诉我，说土屋一定要把那些人全杀掉。我把这消息传开去，村里人全急了，但求情和作保都不顶事，凭你怎样说破了嘴唇皮，讲得如何可怜，土屋的嘴上总是挂着毫不动情的冷笑，给你一个不做声。'这是你长大成人的地方啊！'我只好对我的小儿子说了，'这些快要死去的人，都是你的乡亲，小时曾抱过你，疼过你哩，你怎么就不能去求求你的上司，帮着说说情？'他一扭头就走了，仿佛十分可怜别人，又仿佛十分讨厌我。我也不晓得他心里正转着什么念头。

"到了晌午，可怕的时刻终于到了。我敢跟你打赌，你一定没有见过这样可怕的情景。在村边的大庙门口，村里人全被逼迫着聚到一起来了。'皇军'站在庙门的台阶上，枪上全插了明晃晃的刺刀；'二鬼子'有一半站在台阶下，有一半散开来，用枪逼着人不许走开。那被区队驻扎过的几家，男女老少三十多口，浑身都被剥光了，个个畏缩得像刺猬似的，战战兢兢地铁青了脸。他们一边苦苦地哀告着，一边死活地赖泄着，到底被拖到庙前五六十步远近的地方，有些已经吓得不省人事了。土屋命令'二鬼子'对准他们架起两挺机关枪来，并且都上了子弹。这时被迫围着的人们都屏住了气，心里仿佛要炸裂，有些忍受不住的女人，早低低啜泣了起来，哪里还有人敢吐出声息？！

"可是土屋的样子，却跟平常完全一样。他的嘴角上仍然浮着那奇怪的笑，真的，我敢说他的心一定不是肉做的，也许是豺狼——不，豺狼的心也不会有这么凶狠，我简直想不出用一个什么比喻了，总之，他一定不是人。我不能再看他，也不敢再看那些就要死去的熟人，眼睛一转，可跟我那小儿碰上了。他杂在'二鬼子'的队伍里，站在台阶下，插着枪的手在发抖，嘴唇被自己的牙齿咬得出了血，两个眼睛通红地，潮湿地充满了血丝。

"转瞬间机关枪发出可怕的尖啸，绵羊般跪着的人们，一齐嚷着跳了起来，又叫着跌倒下去，眼睛全湿漉漉的，闪动着兽性的恐怖的光——原来'二鬼子'没瞄准，两梭子枪弹全打到天空中去了。土屋愤怒得额上青筋直暴，掣出腰间佩带的长刀，挥动着从台阶上跳下，迈开大步，向射手直冲着跑来。就在这最紧张的一刹那，台阶下'二鬼子'的队伍里突然砰地响了一枪，于是土屋应声扑倒，我那小儿子便像野兽一样地跳出来了。

"他的嘴角上流着血，眼睛像在冒火，激昂地横着那副脸，挺着手里的枪，直向土屋的后背扑去。我刚一看见他枪上刺刀一晃，便不禁也激动得举起拳头来了。台阶上接着爆发了一阵杂乱的枪声，人身的挤压，愤激的吼叫，碰击和搅扰夺去了我的知觉。我忽然什么也不知道了，只是糊里糊涂，觉得天地在翻覆，人都变成了疯狂的野兽。当我恢复了知觉的时候，才发觉我是站在村里的街道上，并且衣服被扯得粉碎，鞋袜也不知什么时候跑脱了。随后我又跑回庙门口去。那里鬼子已被打跑，'二鬼子'一半星散，一半参加了动乱，追着鬼子打了一阵，怕鬼子有增援，都去投了游击队。村里的人们却还在着，围成了一个人圈，在当中我看见土屋的脸埋在土里，浴着血，后背上插着一把刺刀。我那小儿子斜侧倒在他一边，一只手甩开了，一只手还紧握着那带刺刀的枪柄。他已被乱弹射得浑身是血，但眼睛仍暴怒地瞪大着。他的半边下颚已被打碎了，可是另半边牙齿还咬得紧紧的，站在他身边的人们，都默默地低了头，眼眶里涌出了热泪……"

老人忽然激昂地把胸脯挺起来了。山风刮着篝火哗喇喇直腾跳，也刮着他银色的须发直飘动，然而却不能使他现出一点畏缩。他的黑褐色的脸亢奋着，映着火光，在黑暗中凛然仿佛一座不可动摇的铸像。

"你说可笑么，"他平静了一下接着说，"一个人活到六十多岁，这才明白了做人应该怎样活下去的道理。我当时没有哭，也没有流泪，可是却受到一种从来不曾经验过的感动。我只觉得我过去的岁数是白过了。事后区上和各救会都给我送了东西来，说我的这个儿子是为着大家光荣牺牲的；那些被土屋抓去要枪毙而没有死去的邻居们，也都这样那样地关照我。但这给了我什么？给了我一种内疚和惭愧。'不要窝囊啦！'我向那两个大儿子说，'你们都给我干游击队去，把那些野兽打死，赶跑，再回来给我捏锄头柄！''那么你呢？'他们一齐说，'鬼子是要来报复的！'我说：'你们不要管我，让我去碰我的命运好了！'随后我就把他们送到区队，交给了队长，说：'我从前完全为着我自己，向你队里要回了我的一个小儿子，现在我把两个大儿子都送到你队上来，为了减少我内疚的痛苦！'后来我又把两个儿媳妇送回到她们的娘家去,便到这山里来放羊过活了——年纪老啦,我再不能做什么与大家有好处的事情了!

"不知为什么原因,鬼子以后也没有再来报复。他们里面又新来了一个什么'太君',前一个月还到我们村里,打发人来叫了我去。'你有两个儿子在八路军吧?'他问我说,那神气跟土屋一样,就好像他们两个是一个娘生的,但我已拼上不要那条老命了,我说:'的确是有的,不过他们不听我说的,我也叫不回他们来,你如果要去捉,你就派人去捉吧!'他当时奇怪地笑了,聚集了村里的人,说我受了共产党的骗,'皇军'不忍心杀我这个老头子,要大家帮我'觉悟'——天晓得,这些鬼东西又装起慈善的面孔来了。"

羊狗不知在什么时候已跑了回来,雄赳赳地坐在一边竖起小耳朵。我完全被老人的话激得出神了。冬夜是这样的凛冽,但我并不觉得冷——我也变坚强了。

"你现在怎么样了?"他问我说,一边又拣起几根枯枝,添到火上去,"挺起你的胸膛来吧,一切是并不像脑子里所想的那样可怕的。人只要一齐心,便什么困难都渡得过。譬如咱们在这里烤火吧,一块大木头是怎么着也烧不着的,可是许多细枝被凑在一起,就会发出光和热来了。人们从前就不晓得这个道理,一股劲儿只打算着自己怎么活下去,到头来还总是被强者像蚂蚁一般地踏死,现在人都被教训得聪明起来了,你不要看山下有那么多恶鬼的旗子,那是用枪尖在保护着的,这杆旗和那杆旗的当中,并没有鬼子的事,仍跟从前一样,还是我们的世界……"

山风仍然刮得很紧,但山下已传来第一遍的鸡啼了。

选自《东北文艺》,1947 年第 1 卷第 4 期

◇贺　荒

战场上救老乡

　　某部三班李照同志正和敌人猛烈对射时,忽然看到山上爬来一位老太太,他赶忙喊:"哎呀,老太太,快爬到这里来! 走凹地,别被打着啦!"老太太到李照同志面前双膝跪下说:"好救命恩人……!"李照连忙扶起这位老人说:"你老别这样,你老怎么到这里来的? 有什么话说?"

　　"我呀! 我呀!"她神情不定,断断续续地说,"我的媳妇和两个小孙还在山下来不了,我十九岁的姑娘今早被'中央'抢去了,你们给想个法子吧。"

　　李照同志说:"好! 你的姑娘暂时救不出来,待我们打垮'中央军'把她救回来! 现在我就去救你媳妇和孙子,你在这里等着吧。"

　　说着他就连滚带爬下山去了,当他看到妇人和两个小孩子时,就小声说:"我们是民主联军来救你们的,别怕! 你娘也在我们那里。"老李脚快手快地抱着一个孩子,媳妇走在后面,顺着沟里就爬上来了,老太太感激地说:"你们真好,不然我一家四口就没命了,你们真是救命恩人!"媳妇激动地说:"你的心真好!"李照接着说:"不要谢,这是我们应尽的责任! 你们快走吧,这里还要打仗呢。"

选自《战斗小故事》,东北画报社 1948 年

◇夏　葵

过封锁线

十一月二日。吃完早饭就出发了。一出发就是钻山。山很高，没有树，路是崎岖不平，非常不好走。上到高处，远远地可以看见山下是蓝蔚蔚的广阔的平原，和零零落落的村庄。刚出发，是往北走，走到一个半山洼，又停住了，说前边有情况，又往回走；后来又往东折，后来又往西走，后来又往山下走。总之是把我走糊涂了，我是辨不出东南西北了，我是迷失了方向。同时由于过度的紧张，时间也觉得过得特别快，就是在山上绕了一个圈，下到有武装部队驻守的集合地点时，已是傍晚时分了。大家都很奇怪，今天怎么过得这样快呢？

集合地是在离铁路六七里的一个村庄的空地上。已经到了几个队，什么五四队，山海队，总共好几个队，都在整装待发了。在这里稍事休息，吃了点干粮，喝点水，喂一喂牲口，就出发了。因为马上要行军，没敢多喂。可是陈山却现买了二升小米喂了他的毛驴，完了又饮了许多水。

在出发前，大队长集合大家讲了几分钟话，宣布了过封锁线的纪律，主要的就是说明情况：同蒲路上虽有敌人，但到晚上就钻进炮楼，不敢出来。我们已派部队封锁了敌人。希望大家不要害怕，听到枪声不要慌乱，要听指挥，要注意联络。不准抽烟，不准说话，有孩子的要先关照好，别叫孩子哭。总之就是这么一些，他不说每个人也都知道；可是在这时听了，却觉得特别往耳朵里进。

我们就告诉海林他们，前边就有日本鬼子，他们把守着火车路，咱们要偷着过；小孩要一哭，就会被听到，就会开枪打咱们。

"我们不哭。"

海林懂事，先说不哭，夏林也跟着说：

"我也不哭。"

黄昏了，前面已经开始走了。最前边是护送我们的武装部队，接着的是山海队，五四队，西京队的前梯队。我们也上了架子，跟着走了。最后边是护送我们的武装部队。我们这班的行列是：王班长打头，沙明文一家，石敏、吕芳，陈山、郑亚，最后是我们一家。

田野上飘着初冬的晚风，秃光光的田地显得格外静寂。除了听到唰唰的脚步声，和马蹄声，就再没有什么动静。大家都很紧张，都很严肃。都知道要是一个人不慎，就会害了全体。

天色渐渐黑起来，最亮的星星也零落地在天空闪闪发光，像在观看我们过封锁线似的。再过一会，满天都是星星，四野则是一片漆黑，只有大路还有点发白。走过好走的平路，道路就不好走了，就高低不平起来：一脚深，一脚浅，一下踢上了石头，一下扑倒了。倒了马上爬起来，刚刚爬起，又冷不防地被绊倒。脚脖子被崴得很疼，脚趾头又被踢了一下。在这紧张的情况下，谁也顾不了这些，还是照旧地前进。

走这样的夜路，真有如打仗：上坡时，我用力地拉紧缰绳，关强用力地推扶。骡子的腿虽比在黄河西好了一些，但是夜间走山路，还是非常吃力，实在使人担心。我虽然不迷信，不信神鬼，但是我却在默默地祷告：万望别发生事故，能顺利地过了铁路。

临近铁路的时候，遥见远处有闪闪的灯光，那大概就是敌人的据点，并听到有单调的犬吠声。大家都屏着呼吸，一个跟着一个走，谁也不肯落后。如果谁耽误了一下，别人就会厉害地督促道："快！快！"

快过铁路时，后边跟上不了，就传到前边去叫等一等；于是就站下了。老骡子一天未好好吃，一站下，它就老是用脑袋弹筐笼，想卧下打滚，想炝蹶子。起初我就用棍子敲它脸；但是无效，它还是想跳，没有办法，就给它拔草吃。夜是这样黑，伸手不见掌，上哪去拔草呢？没有办法，就把背包里的烧饼往它嘴里塞。因为怕它咬了手，只能塞进去一半，它一嚼就落到地上了。落到地上又摸不到，就只得再往它嘴里塞一个烧饼……

又前进了，前边传来婴儿的哭声，大家都激动起来，都小声地谴责："还不把嘴塞住！"临近铁路时，还越过一道小河，据说是汾河的上流。十一月的河水凉得刺骨，但为了迅速过河，也顾不了许多，就拉着不愿下水的老骡子下了河。过了河，就是三路纵队前进在那不平的路上，老骡子一下子滑倒了！我吓得出了一身冷汗，就不假思索地猛力一拉，关强又用力一肘；老骡子还算成全人，就借着外力挣扎起来，没有把筐笼翻下。我想要是在铁路附近翻了，真是危险万分；在这紧急关头，每个人都自顾不暇，哪有时间来帮助你上架子呢！况且一翻下来，说不定还要跌伤……

走了不远，又跳过一个小河沟，当时我也奇怪，怎么敢拉着驮四个孩子的骡子跳三四尺宽的河沟。但是在这紧急关头，是不容你深思熟虑的。看前边的跳过去了，自己也就硬着头皮跟着往过跳。

到铁道上了，牲口蹄子踏在铁轨上，发出铿锵的响声。铁路旁站着一个哨兵，他很镇静地站在那里，用简短的声音嘱咐我们："快走！"我就迅速地拉骡子过了铁道。

过了铁道，就是一阵急行军，脚步声，马蹄声，马嘶声，驴叫声，和落队者的呼唤声混成一种嘈杂的声音，秩序有些混乱。由于嘈乱的声音，引起了铁路附近村庄的犬吠，不知从哪里响了一声清脆的枪声。"不好了，敌人发觉了！"每个人都有些惊慌，就越发加快了脚步。正在这时，前边传来了命令："快走！"大家就放小跑了。

可是忽然地，郑亚大叫了一声，她的老骒驴跌倒了！挡住了去路，真是害死人！任凭怎么拉，怎么打，它也不起来。最后摸摸耳朵，都凉了，累死了！知道不行了，陈山才把东西解下，放到大灰驴身上,郑亚就地跟在大灰驴的后边。

由于这一耽误,就和大队失掉了联络。前边是一个三岔路口,往北边是一条路,往东边是一条路,往东南又是一条路;究竟走哪一条对呢?有的说往北走对,这条路有脚印;有的说往东走对,因为有马粪;但是谁也不知道大队究竟走的哪条道。有的同志就忍不住地骂了起来,怪前边的人不负责任,也不留一个联络员;有的就抱怨起陈山来,怪他不该换这样的驴,怪他不该拼命地给它吃小米喝凉水。

没有办法,就朝着东方走,反正去的地方是在东北边,往东走总不致大错。走了不远,就是一个村庄,蹲下可以看到住家的烟洞。头前的同志去敲门,但是没有人答应,就像没有人住的空房子似的。黑天下火,老乡也不知道是怎么回事,当然不敢答应。最后是找出来一个老乡,大家都围上去问路;可是真够倒霉,这个老乡是个聋子!说了半天,他也听不见。没有办法,只好往东北方向走,顺着横垄地往前摸索。可是走走又走到了绝路,前边是一个二三丈宽的大沟,原来有一个木桥,可是桥断了,往左往右,走出很远,都是跳也跳不过,下也下不去的深沟。要想过去,只有从这断桥越过。没有办法,只有快过,因为这时已是深夜二三点钟,再耽误一会就天亮了。天一亮,就会落到敌人手里,因为这里离铁道顶多不过二三里。于是就决定先把孩子抱过去,然后再过牲口。我和关强把四个睡得熟熟的孩子一个一个抱过去,包好放在田地里,然后就拉牲口。卷毛驴没有费多少事,关强在前边一拉,大家在后边一肘,就跳过去了。只是老骡子可费老事啦,拉也不过,打也不过,真急死人!关强气得直跺脚,就用棍子使劲往它屁股里一扎,它才猝不及防地向前跳去。虽然有一条腿绊在桥板上,但总归算跳过来了。

又迅速地上了架子,把孩子放上去,才又继续前进。又走了半点多钟,才碰上了王班长,他骑着牲口来找我们。他说大队部在前边等着,我们都松了一口气。才注意到周围的情景,才听到远处传来"喔喔"的鸡叫。等和大队汇齐了,又继续前进。现在是越走越亮了,眼看着启明星已从天边升起,慢慢地东边就出现了白光。等到黎明时,我们就到了离铁路四十里的大同沟了。

选自《文学战线》,1948 年第 1 卷第 4 期

◇ 顾　雷

新的气象新的生活

　　到乡下去,我们见到的是一片丰收气象。地里已经成熟的高粱,在太阳下闪着红光,谷子在风中摇晃着沉重的脑袋。豆秸上的豆角密密地排着,像火炕一样。农民们正忙着收割,许多妇女在掰苞米、起土豆,到处听到喧笑,马的嘶叫和车的辘辘声。

　　村子里也变了样子:许多树上挂满了苞米穗,家家户户的院子里堆着土豆、苞米,房檐下挂着许多红辣椒、各种干菜,墙根下放着倭瓜,房上晒着大葱。新架起的苞米楼子已快装满了。

　　从地里到村子里,看不到有一个人闲着。虽然他们劳作时间每天均在十五六个钟点或者还要多,但却看不出他们疲劳的样子;他们总是有说有笑,紧张兴奋。是什么力量使他们忘记了疲劳?让我们看一看一个村主席——丁春福的家吧。

　　丁春福院子里同样堆满了各色产品,进屋后便嗅到新苞米粥的香味,炕前放着两大麻袋新打的麦子,后墙上挂着选好的苞米种,老婆正在收拾撒在地下的苞米粒,另一边墙上挂着毛主席、朱总司令的相片。刚坐下他便笑着告诉我:"今年年成挺好!"这时他分得的一架挂钟正敲着十二点。

　　据他说,农民们这样高兴有两个原因:一个是大家都知道快发照了,地权、房权、车权都定归了,打消了归大堆、均产的顾虑,大伙都把庄稼看作自己的;再一个,是今年的收成好。丁春福家五口人,一个老婆,三个孩子,今年种了三垧六亩地,可收二十二石一斗粮食,加上二千五百斤土豆、二亩多围地的出产,今年大约可收粮食一万一千斤,除去今年的支出,尚余下粮食三千四百五十斤。若再加上冬季作些副业生产,卖一些烧不了的秸秆,仍可多增加一些。那么,一年的收获足够一年半用的,而且比较富裕。

这个丁春福,在旧社会里,他也与其他千百万农民一样,是从死的边沿口挣扎过来的。他父亲过去是个种地的,但种到最后把自己的几垧地都赔进去了。到丁春福这一辈子已经是上无片草,下无立锥之地。二三十年来,全家便在吃不饱穿不暖的苦境里熬年月,糠、菜不知吃了多少。他自己总想:"自己有了地,就好了!"然而这愿望在旧社会里当然是毫无指望。共产党来分了地,才满足了他平生夙愿。现在秋收又使他今后的生活变得富裕了。

丁春福代表着热爱土地、勤劳生产的农民。从他本身的生活变化也说明了农村中已经起了根本的变化,饥寒交迫的日子一去不复返了,新的生活已经开始。这就是农民为什么这样兴奋,而且为什么忘记一切疲劳,紧张进行收割的道理。但这仅是土改胜利后第一年的丰收,将来的日子更不难想象。让我们来庆祝他们新生活的开始吧!

选自《新的气象新的生活》,东北书店 1949 年

◇晓　梅

老　人

一

一个腊月天的下午，大风卷着雪片，迎面扑向我们。眼睛只能睁开一条缝，脖子里灌满了雪。几千双靰鞡插进雪里又拔出来，拔出来又插进去……

看不到头，瞧不见尾的人民解放军，在白茫茫的雪原上行进。

这时，王家屯大道边的槐树下站着一个老人。他浑身在打战，那黑色的露肉的衣服上披满了一层雪，苍白的胡须上结成了冰条。他聚精会神地，一个一个地看着过去的背枪的人。大家都奇怪了：这样大的风雪，这个老头站在这儿干什么？是傻子吗？是侦察我们的人数吗？是没有见过人民解放军吗？……

忽然，老人的胳膊伸了一下，仰面倒在雪地上，抽动着腿，嘴里冒出白沫。我们当是这老人犯了"羊角风"，忙把他抬进了村里，村里的一位老太太把我们引进了他的家。

恰好，我们的宿营地就是这个村。

二

老人的家像一座冰盖的房子。睡不下两个胖子的炕上铺着一领破席。两条麻袋和一条像被狗撕了的褥子在炕上乱堆着。我们

247

把大衣给老人盖上,生了一堆火。

这时,村里的青年东一个西一个地都聚集到这里来了。

村里的人说:这个老人叫李志清,是一个给人扛了一辈子大活的老实人,平常爱说爱笑的。可是最近奇怪得很,自他从长春回来,爬在炕上痛哭了一顿之后,就再也不哭、不笑,而且连一句话也不说了。那以后,不管雪怎么大,只要听说过队伍(蒋匪军),别的年青人都吓得跑了,别的老人和小孩女人们都插上门蜷伏在炕角里,可是这个老人,李志清,却总是提着根枣木棍,慢吞吞地走到村口的那棵槐树下,一个一个地看着走过的"种殃"军。队伍过完了,他又慢吞吞地走回来,坐在炕上吸烟。每次都是这样。别人问他,他一句话也不说。为什么呢? 村里的人谁都摸不清。

三

老人盖着黄色的棉大衣,静静地躺在炕上。同志们都围着火,和来看我们的老乡唠着国民党在时的一些情形。忽然,他蹬开了身上的棉大衣,轮着胳臂说:"你们……你们……捆我儿子……抓我……你抓吧……我……我反正也活到岁数了……你把我……毙了吧!……杂种肏的……"

大家不约而同地站起来,视线都集中在老人的脸上。然而老人并没睁开眼睛。大家彼此相视了一下。

一个同志说:"大概他老的儿子叫蒋介石抓走了吧?"

"不,'种殃'要抽他儿子,老李头把他儿子送到长春他姨家去了。"他邻家的一个青年说。

另一个同志说:"我看他一定受了什么冤屈。"

…………

老人慢慢地睁开了眼睛。我们跟他说:我们不是"种殃"军,是八路军,是毛主席的队伍,是来打蒋匪军的,来救人民的,分田分房子……他始终睁着两只眼,一句话都不说。

我们给他谈了几个钟头,亲自给他烧开水,把病号的面给他做了点饭。他不说话，也不吃。我们吃饭的时候他也只是看着。

老人干瘪了的眼睛里滚出了眼泪。他从我们的头发慢慢地看到我们穿着靰鞡的脚，又从脚看到帽子，一个人一个人仔细地端详着。我们又给他讲了很多的话。这时，这位三个月来不曾哭过、笑过和说过一句话的奇怪的老人，干瘪的嘴唇微微地动了动：

"你们是八路军？！"

"对啦，八路军！老爷子你怎么啦？"

老人大哭起来，哭得十分伤心，大家带着一颗同情心站在地下。

当在大风雪里跋涉的时候，心里都这么想着——到宿营地，把脚一洗，躺在热炕上，蒙着头，好好地睡一觉。可是现在，疲倦却被老人的泪水洗得一干二净了。

"同志！先生！我……我疯啦。'种殃'，'种殃'想把穷人都逼死呀！"

"怎么，二叔，你给同志们说说罢，说出来心里就敞亮了。"那个邻家的青年也急于要知道老人到底为什么弄成这样子。

"'种殃'说不抽孤丁，我就有一个儿子，他也要抽！说：'你父子俩不是两个人吗？这怎么是孤丁呢？笑话！'这不是祸害人？我没法，就把他送到长春他姨家，想躲一躲。谁知到长春刚住一宿，又抽到他头上了。我想：我这么大年纪，就有这么一个儿子，说什么也不能叫他去。"说到这里，他哭得更厉害了，"那天下午，下着蒙蒙雨，我狠着心，拿了一把菜刀，把三成的手指放在门坎上，三成哭着，我也哭着，他姨夫和他姨也哭着，就这么把他的二拇指头砍下来了。三成叫了一声，叫得我心像刀剜似的。"

"二叔呀！"邻居那个青年哭得滚在地下了。

"同志！你说，自己拿着刀砍自己的亲骨肉，心里是个啥滋味！唉！没办法！同志，只要他在我身边，就是少一个指头，总比'种殃'抓去的好。"老爷子嘶哑着嗓子，鼻涕泪搅成一团。

"现在手好了没有？"一个同志问。

老人喝了一口水说："第二天，到底还叫'种殃'军抓走了。我跪下哀求,打了我两个脖子拐,在我肚子上踢了一脚,打得我满嘴流血。'种殃'军问我:'他的手指头呢?'我说铡草不小心铡掉了。'种殃'说:'少一个指头不能打枪,还不能掷手榴弹? 还不能赶大车喂马? 还不能做饭担水? 走!'说着在三成屁股上踢了几脚,就把他推出去抓上走了。

"我气得跑回来,想上吊、跳井,可是又不知道三成是死是活,我死也闭不上眼睛……往后一过'种殃'我就去看,看看有没我的儿子。

"今天你们来了,我当还是'种殃',我又出去看,往常'种殃'一会就过完了,你们过了一天,我从早上看你们过,总是看不到尾……

"同志,你们打长春,要抓住了我的儿子可别杀,我十辈子也忘不了你们的大恩。你们记着,右手二指头没有了,团团脸,下巴上有个黑痣,廿一岁,叫李成三。"他说着跪下去便要磕头,被我们一把拉住。

四

天还不亮,雪还在飘,队伍要出发了。

老人说:"同志! 给我出一口气呀!"

"老爷子,你放心,我们一定给你报仇!"大家揉着红肿的眼睛,有力地回答了他。

老人的遭遇,像给火上倒了一桶油似的,战士们复仇的火燃烧得更炽烈了。

"快回去吧! 老爷子,小心冻着了,雪那么大。"

老人点着头,看着移动的队伍,看着要给他报仇的勇士,看着抓他儿子的蒋匪将要跪在地上给他们缴枪的战士们。

选自《东北日报》,1948 年 4 月 6 日

"我来拉你"

逃跑的敌人汽车,在没有月光的晚上,睁着亮亮的眼睛,在公路上起伏。拼命朝前追击的同志们,恨不得长上翅膀,一下飞到公路边。

敌人刚刚跑到姜家店,心还在肚里扑通扑通地跳,汗水还在吱溜吱溜地流。我追击的一营也到了姜家店。

敌人一个班在放流动哨。排枪一响,敌哨兵班里倒下了两个黑影子。其余的黑影子乱了。没等敌人的火力展开,三连迅速地接近了北面围墙。东北角炮楼敌人的机枪,才吐出了红的火弹。连长挥动着小红旗说:

"二班马快夺取这挺机枪! 占领炮楼。"命令是这样的急,围墙是那样的高,又没有梯子。万占发蹬上班长的肩膀,第一个爬上了墙头,跳进院里。连头都没回地直奔炮楼扑去。

"上边有人没有?"万占发很急促地喊了一声。

谁知道惊慌逃跑的敌人,也是听到枪声才往炮楼上爬,竟把万占发当成了自己人。敌人哪会想到枪刚响,解放军就会跑到炮楼下呢? 敌人慌张地说:

"有! 快上来。小声点。"

万占发想:这是哪一班的? 爬得这样快。他又没长翅膀,怎么冲到我的前边来了。就忙说:

"梯子呢? 上不去呀!"

敌人连忙说:"我来拉你!"炮楼里伸出了一只胳膊。

炮楼里黑麻麻的,什么也看不见。万占发伸手一摸,呀! 怎么?

我们的重机跑得这么快，比我这扛大盖的还先上了炮楼。又想：我们的机枪口为什么向北呢？他正在怀疑时，二班副史青山也爬上了炮楼一看：和万占发一起的为啥这么多人？是哪班的冲得这么快？伸头细细一瞅。呀！怎么和咱们不一样。帽子上二十一块皮，肩膀上多一条带（肩章）。他不禁地问了一句："你们是'中央军'吧?！"七八个敌人身上像过电一样抖了一下。"哎哟！我的妈呀！"有的像傻子似的呆在那，有两个家伙就抓重机。万占发端着刺刀，一个箭步跨到机枪边，大声一吼："你动！"他晃了晃刺刀，刀尖紧贴着敌人起伏的胸口说："想造反是不是?！我看你还是乖一点好。不然，就叫你睡在这。"

"举起手，一个一个下！"史青山押着七八个举手的俘虏下来了。

万占发把重机朝北方的口转向南方。这个沉默了一会的机枪，又向东南角那个炮楼，吐着火弹。

选自《阶级的硬骨头》，东北书店 1948 年

◇徐　沙

保全自己就是胜利①

　　一个冬天的早晨,太阳还没离开地面的时候,在屋前的草堆上伏着我们一个十二岁的团员陈伟,她静悄悄地注视着南方,她是一个不带枪的哨兵,她用那双明亮尖锐的眼睛保卫着全团。

　　同志们分散地住在老百姓的草屋里,团长命令:不准随便出去,给敌人发现目标是很危险的,所以大家都安静地等待天黑,天黑了才是我们活跃的时候,我们可以从这个庄子到另个庄子,要弄得日本鬼子昏头昏脑,摸不着我们的行迹,在敌人残酷的"扫荡"中能保全自己,就是胜利——这是上级给我们的任务。

　　太阳上升了,正当洗脸的时候,陈伟从草堆上溜下来,报告团长:"发现了敌人的猎狗和尖兵远远地向我们的庄子包围来了。"立即各队的同志们只带着笔和书本迅速地离开庄子,冲过一个独木桥,向草滩分散前进!

　　草滩是非常广阔的,在它的尽头是海,我们一个两个地钻进草窝里,敌人是很难将我们消灭,在那草窝里我们可以照常进行学习,外面放一个岗哨,监视着敌人,这样待到天黑出来,一顿午饭被放弃是常事。

　　敌人这次"扫荡"我们,他在兵力上比任何次都多得多,有骑

<hr>

① 　原书注:这是记新安旅行团在敌人大扫荡中的一段日记。

兵,空中有飞机侦察和掩护前进,进行着残暴的铁壁合围"扫荡"……对这些我们不害怕他,我们有几十双结实的腿,可以同他捉迷藏,我们更有着辽阔的草原卫护着我们。

黑夜来了,背起背包和干粮,开始行军,在大队前面有三个尖兵,有两支枪、几个手榴弹,在尖兵前面有一个年四十的老头儿,我们称他是向导,大队紧紧跟着他,他会忠实地带着我们穿过大路,走着弯曲的小路,最小的团员郝杰,他十岁,从没有叫苦,他走得很起劲,大家都爱着这紧张的生活。"到了!"一个年十五岁的小同志轻轻地叫着,我们开始休息,叫开老百姓的门,伙夫同志忙夜饭。

敌人疯狂的"扫荡"时刻在进行,到庄上寻找工作同志和机关,找鸡找猪肉,但是他们常常失望地归回那肮脏的碉堡。

在最紧张的时候,我们搬到草滩里,一个个的草堆,是我们可靠的家,这里没有河流,没有粮食,没有老百姓,每天吃着干粮,喝着小水塘里的混水,几天不洗脸是习惯了,大家都成了黑人,但都健康,谁也没苦恼悲伤、胆小,在团长的鼓励下,要战胜敌人的信心是很足很足的。

白天草屋作了我们的寝室和课堂,晚上在稀少的星光下,还得从草原的东面行军到草原的北边,风儿紧紧地吹击着,寒冷的空气无情地将我们包围着,但我们有办法,将被子的一端串上带子系在头上,多像一个美丽的披风啊!这样抵挡了寒风的侵袭,没人埋怨这冬夜的行军,因为在我们这年轻的一群是顶喜欢、顶习惯的了,敌人哪里会知道我们是这般愉快地同他做着捉迷藏的游戏,他来了我们又不知道躲藏到哪里去了,弄得他有些头痛。

一九四三年的春天来了,布谷鸟在草滩上传布着可喜的消息:"敌人被我们主力打退了。"

这陪伴着我们生活多日的草滩变成我们的舞场,兴奋的我们歌唱着胜利的进行曲,脱去笨重的棉衣,行着轻快的步伐,带了健康的身体,去会见我们的上级——刘彬同志,他笑嘻嘻地迎着我们,从小队伍的最先一个看到最后一个,和蔼地问我们:"少了谁呀?"我们骄傲地回答他："全在这儿。"他竖起大拇指称赞我们是勇敢坚强的小战士。

选自《小英雄》,东北书店 1948 年

◇爱　芝

明天的英雄

一

我们连上的战士张大财，是全连无人不知无人不晓的落后分子。他是今年四月间解放过来的老战士，现在在我们连上也算得起老解放，虽然是老解放，可一点老解放的滋味也没有。譬如人家说：

"老张，是老兵了，可没有点模范作用。"

他就说：

"模范干啥？当模范，一天也是二斤四两。"

人家说：

"老张真不进步！"

他就说：

"进步干啥？你进步也和我一样，一两班岗。"

在他站岗的时候，他看到说他不进步的人就说：

"嗨！来来！！替我站班岗！"

人家不替他站，他就说：

"进步！进步个屁！"

别人说：

"老张真是老皮条。"

他就说：

"老皮条，咱不够格！指导员才是老皮条，从海南打到海北还没打断。"

有一次团里开模范大会，模范们从会上回来，报告了一个模范怎样替别的同志缝鞋，怎样冬天倒炕头给别的同志睡，他记得最清楚。他的鞋破了，便提着破鞋到模范脸前说：

"模范！给缝缝！"

冷天一驻防他就说：

"咱不模范咱睡炕头。"

别看大财一个大字不识，他倒有他生活的道理，他常说：

"饿不着，死不了，活到老就算拉倒！"他认为他的这种看法是再正确没有的，所以别人批评他落后，说他不进步，他都不在乎。他这种生活道理，像一道墙一样，抗拒了一切人对他的教育。

大财这种落后的生活道理，并不是没有来由的，这里面有一段悲痛的故事。

二

十五年前，大财爹妈领着大财姐和大财，从山东逃到高家村时，大财才八岁。到村上就住他爷的姑表亲老康头家里。老康头也穷得要大财爹打短工，大财娘领大财和大财姐要一口吃一口来过日子。

第二年的春天，经老康头的串通，大财爹租了高家村地主高永禄三天荒地，做了高家的地户，当时立了租帖，言明二八兑租，租期三年。

从租到地以后，张大娘和张大爷，就一天到晚去开地。大财和姐姐就一天到晚去讨饭供着爹娘吃。张大爷干活是好手，当年就把三天荒开成松又软的好地了。

地开好了,事也来了。一天天刚黑,张大爷从地里回来才放下镐头,高永禄就闯进门来:

"老张,你开的地不孬!"

"没牲口,没犁杖的不行呀!"

"当初我租给你那三天地时,忘了一桩事!"

"什么事二爷你说吧!"

"就是押头! 我这是三天好地,租给谁也得十元钱的押头。你已经开起来了,又很困难,算你八元!"

张大爷心里"忽"的一阵:

"高二爷,这钱是硬头货,不是把土,你叫我上哪去弄钱,再说开山荒也没有要押头的!"

"人家没有,我高家有,谁家没有你开谁家的地,别开我家的!"说着扭头就要向回走,张大爷上去拉住他:

"高二爷,我都开起来了,还能不叫我种!"

"你开起来你平了! 我再找人开!"

张大爷实在气不过就说:

"租帖上怎么写的? 高二爷!"

"租帖! 你把我的宅子地都写上,还成你的啦!"

"我也不敢那么说;可是这事,原先没那么说!"

"干脆,你种不种? 你不种我另找人! 你要种,后天给我送八元钱的押头!"高永禄说完后,扬着脖子走了。张大爷气得像痴了一样,到屋里一头扎在炕上呜呜地哭起来。

老康头听着张大爷哭,就问是怎么回事,张大爷说了是怎回事后,老康头说:

"大弟! 别哭! 哭也顶不了个一、二、三,还是想办法!"

"我有什么法想! 我! 吃了这顿没那顿,要一口吃一口!"

"慢慢地来! 我到高二爷那去求求! 也许……"说着就走出门去。老康头一进高家门,高永禄就说:

"啊! 你来给老张家交押头啦!"

"不！二爷，我是来求二爷，老张家实在是没办法！"

"他没办法你有也行！"

"二爷别开小的的心！我替他求个面子，再说二爷也不差这八元钱！"

"噢！你倒很大方，我可没那大方！"老康头看着高永禄实在不开面，就硬着头皮说：

"二爷！再说帖上也没讲过！"

"没讲过才现在讲，以前讲过了，就不用这样讲了！你是中人，你和他说：不拿押头我地不叫他种了！"高永禄瞪着眼说了这么一段，老康头看看说帖没用，只有再行哀求：

"二爷！求求你宽他这一回，他实在没办法！"

"我也知道他没办法！可是我手头也很紧啊！"

"二爷紧，总比……"

"别说啦！就这样吧老康头！"二爷忽地一转，像有什么门子：

"他实在没法，我也不差那八元钱，我紧紧手，算拉把他一步，叫他那个十七岁的小闺女，给我抱一年孩子，算顶了这押头吧！"原来高二坏看上了小菊。

"这样吧！我回去和老张家商量商量，回头再给你信！"

"不用商量，要是老张家乐意，就叫老张头明天把小菊送来，要不送人就送押头！"

老康头回家一说，张大爷蹦了：

"我不种这几天荒地，我也不把孩子送给这样人家！"

"那白开一春！"老康头说。

"要不，有啥法！"

"我看还是对付这一年吧！"老康说，张大娘也这样说。张大爷还是一肚子气：

"哪河的水不解渴，哪里的黄土不埋人，还非死这不行！"可是经老康头和大财娘三劝两解，张大爷也心软了。

"唉！人穷志短，就混他一年吧！"张大爷决心咬紧牙关挨一年。第二天张大爷要送小菊去顶押头，"孩子是娘的连心肉"，张大娘又变了卦，对张大爷说："大财爹，还是不叫孩子去吧！"

"翻过来是你的主意，正过来是你的主意，娘那个比！"嘣！嘣！踢了大财娘两脚，回头对小菊说：

"小菊，去吧，明年就回来。"

小菊两手拦着她娘的脖子连哭带叫：

"爹呀！我不，我不去！"

大财也抓着姐姐：

"我不让姐姐走，我要姐姐！"

张大爷看看大财娘，看看小菊，看看大财，心里像刀剜一样，眼泪一串串地滚下来。

"爹！你真狠心！我要饭供你开荒，荒开好了，你把我送进高家。爹呀！你真狠心！"小菊一面哭一面说，张大爷难受得像刀绞。

"小菊！不是你爹心狠！不是呀！是高家逼得你爹心狠！是……小菊……你，你去吧……"

"我不！我不！我要跟爹！"小菊叫喊着。张大爷一面哭一面说："好糊涂的孩子！你不去，咱们还活不活，小菊！你为了咱全家，你去住一年，你……明年爹就接回你来！"小菊还是连哭带叫地不走，张大爷一横心，背起小菊就向外走，大财娘、大财追着哭着，张大爷背着小菊，就背着自己的命走向高家。

秋天到了好收成，苞米棒子像棒槌，高粱穗子像油瓶。张大爷三天地，虽是生荒，长的庄稼可不熊其熟地。一年的劳苦，大财爹娘累得不成人样，可是看到三天地的好庄稼心里开了花：

"二八兑租剩下的也够吃，再卖他石八早赎回小菊过团圆日子。"

一天张大娘刚背了一背庄稼到家，小菊真的回来了！高家觅汉背着她，张大娘一看小菊那俊秀的面孔只剩了一对大眼珠子，身上没有什么肉，光成了骨头架子，张大娘接过来抱到怀里，觉得还没有十岁的孩子重，大娘哭着向觅汉问："小菊怎么啦！"觅汉擦了擦

眼说:"大娘你问小菊吧!"大娘问小菊,小菊不说话光掉眼泪。等觅汉走了,小菊一面喘着粗气,一面说:

"娘!我……我活不了啦!"

"孩子你……说……"

"我上月晚上……高永禄……他作贱了我……"

"啊!他……"

"第二天他老婆,就把我关起来……用针扎我……还四五天……不给我饭吃……以后就天天打我……我……"

张大娘脱下小菊的衣裳一看,大腿上青一块、紫一块的,上面还有一些针眼,张大娘忍不住地呜呜地哭起来。张大爷回来一看,像掉了心肝一样又气又恼,光会说:"小菊!我不该叫你去!"

不几天,一个黑夜里,小菊这位全村称道的俊姑娘就死了!张大爷蹦老高,非去找高永禄讲理不行,但邻家们都说:

"算了吧!胳膊扭不过大腿!再比你好一点的也不行!"

张大爷含着一肚的气,含着满眼泪,抱着小菊上山去埋,张大娘和疯了一样,不说话也不哭!

西北风刮得呜呜,张大爷抱着小菊,一面哭一面走,大财扛了锄,一面叫姐姐一面流泪。埋了小菊后,张大爷回家一看,大财他娘也不知上哪去了!家里只有一个小灯不明不暗地在烧着。

"大财娘!大财娘!你别……你别寻短呀!……你上哪去了呀……你……你……"张大爷喊着喊着跑出去,他跑到井边,井里黑洞洞,他跑到河边,见有哗哗的水声,他跑到山上,见有西北风吹着树响,他跑到庙里,阴沉沉一片!半夜他回到屋里,屋里没有人影。他的心七上八下,他像断定了大财娘一定寻死了一样,他流着泪喊着:"我的家完啦!"

这天晚上,大财和张大爷没有睡,老康家也没睡,他们一遍又一遍地找,在天快明的时候,在一棵树上发现了大财娘的尸首。张大爷扶着尸首直叫直哭:

"大财娘!你……你,不该……死啊!高家啊,你不该害死我全

261

家！"大财光叫娘，老康头也流着泪说："我不该把你们留下！"

第二天，北山上。在小菊的坟旁，又加了个新坟！

粮食上了场，高永禄也上了场！

"老张，今年收成不错啊！"张大爷心里说："不孬！我两条人命换的！"

"老张！正说我要长你的租，粮收得这么好，哪有二八兑租的！不过今天你家遭遇不好，我也不长了，可是那八元钱的押头钱！还要给我！"

一提到押头，张大爷便想到小菊，他心里轰的一阵，想用镐头劈死高永禄，回头一想大财才八岁，还没养大成人，把气火硬压下来，但眼泪却盈满眼眶！

"高二爷！小菊不是顶了押头了！"

"咳，小菊！才作了四个月！怎么能顶八元钱的押头呢！"

高永禄看到老张流泪就又说：

"咳！老张别难受了！人死了就如灯灭！哭也哭不活！嗨，我也是个软心人！就这样吧，小菊算顶半年工，租子我也不长了！还是二八兑租，八元钱你还欠我四元，今年你打四石粮，总共给我二石，租算结了账！明年地还归你种！"

张大爷说：

"我种不起你这好地！今年粮全归你吧！高二爷！"高永禄看他脸色不正就说：

"老张你也别说气话！就这样吧！"说完扭头就走了。

就在这年冬天，张大爷把收的粮卖了卖，和大财到大财娘坟前烧了几张纸钱，就领大财走了。临走的时候，指着高家的门口骂：

"你高家就这么发家！你不断子绝孙也死儿死女！"

大财爹领了大财，南走北闯地走十几年，还是给人家种地、扛大活过日子。直到大财二十二岁那年，自己在王家屯才买了一天山坡地，打了一间小窝棚算安了个家。

这年大财没给人家种地，也没给人家扛活，和他爹一面种着这天山坡地,一面给村放牛。

大财当了一年的放牛郎,在地主王春三的放牛场上攒了二百堆粪。第二年春天大财爹说:"你攒的粪,咱也用不了,你卖几堆,换俩钱买点种地的家伙吧!"大财就找了个主卖了。

买主的车刚拉到粪堆旁,王春三来了:

"大财! 你要拉粪啊!"

"对啦,这些粪自己用不了,我想卖百十堆!"

"粪是你的,土可不是你的,你拉你的粪,可不能拉我的土去!"大财没想到王春三这么不讲理,就说:

"王大爷你也别那么说,粪上就有土!"

"有土留下我的土,你拉你的粪。"

大财可气火啦,就说:"王大爷! 你怎么这么不讲理!"

王春三没想到大财敢在太岁头上动土,佛爷头上点灯,竟敢说他不讲理,就骂道:

"狗东西! 你敢说我不讲理!"一面骂一面抢起手里文明棍向大财劈头打过去。大财手一招,王春三的文明棍断成两截了。这样大祸就惹下来了。

王春三回头上了警察所,叫来四五个警察,就把大财抓去了。大财满嘴是理,当然大财不服气,所以他被抓到警察所去还想说理,可是人家不让他说理。大财进门后,警察们上去把大财按倒就打,直打得大财昏过去了,才停止。以后警察叫王春三要条件,王春三说:"粪不准他拉,把他赶出王家屯。"

就这样,大财爹和大财,离开了王家屯。

在乡下种地伤了张大爷的心,伤了大财的心,张大爷决心不在乡下住,他领了大财,到了沈阳,到沈阳以后,爷两个就靠打毛子工过活。

大财爹原先是过日子的好手,但是自被赶出王家屯后,他的心变了,他自己常叹着气说自言自语的话:

"人活着,活一天是一天!"他也常对大财说:"大财你也大了,你能混个什么样就混个什么样吧！只要饿不着就行！"

在城里他们爷俩就这样一天天地混、混，大财渐渐地、渐渐地变，变成了另一个人。他赚一个吃一个，他喝酒、赌钱、嫖女人，他什么都干，只要有钱，他说：

"作恶的上天堂，老实人下地狱！"他再不相信来世报应的谎言。

国民党到了沈阳后不久，就认准这是个吃饭的好买卖，他报了名，参加了"中央军"当了二等兵。

三

大财被解放之后，曾经积极了个把月，以后，他知道"当解放兵砍不了脑袋，也打不了饭碗"之后，便渐渐地落后起来，慢慢地大财在班上成了一泡臭狗屎。在连上提出创造模范班的时候，大家都向班长提意见，要求把大财调走。大财也觉得在这里没意思，也想走，但是他知道别的班也不欢迎他，于是他想到了炊事班。他想到炊事班还有一个道理是炊事班不站岗，不出操。他这样想定之后，就去找指导员，指导员说："好，你明个儿就到炊事班吧！"

大财调到炊事班的消息传到班上之后，大家都很高兴，都说："模范班咱算有希望了！"可是炊事班长"韩大娘"听到大财要到他班之后，就急得蹦起来，直叫："不要，不要，我们宁愿少一个也不要大财！"

伙房的炊事班长老韩，今年三十多岁，参军才三个月。家里有六十岁的老爷子，还有一个老娘们，和一个七岁的小孩。在大前年土改时分了两天地，可是秋天没收上来，国民党就来了。地主为他们斗争不积极，没有更厉害地整他，只把地里打的粮食全部没收了，又罚了他一个月的劳工——给地主干活。去年咱们军队赶走了国民党以后，又进行土改。在这次土改中，他不但积极参加，而且还领头干。因此村上人把他选成农会组织委员。分了地后，区上动员参军，他说："赶不走'中央军'，不能彻底翻身，我算尝过那厉害了。"所以他在村上带头参了军。

来到连上之后,因为他年龄大,就把他分配到炊事班了。干了两个月以后,因为他努力积极,所以提成炊事班长。又因为他有一副好性子,所以同志们又叫他"韩大娘"。

"韩大娘",可真有个大娘味。他听到别人有病,他总是跑去送饭、倒水、劝说、安慰。他对不积极工作的人很奇怪,他想:"革命吗,有什么不高兴!"可是他对大财就另一样。

他听说大财要到他班,就跑到连部对指导员说:

"俺班不要大财!"

指导员说:

"为啥不要?"

他说:

"国民党脑瓜,不行呀! 我看到他我心里就有气!"

指导员说:

"人家现在也是革命啊! 不怕落后,大家可以帮他进步!"他对这一点没法否认,但是不知为什么,他心里老不乐意大财到他班上去。指导员又说:

"他没别的毛病,就是好说几句怪话,只要你好好教育他,他会慢慢好起来的!"

"韩大娘"却说:

"我们教育不了他,他革命,到别处革,俺班不要他。"说完扭头就走了。

第二天指导员领了张大财到了炊事班。

老韩没好气,也不分配张大财工作,大财也不要工作,吃了饭就躺在炕上唱道:

"一不愁,二不忧,一天三餐,倒也逍遥自在!"别的同志也说:"这还行? 革命还有养大爷的,斗争他!"老韩也被气得肚子鼓鼓的,就说行,斗争斗争他。一天吃过早饭后,斗争会开始了,老韩先说:

"老张给俺班什么也不干行不行?"

大家说:"不行!"老韩又说:"大家有什么意见提提吧!"班上的老李第一个先发言:

"我看老张还是国民党脑瓜!"这一句话还没有落下,大财急了。

"国民党脑瓜,你才是国民党脑瓜!"

"你不是国民党脑瓜,为啥不干工作!"

"班长不分配我工作,我干什么?我服从命令,班长叫我干什么,我一定完成!"

"好!叫他挑水!"老李说。

"你是干什么吃的?你叫我挑水,我就不挑!"

正在吵的时候,指导员走进来,指导员问明吵的原因之后说:

"老张!你也该想想,人哪有老不进步的,在班里天天吵,来这还吵,老张你不好好干,你早晚会知道自己不对的,别吵了,你以后就挑水吧!"

"是!指导员!"

指导员说了之后便走了,老张挑起水扁担,看了看老李、老韩,把眼一挤唱道:

"迈开大步向前走,不紧不慢向前行呀!"接着用嘴打一套锣鼓,老韩看着他的背影,气得肚子鼓鼓的。

指导员李本正,虽然年轻,却还是很老练,他十分相信在党的领导下,没有不可改造的落后分子,对张大财的改造,他也具备了同样的信心,他总认为大财四五个月来没有改造好,是他工作还没到家,为了改造大财,他费了很多心机,大财到炊事班后,他也曾同老韩谈过多次,叫他细心地了解大财,究竟为什么这样落后,老韩虽然每次都接受了这一任务,但是过几天之后老韩就向他汇报说:

"生就骨头,长就肉,张大财天生就是那么个人啊!指导员!我看他的毛病就是国民党脑瓜。"李本正也多次纠正过老韩的天生论,但是因为老韩对大财的成见,阻止了他接受指导员的意见。

一天晚上，李本正正和大财谈话，营里的通信员送来通知说，晚上全体去看《白毛女》，李本正心想：这正是教育大财的好机会，他看完了通知便对大财说：

"老张！今天看《白毛女》，这是个好戏！"

大财一听说看戏可就高兴了。接着指导员把《白毛女》的内容向他讲了一遍。吃过晚饭之后，没等吹哨集合，他自己就先走了，等队伍到了之后，也早坐在前排等着开幕了。指导员找到大财，就在他身旁坐下了，他想：看一看大财在看戏的时候究竟是什么态度。

一阵开幕铃声响过之后，《白毛女》开始上演了，雪纷纷地落着，风呼呼地吹着，杨白劳挑着豆腐担子，冻得直打战战。

"真是像，真是像。"大财不断地称赞着。

一场一幕地演下去，大财一步一步地紧张起来，当喜儿被地主黄世仁弄得家破人亡的时候，大财止不住地眼泪一串串地掉下来。当指导员回头看他的时候，他急忙用手搓搓眼泪，低下头去。当再一场开始的时候，大财的眼泪又禁不住地流了下来。

戏完了，李本正本想和大财一块回去，并问一问他看戏的感觉，大财却不乐意和他一块走。大财一个人回家，回家之后，老韩、老李谈《白毛女》谈了半夜，大财却一句话也没说，倒在铺上，翻来覆去地睡不着，他想到了黄世仁，就想起了高永禄，他想起杨白劳，就想起了他年老的爹爹，十多年以前的事又活现在他的眼前。他禁不住眼泪流下来。

第二天，他向老干部请假说病了，一天没有起床，指导员来看了他两次，他都说身上不好受，指导员已看透了大财的心，他告诉老韩给老张做病号饭吃，老韩却说：

"他！还吃病号饭！"

指导员说：

"老韩，不要这样，同志病了就好好照管！大财也是革命同志！"

"他也是革命同志！"老韩不满地说。

大财听着老韩的话，自己想：

"是！我不是！我……"他哭起来。

一天晚上，通信员领了一个六十多岁的老头进了炊事班，老韩一看见这影子，就知道那是他老爷子。他几步迎上去，接过老头子筐子："爹！你来干啥？这老远的！"

"听说你们开到这儿，离家又很近，我来看看你……"

说着说着便进了屋。老韩打开筐子一看，满满的，煮的花生，烤的地瓜，还有枣糕，还有肉馅子饼，鸡蛋。老韩说："拿这些东西干啥。"老头说："这都是咱自己的，你分分给同志们尝一尝，我知道你们队伍上不常吃这东西！"

晚上大家都睡了，老韩和老爹唠起来，从过去的苦日子一直唠到今秋，老爹一遍一遍地述说今秋收成多好，分的地打了多少粮，并嘱咐老韩在队伍好好干。这一切话大财都听得清清楚楚，大财睡不着，又一遍一遍地想起过去的事。

第二天，连上请老韩头吃饭，在吃饭的时候，李指导员顺便问了问现在老韩头家里的日子，老韩头说：

"指导员不用挂心，我家里吃穿都不愁，现在不是以前了！"李指导员想："请老韩头给大家讲讲翻身后老百姓的好日月倒是一堂很好的政治课。"他这样拿定主意以后，就和老韩头商量：

"韩大爷，下午请你老人家向同志们报告你过去的日子，和如今的日子好不好，现在同志们都是挂念乡下的情形！"

"啊，那我可不行，我没向大伙讲过话！"

"不要紧！你有啥说啥就行！"

下午开会了，韩大爷开始报告，他用左手向大家打了个敬礼，大家都笑了。韩大爷开始了他的讲话：

"同志们都不用挂家，分了地以后大家的日子都好过了，就拿我说吧，我今年六十多啦，在分地前我没吃过自家一口饭，没种过自家一亩地，冬天里穿的棉袄没有虱子重，我过的日子……我……"

268

老汉说着哭起来了。

"我自小记事起，我老爹就给人家种地，我也跟着人家种地，我从七岁就给人家放牛，十六给人家当半拉子，十八就给人家扛大活。到我二十岁那年我爹攒下了一百吊小青钱，我爹爹说：'什么，好好给人家扛活，咱爷俩攒下吊百钱咱就买上几亩地，自己过，光端人家饭碗不行。'谁知道话叫东家听见了。祸就来了。

"有一天晚上吃完晚饭后，我和老爹去睡觉，把被子一伸掉出两个金镯子，我爹拿起来看了一看说：'这是怎整的！怎么弄出来个金镯子？'一句话没落下，外面掌柜喊开了：

"'老韩头你真大胆！你敢偷我家的金镯！来人哪！'随着这声就有三四个人进来把我爹捆起来，拉到梁上就打……我爹说：'我屈呀！我屈呀……'可是人家哪管那一套，还是一个劲地打，我跪着哀求人家，人家也不听，一直把我爹打了一晚上，硬逼我爹说是他偷的，后来我爹受不了，就说是他偷的，屈认以后，人家又说没有一对小元宝非叫我爹赔不行，第二天请了乡董立了字据，叫我包赔一百吊青钱还不算，当年工价也不给了，我爹和我攒了多少年的一百吊小钱就这样完了。

"立了字据的第三天晚上，我爹哭着和我说：'小某我这一辈子算完了，还活着有什么劲，倒不如……'

"我说：

"'爹别那么愁，求求东家，明年他也许给两个……'

"'也许啥？他们要有点良心也不能这样！'

"最后我爹说：

"'小某别哭了，爹不能死呀！我有口气我还想……'

"谁知第二天早晨，我爹就吊死了。

"唉！爹死了连口棺材都没有，我哀求东家，给我爹买口棺材，我说：'我给你老人家白干二年活，你老给我爹买口棺材。'老东家说口说无凭，硬叫我立字据，我哪顾得了这些，立完字据，东家给了口破柜，把爹装上埋了，我给人家干了二年活才顶上那口破柜……"

老汉越说越哭得利害,大家也哭,老汉继续说:

"唉!同志们呀!我要说说我的苦五天也说不完,我六十年就是这么过去的。现下行了,现下天下是咱的了,同志们猛打,把蒋介石这王八蛋打倒。

"去年共产党领大家分了地,打倒了地主,我这才有了两天好地,今年下了点力打了十三石粮,什么都不缺,我给老韩送的东西都是自个的,都是共产党给的,都是毛主席给的,你们看我穿的裤褂,可没个补丁吧!这都是分的斗争果实。我自个儿寻思穷人苦一辈子咽了气就完,没想还有今天,我老头子可感激毛主席,同志们呀!猛打,打倒蒋介石,叫咱中国的老农都过好日子!"

老头子越讲越高兴,最后他举着手喊:

"打倒蒋介石,全国都这样!"同志们也跟着喊。

散了会后,大财回到班上,钻在老百姓的一个草堆里哭起来。他想起他爹,他不知道还活着没有,他后悔当了四五个月的"糊涂兵",他希望他爹能和老大爷一样,他反复地思索着指导员的话:"咱们是穷人的兵,咱们打仗就为了受苦人!咱们不是为了混口饭的人!咱们是共产党领导的士兵!"同时他也对自己"活到老,算拉倒"的生活道理,开始怀疑。

四

部队看了《白毛女》之后和听了韩大爷的报告之后,全体战士提出口号:为杨白劳、为韩大爷报仇!为冤死的一切穷人报仇!连上并决定星期五,全连举行灵前宣誓。

全连统计的结果,战士家属被地主直接害死与间接害死的人有三十九名。

在宣誓的头天晚上,指导员打发通信员,去叫大财,大财从床上爬起来,低着头跟着通信员上了连部,一进连部,指导员就握起大财的手:

"大财同志！你……你是穷人！你是苦人，你一定很苦，大财同志，我知道你不是病，你把你的苦诉诉吧，共产党的队伍里你不诉，你还等到什么时候！"大财听完哇地一声哭了。

"指导员！我！对不起革命……指导员，我对不起我爹，我娘，我姐！……"

指导员看着那样难受的情形，也流下泪来：

"大财同志！你有苦你就诉吧！大财同志！"

大财只会呜呜地哭，说不出话来。

在第二天灵前宣誓大会上，张大财诉了他的苦，并报告了怎样参加的蒋军。他走到母亲和姐姐的灵前立着，他的眼泪一串串地流下来："母亲！姐姐！我大财对不起你们！我当了你们的兵，我当了打倒蒋介石的兵，当了打倒地主的兵四五个月了，我糊里糊涂了四五个月。今天我知道自己不对！我在你们灵前宣誓，我要为你们报仇！"

他说完了又回过头来，向同志们说：

"同志们，我以前算死了，看以后的吧！我今天没脸向大家讲话，我只要求连上再把我调回班去。我要打回去向地主要回我们的土地，我要叫我的爹爹过好日子……"

开完会后，九班全班要求再把大财调回去，不知为什么，从那天以后他们对大财过去的一段像忘得一点影子也没有一样，他们只感到对大财的亲热，老韩在当天晚上买了好多鸡子煮给大财吃，叫大财好好休息，并说："以前我对你不好很不对，我不知道你也和我一样！"

第三天，大财回到九班的时候，班上开了欢迎会，班长首先检讨以前只是讨厌大财，没有好好帮助，别的同志也纷纷向大财道歉，检讨自己看不起大财的毛病。大财听了之后，倒不好意思起来，他说："不是同志们不好，是我大财不好，是我大财太糊涂。"

在灵前宣誓后不久的一次战斗中，张大财炸轰了敌人两辆坦克。当他的第二根爆炸筒，炸断第二辆坦克的铁链时，敌人一枪打穿了他的大腿,可是他带了花还跟着部队打垮敌人的两次反冲锋,然后才被抬下火线。

战争结束后,从队里发给了张大财一颗金质的奖章,但是大财却把奖章从医院里寄了回来,并找人写了一封信给指导员:

"指导员,奖章我不要,因为真正使我立了功的是党,是你,是一切帮我进步的同志,和我的仇恨!"

在战斗总结时,指导员把大财立功作为第一条重要经验,他说:

"我们必须爱护教育每个解放过来的新同志,因为他们绝大多数是我们的阶级兄弟,只要他们觉悟了就会成为我们的好同志,而且我们今后必要抓紧这一点,不要拖拖不要等,我们必要了解解放同志今天觉悟了,明天就可能成为革命的战斗英雄,大财就是个例子。"

十一月二十三号脱稿

选自《文学战线》,1948 年第 1 卷第 5、6 期合刊

一乡善人

一

赤榆村有个大粮户叫孙前铭,当面恭维他孙善人,背地都骂他白脸曹操。大门楼上挂着一块红地金字的善人匾,当中四个斗大的字"一乡善人",落款是奉天省长题字,年号是中华民国十五年,上款是孙前铭的爷爷的名字孙耀先。谁也说不清爷爷是善人还是孙子是善人,反正老孙家那大院套里的爷儿们,都一律叫他孙善人。连孙前铭自己一张嘴就是"我孙善人……",动不动就加个老字,"我孙老善人……",可有一宗,就是没人数得出来孙善人到底做过甚么善事。正像胡仙堂上挂的匾:有求必应。应不应谁管这些闲事,左右胡仙堂上一定要挂匾,老孙家大门楼上的善人匾,挂在那儿,已经二十多年了,善人的称号就从爷爷辈传到孙子辈,明情理是个不善人嘛,日久天长也就没人有那份闲心去扯这个淡了。

善人匾的来历,村里的晚辈人都说不准了,有的骂杂儿:"咱不知道哪个王八蛋给他送的……"有的憋气:"有钱的啥都能买……"有一位五十多岁的老大爷,叫荀福龄,年轻时候喝过孙耀先挂匾的喜酒,讲得倒有根有梢:民国十五年,安东县有个林监督,假借兴修沈海铁路,亲自下乡捐款,名为捐款,实是摊派。到了赤榆村,住在老孙家的大院套里,临走的时节,现大洋一装就装了两皮箱,羊毛出在羊身上,还不是咱庄稼佬儿的民脂民膏,林监督刮个天高三尺,孙前铭也闹个没吃着干的可也喝着稀的。孙前铭又把他九十多岁的爷爷引见给林监督,这个老头子上前就拜"父母官",当下林监督应许给老头子挂善人匾,回到县里,呈请到省里,反正有钱能使

273

鬼推磨,老孙家又在省里花了若干钱,雇上了两班吹鼓手,吹吹打打,挂起了这块匾,八碟八碗的席请了一百多桌。

孙耀先是个靠坑绷拐骗,白手成家的恶霸,村里的一位老农孙世玉还能有名有姓讲出来这个老贼的为富不仁的勾当:当年北山有个张五先生,孙耀先空手套白狼,借张五二百元现大洋置地,到期赖账不还,过年的时候,张五去要账,孙耀先耍起无赖,请他吃饭,没皮没脸,叫他"活财神",说:"活财神哪能到坑上吃包子,还是请到祭祖桌上吃罢。"张五一看,无可奈何:"姓孙的,我算你有本事,我再不要了!"说罢扭头就走了。一过了年,孙耀先背着钱褡子,到县里告了一状,赖张五讹他,活活把个老实人张五给气死了。

当年有个挺务本的庄稼人,人称王小伙,小伙的年纪可不小了,五十多岁,土埋半截,他老婆四十八岁开了怀,养了个小子,小名就叫"四十八"。有了儿子盼孙子,四十八长大成人,孙耀先就撺掇王小伙说儿子媳妇,假心假意说是给小伙帮忙,叫小伙卖地给他:"有地还愁说儿子媳妇没钱?"小伙一想也对,却想不到买主:"这几天薄地谁要?"孙耀先看他心活了:"我多出几个钱,管保你没亏吃。"当下就写下了文书,小伙目不识丁,稀里糊涂画了押,等到过钱的时候,孙耀先只付了一半便不给了。小伙当然不肯,孙耀先却不慌不忙地:"恐空口无凭,文书上都写得一清二白呀!"王小伙这才知道上了当,要到县里去告状,孙耀先卖疯道:"地凭文书官凭印,别说还有文书,就是没文书,打官司,我趁几百天地,你也不是的个儿!"王小伙虽然气得两眼冒烟,因为邻居又好言相劝,明知道打官司也是白扯,气得全家抱头痛哭了一场,把脚一跺,领着老婆和四十八投奔他乡去了。这是四十多年以前的事情。这就是孙前铭门前那六天粳子地,挺好的上则地的来历。

二

孙耀先的后代孙前铭更是"青出于蓝",害人的本事是更有一套的。

当年有姓于的哥三个，种地赔了本，把八天地典给了朝鲜人。哥三个都是庄稼人，谁也不知道中国的土地不许典给外国人。孙前铭就是当年的保董，将这事偷偷报到县里，县官把大哥于福安抓到县里押起来，同时逼着立刻抽地。典来的钱早就花净了。老二于福泰和老三于福宽只好在外面张罗钱，钱是硬头货，直到年底好歹把钱对付上，地抽回来了，老大于福安也押死在狱里头了。一波未平，一波又起。到割地的时候，孙保董就假公济私雇了工夫去割了六天粳子，哥俩到地里一看，这些工夫的腚后都跟着局子里的人，哥俩也顾不得是什么人了，想要上前说理，还没张口，就叫局子的巡警打了顿嘴巴子。于福泰说啥也要出这口气，寻思县里是说理的地方，到县里去告状，县官批下来了："卖地给朝鲜人，违犯国法，把你卖给朝鲜人的地充公，委孙前铭典卖。"这不用说是保董和县官通同作弊。孙前铭得了理之后，就把老于家那八天地典卖出去，和县官分了肥。顺便来个"祸灭九族"，把于福泰自己的两天地和于福泰闺女的两天地也拿着官相的名义典卖了。哥俩和于福泰的闺女——这三家人家落了个当日穷，挂起棍子要了饭。于福泰的闺女领着三个孩子和六十多岁的婆婆，没要上三个月，婆婆饿死了。她跪了个满门，才求了几块板，钉了四块板好歹埋上了。接着，三岁的丫头也活活饿死，喂狗了。她男人在青岛做工，回家一看娘饿死了，孩子也饿死了，一股火就领着个八岁的孩子走了。老于家就这样家破人亡，孙善人的地又多了。

二十来年以前，孙前铭在宅子周围，修了一道高高的院墙。修完了工，正赶上他的小老婆子还愿唱戏，他灵机一动，借这机会摆了一场大牌九局，找来赌棍的姐夫来坐庄，生拉硬拽叫修墙的工人们押钱，杀了小鸡撺掇他们耍钱，结果大伙的工钱都输得精光，唱小戏的王永亮也输掉了包银，白唱了三天戏。这就是他家大院套的来由。

他的佃户刘吉春，要盖房子，他说："吉春只管在我们地里盖罢！"刘吉春心眼实，一听东家叫他盖，他就盖起房子来。盖房子的时候,刘吉春的独生子从梁上跌下来活活摔死。房子刚刚盖好,东家就发了话:"吉春,我这地又租给别人了。"吉春一怔:"我盖的房子呢?"东家说得挺容易:"你盖的房子你扒了罢。"吉春说:"你说得起,我可扒不起。"他只好搬走。死了儿子,走了媳妇,落得家败人亡。

伪康德三年六月,他拨佃户艾同有到他家修炮楼,艾同有白天上山修炮楼,晚上回家做庄稼,一连干了二十天累得吐血死了。

孙家娶了两个儿媳妇,佃户周大娘死了两个儿子。一个是给孙家帮忙叫大水冲去了。一个是去帮忙挨了骂,回家第三天就气死了。死了活该,孙家连问也没问,周大娘死了儿子没人养活,只好要饭。

吴江是孙前铭的老姑夫,租了孙家两天地,钱粮地税都归佃户吴江拿,余外还要"每年交租,年长一碗",不然就把地收回,这比王忠山在他家干了十一年活,只给了三百六十元钱赶出来还算是留面子。

孙前铭对穷人是这样刻薄狠毒,对于财主也是同样坑骗。十几年前他欠安东永吉油坊三千多元钱,欠了六年,只还了四百多元,最后逼得人家大年初一穿孝哭着到老孙家讨债,一进门就喊:"孙财神爷,孙东家,你发大财了,我一家老小没法过年,请你帮帮我罢。"前铭也继承了他祖上的一套:"我孙老善人家这回走了运气,来了活财神这才是喜神临门。"随叫家人大摆香案,放起鞭炮,大拜讨债人,又说:"喜神爷,吃猪,圈里有;吃酒,厢房有酒面。"最后气得讨债人大骂:"孙前铭,你有本事,好,你的家业就是这样来的,你今年不死老婆也要死儿子,我的钱不要了。"

鬼子立下了协和会,孙前铭的二小子当了县协和会的理事,这下子孙前铭更抖神了,索性从巧妙的欺诈变成公开的掠夺。伪康德六年,他向石门、浑水泡、赤榆村的群众拨工,给自己修水田坝,挑沙子,仅赤榆村就拨了三千多个工。这些人都是吃自己饭,干孙家的活,一个工钱也不拿的义务工。

佃农姚宗树说得好："孙家自己说他这份家业是他祖上给他留下来的。叫我说，我们穷人就是他的老祖宗。因为他这份家业都是咱穷哥儿们的血汗和骨头给积蓄下来的。"

三

"八·一五"解放以后，赤榆村的人们都听说共产党领导老百姓翻身，跟汉奸算账，有冤的伸冤，有仇的报仇。他们都希望共产党快来帮助他们翻身。这话叫孙前铭的大儿子孙时伟听见了："不管哪朝哪代，我们有钱有势，谁能把我们怎么样？"

但是到了七月，工作队的同志们居然来到了赤榆村。八月二号开了清算大会，大家都起来跟孙前铭算账。

陈举珍跑到台上，用冲天的大嗓门挥起拳头喊叫着：

"老少爷们！孙家这样压迫我们，熊我们，他是善人吗？"雷一样的声音，轰动着："不是！他是恶人！"陈举珍继续讲：

"他是大恶人，为什么挂善人匾呢？我们给他砸了好不好？"

"好啊！"跟着这回答，全场扬起了一阵欢笑的掌声。扛着红缨枪的基干队，飞跑而去，摘下了善人匾，抬来竖在主席台上。人们都站起来，控诉的人擦干了眼泪：

"他儿子是念过大学的，叫他讲一讲什么是善人好不好！"陈举珍讲着。

"好啊，好啊！"又是一片轰动的声音。因为孙前铭和他的大儿子、二儿子早就闻风跑了。清算大会上只抓来他的三儿子孙时和。孙时和哆嗦着爬到台上：

"善人是救人的，我家挂善人匾于心有愧……"

"打倒一乡恶霸！砸了它罢。"

"砸了它！"陈举珍从台上跳下来，用拳头狠狠地击了一拳，接着几把明晃晃的镐头高举起来落在匾上，劈个稀碎。又是一阵长久的掌声。喇叭锣鼓，奏起了娶媳妇的曲子。

"咱一点也不叫它留下，烧了它罢！"李成仁跳到桌上叫起来。

全场回答"烧了它!"又是鼓掌。

基干队收拾起善人匾的碎木,送到主席台后面的山坡上架起了柴火,点起火来,霎时烟火齐起,把匾的碎木吞食了。

喇叭锣鼓又响了,掌声又轰动起来。群众站起来笑望着那熊熊的火。一位白胡须老头站起来高喊:

"共产党来了,我们翻身了。"

他们又继续决议了把孙家的土地分给没地和少地的庄户。会后他们写了一张"一方恶霸"贴在孙家的大门楼上。庄户从那贴着"一方恶霸"的门楼里,分了斗争得来的牛马、农具、衣服、财宝……走了出来。以后,又给叫恶霸逼死的几代冤鬼填了坟。

选自《东北文艺》,1947 年第 2 卷第 2 期

◇栾激泉

海上的血债

一九四七年的夏天，我因事回到住在海边上的家。这正是紧张备战的时候，妈告诉我说，这些日子海里常打炮。弟弟也说常看见海里有兵船。年老的父亲很担心地说："国民党又要进攻咱这啦，你们在外边的人可千万要小心点啊，唉！这个兵荒马乱的年头……"我不愉快地睡着了。

半夜忽起大风，海在大声地吼叫着，它似乎受了什么委屈。这时远远地传来几声炮响。爸爸起来了，难过地抽着烟小声咕哝着说："这个要命的大风啊，今晚上不知有多少人当了水鬼！"

"日本才叫咱们打完啦，国民党又来捣蛋，这日子不知道过到什么时候才是个头……"妈妈也睡不着，起来了。

早晨，我刚起来洗脸，听着外边喊："快去救人哪！越快越好啊！……"家家都开了大门，街上七言八语地乱吵吵："在哪儿？在哪儿？"

我刚要往外跑，小弟弟跑回来拉着我说："快，快，他们说海边上有三十多个死人，是昨天晚上叫国民党给打沉了船淹死的呀！"我跟小弟弟和大家一起跑，村子离海边有二里多地，可是我们一会就到了。

海边上躺了很多的死人。东一个西一个，有的没有鞋，有的头破血出，有的眼睛都流出来了，有的没有腿。海边上的水都染成一线红色,波浪不断地冲打着死尸。

这时大家忙着把死尸往岸上远的地方抬。另一方面看着是不是还有活的。

"哎,快来呀,这个女的好像有气。"一个小姑娘在喊。

我很快地跟过去,一看是个十七八岁的姑娘穿着蓝大褂,白力士鞋,看样子像个学生。我把手放到她的鼻上,果然还有点气。两个民兵赶忙回去抬担架。我们大家忙着给她往外控水,她经过一阵呕吐后,渐渐醒来,无力地睁开眼睛看了看周围的人,愣愣地问:"这是什么地方?快放我走,你们这些人是干什么的?"我告诉她这是解放区,并说明她是经我们救活的,她这才开始明白,哭起来了。哭得那样伤心,围着她的姊妹们有的落下泪来。大家劝她不要难过。

她忽然挣脱我的手说:"我不能活啦,你们放开我,我求求各位姐姐让我死了吧。"说完就要往海里跳。我们拼命地抱住她。她又苦苦地哀告我们说:"你们行行好,让我死了吧。"我告诉她解放区里的情形,我就是八路上的,什么苦处只管对我说。她瞪着一对圆圆的眼睛看着我问:"你就是八路上的?"我说是,她倒在我的身上大哭起来说:"八路姐姐,你能救我么?"她说得那样可怜,我告诉她能,民主政府一定能帮助她。

我们叫她把经过谈谈,她点点头开始哭诉起来:

"我姓王,叫王月华,老家是蓬莱的,今年十七岁了。我一家五口人。因为那时候日本人在咱们家打仗,父亲是个木匠,谁也不盖房子了,没有来钱的道,听说东三省生活好混,我爸爸和妈妈才领我们到的关东。想在那儿找生活,过些安生的日子;可是在那儿也是吃不饱穿不暖,回家又回不得,活受了几年罪。日本人投降,听说咱们这解放了,爸爸说要回家看看奶奶,妈妈也想回家看看,虽然我们也知道海里有国民党兵船害人,走路有危险,可是出来年头多了,全家人太想家,就这样地决定了回老家。

"在船上坐了两天一宿。当我们看到码头时,心里有一种说不出来的高兴。小弟弟和小妹妹围着妈妈吃苹果。船走得很慢，我在小风船上跑来跑去，恨不得一下就到岸。爸爸松了一口气对我们说：'这一关总算熬过来了，一会就到码头，明天早晨下地，后天咱们就看见你奶奶啦。'一听爸爸这样说，我和妹妹弟弟乐得直跳。妈的话也多起来了。

"不光我们这样地高兴，全船有五六十人都坐不住站不稳的，互相谈着自己的家乡，想看看家乡现在变成了什么样。

"这时候天渐渐黑了，忽然起了大风，船老大小心地撑着舵，不让大家乱动。小船走也走不动了。海浪把船打得直摆，好像就要翻倒似的。大家都吓得躲到舱里去。我跟妹妹弟弟，紧紧地围着妈妈。

"这时传来轰的一声炮响，大家吓得互相看看，都知道坏啦。我探出头往外一看，妈呀！远远的地方射出一道白光，像鬼眼似的盯着我们的船，一个黑东西凶猛地向我们奔来，越来越近了。又是一炮，桅杆咔嚓一声被打断了。船身猛力摇动一下。水手们拼命地摇橹。这时我们的船被浪打得越发走不动。我全身抖颤着，觉得有些冷，紧紧地抱着妈妈。不大的时候那个黑东西靠上来了，原来是个兵船啊，上边满站着国民党的兵，那些兵喊：'跑不了你们！'

"一大帮兵凶狠狠地跳到我们的船上来，喊着这都是八路，大家纷纷哀求说：'这是民船哪，我们都是在东北做买卖的老百姓啊……'这些强盗红眼啦，到处乱翻，把我们所有的东西都给拿去了。这时我心里想：东西都拿去吧，只要不打就行。后来年青的小伙子都被他们赶到兵船上去了，硬逼着给穿上了军装。有一个二十多岁的青年不去，苦苦地哀求说：'船上有我六十岁的老妈妈，我是个老百姓啊！'有一个穿着一身美国衣服，满脸胡子的军官说：'什么老百姓，一个好人没有，都是八路。'打了他两个嘴巴子。他的妈妈给他跪下说：'老总，开恩吧，他是我的儿子，我就这一个啊，你给我留下吧，这是民船啊！'那军官一听更火了，一脚把她踢倒了，又给她儿子一拳头，打得他鼻上直冒血。随后又把他扔到海里去。他妈一看急了,也跟儿子跳到海里去。满船人吓得哭也不敢哭。那军官说:'你们看见了没有?不走,都叫你们喝海水去,跟他一样。'那军官瞪着两个贼眼,像要吃人;大家都给他说好话,怎么说也不行,把男的都拉去了。船上只剩下一些妇人、小孩、老人。

"有一个姑娘长得很好看,那军官一见就笑了,笑得很怕人,说她是女八路,非要带着不行。这个女的,死也不去。要往海里跳,那些兵死拖硬拉地把她抱过去了。

"我一看不好,躺在舱底下弄了点泥涂在脸上装病,一个兵走到我旁边说:'起来,起来。'我吓得连气也不敢喘,这时妈妈说:'老总,行好吧,她有病啊。'那兵看了看,踢了我一脚。'妈的,饶你这条狗命!'说着就走了。我这才松了一口气。

"他们翻够了。青年人也捉光,都上了兵船,我想这回一家人总算保住了命,哪知他们又喊要开炮,这时大家哭得死去活来,都跪在船上磕头哀求:'老总,开恩吧,我们都是没犯罪的老百姓啊!'那军官笑着说:'好,不要你们的命。'兵船向远方开去。海风传来他们的狞笑声。这时人们都松了一口气,从船板上站起来。忽然轰的一声炮响,我们的船猛烈地颤动了一下,船身显出一个大洞,海水从口上涌进来。大家哭着忙着,把衣服脱下来往那儿堵;可是哪里堵得住呢?水越来越多啦,小船眼看着要沉下去。我爸爸流着泪对我们说:'完啦,想不到咱们都死在海里,咱们活是一家人,死是一家鬼,不能让我们死得东一个西一个的……'说到这,爸爸把一个被单撕得一条一条的,紧紧地把全家人捆在一起。这时我的心简直似刀割啊!我抱着妈妈大哭。小弟弟可怜地说:'爸爸呀!我没活够啊!'妈妈跪着说:'老天爷爷呀,救救我们一家人活了吧!'一家人相抱大哭起来。打这我就不知道什么了。"她哭得再也说不下去了。周围的人没有一个不流泪的。一个女的哭出声来。

她又说:"你们把我救活了,我虽然感激你们,但是你们看,只剩下我一个没有爹娘的女孩子,我怎么还能活下去呀,你们放了我,叫我死了吧。"她又挣扎着要往海里跳。

　　我紧紧地抱住她说："我们把你救活了,哪能叫你再死呢。这里民主政府一定对你负责,吃穿管保没有问题。你看你一家人死得多么惨,这都是国民党的军队把你们害的。这样的大仇没报,你怎么能死呢? 你为什么不给你死去的爹妈报仇呢? 你要活下去。"

选自《文学战线》,1949 年第 2 卷第 3 期

◇郭立范

往后我还和你一起打鬼子

在武港敌人据点附近的一个庄子上有个十五岁的小铭。"小铭"这二个字已经传遍了全乡,哪个都晓得小铭是个又机警又勇敢的儿童团的好干部。

小铭最欢喜乡里的民兵指导员——老陈。他只要一有空,定会跑到老陈那块去玩的,并且,还要老陈教他怎样打枪、扔手榴弹,老陈看他肯努力学习,也就在百忙中抽出些时间来很耐心地讲给他听。这样慢慢地小铭也学到了一些本事,会打枪也会扔手榴弹了。他多高兴呀!从他得到了这些本事后,他经常心里想:我要和老陈指导员一块去打鬼子,最好能给我一颗手榴弹,哦!多好哇,我一定要打死几个鬼子。越想心里越发痒,怎办呢?他发急了,又一会突然哈哈哈他笑得叫出声了。我到老陈那儿去要啊!见到老陈他含着怕羞的笑脸提出了自己的要求:"指导员我要,要一颗手榴弹!""哈哈,你要做什么?"老陈接着又问,"你不怕吗?""怕谁呢?"小铭急忙着答着……老陈不断地问了他很多问题,他都敏快地回答了,最后,老陈点了点头表示答应他,以后有事情一定叫他参加,并且发手榴弹给他。

陈指导员答应他后跟着事情马上来了,就在当天的深夜里,小铭在熟睡中被叫醒了,老陈给了他四个手榴弹,要他去带路,区队要在深夜袭击武港中的一个碉堡,他紧握了手榴弹兴奋地带了区队从安全的小岔路中一直摸到那碉堡周围,街上又静又黑,只是从上望去才可以看到一点从窗里射出来的微弱的光亮。鬼子全睡死了,像猪般的呼声都听得出。区队同志们到后,即开始了散开包围,很快,枪声,榴弹声,打破了武港的沉静,鬼子们从梦中惊醒了,他们慌慌张张,有的东跑西撞,有的几里格里地狂叫着,更有的在枪弹的火光中乖乖地倒下,小铭看得兴奋地拿起手榴弹,就用力地对准目标扔了开去,接着一个明亮和轰然一声,完结了敌人的一个连长,他就这样地即刻被敌人当作了目标,无数的枪追击着他,子弹在他头上不断飞过,但是,他没有怕,他沉着地爬在地上对抗着,在他累得上气不接下气的时候,他还紧握着武器,区队战士用火力还击敌人,他见到鬼子不断地在倒下去,他更来劲了,只是想到要打,打死所有的鬼子,老陈在他身边几次叫他下去休息,他不干,直到最后,他扔出了最后一颗手榴弹,在老陈的命令下才勉强地离开了最前线。小铭不甘心,他恨自己年纪小力不大,他要把自己所有的力量做他认为应做的事情,当他离开火线的时候他见到有很多鬼子丢下的枪,他想:鬼子的枪还能不拿吗? 一会儿小铭抓住了两枝枪用劲地拖,拖到小岔路口,他又回到街上拖,这样来回了三四次,他再也走不动了,他躺在岔路的枪堆中,一面休息一面等着,不久袭击结束了,区队的同志都高高兴兴地围到他跟前,个个都伸出热热的手摸着他的头:"你好! 你是儿童团里最好的干部,顶刮刮的小民兵啊!"他看看同志们和看看自己得来的枪,也露出胜利的笑容,对陈指导员说道:"是你教我的,往后我还要和你一齐打鬼子啊!"

选自《小英雄》,东北书店 1948 年

小骑兵

　　晨钟啊！十四岁就自动地投奔到新四军骑兵连里，在连里他的进步很快，许多红军长征干部经常地赞扬他"是个很努力学习的小同志"，在不断鼓励下，他的确是更快地进步啦！不单是学会了和书本做最好的朋友，而且他学会骑马，啪的一声，他就跳上了马在大小道路上飞驶着，练习着战争中需要的技术。这样生活了不久，部队要前进去迎接战斗。战斗多好呀！他兴奋地等待着，让自己亲身地来参加生平中第一次的战斗，但很不巧，连长决定了为了爱护小同志而要他跟后卫部队，怎办呢？不能参加战斗使他很不高兴，他想着自己要打日本鬼子的机会不是没有了吗？但是，后来真的他想通了，要服从命令，要快快地让自己长大，要自己有连长一样大的本领，枪一响敌人就要倒，多好呀！渐渐地他高兴了，放声地笑了起来。

　　准确地按照命令上的时间出发啦！在阳光中我们红色的骑兵连向着敌人据点行进，阳光映着刺刀，闪着耀眼的光芒，好似不断地在向敌人示威似的。晨钟一直跟随大队伍在走，骑在马上极入神地想着。"晨钟，谁叫你跟大队的？！"严厉的喊声，惊醒了他。"怎么！跟错了队伍？"他自己也才明白地知道呀。"胡闹，快留下，你太小了不能去。记住：我们胜利你就到街上找队伍，后退就同队伍一齐骑上马走，有紧急情况就干。""是！"他响亮地回答了，队伍随后开走啦！他下了马，把马捆好在附近的大树上，他留恋地看着自己的队伍走了，快要见不到了，突然机枪声，冲锋号声"嗒嗒的嗒嗒""叭叭"及杂乱的闹声，马的嘶叫声，从前面一阵阵激烈地传来，啊！可以隐隐地见到马在飞驰，黄沙飞满天空，散发了昏黄景色，在四周,在天空中,手榴弹,格格的机枪声,交织成巨大轰隆声,震动了天空和大地,远远隐约的人群在移动,黄色衣服的人群,混乱了,在逃啊!我们的骑兵连追得越厉害,他们逃得越加狼狈,晨钟看得高兴地跳了,他在拍手,在大声地笑,在大树上的马,听到冲锋号后,也在拼命地叫,跳,高兴激动了他,也激动自己的战马,他决定了在战争尚未结束以前去部队,即刻他解下战马,跨上去,马就拼命加速地追寻伙伴了,晨钟年小振不住缰绳,抱住了马就让它跑,一刹那他们冲进了街,他见到横竖的躺着的敌尸又叫了:"好呀!活该,让狗吃掉这些万恶的鬼子!"在街上他寻找着自己的队伍,找呀找的,跑到了一座古庙附近,庙里面,传来了闹声,他以为是自己的人,高兴地跑到门口,呀!不是,是敌人,他们在抢着东西吃。晨钟见了这三十多个敌人,心里打算得准了,一定要干掉他们,决定了,他偷偷地轻轻地爬到了门边,拿出了手榴弹,使力地照敌人扔去了,接着起了一阵喊叫声、爆炸声,扬起了尘土,烟雾了整幢古老的大庙,敌人死的死了,逃的逃走了。晨钟跑进屋内,收集着所有敌人的枪支。他多高兴啊!完成了自己的理想,正在他愉快回忆的时候,全骑兵连来到古庙前,他看见了连长,急忙地喊着:"连长,我来了,我打死了敌人!连长以后可要让我打敌人啊!"连长极感动地拉着晨钟的手说:"你是勇敢的好小同志,我记着,以后一定要你和大家一块儿打敌人。""好!我一定要打死很多很多敌人,让他们也知道,我们年小的同志也是有用,有力量的啊!"

选自《小英雄》,东北书店 1948 年

◇海　帆

老　管

　　老管是我们学校的工友(赶马车的)，他是山东人，今年四十多岁，身板确很壮实，他啥人也没有，人走家搬，光棍子一个。我和他是在两个月以前认识的，他现在和我认识的那时候是大不相同了，由落后变得积极，这个大转变，使大伙都为他高兴。谁见他都伸出大拇指说："老管，真是好样的。"黑板报也刊出表扬他的文字，号召大伙向他学习。老管更乐啦，也就更起劲了。

　　他从到学校以后，无论在劳动上，学习上一贯表现得非常落后，学校发给他的学习纸，他从来也没往上写一个字，都使唤卷烟抽了。老管想："快一辈子啦，也不识个字，不也活着啦，现在还扯那套蛋干啥。"

　　他一天除了出二三次车以外，回来啥也不干，看着别人都忙着干活，他连理也不理，不是溜达溜达，再不就回屋去躺着抽烟。干部说他不听，别人给他提意见就更不用提了。

　　有一天他一过晌也没有出车，傍黑的时候，别的工友都忙着干活——起马圈，平院子，铡草。他满院子里溜达，连看也不看一眼，自个倒觉得挺轻快，这时候铡草的一拨，小陈因为岁数小，累得张口喘，按刀都没力气了。正赶上老陈溜达到跟前，入草的王才叫他说：

　　"老管，小陈按不动了，你来替替他吧？"

288

他站住脚,见是叫他铡草,翻愣翻愣眼睛,觉得不对,今天为啥叫俺铡草,俺不应该干呀,便不愿意地摇头说:

"我不干那玩意。"

"你咋不干?"

"来时候没讲,"气愤地又加上一句,"没讲俺就不干。"

王才有些不愿意了:

"讲啥啦?谁讲啦呢?这是咱们大伙的活,咱们就大伙干,啥还讲不讲的。"

"就不干!"老管火啦,"一来时候没讲铡草,就叫俺赶车,讲啥干啥,没讲就不干。"说着一甩袖子就走了,顶得王才瞪着眼睛瞅着他的背影,半天没说出话来。

开检讨会,大伙批评他,他瞪着两只眼睛吵吵起来:

"没讲,俺犯不上干。"

老管不接受批评了,不只这一次,大伙一给他提意见,他就觉得是跟他找"别扭",别人帮助他,当做欺负他。哪回给他提意见,都把他气得鼓鼓的。

以后大伙见批评他不接受,提意见白搭,便得另想办法帮助他。工友中,和他住在一个屋的老庞,比任何人都为他着急,时常个别跟他唠嗑。老管加入学习组,都是大伙硬叫他加入的,他自个不愿意学,虽然加入了也不虚心,别人说的说,教字,讲道理(讨论)都是带听不听的就过去了,他觉得这都没用。

一月前学校在礼堂演出"立功"歌剧,同学,工友(老管在内)都坐在礼堂看剧,这个剧深深地感动了老管,因为剧里一个人物和老管有相同的毛病。

"立功"剧的内容是:某工厂接受了紧急任务:做锹、镐。前方等着急用,二组在老英雄领导下和别的组挑战,大伙都下了决心到期一定完成任务,以及时供应前方需要,工友们怕完不成任务,黑天半夜地偷着干,而工友中落后的高升,一天抱着混的态度,"干一天挣一天钱"的思想,看大伙这样,特别不打他心上来。别人热心工作,他磨洋工,大伙批评他,他认为是找他的小角。不久终于在大伙突击的劳动热情的帮助下他转变了,知道自己不对,以后工作就非常起劲,他们终于得了模范。

回到宿舍,老管躺在床上,翻过来倒过去地睡不着,他想着剧里头的,大伙干活那股热劲,和高升可耻的落后样,他又想起这几天老庞跟他说的话:

"老管哪,咱们都是穷人,想想过去受的苦楚,要没有共产党把咱们解放了,要不将压迫咱们的老财打垮了,不还得遭那份洋罪?早时候咱们别说不干活呀,就是干少了还得挨揍呢!现在没人打咱们骂咱们,咱们再不低三下四的啦,还不好好干,等到多咱哪?咱们这就是革命,革命是一家人,要齐心合力才行啊!"老管越想越多,想着老庞对他说的一段段的话,今天他真用心想了,觉得老庞说的句句是真言。"可不是咋的?"他想起来,"俺给地主放猪那咱,一天那么个干法,除放了一天猪,晚上回来还得给抱柴火、掏灰、喂猪,早晨起来就得给倒尿盆子、扫地,这样干法,还直挨揍,不让吃饱饭呢!"他又想起:"现在翻身啦,不受气,自己还不爱干活,要不叫这国家,不早把你打死啦,人家少你当老爷子?"他冷丁坐起来:"真的,大伙那个干劲为的啥,不都为国家吗?不都不愿再受气,才这样猛力干,谁讲啥啦……"老管一宿也没合眼,白天出车时候,他还继续想,他明白各个不对了,下决心一定要改过。晚上学习会上,他向大伙说出心里话:

"现在俺脑筋开啦,再可不像以前那么懒了,早俺卸完车就溜达,啥也不干。俺从看那家伙(剧)以后,俺寻思人家和你们大伙都为啥那么干,不都是为国家好吗?从今以后早晚多咱用车俺就多咱套,卸完车不用支使,俺就干活,这是俺自愿的。"他停了停又说:"俺早不乐意学习,寻思它没用,现在可明白啦,学习是好事,不受别人看不起,自个也多懂事情。"

大伙听完老管的这段话,真都乐得了不得,大伙为他这一转变热烈地鼓起掌来。散会后,老庞和别的工友都拉着他的手说:"老管,真想不到你能这样。"老管笑了。

老管真的转变了,现在也和气多啦,跟谁说话都笑哈哈的,每天一卸完车,不用别人告诉,自个就找活干:挑水饮马、喂马、扫马粪、铡草,啥活都干。一天胶皮车到外边拉东西去,车都套上了,没人赶,老管刚卸完车,就抢着说:"我赶。"于是就赶走了。

学习上,老管也真上心了,在学校学习外,出车时在停车时机,就拿出他的学习本写字。回学校来,天天抄黑板报上的笔画少的字,不认识就问大伙。过去一个大字不识,现在认识了一百多个,他自个的名字不但认识了,而且还会写啦。

大伙都说:"老管变了,不是讲啥干啥啦。"

一九四八年十月二日于东北科学院

选自《文学战线》,1948 年第 1 卷第 4 期

老主任

天刚黑的时候,胜利村的男男女女吃完饭,三三两两都到农会来开会,农会五间穿筒的房子,点着两盏豆油灯。人还没有来齐,大伙就闲唠着嗑。这时候老主任由外边衔着烟袋走进来,大伙把他让到炕上,像众星捧月似的把老主任围了起来,因为老主任才由县里开劳模会回来,大伙就叫他给讲上县里去见的新闻。老主任磕打磕打烟袋锅说:

"给你们讲啥呢?"

"讲啥都行。"

"那我就给你们讲个女劳动模范的事吧。"

大伙都说"好",老主任装上了一袋烟,点着了以后,才慢慢地说:"她就在咱们东边万发区住,她姓李,今年才十九岁,外号叫李半拉子,这个姑娘干活是没比的,你说吧,庄稼地里的活哪样都行,扶犁、点种、铲、蹚、割,真报头子,夏天铲地和老爷们比赛,她跑到头前,今年选上县模范,县长给戴花,请吃饭,奖赏她一匹马、一挂车,真光彩。"大伙都听入了神,他又继续讲:"她还有个没过门的女婿,那小伙子也挺能干,也选上了模范,他俩是对面相对面看的,小两口是一对好样的,随心合意,往后过了门生产也起劲,还不是个好日子吗?"说着老主任看了看身边坐的王玉英说:"玉英,你也当个模范,自个找个随心合意的女婿,跟李半拉子学。"大伙都哈哈笑了,玉英有些磨不开似的,红着脸低下头说:"死老爷子,老闹啥。"老主任看看屋里来的人差不多都到齐了:

"我得到前边去看看,人齐了就得开会。"老主任下炕到前边去了,半晌,忽然有人喊:

"开会啦,大伙都别说话了。"这是老主任的声音,屋里就静了下来。区上的吴同志站起来,先向大伙笑了笑,就开腔了:

"老乡们,今个我又到你们村上来开会啦,这个会可不像以前那些个会,这回是开'建政'会。"他说到这大伙都一怔,这是个新名词,谁也不懂,还是吴同志说出来以后,大伙才明白:"啥叫建政呢?就是要把咱们老百姓的政权,就是政府建设好,叫它更有力量,给咱们老百姓多办事,把咱们生产搞好,使大伙都发财致富。"吴同志喘了口气说:"大伙一定挺奇怪,咱们农会不挺好吗? 还建啥政。对,是挺好,过去农会领导咱们翻身、生产起了很大作用,可是,现在全东北已经完全解放啦,全国也眼看着就要胜利,要想保护咱们翻身胜利的果实和保护大生产,非得建立起一个完全的、整套的政府,加强领导生产,存卷立案,那农会就不行啦,必须成立人民代表会,将咱们可心人选上代表,建立起来政府,给咱们当家掌印把子,往后代表会决定的事,交给政府照办,办啥事都得有个规章,再就不能乱呛呛了。"吴同志越讲越来劲,最后他大声说:"政权就是刀把子,咱们有它,就掌权办事,谁也不敢欺负咱们,要掌握不住印把子,咱们就要吃亏,还像早先似的,受压迫、剥削……"

"对,咱们老百姓掌住了印把子,地主坏蛋多咱也不敢支毛。"人群中不知是谁说了这么一句。群众的心都想:"共产党处处为咱们老百姓打算。"脸上都浮上了笑容。

这几天村子里可真忙"冒烟"啦。选举委员会成立了,老主任是主席,编上临时公民小组,"顶架"就审查了两天公民,大伙审查公民的时候,都非常慎重细心,大伙的心,是一条心:"公民权是主人权,要保护住翻身胜利的果实,决不让坏人钻空子。"

"李四坏,不能给他公民权,别听他现在说好的,地主都是口甜心苦,还有个好玩意,你看他,现在他觉着不斗争了没事啦,一天天晃晃的,给他权他非起屁不可。"

"对!"大伙都同意,自个发表自个的意见,最终是不恢复他公民权。慢慢审查到了王保山。一个红脸胖胖的年轻人站在炕上说:

"王保山,纠偏纠过来,他就美得不知道姓啥啦,直想支毛要果实,这回我看不能给他。"

一个三十来岁长脸型的人马上站起来反驳说:

"那不对呀,他是中农,是咱们贫农的朋友,贫雇中农得团结呀,依我看给他公民权,慢慢就感化过来啦。"

又一个人接上:

"给他公民权,这回得跟他讲明白,贫雇中农得团结呀。"

老主任站在前边,抽了一口烟,笑盈盈地说:

"老乡们,中农是咱们的好朋友,有点小毛病可不能清鼻涕甩出去,他们过去和咱们都一样受地主的气,现在贫雇中农更要加强团结,一条心咱们才有力量,有毛病大伙帮助改,不能推到门外。中农也不要和贫雇农不团结,闹独立性,你不和朋友站在一起,你和敌人站在一块,那不但不对,也没你的好处。大伙必须齐心合力,那黄土才能变成金呢。"

大伙一听老主任这番话真对呀,谁也没意见啦,打心里往外地"赞成",都说:

"老主任说得对。"

这些日子选举委员会都忙坏了,尤其是老主任黑天白日地干,一天天寻思工作,填表格,写公民榜,自己不识字叫文书写,自己还不放心,怕他年轻做事慌弄错了,到跟前看着,写一点念一点给他听,才放下心。

选举人民代表了,老主任是候选人之一,候选人都坐在长板凳上,按次序给他们身上戴上个号,由左往右一、二、三……地排着,每个公民发给一张票、一枝香头,在票上也是由左往右写成一、二、三……字号。开始选举了,公民们的心都乐得要跳出来,他们都想:"这才是真民主呢,干部得我们自个选,乐意选谁就选谁。"群众的心有数:"可不能选能说会道的流吉(二流子),选好人代表大伙办事。"

群众拿着选票,心情是非常紧张,从头到尾看看候选人,看看候选人身上戴的号,又拿起自个儿票,仔细地和代表身上的号对了对。他们看了看老主任,老主任坐在第二位上,那一副慈祥可亲、劳累积成皱纹的脸上,发出了无限的温暖。大伙的可心人就是他,大伙一条共同的心:"选老主任,他是好人,大公无私。"瞅着老主任身上戴的号,和自个儿票上的号对了对,背过身或走到墙角去,偷偷地用香火在"二"号底下烧个眼,然后又去找他另外的可心人。

投完票,大伙都松了一口气,把老赵头乐得都要蹦起来:

"我活这大岁数,头回看见,这个法才民主呢!好透啦,烧窟窿眼谁也不知道谁选谁,随自个儿心便,看中谁就在谁号底下烧个眼,这可比早一声雷和投豆强多啦。"一个人马上接过来说:

"一声雷,打不开情面直随大流,投豆直闹鬼,监选人一眼看不到就多扔两个。再说你往谁碗扔豆大伙都能看见……"

老主任当选了正式人民代表,他乐得眼睛眯缝得只剩一条缝,他寻思:"大伙拥护我,看我还能给大伙办事。"

开代表会以前,他征求了公民群众对村中很多建设意见,会议上别看他不识字,报告账目一清二白,工作也没出过岔子。代表们都把大拇指伸出来说:"老主任,咱们屯子全仗着你啦。"老主任愉快地笑了。

老主任是这村中群众最敬爱的干部,这敬爱不是凭空来的,是他几年来苦心为人民服务的所得。他名字叫张万财,从一九四五年冬开辟工作到现在三年之久,他一直担任这村的农会主任,他虽然因为工作劳累得有些见老,但他还是精神饱满多咱也不辞辛苦地一门工作。老伴早就死啦,扔下一个小子,二十岁那年就参了军,姑娘今年都十六岁了,他是扛了多半辈子活的人,八路军来了,他才翻了身,当了村主任。他心里就像开了一朵鲜花似的痛快,有了地,有了房子,地是庄稼人的命根子,有了命根子他还怕啥,可是他多咱也不忘本,他感谢共产党和毛主席。他知道要不叫共产党和毛主席他一辈子也捞不着一根垄。他每次到区上去看见毛主席那副巨像,他都感激得流泪;后来托人上哈尔滨买来一张毛主席像,他用镜子镶上挂在屋当中,每天工作回来都要到毛主席跟前去看一眼,还时常指着毛主席的像告诉他姑娘说:"这就是咱们穷人的大救星呵!"

他领导着全村群众作翻身斗争,经过了清算斗争、砍挖、平分土地运动,每次都表现出他的顽强与勇敢,领导工作做得冷静、虚心,他不服老也不顾自己,记得在三下江南前,我们情况正紧急的时候,他打发他的儿子上了前线,因此感动了同村的五六个青年都自动报名参军。

前线紧急,这块来任务要担架队,老主任就要求上前方,上级因照顾他年纪大和家里没人,不让他去,他心急得直蹿火,一门向区委要求:"政委,我没老,我能干。"但终于拒绝了他的要求。他回家看见去民工的王财穿得挺单薄,把自己的棉袄给了他,把自己的零钱都给了民工,临走时他不断地嘱咐大伙:"可好好地爱护伤兵啊,他为咱们老百姓流的血。"一院的常喜禄去民工,家剩下一个老婆领着个孩子,老主任把自己种的白菜给他们送去吃,每天回来给他们由场院往回背柴火,还时常到各军属和民工家去问有啥困难没有。一听说有困难,他认着不顾自己,也得帮着解决。

他从来没有过闲空,工作忙,他自己的地也不用别人给代耕,他总抓紧工夫把自己的三垧地侍弄上,一有空还帮助别的军属侍弄地,年节群众给军属的慰劳品,他那份都给前方邮去。他多咱也忘不了前线,有他儿子,有无数翻身的同胞,用自己的鲜血在保卫着劳动人民的民主和翻身的胜利。

去年六月天接连着下了三天雨,北边的大壕雨水都淌满了,眼瞅着就要"冒洋"(水出槽),老主任可急坏了,知道这水一出来往北边一淌,北边一百多垧地就算交待。他忙着把他屯子里的年轻人都动员起来,自己领着头不顾雨浇,拿着铁锹,到壕北去开第二道壕;又派两个人到别的屯子去动员,把全村的人都动员来了,他们就顶着这瓢泼似的大雨动起手来。老主任身上浇得像个水鸭子似的,但他不顾这些,他心里只想:"赶快把二道壕挖起来,救北边一百多垧

296

地要紧。"大雨如注地下着,他望着大壕,南边地里的水不住地往里流,水真快冒出来了,他着急,虽然地土和泥水混合得很泥泞,挖起来很吃力,但他不顾这些,自己一面抢动铁锹使劲挖,一面喊:

"老乡们,使劲干哪!大壕快'冒洋'了……救一百多垧地要紧哪……大伙快挖吧!……"

他的声音响在大伙的耳里,是一种无比的力量。大伙看着这个老爷子拨动铁锹,拼命地挖,大伙都寻思:"人家老主任为的啥,还不是为咱们大伙好,怕地淹了冬天挨饿吗?"他真把大伙感动了,增加了力量,他们都非常紧张地抢起锹不顾一切地干。一下晌的工夫,就把六尺深,一丈宽,一里地长的二道壕报工了。老主任脸上露出了笑容,大伙脸上也露出了笑容。在他们刚要往回走的时候,大壕就"冒洋"了,哗一下子白花花的大水漫壕流了出来,都淌进二道壕里,北边地算没受到大的损失。秋天收割时,北边地的主人,谁不感激老主任,都说:"我们的地多亏老主任和大伙呀,要不的淹了非瞎不可,今年打的粮给大伙一半都合适呀。"

割完地,胜利村开始建党支部,年轻的小伙子们,心就像升起一把火似的,踊跃报名,听候公议。老主任在公议会上,望着大伙,看看区委书记说:

"我张万财,今年五十五岁,我这个老头子入党行不行?我报报我的出身:我祖祖辈辈都是扛大活的,受地主剥削,穷得腔眼毛光,八岁我就给地主放猪,接着就放马,十八岁往后就顶架给地主吴三扛大活。我寻思,这一辈子就算完啦,非得穷死不可,谁想光复啦,穷人救星毛主席的队伍来啦,我才翻了身哪。"老主任起初说时有些感伤,说到这他竟兴奋起来:"我知道共产党是无产阶级的队伍,我信任党是救老百姓的,我感谢共产党,我多咱也忘不了共产党,我依靠他活着,我一定加入共产党。"他语气中代表着他非常坚定的意志:"可是,我就怕大伙看我年老。老乡们哪,我一点也不老,我有力气,我有决心,我还能为人民服务,党要给啥工作,我一定能完成!……"老主任越说越来劲,他的心没想别的,一心要参加党，党是他恩人，他多咱也忘不了。

大伙都看着老主任，三年来这老爷子精神百倍领着大伙翻身生产，村里都挺团结，生产都一股劲，虽然有个别的地主和纠过来的中农挑皮，可是老主任对中农开会说服教育，对地主督促他生产。三年来他没有为过个人打算，一天天忙忙碌碌为大伙干，多咱也不报辛苦。大伙瞅着老主任坚决、诚恳的那张脸，谁也不能再沉默了，忽然有一个人先开了腔：

"老主任行，岁数没关系，政委不是说，十八岁往上都行吗？老主任，工作认真负责任，人正派，给咱们老百姓办事，实实惠惠的谁不知道，我看他足够个共产党员。"

接着大伙你一言我一语，都说老主任够条件。主任听着大伙的话，瞅着大伙说：

"不，不，老乡们，我工作这些年啦，一定有缺点，你们大伙也提提，帮助我好改，别都碍着面子。"

"那哪能呢？谁还打不开情面，该怎的就是怎的。"大伙都一齐这样说，王大叔拦住大伙：

"别吵吵，一个个说。老主任，一年老本本地给咱们大伙干，组织生产，给这家张罗牛犋，给那家弄种子，使咱屯子地都种上，老主任好处多啦，他是个军属，不但不用别人给代耕，他还帮助别的军属侍弄地，他真是大公无私呀！"王大叔说来劲了："他要不够个党员，我看这村中谁也不够资格。"

一个年轻的小伙子马上接着说：

"对，老主任，工作好不算，思想还进步，他多咱也忘不了前线，忘不了给大伙办事，不说忠心耿耿吧，也差不多。"

"……"

区委根据群众的公议，批准了老主任入党，老主任乐得一宿没睡着觉，因为他成了光荣的共产党员。他给他儿子写了封信，告诉他这个光荣事。

老主任从这以后工作就更来劲了，他有充分的信心：他自己不

298

老，能给大伙办事，他要处处起模范作用。

建政开始，老主任当上选委会主席，一天忙到黑，有时候还打通宵，他从来不感到厌倦与疲劳，他有无限工作热情，无论工作怎样累，怎样吃苦也不灰心，他总想他是共产党员，应当给群众多办事，处处要起模范作用。他对革命充满了胜利的信心，自己从来没想过脱离革命，尤其建政以来他总想："我张万财，当了三年干部都没懈劲，眼瞅着全中国都要胜利了，我还能不干吗？"

代表会议最后，选他为人民代表会议主席兼政府委员会主席。代表们都说：

"老主任，你是咱村中的好干部，我们都拥护你，信任你！"

老主任感动得了不得：

"代表们哪！大伙看着我，拥护我，我一定不能辜负大伙的心思，别说工作不太累，就是累死我，我也甘心愿意。往后有啥困难咱们大伙克服，有问题咱们大伙想法解决，非把咱村子搞好不可。"

代表会议上订了全村的生产计划，闭会后，由于老主任的领导，生产小组都自动地组织起来，没有一家没插上锲。种麦子时候，大伙都开犁下地，老主任也跟着，全村人生产劲足得很，懒蛋、二流子早就叫老主任说服过来。老主任不像个五六十岁的老头子，他在工作与生产上，像一条生龙活虎似的，干起活来，大小伙子也有的比不上他。大伙都充满了信心，胜利村有老主任的领导，一定能完成一九四九年的大生产计划。

一九四九年五月二十八日

选自《文学战线》，1949 年第 2 卷第 5 期

心总不死

一

王喜财从被斗后，表面上是"鼠迷"了，见了贫雇农说话脸总带着笑，这个笑里边是藏着刀的，心里恨，表面可不露，背后那股无名火就升起来了："穷种，等有一天的，我再收拾你们，先叫你们美两天。"

但他却显得很进步，村政府有啥事找他帮忙，真是有求必应，因为村文书的字笔不如他，他念过十多年诗书，村里就属着他了，就拿去年评地等级时候说吧，量地就非他打算盘不行，若不地就拉不好，算不出地亩数。

这回一听说搞建政，他可闷啦，不知道是怎么一回事："是不又要斗争啦，我也没啥啦，可咋整？"晚上开会，他跑在会场上，蹲在别人后边。听区上马同志讲话说："建政是个民主运动，过去政府工作一揽子，这回都要清理，劳动人民自己起来掌印把子，选举我们真正可心人当干部，给咱们大家办事。往后政府工作就都上了轨道啦……"他才放了心，他寻思这可是个机会，要能"瓦弄"上干部，我老王可一步登天，再不能受憋气了。

第二天开会听说还有什么公民权，还得登记、审查，没有公民权就没有选举权和被选举权……王喜财又闷啦："公民权这玩意可真不是闹着玩的，没有公民权就完喽，别说当不上干部，往后啥也不行了，成个坏人，再加上是被斗户那更够呛。"他脑袋真冒汗了。但他又一听啥样人有公民权："地主富农要是勤劳生产的，不和咱们老百姓作对,印象好的,也可以恢复他公民权。"王喜财心才放下一半。

开完会他跑到村长刘广文家,老刘正吃饭,他和平常一样像串门似的,说话笑嘻嘻的,他是来探口气。刘广文说:

"你老王,虽说被斗啦,你脑筋可开啦,给我们村上帮忙工作,不管黑天白日,哪用哪到。你自己也能勤劳生产,去年你的地侍弄得多好,村里谁还不知道你,管保有公民权。"

他又跑到几家贫雇农家溜一阵子须,然后又到他亲戚和几个二流子家,一合计,到会场上大伙齐乎拉地一说好话,就给他公民权。

在审查公民大会上,就有一些人说:

"王喜财脑筋开啦,印象可好啦,虽然被斗,他可能干,你看去年没吃的把地都种上了。公民权不是给勤劳生产的吗? 他就行。"

"看他把地种上得啦,他怕冬天挨饿不种咋的。"群众中一个年青小伙子反驳说。

"地主富农还有个好玩意,别看他现在笑嘻嘻的,没有权吗? 忘啦在早那个威势劲。"另一个人接着说。

"王喜财这个富农,可不能跟别人比,他印象多好,给村上帮忙工作,多咱没推辞。"

"你能看那个吗? 他送好人情,买好。"两面意见便争执起来,主席掌握会场都掌握不住了。王喜财蹲在墙角,一言不发,心突突地直跳。

"别乱吵吵,一个个说吧。"主席这一喊会场上暂时寂静一下。

"王喜财没有啥不好的,伪满也没压迫过人,被斗以后,也挺老实,还能劳动。"

也由于他过去的假面具玩得挺好,群众也挑不出他的大毛病,只说:"他是个大富农。"

"富农好的也兴恢复他公民权呵。"

会场上的正面群众意见被压下去,就连一些贫雇农都被他过去的假进步麻痹住,看他平常不错,争执时候有的不吱声,听大伙话音,有的帮着王喜财说话。

"别看王喜财是富农,他比中农于二强得多,于二那小子,自从纠偏纠过他来,他就不知道姓啥啦,老想管咱们要果实。"

雇农老赵头这么一说,别人马上就接上说:

"这回给王喜财公民权,也不给于二。"

王喜财一听有门啦,这是个节骨眼,紧忙站起来说:

"各位兄弟哥哥,我被斗是应该的,谁叫我过去剥削人啦,人好坏自个说不行,大伙看得清楚。这回大伙要给我公民权,我一定给大伙多办事。"最后他又加上一句:"你们大伙往后看吧。"说着他就一笑。

"对,现在富农不也兴恢复公民权吗?不给王喜财这样的给谁呀。"大伙都同意了,方才争执的人也觉着他平常挺好,早都没起屁,给他权还能咋的,哪能不识抬举呢。最后终于恢复了他的公民权。

二

领导这村工作的马同志走了,新来的是新由县建政训练班出来的村干于有,老实巴交的一个庄稼人,有政治觉悟,可是政策思想很差。

往一起编正式公民小组,选委会又得找王喜财来帮忙,还得填表啥的。王喜财一听编公民组,代表就由公民组里选出,他心中一想,这可是个关口,选委会的主席刘广文是个老实直性人,没寻思到他有阴谋,被他一强调就把几户姓王的被斗户与五户别的被斗户编在一起,他又搁上两户挺老实的贫农做幌子。

王喜财把他一家子的掌柜的都找到他家,先显显村里公民小组都是他编的,然后他说:"咱们都是一家当户,这回选代表啦,你们可得留心哪,这不是闹着玩的,这印要叫人弄去,咱们就得老受气。"停了一会他又说:"我看不如选我,不是说,我当上干部你们还能吃亏吗!"大伙一听是这么回事,都说:"你当上干部不和我们当上一样，我们准选你。"

他又跑到一个组的那几个被斗家去说：

"权可是重要的，干部要是都叫贫雇农当，咱们就老没好。"他们根本就是一条绳，一合计，决定选王喜财当代表。王喜财心满意足地回来了，但是，他又想起来一回事，就是他死对头眼中钉朱和，他想："朱和这小子是个党员，村里就他一个是，可恶啦，对我们不客气，我到村上办点啥事，他嘴不说心也不愿意，办事那股认真劲，说一不二。决不能让他选上，有他没我的好，只要把他弄垮啦，村里别的硬骨头什么积极分子都好对付。吃完晚饭他到他小舅子赵富家去，二间房子，一间住人。小屋里坐满了一炕人，在瞎扯，王喜财也上了炕，和大伙唠起来，慢慢就谈到朱和身上，他就来劲了：

"朱和，可真不客气，就说去年催公粮吧，那家伙多厉害，晚一天也不行。上区上开会，区上说啥回来就照办，一点不和咱们老百姓一条心。这回选干部再选上他，咱们屯子可要倒血霉啦。"

这屋里有两个二流子，因为去年朱和逼他们参加生产，心里就鼓鼓的，一听王喜财这么一说，也把他俩的火勾起来啦：

"二叔，你说的可真对，朱和那小子，翻脸不认人，你看他当个干部美的，这回说啥也不能选他。"

回路上，王喜财告诉他俩活动不选朱和：

"你俩个傻狍子，去年朱和把你俩熊苦啦，再选他，还有你俩好。"

三

选代表是由公民小组里选，一个组选出一个。王喜财这个组因为经过他的活动，一提就把他提出来，虽然有几个贫雇农公民不选他，无奈人单势孤，小组里都是他的人，异口同音。结果他当选了正式人民代表。别的组公民听说把他选上当代表，有的就不愿意："叫个大富农当代表，能代表咱们吗？"也有落后的人说："别的被斗户可不行，王喜财脑瓜开了，能给咱们认真办事，还行。"朱和也没被活动下去,在别的组当选了,王喜财心里这块病没去,总不好受。他虽当选了代表,也没暴露他的真面目,因为他要当上村政府委员。

开人民代表会议,检查过去政府工作时,他就专门找原先干部的毛病,他心中合计:"杂种,前年斗争,你们对我那种邪乎劲,今天看看老子对付对付你们。"尤其对朱和,他就一门找"骨缝"眼,有一点他给说得挺大。别人说:"朱和就是脾气不好,他给咱们老百姓办事,可能吃苦。"他就马上接过来说:"啥能吃苦,他怕完不成任务,挨'磕',回来就强迫命令咱们。"气得朱和起誓发愿地说:"肏他八辈祖宗,谁再当干部不是人,费力不讨好。"

打击得朱和情绪不高,有点小毛病给扩大,背地还当着代表叨咕朱和的坏处,削弱了朱和在群众中的威信。

会场上他打击干部,背后他就活动自己当干部。不是说这个干部不行,就是说那个干部不好,老显自己能耐。代表里头有他两个亲戚,都是纠偏纠过来的中农,过去都是游手好闲的,他这回抓住了他俩,叫替他活动:"选我,还有你们的亏吃,别看纠偏,贫雇农可不和你们一个心眼,啥事还都得听人家贫雇农的。我要当上干部,把成分给你们往下一落,不也变成贫雇农啦,那你们就啥也不怕了,再也不能受他们气了。"他后尾又加上一句:"干部中总得有个自己人,你们选我,投票选谁能知道是你们选的。"那两个人一寻思也对,便给他活动起来。代表中有一少部分阶级意识模糊的,看王喜财平常挺老实,又能干,这回又给干部积极提意见,再加上背后又有人一活动:

"这回可得选个'顶楂'的。"

"选王喜财,那可能干啦,识文断字的,有能力,咱村里谁能比了他,比原先干部不识字都强。"

有的代表反对说:

"他是个大富农,怎能选他当委员。"

狗腿子马上接过来说:

"富农怕个啥,人家又有公民权,又是代表,不和咱们一样吗。"

虽然大部分代表不赞成他,不选他,但他活动也生了效。开票时,他几乎落选,就差一票朱和没撑上他,代表五十四个人,他得十五票当选,朱和十四票落了选。分工时叫他担任财粮委员。

于有见选上个富农,也觉得不大对劲,但生米已成熟饭,改选吧又怕有影响,但他又一想,"他一个人还能咋的",大伙也这样想,便过去了。

代表会闭幕以后,领导工作的于有走了。王喜财当上干部,就神气起来,不但不像以前那么和气,还端起架子来。他早寻思好,先把穷小子吓唬住,自己做啥就没挡了,于是就对一些个老实人说:"长春的事你们不知道吧,现在共产国策变了,地主斗贫雇农。"又吹着牛说:"这回干部可不像以前说不要就不要,这回有了固定之规,我们当干部的名字都报到省去啦,要免职得省主席说才行。"有时他吓唬贫雇农说:"你们寻思还民主大伙说着算,你们没听开会说,'建政以后啥都照章程办事',章程还不是干部订出来的吗,建政以后就不民主了,啥事都得干部说着算,要民主还建政干啥。"因此,村里的一些老实怕事的人,见他就生起畏惧,进步年青人可不怕,反对他,但已选上了委员也没法。朱和因为憋屈一上火就病了。

一天王喜财到雇农于得水家去,看见土改时他被斗出的一匹马,在于得水家使着,便逼于得水给他送回去,气得于得水说:

"这是农会分给我的。"

"什么农会分给你的,我还要分你呢!你没听说长春分贫雇农吗?"

于得水心有数,共产党就决不能向着地主。

"你他妈的造谣。我就不给你,看你能把我咋的,要不就找个地方说理去。"

他碰了一鼻子灰,怕于得水真上区上说理,去不就糟啦,就回去了。第二天,把姜海在伪满时借他的两石粮又想起来啦,到姜海家硬逼着还粮，姜海是个老实怕事的人，被逼得没法，给他一石高粱才算罢休。

他的狐群狗友都起来了，二流子也神啦，被斗户也伸起腰来，一个个扬眉吐气地扬言说："地主富农往后和贫雇农一样啦，要不哪能叫富农当干部。"也帮他吹牛。村里的群众没有一个没意见的，大伙都气得了不得。老实人嘴不说心有数，年轻人就直来火："肏他妈的，地富联合二流子起来还有咱们好。"就要去报告，但听二流子和王喜财的谣言，又怕真整不了他。村中有这么一个富农干部——"挥弄"，谁也不痛快，于是生产情绪就低起来，打柴的、送粪的，都没心干了，都寻思上秋还不知道咋的呢。别的屯子生产搞得热火朝天，这村却冷冷清清。

代表会主席把情况反映上去，区委、区长亲自来到这村，又重新了解一下情况，便召开全村群众大会，区委先打通了群众思想，去了顾虑，讲明我们生产政策是谁劳动是谁的，不分不斗，又讲明了我们政权主体是贫雇农。群众就轰一下子起来了，都吐了真言，把这七八天王喜财的所做都说了出来：

"我们可叫王喜财欺负坏啦，要不整倒他，这村子算没好。"

"把王喜财抓起来，把他免职咱这村就好了。"

王喜财在群众面前低了头，坦白了。

代表会主席根据群众意见，马上召开了村人民代表紧急会议，区委、区长都参加了。会上代表们情绪非常激昂：

"咱们算叫他钻了空子，这回非整倒他不可。"刘广文说话了。

"对，非整倒他不可。"大伙齐呼拉地喊。

"他心总不死，造谣吓唬人，要果实，夺印把子。"

大伙一致通过，罢免王喜财委员职与重新剥夺他公民权，把政府与代表会又整顿一下，狗腿子清理出去。区委向大家检讨说：

"这村建政工作领导上放松了，闹成工作夹生，叫地富钻了空子，这事不怨大家，怨领导，有这样一件事，大家以后更要提高警惕，对地富、二流子继续督促他们生产……"

代表会主席向大家说：

"咱们代表会没起应起作用,发现这件事,没马上把他压下去。我们要响应政委号召,加强警惕,监督他们生产……"

这村的反动气焰被压下去以后,群众的生产情绪又像火一样地燃烧起来了。

一九四九年国际劳动节于民政部

选自《文学战线》,1949 年第 2 卷第 4 期

三十年的冤仇

——"七五五"运输员刘玉发诉苦

东家吃喝穷人血泪

十二岁那年，我就雇给老孟家放牲口。有钱的人儿会盘算，白天放牛，还得起五更睡半夜地给他烧火、挑灰、起猪粪、担水，东家的柳罐大，水筲大，一天二三十担，累得我腰疼心痛吐鲜血；打着水，我眼泪唰唰掉在柳罐里。想起来，东家吃的喝的哪一点不是穷人的血和泪。有一天，我实在支持不住了，连人带水筲摔倒在地上，二老头看到水筲坏啦，拾起扁担往我身上砸，扁担打了不称心，还踢上我两脚。

冬天和东家结账，两石高粱给他扣去五斗歇工，一石出荷，苦了一年，只落五斗粮，回家后，寻思要饭吃，也不雇给人家。

第二年春天，二老头假仁假义地说送我家半斗小米，爹有病，妈又劝我去，不然爹妈要饿死。干到秋季我就累病了，回家去歇着，东家吵到门要我去上工，人不去，强逼着还他预借的一石高粱，只好带着病去听东家支使。正赶上割豆子，少东家叫我给他装车，五六十斤一个捆子，我十三岁的一个孩子，再加上病，哪能挑得起那个老大豆秸捆，少东家就用镰刀背砸我，我痛得哭了，三老头说我不服他家管,撵我回家去。妈一见我眼泪就滚下来了,爹问我什么事,我一说,他气得直跳,去找东家讲理,那还是旧中华民国时代,哪有穷人的理,东家到村公所一报告,爹给兵抓去打了一顿,我还得给人家去干活,哭了两天两夜,眼睛肿得像红桃。

第三年,东家又逼着我到地里干活,春天给他刨茬子,撵不上打头的东家就骂着不给饭吃。有一天我实在使不上劲了,不在意一镐刨在左腿上,血哗哗往外淌,我疼得坐在地上;二老头不由分说,俫俫两耳光,他狠狠地说:"死了也得给我干!我不是支使你的人,是支使自个的钱。"一根茬子一滴泪,还得给他刨。铲地的时候,他又说:"牛倌儿你好好铲,加你半石粮。"累死累活地给他干,算账时,他拨着算盘看着账本扣我的歇工钱,问他要铲地的半石粮,他含含糊糊说:"咱们还能亏负你吗?"半石粮就算完事了,可是下雪天,我光着脚他还叫我到甸子上放牛,脚跟裂得像小孩儿嘴,移一步好像上刀山,冻得支不住,我从这泡牛粪踹到那泡牛粪取点暖气。

财主认钱不认亲

十六岁那年,爹和大爷们歇了工,我也歇了工,记得有次两天没有饭吃,奶奶叫我到姑姑家去借粮,在大门口撞见她啦,我一说,她眼一眜:"哼!我借给你,怕还有人不借给你吧!"扭身就跑进院子,我要进去,他家的小孩就嗾狗,把我右腿咬得哗哗淌血。以后二大爷叫我去要饭,一天要两小碟米,全家人喝口稀汤保住命。实在活不下去啦!妈又叫我到姥姥家借点粮度命,见到三舅就把口袋拿出来,他说:"借我的粮你哪一辈子还得起!我情愿喂狗,也不借给你一粒。"妈不甘心自个又去,她没有走上门,人家就把门关上了。妈妈气得想抱秫秸去烧大门,院子里骂:"小刘儿你敢烧,不走我用洋炮打死你!"妈妈哭得死来活去,回家两天没有下炕,没有喝一口水,有钱的财主呀!连亲生的姊妹都不认。

逃难三千里奔北大荒

海龙地方实在活不下去了!爹和大爷、二大爷合计,听说北大荒地广人稀,穷人还能混活。五月天,把家里的柜子、锅碗瓢勺卖了几个盘川钱,一家六七口人去逃难,天热又没有吃的,一天奶奶得了病,倒在大路上,妈也是小脚不能走了,她两个哭着,奶奶要寻死,爹、大爷、二大爷劝她老人家,轮班背她走,妈在后头跟着,我还担着破烂,她一跛一颠真难走,好容易找到一个屯子,在这家大户门口歇下了,想去要口饭,这家叫警察用洋刀把我们撵走了;又走得头迷眼黑,找家小人家才让歇下,我去要了两碗米,全家人做点稀汤充充饥。天下雨了,小户人家不敢留宿,听说不远有个行善的粮户,淋着雨走到天黑去敲门,这家听说我们是逃难的,吆喝我们快走,不然就放枪,吓得全家人不敢吭声,藏到秫秸垛里睡了一晚。

太阳里、风里、雪里,走有三千地到了北安,爹磕头打揖地才住上店。

世上的地主一样凶

到北大荒还是要饭吃,一天走到个姓宋的财主家门口,他愿雇爹和大爷扛活,那还有不干的吗?一家人搬进个又骚又臭的马圈里。这时奶奶有了病,请不起先生抓不起药,三天她就死了,全家人急得没法,亏了住房的小人家出了个主意,全家跪到宋家老头子面前哀求几块板,磕了半天头,才答应给四块板;有板也合拢不起来,又哀求到八根钉子。我看到奶奶死得这样苦,忍不住哭了,老宋家不许我哭,还催着叫把死人快抬出去。

天下的乌鸦一般黑,世上的财主一样凶,爹和大爷扛了三年活,才把奶奶四块板八根钉的账还清。

那年该老宋家出劳工,他买通了村公所说摊我的劳工,我得着信儿就溜了。以后把爹和大爷抓到北安,交给鬼子过电、灌辣椒水,逼着他俩交人,有人给我送信,我不忍叫爹和大爷受罪,以后大爷被放出找我,我回去没捞着和妈见面,就给抓走啦。

劳工的日子更难过

劳工的日子更难过,一天喝两碗霉小米汤带两个窝窝头,小鬼子限定一个人连挖带担一方土铺电道，从日头出干到日头落，稍息一下，皮鞭子就抽到身上来。我亲眼看到一个老王头一个老李头饿急眼了，挖串龙根（有霉的草根）吃，我说有毒他俩不信，俩人挑挑土篮子就倒下去，吐着白沫死了。

黑河的水硬，工棚子又潮湿，加上又饿又累，每天都死二三十人，我那一帮五十多人只剩下我自个，我全身是疥疮，流脓、流血，身上臭了，穿的那套衣服破得漏了"小便"，后来找个洋灰袋（帛的），做了件上身。

天冷了，劳工也满期了，小鬼子还不放我们回家。我急眼了，反正是个死，一天夜晚不顾命地从电网（没有放电）上爬出来，爬山过岭走了几天，找到一个屯子要了条破裤子穿上，总算把身子遮住了，就往孙吴去。

狗腿警察祸害人

到孙吴起先谁也不敢雇我这个"黑人"，以后找到一家赶马车，一天碰到警察要身份证明书，把我抓到分所里绑起来，皮带从头上打到脚下，牙齿活动了，脸肿起来了，浑身青一块紫一块，有一个家伙真邪乎，他钳着烧红的一块铁，往我的屁股上烙，还不许叫哭，又关了几天禁闭，才放了我。

共产党是救命人

我受了三十年的罪，今天总算出了头，共产党替我报了仇，听说我家现在就是分的姓宋的地。共产党是我的救命人，民主联军就是我的家。

选自《擦干眼泪复仇》，东北书店 1948 年

◇ 曹　汗

袁小鬼

一

　　袁小鬼,只有十岁,进学不到两年,妈妈病死了,爸爸到上冈做生意去,好几个月也没有回来,袁小鬼就在盐城他的叔叔家过。人小不能做什么事情,叔叔又不让他去读书,就叫袁小鬼卖烧饼油条。

　　有一次,袁小鬼卖烧饼油条卖到宝塔旁边,那里一个人也没有,袁小鬼就在那儿大便,大便后拿起烧饼油条的篮子刚要走,来了一个人,头戴黑礼帽,身上穿着长衫,走到袁小鬼身边,向篮子一看,便问烧饼油条多少钱一套,袁小鬼忙回答一分钱一套,那人就拿一套吃,袁小鬼就向那人要钱,准备到别的地方去卖。那人鬼鬼祟祟地四面张望了一下,一面拿钱,一面小声地问:"新四军住在哪里?"袁小鬼随便答了一下子:"城里到处都住新四军。"那人将钱给了袁小鬼,又问:"新四军军部住哪里?"袁小鬼说:"我不知道。"那人把袁小鬼拉到塔旁边,坐下来向袁小鬼说:"你喜欢钱多吗? 想不想多要一些钱?""当然要,哪里有呢?"袁小鬼天真地答着。"我给你钱,你帮我做一件事情好吗?"那个人笑着说。袁小鬼马上答应:"好。"好字刚出口,想起了,住在叔叔家一个院子里对门那家住的一个小鬼和他谈的:参加抗战,多打鬼子,多捉汉奸,城内汉奸多

312

呢！能捉住一个汉奸，可光荣啦，名字还要登上报，另外还有赏。袁小鬼就一面想，一面听。"小孩子你能把我带到新四军门口，我给你五块钱，好不好？"那人说着说着将钱拿在手里。袁小鬼不客气地将钱接过来说："好，走吧！"袁小鬼将那人带到新四军门岗边上，把篮子丢掉，抱着那人，大喊道："同志！捉汉奸，捉汉奸。"岗位忙把子弹推上膛："不准动，他就是汉奸吗？"袁小鬼答："是的。"那人满脸变色，露出慌张狼狈的样子一口说："不是……不……是的……同志……"袁小鬼又拿起篮子跟着岗位将那人带到新四军的首长那里。首长是一个主任，看起来不像当官的，和战士差不多，穿一身灰色军装，可是那主任眼很大。问袁小鬼："这人就是汉奸吗？"袁小鬼把经过的情形都告诉了主任，可是那狡猾的汉奸不承认。主任就要特务员在那汉奸身上搜查，查出了一张护照，护照上面有汪精卫的像及日本太阳旗子，还有很多记号。那汉奸呆呆地无话可讲，主任叫警卫员把汉奸带去看起来，汉奸被警卫员带走了。主任摸着袁小鬼的头，很温和亲热对着袁小鬼，跷着大拇指，说："爱国的好孩子，个个小孩都像你，抗战一定很快胜利，啊！你卖东西，生意还没有做，你把你做生意的时间拿来捉汉奸，真不错。袁小鬼，你东西还没卖了，回家大人会骂你的呀！"说罢从口袋拿出一张十元票子，给袁小鬼，并且接着说："回家好好地做生意，我们还会把你的这件事登上报，因为你这事情做得很光荣啊！"袁小鬼喃喃地说："主任，我要当兵，打日本鬼子、多捉汉奸，救中国。"主任说："好弟弟，还是回去吧！你人小，打鬼子、捉汉奸、救中国，不一定参加新四军打仗，在家捉汉奸还不是一样吗？"袁小鬼哭着说："我的叔叔和叔母对我不好，常打我骂我，我一定参加。"主任又抱着袁小鬼，劝了很久。袁小鬼才弄懂。大声说："今天不参加新四军，总有一天我要参加新四军。主任，我一定记着你的话，多捉几个汉奸。"主任一直把袁小鬼送出门。

二

"扫荡"过后接着就是大清乡，鬼子想把新四军全部消灭。在这样的情况下，袁小鬼就要打埋伏在老百姓家，要和小张分开了。开始时，袁小鬼还不肯呢。经过上级的教育，打通思想，才打埋伏在前林庄。上级照顾袁小鬼，帮他做了两身便衣，在前林庄帮他找了个干妈妈，就打埋伏在干妈妈家，还介绍到前林小学读书。临走时说："袁小鬼好好走，情况一好就派小张来带你。"袁小鬼就跟着乡指导员到了干妈妈家。

袁小鬼进学校，读书很用功，和同学们玩得也很好，乡指导员来对钱老师说："别的地方有儿童团，我们也来组织儿童团，帮助乡里工作好吧！"钱老师说："好！"儿童团也就成立了，大家一致选袁小鬼当团长。

自从袁小鬼当了团长，就做了很多工作，如帮助抗属，写标语，慰问埋伏在庄上的伤员，等等工作。

清乡清到前林庄来了，天刚亮，还下着毛毛雨，鬼子把庄子包围了，在一个大场子上，把庄上的人都集中起来，问："哪个是干部，哪个是毛猴子①。"没有回答，鬼子就乱打人，在人群中抓出一个青年人，问他谁是干部、谁是毛猴子，青年人不肯说，鬼子就打了他四五个耳光，又问，谁是的，青年人还是不讲，鬼子生气了，拿起刺刀向他身上刺了四五刀，又问谁是的，青年人受不起痛苦，就把打埋伏在他家的一个伤员讲出来，当场被鬼子拖出了伤兵用刀刺死了。又问谁是的，那青年人不敢讲本地干部，只好说别的新四军不知道，呆立着无话可讲，鬼子看他不讲，就凶恶地用刺刀把他也刺死了。鬼子又问大家谁知道谁是干部，结果没有一个人答应，鬼子冒火了，用机关枪向人群中扫射，扫死头十个人，扫伤十几个人，鬼子又问谁知道，仍然还是没人回答，鬼子又上了子弹，准备扫射。袁小鬼心里想，这样不是要死很多人吗？再这样下去不行，就英勇地跳出来说："我知道！"鬼子汉奸都注意着袁小鬼，老百姓也想着，这小孩怎么会当起小汉奸呢？汉奸鬼子问谁是的，袁小鬼对汉奸鬼子

---

① 毛猴子，是鬼子称新四军的别名。

314

大声说:"干部、新四军,在东边,多着呢,不在庄上,你们跟我来吧!一下子就找到啦。"

鬼子汉奸就跟着袁小鬼出发了。庄上的人、干部、打埋伏的同志都趁这个时候跑掉啦。走了四五里路就到了坟墓,里面长满了草。袁小鬼说:这里面有新四军及干部,鬼子就派人搜查。但是并没有忘记丢掉袁小鬼,所以还派了两个日本兵看着他。搜查了三四个钟头都没有搜查到一个人,鬼子生气,凶恶地问袁小鬼,到哪儿去了,袁小鬼不讲话,自己想这下活不成了。高举起小手,大叫"抗战胜利万岁! 共产党万岁! 中国解放万岁!"……"叭"的一声枪响,袁小鬼倒在地上死去了。

这个消息,两天后传到了前林庄,人们很难过,才知道袁小鬼不是当汉奸,袁小鬼牺牲了自己,救活了全庄上人。大家为了永远纪念他,把前林小学校改成袁儿小学。

选自《小英雄》,东北书店 1948 年

◇晨　光

谁劳动谁享福

天刚黑,屋里已点上了灯。

老张头打发儿子到会上去开会以后,一个人坐在屋地西北角靠墙的土豆袋子上,皱着眉头,手托着下巴,一边"吧嗒吧嗒"地抽烟,一边在想着心事。

提起老张头的心事不是一天了,打春起编小组时心里就憋屈,这回打完场一看来,心里就越发不是滋味。这两天啥也不愿干,昨天会上说:"上山采木头去,你去不?"他也没说去。

他不是想别的,就想:"要不和李大混、侯大眼珠子、小王他们三家编在一个小组里,若光我们六家,人强马壮的在一块,至少今年能多种他三垧地,三垧地能打多少粮?!这可不能行了。李大混是个二流子,小王没马,侯大眼珠子又是个大肚皮,两个也不顶一个。想开点荒也不敢啦!地荒了咱可担不起,共产党的天下不是不许有穷人吗?!劳动力强的就该吃点亏。"他这心事虽没和别人说,可是总在心里别个劲。

他不光想这个,又想起夏天割地的事:

李大混他半条垄一歇,一垄地总得抽几回烟。他看到眼里就打心往外气得慌。尤其是李大混常叨咕:"共产党天下饿不死穷人,干不动嘛,那有啥办法?"这事全组除侯大眼珠子外都不乐意。直到铲李大混地时才都出气了,一组人半天才铲一根垄。这事谁也没

316

说,都怕说"破坏团结"。王立中就是一赌气卖的马,他说:"反正有马没马也荒不了我的地。怕啥?"

他更想起打场时王立中说的那话:"大叔,今年算混过去了,等过年吧!"

他坐那越想越犯愁:"过年还不和今年一样,想伸伸腰也不行。"

"咳!……"他把含在嘴上的小烟袋拿下来磕了几下,掏出烟口袋又装上一袋,欠身到锅台上放的灯罐子里去对火。

屋中静静的没一点声,只有外屋的老大媳妇洗碗的水声"哗哗"地响着。

老张头对完火又坐在麻袋上,抽着烟不知又想啥事。

外面忽然几声狗咬,好像有人进院来了。

"草都吃没啦,也不说添。"接着就听见有人"棒当棒当"地拌草。

老张大媳妇听到赶忙跑了出去。

院里黑咕咚的看不清人,西北风刮得挺硬。老张大媳妇一出门两手捂着耳朵,一溜烟地上马棚那跑。

"大嫂还没睡哪?"马棚跟前站一个人,一说话把她吓一跳,仔细一看才认出是王立中。

"啊! 他大叔来啦? 怎不到屋? 今晚可真冷。"

"走吧,大兄弟。"张老大从槽子前边过来招呼一声。

说着两个人上屋走去。

"你再添点料。"张老大到门口又回头告诉一声。

"大叔想事情呢?"王立中一进门看老张头正抽烟,就先说了一句。

"他大叔来啦。"老张头说完也站起来。

"今个这天气真够呛,你坐着。"张老大说。

王立中向前走几步,一转身坐在土豆袋子上。

"大叔,给你捎个喜信。"王立中没坐就笑嘻嘻地说。

"我愁还愁不过来呢，还有啥喜。"

"真的，咱们小组明个又要另编啦。"

"另编吗？——还不是一样。"老张头依旧皱着眉。

"这回可不像春起时，你不信问问大哥，才开会□是□标准。"

"这回跟春起可不一样……"张老大刚说到这，张老大媳妇走进来了。张老大瞅她一眼又接下去，

"明确说重编，区上孙同志来了，也讲了。小组也讨论啦。"

"啥？小组又要重编啦？这回可别和李大混这些玩意编到一伙了。"老张大媳妇没头没脑地接过来。

"到底怎回事？"老张头问。

"人家孙同志说得对，反正就是那几个人，尖头、活少干还□味，净指算人家。"

"咱屯这些事人家乡上都知道啦，春天编组铲垄的，你吹胡子他瞪眼，人家别的屯子都铲完了，咱还没铲一半呢……"

"这回到底怎说的？"老张头看他俩人说了一大套也没有一句要紧的，他就着急地问。

"看你们说的都是有着无落的，到底怎回事？"张老大也着急了。

"你们急啥……这回可都得自愿，一个不愿意也不行。"

"那还不错……那些玩意怎办呢？"老张大媳妇听王立中一说又发着问。

"今个李大混一开头可有点慌了，讨论时我看……"王立中说着看看张老大。

"你不知道，在小组会以前孙同志不是把他找去了吗？去了那半天，准是给他们解说去了。"

"对啦，你没看李大混、侯大眼珠子，今个下的决心可不小，检讨得也挺好。"王立中说着点点头。

"我看他不是又玩甚么花花道，听说又编小组啦，他不好好说谁和他在一伙。"老张大媳妇说。

"年青人要是回头,好好干还怕啥? 又有马,又有地,再穷可别怨天啦。"老张头听他们说完慢声慢语地也插上一句。

"今个李大混计划得倒不错,说:采大木去,过年再买匹马,一定好好干。话是说啦,就看说话作不作主吧。"

"我想起来啦,明个我也去,早先我打算不去了,可是这回怎么也得去,过年再把马买回来。"王立中高兴地笑着说。

"爹,咱明个也去吧,一冬咱爷俩还不挣他个百八的?"张老大说完两眼不住瞅老张头。

"去就去呗。"老张头笑了笑,说着又磕了一下烟袋,愁眉苦脸的样子早没了。

他们从采木头又唠到明年生产,也唠了编组的事,一直到半夜王立中才回去。

新组很快地编起来了。过去的小组就有一个原样没动,其余全都换了人,老张头和王立中编在一个小组,一共是六家,十个劳动力,九匹马。这回都是自愿编起来的,大伙都挺高兴。

采大木出发的早晨,车声、马声、人声,喊成一片。农会主任临走又向大伙嘱咐了几句:"咱们新组都编好了,大伙今后更要团结起来……"

大车开始出发了,经过屯子的大街,男女老少欢送着,都好像忘了早晨的寒冷,站在道旁看着。

老张头走在前边,脸上带着笑,不住地回头瞅。他看见李大混也跟来了。大车拉着满满的草包和粮食奔向目的地去。他们都心里想着孙同志说的那句话:"谁劳动,谁就享福,加劲干吧!"

选自《东北日报》,1948 年 12 月 27 日

◇葛 天

彭吉子和马

一

彭吉子是个跑腿的单身汉。三十来岁啦,还没混上个家。早先,吃住都没个准地方□□□□□□立了农会,他就在会上借宿。

在屯里,大伙都管他叫"游荡"。村上没他的户口,农会没他的名字。你说他是这屯的人也好,说不是这屯的人也好。反正是个孤零零的单身汉呗,灶王爷贴在腿肚子上,人走家搬。今天你看他在屯里吧,明天早晨也许就找不着他了。彭吉子就是这样:像根水草似的,东飘飘西飘飘,没根。

去年春起分地,他不在屯里,没分着。人家都种上自个的地了,他却只能"打闲"。讲到干活,彭吉子倒是把能手,铲蹚割打,庄稼地里的事,样样拔尖。就是不大正经干。别人也说"那是匹野马,驾不住辕"。对他都用另眼看待,跟普通人差个劲。

彭吉子自个也有个倔性劲:"你看我隔眼,我也犯不上上赶着去套近乎。""白眼瞪白眼,越来越相远",人家都抱成一团,兴致勃勃地闹翻身,闹生产;而他呢,跟屯里的人却好像隔层皮,你痒你的,我痛我的。

当然,彭吉子也不是一个知近的人都没有。比方跟他住在一起的老奚头,两个人就还"对路"。

老奚头成天叽叽呱呱像个喜鹊,彭吉子成天闷声闷气像条鱼。这两个人怎么能凑在一起呢? 就因为他俩都不在会,同病相怜,所以还能唠到一块,说几句知心话。

去年冬天各地都搞平分土地。王家屯也来了一位工作员,姓陈。

陈同志一来,屯子马上热闹起来了。在会的人,成天开会、打地,忙个不休。早晨晚下,"当当当当……"要敲两三遍锣。彭吉子一听锣声就心烦。他知道那是召集开会了。别人都往会场聚,可是他只能扒窗户缝瞅。有时候他还看见农会的人,打上大红旗,坐上爬犁,全员出动。他知道那是上前屯开全村贫雇农大会去了。屯里剩下的就是几家地主、富农。老奚头总嘀咕:"把咱们看成地主一道货啦! 他妈的! 咱就没受过苦?! 受过穷?!"有时候老奚头又换种口气,说:"我老啦! 土都埋到脖梗啦! 翻不翻身不要紧。彭吉子,你可年青,早头地主当令,你成不了家,立不了业;如今天地归了正,你再分不着地,这一辈子可算玩完! 听他们讲究:这回兴起个什么'土地法',分地就照那个'法'一人一份。就这么一回,过了这村可就没这个店啦!"彭吉子听了就更加烦躁,别的话也说不出,只是皱着眉头叹气。

一天晚上,彭吉子正在炕上头朝里躺着。老奚头喘吁吁跑回来说:"好啦! 让咱们听会啦! 走!"彭吉子从炕上一个翻身跳起来道:"真的?"老奚头说:"我这么长胡子了,还跟你扯鸡巴淡?"其实,别看老奚头满嘴的胡子,就是说话不牢靠。好玄,玄起来没边。他从农会被开除,也就是因为这个。彭吉子想了想,不大信实,便说:"你别给我宽心丸吃啦!"往后一仰就又躺了下去。老奚头说:"你不信拉蛋倒! 我自个去!"转身就要走。恰巧这时农会主任和贫雇农小组长推门进来了,齐声说:"奚老爷子! 老彭大哥! 请你们开会来啦!"老奚头顺嘴答道:"早知道了。"又回头向彭吉子扫了一眼说："诳你啦？"主任问道："你怎么知道的？"老奚头说："我有耳报神。别看不在会，啥事都知道！"组长笑道："你的花招还不少呢！"说着四个人推推让让出门去了。

开会的会场，是在屯西头学堂里。通二的大屋子，点着两盏豆油灯，倒还亮堂。屋子当央，有一个泥墁的长方形火炉，围着炉子，板凳上坐满了人。靠门，坐着一个穿蓝布棉制服的年青人，那就是工作队的老陈。

彭吉子进会场这还是头一次。老奚头以前可来开过会，一进门便嚷道："我给众位施个礼！好久没见！好久没见！"有人说："别扯淡啦！天天见面。"老奚头说："我是说在会场好久没见。"

爱跟他开玩笑的年青人，便逗他说："奚老爷子！这回脑筋开啦？"老奚头答："开啦！早开啦！我没说吗：头三十年咱就见过八路军，那时候你们还蹿青屎哪！"大伙说："又瞎扯！再来大玄，还不叫你入会，叫你在会外蹲着！"老奚头连声说："可不敢！可不敢！在会外蹲着，那个滋味不好受，可憋屈坏啦！"

主任说："那么，你倒倒糊涂吧。别人都倒了。"

老奚头说："好！我就那么点事！早先不开脑筋，上了地主的当，人家造谣，我跟着吹风。人家说'中央军'过江了，我就说'中央军'到了县城。唉！我这是噘嘴骡子卖个驴价钱，吃亏吃到这张嘴上啦！"有人问："现在呢？'中央军'还能过来不？"老奚头说："'中央军'还想过来？！除非是阎王驾前挂了号，阴魂一阵风刮来嘛！"大伙听他这么一讲，都逗笑了。

主任回头又对彭吉子说："你也坦白坦白！把你那些事，当大伙讲讲！"陈同志也从旁说："对！都是受苦人嘛，诉诉苦！也倒倒糊涂！就是办过什么错事，也不要怕。旧社会给咱的埋汰东西，咱把它都倒出来，洗净身子，咱好在新社会里重新作人！"

彭吉子说："我从七岁放猪，十一放马，十五给人扛活，以后净下庄稼地。我作过贼，偷过马。就是这些事。"

组长说："你好好讲讲！"

彭吉子说:"我还是个'游荡',不正经干活,好喝酒。"

主任起来解释说:"不是的! 他是说叫你把从小到大干过的一些事,原原本本,都好好讲讲。"

彭吉子想了一下,回答说:"有啥讲头! 就是那些事,明摆着!"

老奚头忽然站起来指着彭吉子说:"他那是茶壶里煮饺子,肚子里的东西嘴里倒不出来。我看讲不讲的,那么的就得啦。反正他那些事,大伙都知道。"他这么一插嘴,引得满屋子的人又都哈哈地笑起来了。

二

彭吉子偷马,不但本屯人都知道,就连方圆十里八村,也没有不知道的——

那时候,彭吉子他爹还活着。他爹,那是个正经八百的老实庄稼人。树叶掉了都怕砸脑袋,一步两脚印,受了一辈子穷,可是一点错步没敢迈。

都说"养儿像父",但,彭吉子就不像他爹。一小没娘,他爹给人扛活又照管不了他,真是野草棵子里滚大的,一身野性。从小就淘气,净干惹蜂子窝的事。

九岁那年,给人放猪。东家吃炖肉,他馋得直滴"哈拉子"。他跟一帮小猪倌一商量,就把猪尾巴剁下来,架火烤了吃。回来说:"尾巴叫'张三'咬去啦,好玄(险)没把猪叼走!"叫东家胖揍了一顿,撵了出来。

十二那年,给王秧子放马。他骑马"跳猫",从马身上跌下来,摔个半半昏,差点没把眼珠子摔冒,到如今眉毛上还有三分来长的一个疤。

就这么着,也没教训过来彭吉子的野劲。长大了,还是好玩马。看见一匹好马,他准得过去摩挲摩挲。别人饮马,他给提水;别人喂马,他给拌料。对于马,那是精心在意,稀罕得了不得。

二十岁那年,还在王秧子家扛活。连下地,带赶车。不管怎么难使的马,到他手里,准能弄得帖帖伏伏。地里的活,也是摸得透熟,那个"洒脱""麻利"劲,见着的人没有不竖大拇指的。嘴欠的人背后就说:"看不出老彭头那个熊样,倒养了条龙驹。"

有那好说好唠的老辈的人,像老奚头吧,见着彭吉子,常提:"给你保个媒吧! 怎么样,能养活不能?"

彭吉子回答得更爽利:"早有啦,不用你保!"

彭吉子说这话,当然有点边。彭吉子心里是有那么一个人:黑油油的两条大辫子,亮晶晶的两只大眼睛,有点塌鼻梁,脸上有几个雀斑,不太白,可是挺俊俏。这个人小名就叫"大英子"。大英子是后街孙老六(孙老六也是王秧子的种地户)的闺女,两个人一小就认识。

彭吉子小时候放马,总是在南山坡那片青草甸子上,大英子跟一帮小姑娘也常上那里去挖野菜。彭吉子一看见她们,常常两腿一叉,就堵住道口说:"给唱个歌,不唱不让过。"大英子说:"不唱! 偏不唱,看你能怎的?"彭吉子上去一把夺过小篮,说:"真不唱? 不唱就这么的!"说着用劲一扔,就把小篮甩得好远。大英子究竟是个小姑娘,这个仗是打不赢的。吵来吵去,归终还是自个捡起小篮,哭咧咧地跑回家去。

过两天,再遇上的时候,大英子掉头就走。但彭吉子却偏偏领一帮小嘎远远兜上去,截住说:"不理人? 这么神气? 来! 别生气,给你跳神看!"说着便"哗喇喇——嘣!"用嘴打着鼓点,学着大神,浑身抖抖擞擞地颤起来,一边喝喝咧咧地唱道:

> 大马跑得歇歇喘哪——
>
> 小马跑得汗淋淋哪——
>
> 大马拴在了梧桐树哇——
>
> 小马就拴在后花园哪……

看着看着,大英子就笑起来了。于是两个人就又好了。

就这样,好好恼恼,恼恼好好,两个人都长大了。

大起来之后,两个人还是常见面。有时候大英子到河边去洗菜,彭吉子就上河边去饮马。谈谈这,唠唠那,常常误了吃饭。这情形,屯里人当然都看在眼里。有人跟老彭头说:"大英子那丫头不错,给你儿子娶下吧,别看那小子野,拴上笼头就好了。"老彭头这个意思倒早有,就差着没钱办。孙老六也看彭吉子,人虽能干,就是家太穷,"连戳根烧火棍的地场都没有",怕闺女过门受苦,好在大英子还小,那年才十六,"再等两年看吧!"就这么的,把这个话就压下了。

那年冬天,老彭头寻思儿子长大成人了,老给人扛活,也不是个章程。"屌毛剩不下不说,吃人家的下眼食,到嗓子眼也难往下咽。"爷俩一合计,买匹马,过年租两垧地种吧。天老爷要照看点,能攒下点家底,再娶媳妇也不晚。于是,爷俩都辞了工。

可是,一提租地,王秧子"拿上把"了。老彭头拜年话说了三千六,央告来央告去,才算租下了两垧涌洼地。那地,铆大劲说,顶强也就是打个三石多粮。王秧子照样要两石四的租子,外加"秸秆":五十捆秫秸,五十捆草。春秋扒炕抹墙,那些零工,当然不用提。

开了春,草庙有马市。彭吉子和他爹,爷俩东凑西凑借了几个钱,前去买马。

彭吉子一小就是跟马屁股长大的。挑马,还有点眼力。爷俩转来转去,好马太贵,老爷子舍不得钱;孬马钱少,彭吉子又看不上眼。转转了大半天,最后才相中了一匹小马。跟卖马的争了又争讲了又讲,讲妥了八百,交马时彭吉子又抹去五十,算是七百五买下来了。

那时候,七百五,钱可不细。但彭吉子很满意,一路上他牵着,左相看右捉摸,跟他爹说:"咱这钱没花瞎!"牵回屯来,别人见了也都连声称赞,说是"好骨架!""好好喂着,上了膘,这马也值两千。"

这是一匹小骟马。五岁的口,牙板整整齐齐,大蹄腕,尖耳朵,浑身的毛色,是黑里掺白,白里掺黑。懂得的人说:"这马有名目,这叫菊花青!"彭吉子听了就更加高兴。

这天晚上,彭吉子高兴得甚至睡不着觉。他站在马槽旁,一会摸摸马鼻梁,一会摩挲摩挲马耳朵,站在那听着马嚼草的沙沙声,一直站了大半夜,直到三星晌午。

第二天一早,他又借了付鞍子,牵出马去,要试试腿力。他翻身跳上鞍子,两手一摆嚼口,小马就像支箭似的蹿了出去。远远看去,蹄子踏起来的土,就好像一片黄云,把人马托在上面。骑回屯来,彭吉子站在马蹬上,忽然想起小时候唱的歌:

"大马跑得歇歇喘哪……"

他看见大英子站在门口瞅他笑,他心里想:"这回自个有马了,好好干上他两年,真格的还安不上家,挣不出个媳妇来?"他也笑了。

地租下来了,马买了,就该种地了。头一年两垧地都种的苞米。苞米下来得早,没粮吃,青苞米还可以啃。穷人都有这么个穷打算。

若光指着地里出的这点玩意,去了交租,当然啥也不当。好在,不扛大活了,身子是自个的,连种地,带"打闲";冬天闲下来,老彭头编席子,彭吉子出去拉柴;仗着爷俩忙活得欢,到了年底,居然把买马的饥荒填上了。爷俩都挺高兴:到底比扛活强。

第二年春天,粪都送到地里了,王秧子忽然打发人把老彭头叫了去。

王秧子散披着狐狸腿的大皮袄,从烟灯旁边坐起来说:"你那地我今年得收回来!"老彭头一听就蒙了:"老爷!你老还得多照看一眼,原先不是讲的两年?"王秧子喝道:"不行!不行!今年我要自个种!"说罢一仰身躺下去,拿起香竹的烟枪,对着烟灯"吱吱吱吱"地抽了起来。

王秧子家是个占草的老户,好坏地搁到一起也有三百来垧。方圆左近,不租他的地,你就没有种的。王秧子就仗着这片"方性",成天躺在俄国洋毯上,云里来雾里去,烟枪不离手。不管怎么抽,王秧子是不动老本,全靠在劳金、种地户身上"扣"。对人那个苛刻,远近闻名。一到催粮逼款的时候,小眼睛一瞪,一句话里总能带上三个"不行",因此,邻近各村,都知道王家屯有个"不行老爷"。

王秧子过足烟瘾之后,抬起身来,劈头就是一句"不行!"然后接着说:"我那地,一色的黑土,一垧顶不济也打八石粮,两石四的租子合不上。不行! 我不租了。"老彭头说:"老爷! 去年年成不赖,一垧地才勾三石五。"王秧子说:"胡扯! 打那么点粮,你哪来的余钱买马?"老彭头说:"那马是头年跟人家摘钱买的呀!""借的钱你不是也还上了?"讲来讲去,算是又讲妥了:租子涨到两石七,重新写了租契,答应老彭头再种两年。

偏偏,这年夏天下了一场连阴雨,平川地、岗地都不要紧,可是他们那两垧涌洼塘,水都漫了垄沟。到了晚上,蛤蟆在里呱呱直叫。

一听蛤蟆叫,老彭头简直就像有什么咬他心似的难受。懊躁,上火,加上犯了老病"伤力",躺炕上就起不来了。

到了秋天,别人家虽也是个歉年,好歹还收上两颗粮。彭吉子爷俩种的苞米根本就没结粒;种的谷子,秀了穗的也就有狗尾巴草那么大,老母猪一跷脚就够着了。彭吉子再能,光靠一个人打闲的几个工钱,也交不上租呀! 可是王秧子有办法:"交不上租,牵马!"

彭吉子一听,气道:"挤对人也不能火燎眉毛这么急!"便把眼睛一瞪,向来人说:"看你们谁敢动?"老彭头躺在炕上,有声无力地拦道:"吉子! 硬不过人家,叫人牵去吧!"

狗腿子们素来是"好汉不吃眼前亏"的,彭吉子一硬,真就碰回去了。但,没隔上一顿饭工夫,狗腿子又回来了。前面走着警察,他躲在背后。警察进屋来抓人,狗腿子就到槽上去牵马。

彭吉子被带到村上分所,未容分说,警察老爷上来就是一顿脖子拐、大皮靴。然后又按倒揍了五十大棒,关到笆篱子里去了。

老彭头,本来就已病了好几个月,加上这一急,等彭吉子放回来时,早已凉到炕上了。

又是春天了。别人都拾掇车马犁杖,准备种地。彭吉子却愣在家里。马没了,地没了,刀把攒在人手里,硬又硬不过人家去,干鼓气,没办法。他喝开酒了,闷了就喝,醉了就睡。锄头镰刀都喝进去了。

一天,老奚头来了。老奚头那时候给王秧子当更倌。一进屋便道:"好香!好香!"坐下来,端起酒碗便把碗底干了。然后才说:"吉子!王秧子叫我来跟你讲活,你要愿意干,他说还用你。"彭吉子说:"滚他娘个蛋! 他把我爹逼死了,我还给他干?"老奚头打了个咳声说:"你爹也是到寿数啦。若说逼,咱们扛活榜青的,哪家不受这口憋气?"接着又凑近了些说:"听说有人给大英子提媒,大英子没答应,还等着你哪。再受一两年,攒下钱安上家就强啦。"彭吉子说:"我干他妈两年了,还是这屌样。"老奚头叹口气道:"不干吃什么?"彭吉子不言语了。他想到他还能用那匹马,还能看到那匹菊花青;也许还能安上个家,受吧! 既在人檐下,怎能不低头?

彭吉子又上工了,然而他却不正经干了。他那样稀罕马,这回却会无缘无故地死命用鞭子抽它。但看见马痛得直刨脚,他又难过起来,有时候一垄地没蹚到头,便扔下犁杖,躺在地边抽烟去了。他铲倒铲得那样快,但这回却铲铲歇歇,有时候心里烦躁,便连苗带草一起铲去。

王秧子本来是相中了彭吉子这把力气,才又雇了他来。看他不正经干,当然不能善饶,常常破口大骂。彭吉子受不了了,便想辞去。老奚头总是劝道:"就算给儿子干! 为儿为女还不是当牛作马。咱不是为了钱? 有钱受这个?"彭吉子又想到在河边大英子劝他的话:若攒下一千块彩礼,他爹兴许就能答应。"忍吧!"

其实彭吉子心里也明镜似的:他知道孙老六不会把闺女给他,这个希望很小。不过,有这样一个知心人在,就是看两眼,多少也还是个安慰。

然而,这安慰也不长。这年秋天,孙老六欠王秧子的租,加上头年抬的粮,驴打滚的利一滚,还不上了。就接了五千块钱的彩礼,把大英子许给了铁道西一家姓李的,过了礼,马上就过门。"有钱聘女,无钱卖女",姑娘虽然哭喊着不愿意,但事情逼到眼前,又有什么办法？

大英子过门这天，彭吉子在家喝了一天闷酒。王秧子一脚踢开伙计房子的门，骂道："正是忙时候，你他妈灌狗尿，你打算让我粮食烂到场院里呀？"彭吉子借着酒劲，顶道："大爷不干了，算账！"王秧子嘿嘿一笑，说："由你啦！不干送劳工！"转身把门摔得砰啪乱响，走了。

第二天一早，彭吉子不见了。马棚里那匹菊花青也不见了。

王秧子气得火高三丈，满屯子骂："不行！反了天啦！敢偷我的马？抓回来扒他皮！"

过了几天，有人从城里回来说："彭吉子叫人抓住啦！在酒馆里，喝个酩酊大醉。兜里揣了一千多块！"

抓住彭吉子，并没送回来"扒皮"，以后倒是听说叫警察署送了劳工。但两三年里也没个准信。大伙天天为了肚子奔忙，渐渐好像把他也忘了。

日本鬼子倒国的头两年，春天，草刚抽芽的时候，彭吉子回来了。穿了一身烂布条，脸上挂了一层"古漆"，就是两只眼睛还亮。大伙几乎认不出是他了。

彭吉子才一回来，大伙对他还近乎。可是隔两三天，人见着他就有些躲躲闪闪的了。他去看看马，人家就赶紧把马牵开；他去逗弄逗弄小孩，人家就急忙把小孩领走。人在背后喊喊喳喳地议论，他一去，就散了。有时候也能听到一两句话尾巴："偷马……""谁知道他在外头干些啥事……"

那时候，天下还是王秧子的。大伙都怕惹着麻烦，吃了"挂拐"。再说，听说彭吉子是跑回来的，是个"黑人"，大家就更不敢招惹他了。

彭吉子是跑回来的。他不愿意死在矿山里，就从日本鬼子的刺刀下，一层一层的电网里逃出来了。东飘飘西飘飘，他漂流了许多地方。但，不知怎的，就像有条长线拴在他心上，不管走到什么地方，他总忘不了这个三十来户人家的小屯子。"马渴想起长江水，人到难处思家乡",究竟是出生落草之地啊！每年,一到麦苗发青,或是谷子秀穗的时候,他就忍不住想回来看一看:南山坡的草甸子,他在那遛过马;屯西的小河边,他和大英子在那说过话;房前左右的那些地,他在那铲过、蹚过、割过。他闭起眼睛,都能想得出哪块地是黄土,哪块地是黑土,哪块是涝洼塘,哪块是黄土岗。南山根,那块洼地的地边上,还埋着他爹的骨尸,是不是叫雨水给冲出来了？他应该回来看看,应该给老爹的坟头添两把土。于是他就回来了。

可是回来之后,他仍是个"黑人",见不得日头。不但别人拿他当"贼"看,生怕沾了"贼"味,就是自个也得躲躲闪闪,怕叫王秧子碰上,不敢在屯里多住。于是便东吃一顿,西住一宿,像个孤魂野鬼,没个着落。

有时候,大伙常常看见他睡在南山坡,睡在河边,睡在他爹的坟旁。浑身沾满了青草,一嘴酒气。

就这样,彭吉子在大伙心目中,就又成了个"游荡",成了个"酒鬼"。

三

工作队的老陈弄清楚了彭吉子的历史,第二天晚上开会,当他和大家的面说:"大家想想:彭吉子这些事,到底怨他自个,还是怨谁？"大家嗡嗡议论开了。有的说:"那也在个人。"有的说:"反正偷牛盗马不正派!"也有不赞成这么说的。又争论了半天,一个年青人跳出来道:

"那马本是彭吉子的,是王秧子抢去的,不能算偷!"

"就是偷,也是逼不得已!"

"大地主袖手家里坐,粮食装满囤,那才是偷呢!"

"那是明抢!早先,地主硬跟你要,你敢不给？"

"对!是旧社会逼的!"

"在旧社会,咱叫人踩到脚底下,光顾忙活自个肚子了,不懂得抱团……"

"……"

组长走出来拉住彭吉子的手说:"老彭大哥!以前咱们没有对你讲明白,冷淡你啦!这是咱们的不对!"

彭吉子听着大伙议论,倒觉得怪不好意思,造得满脸通红,说:"我不对!是我跟大伙相远。我把糊涂倒出来,这回也明白了:是旧社会坑害了我,埋汰了我。今个大伙把贼皮给我扒下来,往后我定规跳出泥坑,学作好人,跟大伙一条心,好好干!"

大伙七嘴八舌地嚷道:"不怨你,怨咱们!""穷哥们一条心!""推翻旧社会!""打倒地主!"

主任站起来说:"对!大家讲得都对!以前在旧社会里,咱们累断筋,还吃不饱肚子,安不了家立不了业,咱们死逼无奈,偷了东西,当了'游荡',这不是咱们的错,是旧社会不好,把咱挤成这样子。可是今天咱们翻了身,分了地,扎下了根,咱再不好好劳动,再东游西荡,还行不行啊?"大伙哄的一声答道:"不行!""咱再干坏事,偷东西、耍钱、喝酒、加入邪门歪道,还好不好啊?""不好!"有人插嘴道:"今年你看谁家还丢过一穗苞米,一个茄子?""敞着大门睡,连根草棍也没不了。"主任接着说:"对!咱们翻过身来了,以后就该努力生产,安家立业,扎下富根。过去,作过错事的,沾染过坏习气的,今天要把糊涂倒出来,擦去黑点,丢掉坏习气,还是咱们劳动哥们的一家人,是不是啊?""是!""那么,咱们欢迎欢迎老彭回家吧!"

老奚头抢着说:"呱唧呱唧!"大家便都噼噼啪啪鼓起掌来。有的人把手掌都拍痛了。

这晚上的会,开得热火朝天,比哪天都强。灯,似乎也比往常亮了。

彭吉子加入贫雇农小组了。他高兴,大伙也高兴。开大会去,他赶爬犁,大鞭子一甩,年青时那股"洒脱"劲又上来了。斗地主,翻东西,刨马圈,挖菜窖,什么事他都干在头里。

这回,大伙从城里取回来王秧子(日本鬼子一倒国,王秧子就搬到城里去了),又斗出好多衣服、首饰。王秧子在外屯寄放的一挂胶皮车,一匹枣红马也都牵回来了。

农会院里,箱箱柜柜堆了半院子。都是这次起出的果实。光马就又斗出五匹。大伙说:"伙船船漏,伙马马瘦,马不能搁农会一块堆养着,得先分。"一算现在没马的家,和上彭吉子和老奚头两个跑腿,一共六家,没法分。老奚头听了,就出来说:"我这大年纪,给我马也侍候不了。反正如今我是姑子的儿子,全仗众人扶帮啦!"这么一来,就好办了。大伙一合计,就把王秧子那匹八岁口的枣红马给了彭吉子。老奚头说:"王秧子抢你一匹菊花青,你分他一匹火龙驹,正合适,不赔本吧?!"彭吉子当然是满心高兴,只是笑。

这天夜里,彭吉子起来去喂马,望着天上偏西的三星,想起当初买马的头天晚上,一晃八九年,真像一场梦。

然而这不是梦。彭吉子真又有马啦。而且还分了浮物,分了房子分了地。什么都是双份的,填平补齐嘛!

老奚头也分了地,还分了一间房,不再在农会借宿了。他说:"没想到,老了老了还弄个'窝'!"

正月,大英子也回娘家来了。和彭吉子见了面,俩人一时什么也说不出。彭吉子想:若是现在还十七八岁嘛!然而大英子已是三个孩子的娘了。大英子的婆家这回定成分定个中农,原地未动,还分进六亩多二等地,家里过得很好。她在娘家只住了十多天,没等雪化,就回去了。临走时,对彭吉子说:"这回有了地,有了房子,好好做,安个家吧!"

这个故事,就这样结束了吧!

至于彭吉子以后怎样,他还没有做出来,当然没有办法说。不过,分完地,陈同志临回县时,彭吉子可问过他这样的话。

问:"去年选的那些劳模啥的,那是怎回事?"

答:"就是劳动英雄,劳动模范。咱们受苦人里的状元。"

问:"都得些啥条件,才能当得上!"

答:"当然头一样得劳动好。不过'革命印象'也得好。不光自个好,还要积极帮助旁人,帮助军属,支援前线……条件倒不少,好好干,可也容易。"

问:"今年还选不选?"

答:"当然选。今年展开大生产运动,比去年还要热闹呢。县里选完省里选,省里选完备不住全东北解放区还要选。若能当上个全东北的劳动英雄,中上头名状元,那可是了不起,那可光荣啦。"

彭吉子想了一想,又问:"有黑点的人,也能当选吗?"

陈同志笑了。答:"能! 只要好好干。早先陕北,就是毛主席住的那地方,有许多二流子后来改好了,都当上英雄啦。"他用手拍着彭吉子的肩膀,又接着说:"好好干! 争取个劳动英雄,咱们全屯、全村、全县都光荣!"

彭吉子答:"反正我要对得起在解放区里活一回!"

彭吉子是不是能当上劳动英雄,现在无法预言。看样子,他的决心倒是很大。以后的事,那就得等他做过之后再写了。

一九四八年三月七日于哈尔滨

选自《打开了脑筋》,大众书店 1948 年

◇ 董 速

顾虑上当

去年开春的时候,王海德整天总是懒洋洋的,愁眉苦脸。做个啥活,总得他媳妇三推四搡的。早先给地主扛活的时候,别说不干,干慢了就扣工钱。一家大小四张嘴,都等着呢,能不甩着膀子干吗?如今翻身了,分了两垧半地,两间房子,若是好好干,这小日子眼看就起来啦。可是,他成天蹓蹓跶跶,再不就是仰八叉躺在炕上,伸胳膊撩腿的,像有啥心事一样。

春天,庄稼人,有的送粪,有的收拾犁杖,有的买绳子拴套,有的打柴火,张罗种籽,忙忙活活,挺热闹。王海德东院李全家,小两口贪黑起早,两三天工夫把几十车粪都送到地里去了。又把小马驹换个大红马。小两口见人就说:"我们的豆楂翻高粱,一垧地上了六十车粪,秋后照着八九石说吧!如今是自个的地了,要格外侍弄好。"

王海德的媳妇,看见人家那样心盛,看看自个男人那懒洋洋的死色,她心里冒火,就和他吵:

"到这咱还不张罗种地,秋后吃'土垃坷'喝西北风怎的?"

"你吵啥!别看他们这咱忙,秋后都得给人家,是一场空!"说完,他往窗外瞅了瞅。

334

"怎的？你就会扒瞎！"

"你知道啥！人家前庄孙四'先生'说的，去年分地，今年秋后分粮。凭人家一个知书明理的念大书人，就不如你老娘们知道得多！噢！你可不准多嘴多舌乱说呀！记住了吗？"

他媳妇也纳闷了，就问：

"若是真分，像咱这样人家也分吗？"

"人家说啦，谁生产的多，就斗谁。不管地主也罢，啥农也罢，都得轮到呀！……"

媳妇的心也凉了，本来么，若真这样，谁还瞎费这气力干啥呢？

转眼就开犁种地了。区上同志来开会，劝大伙今年好好生产，过好日子，又说早先穷人是地主剥削穷的，如今分了地，若是再穷了，就可耻了。……谁生产得好，谁就是好样的贫雇农。

大伙都乐乐和和的，张罗种地了。农会主任，小组长，李全，二秃子，李三元……还参加互助小组，说是自愿两利，还带头。人工换马工呀，马工换草料呀，记工算账呀，成天尽嚷嚷这些事。不几天，村里有二十多付犁杖下地了。同时，好多姑娘媳妇老太太也下地了。

王海德呢，还是搭拉个脑袋。一天农会刘主任来啦，问他：

"海德大哥，你今年怎没送粪？俗语说得好'捡粪就是捡大洋啊'，人不动地不出粮，你怎不着忙呢？有啥难处，大伙帮你，犁杖绳套啥的，都预备得怎样了？"

王海德靠着房门站着，用手搔着脑袋，不吱声。他媳妇正抱着一捆秫秸往屋里走，看见他，就瞪着眼睛说：

"怎一杠子压不出个屁来呀？你倒是啥打算，说说怕啥！"她又回过头来对刘主任说：

"主任呀！这几天我急得直闹眼睛，人家翻身了，都有说有笑的，忙着过好日子，我家这人，不知撞上啥魔啦，成天丧荡游魂的，叫我怎办呀！"

王海德抬起头，用眼睛使劲白楞她一下，就坐在门槛上。刘主任也往前挪了挪，蹲下了。他很纳闷：王海德"坐根"也是翻土垃块子长大的呀！给地主扛活，像老驴拉套一样都干了；今儿个，自己有了地，怎倒松了劲啦？早先看见地主的地，可眼馋呢；今儿个分了地，倒像不稀罕了？他手搭在王海德肩膀上说：

"共产党帮咱穷人翻了身，穷人都蹦着高地乐呀！你'懊糟'啥呢？人家把咱从火坑里救出来了，你还想跳回去吗？忘了你受的气，白眼睛还没有看够呀！"

"得啦，得啦！主任！少说两句吧，我干，我干，谁说我不干来的？"王海德一甩胳膊，回到屋里去了，也没看主任一眼，主任呆了一会，也走了。

王海德想不通，累得"汗马四流"的，若是白干了？……孙四先生还是亲戚，"是亲三分向"吗，他说的对，秋后分苗，冬天平粮……这些话，村东村西，风言风语不是也有吗？可是刘主任，李全，东西两院的人，常来问他：楂子刨啦没？种籽"整"下啦没？屋里老娘们又成天叽咕，再不就是指鸡骂狗，拿孩子们撒气，打了大的，拧小的。孩子哭老婆叫，呆在家里也真憋屈。他就拿定主意，明天到地里看看。

人们叫王海德参加互助小组。他不干，啥小组不小组的，自个干随便。他把那架破犁杖拿出来，套上马就下地了。谁想犁杖不好使，总坏，不是架子松啦，就是铧子歪啦，他才不理它呢！糊弄着干吧。把刘主任给他的二斗高粱种籽撒上就完啦，粪也没上。就这样没心拉肠地把两垧地算种上啦，那半垧就扔了。

紧接着就开铲了。天也热起来啦，太阳把全村照得明亮亮的，道上的柳树枝儿绿油油地晃着光。好多人都铲地薅草去了。庄里很静悄，只有母鸡咯哒咯哒地直叫，没有别的动静。

王海德的庄稼种晚了，人家的苗都二寸高了，他的才"冒土"，又稀稀拉拉的像掉了牙一样。

一天晚上区委来屯开会，问大伙有啥困难没，又说换上互助有啥好处,劝大伙多参加。

刘主任说:

"没啥困难,就是屯里屯外还有些人有顾虑,种地不起劲。"

大栓子从炕沿上站起来靠着墙说:

"有人说秋后分青苗!……说穷人的天下没定住,分来的东西,都得吐出来呢!"

"扒瞎!这是扒瞎呀!"一个坐在"炕旮旯儿"里的女人站起来说,她手里正衲着鞋底,绳子拖拉到炕上。

"坏蛋造谣!"

"要翻把!"

"人家县长早就说啦,今年谁生产好,谁过好日子!这是县长说的呀!"二秃子也呼啦地站起来,差点把身旁的烟笸箩撞翻了。

"叫王海德说说,他为啥生产不积极!"

王海德不敢抬头,躲着大伙的眼睛,使劲地吧嗒烟袋,喷出一股股的白烟。烟锅里吱啦啦地直响。听有人叫他,就慢慢站起来,向前走了两步说:

"我地全种啦,苗也齐刷刷地出来啦,谁说我不积极?我啥也不怕,分就分呗!"

"脑瓜筋死登登的,你还说再分!"

"死不开窍!是二流子!"

大伙哄嚷起来啦。

"哪个王八犊子说再分来的?我今年整四十了,像牲口拉套一样'业巴'了半辈子,谁说我是二流子?"王海德大声说,他脸红得像巴掌打的一样。

散会前,区委说了好多话。又和王海德谈了一会。王海德的心乱透了。这晚,他翻来覆去睡不着。分地的时候,他看张三板、王老五都"打怵",他也不敢要。怕人说是狗腿子,就留下了。心想看看风声再说。可是人们都干得挺凶,只几个人不干能行吗?区委说往后谁打的粮食,就归谁自己,这话也许对!斗争分地是为啥呢,就是叫穷人不受穷了。老是这样死心眼,一条道跑到黑也不行呀!有人不怕,我这四十多岁的人怕啥?

第二天,他叫大荣子"看"着两个小的,就和老婆一齐下地了。女人在前薅苗,他在后边铲草。女人可乐坏了,跟他合计着:铲完头遍,再追肥。三伏天把撂荒的半垧地补上荞麦。……他心里发焦,就嘣她:"你这死脑筋,就是奔钱心盛! 这年头够吃够喝就行呗,多了有啥好处!"

不管怎样,一遍地是铲完了,就是苗稀些。王海德脸上也有点乐气啦,活儿干得不紧,只要媳妇一催他,就干去。刘主任看见他拿锄头下地,也挺乐和地说:"好好干吧,海德大哥!"

※　　※　　※

有一天,王海德到区上买盐,碰上了孙四"先生",孙四"先生"最近开了杂货铺子,他叼着烟袋在那里站着呢。

"赶集来啦,外甥!"

"是呀! 四姨夫,你做买卖啦!"

王海德正想和他唠唠呢,这回碰上他,不是很巧吗! 于是他告诉他:在家种了两垧地,也铲过一遍了。这位孙四"先生",脸上冷落落的,直点头,也没说啥。坐一会,王海德觉得很难受,这四姨夫怎像外道起来啦,连句知心话也不说。他就站起来想走。四"先生"在后面也来送他。他一想,还是跟他唠唠,他又回来了。

"四姨夫,这咱没啥风声吧? 都说不分啦,叫大伙好好种地。"

四"先生"摇了摇头。小声说:

"那还有准! 你就是土命人心眼实。你信了吗?"

"…………"

"我看这年头,啥事也没准。长春还没拿下,这块离长春百十多里能保天不变吗? 你知道吗,生产好的人就是积极分子,若是那边(指国民党反动派)的来了,把脑袋先交给人家再说吧! 外甥! 路可不能走绝了呀! 咱是亲戚我才对你说这实惠话——听不听,可由你了。"

王海德的心又凉了。他想：穷过富过倒没啥，只求个全家安全，大小"旺实"。孙四"先生"，是个走南撞北的人，见过世面，人家的话，说得条条是理。在这边"红"了，那边来了可就遭殃啦！这年头留条后路总是对呀！由桂不是把分来的马吓得卖了吗？他回来，就压根不去铲地了。他的心事，连他媳妇也不愿告诉了，到铲三遍地的时候，人家高粱都出穗了，他的还在地皮上呢。媳妇和他吵，他也不生气。人们来催他，他拿起锄头到地里拨弄两下，躺在垄沟里睡一觉就回来了。

可是村里，好多男人领着小孩挖厕所，起马圈，垫粪，沤草。女人编草帽，做鞋。今年雨水还算调和，又加侍弄得不错，庄稼长得真壮啊。高粱穗子红油油的，可稀罕人呢；苞米棒子有尺多长的，豆子多是大粒黄……庄稼人到秋天格外乐呀，人们又磨镰刀，修大车，平场院，就要秋收了。

这屯的秋收组织得还不错，只十八天庄稼就全拉到场院了。王海德门前，是李全的场院。那是九月十五的晚上，月亮贼亮贼亮的从东边上来啦，照得场院好像白天。碌子吱吱呀呀地响着。李全一边赶着牲口，一边唱："一更里来，月儿正明。……"

王海德睡不着了，他坐起来用舌头舔破窗纸往场院里看。大垛庄稼，雄赳赳地在那里堆着，晚上看来，格外高呀，真像小山一样。李全小两口笑一阵唱一阵，他们可真乐呀！王海德的心，像针扎的一样，本来么，庄稼人谁不稀罕庄稼呢，看见人家黑压压的几大垛，能不眼红吗？可是李全还在可着嗓门唱呢，甩着鞭鞘，半夜里声音格外大。他睡不熟，蒙住头，把脚往墙上使劲地摔了几下。

※　※　※

转眼到了冬天，粮食都入仓了。王海德两垧地只打了两石高粱，还毙瞎瞎的。李全一垧半地，打了十二石，还收了一千多斤白菜。他们换来两个小"壳郎"喂上啦。两口子都买了棉裤面，又给他们小丫做件花棉袄，通红的，打算开春再买匹牲口。人家的小日子真像早上的太阳一样，红腾腾地起来啦。王海德越想越憋屈：说啥变天？东北全拿下来了，国民党给打得屁滚尿流溜干二净，连个影都没了，听人说军队又追到关里，追到大南边去啦。穷人的天下，是定住了。谁说再分？粮食一车一车各到各的家里去了。老婆整天叨咕埋怨他，孩子看李家小丫穿了新衣裳，也闹着要。王海德"懊糟"透了，粮食不够吃，油盐零用，"针头线脑"，更没着落。都是五尺来高的男子汉，有啥脸去求人家帮助。早先让地主刮得抽筋扒骨的，都穷零碎了，好容易共产党来了，穷人分了地，为啥把它撂荒了？这不是不知好歹吗？这不是……

腊月十三这天晌午，小学生，妇女会，民兵，打着红旗，集到村东头去了。锣鼓喧天地扭着秧歌，还放了鞭炮，这是啥喜事呢？姑娘媳妇都跟着跑去了，宋老太太领着小孙子，也挤在人堆里。小孩子们追得跌跟头绊脚的，小六跌到一个土坑里，挤掉了一只鞋。全屯暴土狼烟的，大伙乐翻天了。

"人家模范从县上回来啦！"在王海德旁边一个人说。

"谁？李全，二秃子，还有……"

"还有杨三嫂！是女的。"一个孩子从王海德旁边跑过去，把他撞一"侧歪"。

真的，李全和杨三嫂骑着大马走进来了。后边一辆大车拉着豆饼，铧子，两条肥猪，上面还坐着二秃子，王三元。他们都笑得张着大嘴，不知往哪看好啦。人们一拥就挤上来了，把几个劳动模范给围住了。

"看！李全真神气呀！"

"这一年算没白干啊！有了苦，才有甜！"一个老头说。

"杨三婶，头回骑马，她害怕！"

"瞎说，她骑过！"

"你瞎说，她早先是穷人，她没有马！"

两个小孩吵叫起来。

区长站在土堆上说话了：

"咱屯劳动模范，李全，二秃子……都回来了，他们在县里得了奖,看! 这马,这猪,豆饼……咱欢迎他们,他们懂得政府发展生产的政策,今年地种得好,穷人翻了身,必得好好生产,才能牢靠,早先咱穷人累得腰酸骨头疼,东西都叫地主拿去了,如今生产归了自己,政府还奖励,看多好呀!"

大伙都使劲地拍着巴掌。李全从马上跳下来,用手梳着马鬃。一会,他们往回走了。这个上来问问:"李全,这马几岁口了?"那个挤来说:"这是膘满肉肥的好马呀!"小孩子跟在后边想拉马尾巴好险让马踢了。拉着肥猪的车上,跳上去好几个孩子,挤得猪直叫唤。

这晚,王海德觉得身上很不舒坦。第二天,就病了,浑身"滚热"的,脑袋疼得像要裂了,李全来看他,送来一升小米和五个鸡蛋。一会,刘主任也来了,摸摸他的脑袋。他一翻身坐起来啦,浑身直打颤颤,拉起刘主任的手,就掉了眼泪。"你有啥憋屈事说说吧,我也不是外人!"刘主任说。王海德的手捶着胸脯,越哭越厉害了,鼻涕一把,眼泪一把的……刘主任想叫他先歇歇等病好了再唠,就扶他躺下,给盖上被,呆了一会,他就走了。

王海德病了五六天才起来。刚好这天晚上开会,他也来了。开会的人可真多呀,地下,炕上都坐满了。屋里烟很大,灯不太亮。王海德也看不出谁是谁,反正尽是人脑袋。只看李全从炕上挤下来,在地当心,摘下帽子,站得溜直的,他说话了:

"如今咱当了模范,政府奖了咱,政委县长给咱们装烟倒水的,人家恭敬咱个啥呢,就是恭敬咱的劳动和带头,咱李全往后更要带头,大伙也都来干呀! 穷人翻了身,可要争气,好好生产,不能好了疤拉忘了疼呀! ……是不是呢!"

大伙连笑连拍巴掌。杨三嫂也站起来说:

"说啥呢,反正咱乐坏啦! 咱得了一匹马,三岁口是骒马,那天咱骑上它在大街里走了两趟。咱在大会上,说了话,乐得也顾不上害臊啦,就上了台! 这个国家可真把穷人从地狱里翻到天堂上来啦,可真翻上来啦!"她越说,嗓子越尖,后来简直是喊起来了。大伙都哈哈地大笑起来。王海德急忙从后面也挤上来啦。他说：

"这不是，人家劳动好了，都当了模范，我王海德今年的生产，是马'尾'穿豆腐，提不起来啦，今冬吃穿都凑合不上。我为啥'造'得这样呢？我上了坏人的当！孙四'先生'，那个王八犊子，把我坑苦了！他硬说穷人的天下不牢靠，说谁生产好，谁就是积极，谁的脑袋就要'搬家'。他说，秋后还分，等着吃现成的。我不开窍，老糊涂了，信了这些话，没好好侍弄庄稼，上了当，我肠子都悔青啦！我说把他抓来，押起他这王八犊子！"

人们七言八语地嚷起来，有的说孙四"先生"是坏蛋造谣想翻把，有的说他许是特务。有人说叫民兵就去抓来他。直到区委站起来，大伙才消停下来。

"孙雅成，这个坏蛋，说穷人天下不牢靠，你们说对不对？"

二秃子从炕上跳下，拦住了区委的话，他大声喊起来：

"牢靠！牢靠！敌人叫咱打光了，咱的国家是铜帮铁底的！那个老兔崽子造谣，我说咱大伙去揍他一顿，对不对！"

"对呀！"有人应着。区委摆了摆手让二秃子先坐下。他接着说：

"王海德，因为糊涂，没看清形势，有顾虑上了当，孙雅成是谁？是咱斗过的人呀，可是王海德不信政府和大伙的话，信了坏蛋孙雅成的话，把两坰半地撂荒了，弄得吃穿不上。这事也教育了大伙，今后，可千万别信谣言，听到谣言就要追根寻底呀……"

李全又截住了他的话：

"造谣的，都是咱敌人，他钻到地缝里也要挖出他来！"

"这些坏家伙，想破坏咱，有缝就钻！这咱王海德醒悟了，往后，他要加紧生产！"他说完，大伙又嚷嚷起来，都要把孙雅成弄来先问问他为啥造谣，再想处理的办法。区委接受了大伙的意见。

自这以后，王海德天天捡粪，门口的粪堆，眼看一天比一天高了。晚上和媳妇编席子，编粪箕子，直到半夜，换来好多盐和布。又打十多车柴火。化雪不几天两坰半地的粪，就全送完啦。他跟媳妇说，今年非把去年的亏空补上不可。看见李全就说："李全兄弟，今年咱哥俩也比一比吧！"看见刘主任就说："去年可叫坏蛋把我'糟踏'苦了，今年秋后见！""对！秋后见！"刘主任乐得眯着眼睛。

选自《文学战线》，1949 年第 2 卷第 4 期

里外一条心

一

天刚下过雨，大块黑云，在天空中浮动着；西北上仍响着隆隆的雷声。雨水从土岗上向低洼的地方稀里哗啦地淌着。一个青年妇女光着脚，卷着裤腿，顺着一条小毛道，向一片菜地里走去。她旁边还跟着一个十来岁的男孩子。这女人就是黄山屯的军属黄秀容，男孩是她同院老宋家的小牛。因为这片菜地里的茄秧长得太密了，她趁刚下过雨，要把它分栽一下。

"好凉快呀，小牛慢慢走，别滑倒了。"

"大嫂，你看东边出来虹啦，人家说用手一指它，就烂手指头，是吗？"

"怎么小小的人，尽说些封建迷信的事儿！"

小牛仍弯着眼睛看那条虹。

"今天下晌，咱俩把这片茄秧栽完，秋天茄子长好了，结多了，嫂子卖一些，买几根铅笔给你，好吗？"

"好，大嫂，再给我买个皮球。"

他俩走进菜地，水都汪在垄沟里，小牛先趟到里边去，把半截腿都弄上泥啦。一会他又跑到一个水坑旁边说：

"大嫂，人家说这里有蚂蟥呀，这玩艺可邪乎呢，叮到大腿肉里就不出来！"

黄秀容卷起袖子，拿起镰刀，就一棵棵地挖着茄秧。叫小牛到另外地方去挖坑儿。他俩一边挖着，一边唠嗑：

"小牛,昨晚,你们儿童团开会,都说些啥?"

"我们都坦白,都批评啦。"

小牛也顾不上挖坑了,就站起来,把两手上的泥使劲地甩了甩。又说:

"狗剩子,他妈不在家,他偷出两个难蛋烧吃了。小二丫尽逃学。……有一回,秋姐子还给他下屋老阎家地主刷碗、抱孩子来的。……"

"秋姐子,没立场,是不? 那么你坦白啥了?"

"人家表扬我了,说我念书好,回家还帮妈劳动生产。"

"好孩子,好好念书,学革命,长大了,好为人民服务。"

忽然,在苞米地那边有人喊黄秀容。他俩都站起来回头张望。原来是文书张国财。他走过来了,看看黄秀容,说:

"我找你都找冒烟了! 原来在这呢。回去吧! 大雨泡天的,改日再干不好吗?"

在路上她问:

"老张三哥,有啥事叫咱回去,耽误了咱的活呀!"

"回去再说吧!"张国财没有回头,拉着小牛在前边走,一会他又站住等黄秀容。

黄秀容纳闷了:村主席不是说白天不开会,怕影响生产吗? 为啥叫咱回来? 莫非咱做错了事,村主席叫回去要批评咱? 莫非咱有嘴无心,工作得罪了人,谁反映咱啦?

小牛跟着张文书走得很快,小脚丫在泥上一趄一滑的。一会,他回过头来喊:

"大嫂呀,他说大哥来信啦!"

黄秀容嘎嘎地笑了,她一步赶上来说:

"嘿呀,三哥,你真逗人,叫咱急得出了一身冷汗,来信就来信呗!"

张国财没有出声。

她紧跟上说:

"可真巧,我昨天给他捎的信。信上都说些啥? 哪回来信都嘱咐我呀! 生怕我落了后,咱是糊涂人吗? 真的,三哥,你看咱是那样糊涂人吗?"

到家后,张文书从兜掏出信来说:

"告诉你,王三虎从关里来信啦,说德明打仗挂了彩,挺重,这边那边(死活)还说不定呢! 可是你也别难受……"

"是呀!"黄秀容顺手放下筐和刀子,坐在炕沿上,一动不动了。她脸转成苍白色。眼里闪亮着。

一会屋里挤来很多人,她娘家嫂子也来了。大伙东一言西一语的,都很惦着。

老朱二大爷说:

"德明那小子,老实厚道,坐根没做缺德事,挂彩也不会出啥岔头! 大伙放心吧!"

武装委员小王说:

"打仗还怕挂彩? 德明大哥真勇敢。要我说,咱谁也别难过,快写封信慰问他一下才对。"

"若是死了还慰问啥呀!"小秃丫说完,觉得说错了,把舌头一伸,赶快躲到她妈身后边去。她回过头来,瞪她一眼说:

"死丫头,闭住嘴!"

黄秀容拿起信要看,她娘家嫂子挤过来说:

"他老姑呀! 咱们老黄家祖上门下都没做过亏心事,怎摊上这样事! 这人若两眼一闭,你可怎活下去呀!"

黄秀容看了嫂子一眼说:

"嫂子,你别瞎说,我啥也不怕,若是怕死,还不叫他参加了呢!"

"哟! 还是你有心劲!"

村主席和支部书记刚从区上回来,待他们赶到黄秀容家的时候,已经晌午歪了。他俩把东西两院的人都撵回家去,不让大伙在这乱嚷嚷。

346

村主席说：

"秀容，你是明白人，可别懊糟，咱再写封信问问。"他就回去写信去了。

这晚支部书记在黄秀容家唠了很久。他劝她放宽心，说打仗受伤，是常事。既然下了火线，也许能治好伤，部队上对伤员是爱护的，照顾是很周到的。就是有了一差二错，也是为了打敌人，不是挺光荣吗？雁过留声，人过留名，几辈子的光荣啊！

秀容说：

"是呀！常言说死有重于泰山，有轻于鹅毛！同志，你看着，我黄秀容要和往常一样工作生产，就是他死了，我也要对起他管德明。"

二

秀容小的时候，和王子安还有一段故事：她家和王子安家住对面屋。她和子安常屋里屋外，玩在一起。春天子安去放牛，秀容挎着筐去挖"曲麻菜"。两人常连说带笑的一块走。到了野甸子，子安把牛撒开，坐在土坡上，甩着鞭梢。秀容就到地里挖"曲麻菜"。一会牛吃饱了，他把它拴在树上，就帮秀容挖菜。有一回子安问秀容：

"容子，老孙家前回给你保媒都说了啥？是你妈跟人家要两副镯子和十丈布吗？""你真缺德，问这干啥！"秀容头也不回，挎起筐就往回家路上跑了。还听见子安在后边逗她：

"气死猴，不回头。蛤蟆气鼓，一气气到八月十五！"

秀容和子安常一块玩闹。两家妈妈看见都说："挺大的丫头小子，老是打成伙恋成块的，常了叫人笑话！"

三年过去了。秀容家搬到另外地方去住。从此秀容和子安就分开了。不久子安妈又给子安娶了媳妇。媳妇也挺俊，可是子安常说："俊不俊算了啥；人合心，马合套。"他心里还常想着秀容。秀容呢，虽然那时心里有个子安，一想人家已经娶了媳妇，心里还能有咱？加上妈妈给她找了管德明,她就没有主意啦。不想过门一看,管德明还真不错;憨头憨脑,不笑不说话。做庄稼活很出力,也很懂人情世道。

子安长大了,不愿种地,到镇上捣动买卖。成天浪浪荡荡的,烟卷糖球不离嘴,天长日久,也就不像个务正的人了。秀容越发觉着德明比子安好。别人也常说:"家趁万贯,不如一人能干。秀容嫁给德明,算没瞎眼睛。"

她和子安虽前后屯住着,可是有时碰上,两人都只是笑一笑就过去了,谁也不说啥。这回,听到了管德明的事情,不两天,王子安就跑到秀容家来。

秀容正在淘米做饭,看见子安走进,她一时也说不出啥来。子安穿着雪白的衬衫,和黄绿色的西装裤子,他满脸是笑地说:

"忙着哪!"

"嗯！……"秀容把盆放下,靠着锅台站住了,她觉得很拘泥,手也不知放在哪好啦。

子安从兜里掏出扇子扇起来。好一会,秀容才说:

"到屋里坐吧!"

一到屋里,子安便问:

"是管大哥死了吗? 真是没想到的事!"

"谁说的? 他能死吗?"秀容盯着问他,急得脸也红了。她想:莫非大伙都瞒着咱? 怕咱"懊糟吗"? 她平下心,又问:

"真的吗?"

"听人家这样哄嚷呗,真假咱也不知道呀。"

"……"

"若是他真死了,你也该放宽心,细水长流,日子还远着呢,你能不过了吗?"

"谁说我不过来的,要过得更好!"

"哈哈,你挺明白,挺进步!"

王子安笑着看看她就走了。

秀容觉着很"委屈",德明死活还不定,闲言乱语不少,弄得她心里乱火火的。过了四天,王子安又来了。他挟着一个包袱,放在炕上说:

"我新近从哈尔滨办来好多货,这是两丈青布,成色挺好,给你拿来,留冬天做棉袍吧。"秀容纳闷:自从两家搬开,多少年来,已没啥来往了,为啥王子安冷丁这样近乎啦?她很不乐,就说:

"咱家有穿的,你拿回去吧,你家大大小小的,人口挺多,留你们用吧!"

说完,秀容就到外屋温猪食去了。子安也跟出来,就蹲下帮她烧火。她过来抢下说:

"不用啊! 看埋汰了你的衣裳!"

王子安到窗外转了一会,看见窗底下放着铡刀和草,他就叫来小牛,一块铡起草来。秀容从屋里出来拦挡说:

"不用啊,你回家忙吧!"

"今个没集,我又不上街,帮你干点活,还多余吗?"

子安和小牛越铡越快,秀容看没法拦挡,就回屋去了。王子安铡完了草,又去打扫院子。秀容急地端着猪食瓢出来,一边抢下扫帚,一边说:

"你穿得溜光水滑的,能做这样活吗? 这是我们庄稼人的事!"

王子安站了一会,拍拍身上的土说:

"那我回去了。"

"噢,你先别走,把这拿回去!"秀容抱着那个包袱从后边追来。可是子安已经走远了。

第二天一早秀容就打发人把王子安给她的东西送回去了。

王子安隔三差五的,还是常到秀容家来。可是她不理他。

三

三个月后,管德明来信啦。那是一天早饭后,村主席和一伙人,吵吵嚷嚷地进来了。一进门,主席就说:

"大喜呀,德明来信啦!"

武装委员小王说:

"大嫂,你扭个秧歌,咱才给你看信!"

"这回可把她乐颠馅啦!"

秀容把信从小王手里抢下来,一个字一个字地念着,两眼笑得弯弯了,慢慢地,顺着她通红的脸蛋上淌下两滴眼泪来,可是她嘴仍是笑着。她松了口气说:

"这就好啦,他还活着!"

李大娘过来说:

"怎的?大媳妇,你女婿就剩一条腿啦?"

"是啊!大娘,那条腿割下去了!"

"这怎说的,早知这样,不如不参加了!……"李老太太还未说完,小王就抢着说:

"你这老太太尽说糊涂话,人家流血牺牲的,是为了打敌人呀!别说还活着,死了怕啥?"

"哟!就你明白,小小的人,黄嘴丫还没退完,就教训别人!"

"你老太太懂得啥?德明大哥打仗勇敢,才受伤呢,若不勇敢,就不配当解放军人!"

"是!咱是老混蛋,啥也不懂!你懂你懂!"

"大娘,他说他还能工作,还说只要他有口气,就跟敌人拼到底!"秀容脸上笑盈盈的,对李老太太说。

"有人就行呗,留得青山在,不怕没柴烧!"李老太太也明白。

这天下晌,秀容没下地,在家勒"席枚子",编草帽。她一边编着,一边想着丈夫信上说的话。他说虽然残废了,可是立了功,躺在医院,同志们这个来看,那个来问;慰问品、慰问信,一堆堆地来呀!如今和参加时,怀上带着红花一样的乐呀。他还说,缺了腿还有胳膊,缺了胳膊,还有脑袋、嘴巴,只要有口气,就和蒋介石干呀!……她想着想着,想得可远啦:想起伪满时,一年秋天,日本鬼子硬抓德明当劳工。他吓得躲起来,没曾想汉奸坏蛋们把他从前屯抓回来。说他不是良民,就把他脱光了吊在树上连打带烧。血从头上流下,脚烧烂了……德明晕过去了,才把他扔到地下,说:"限你十天,伤好了,还得去。"九天后德明刚能动弹,甲长就来了,说:"明天走!"这真把人熊苦了,还有啥活路呢? 这天刚黑,秀容就在外屋地梁杔上上了吊。德明去喝水看见了,忙用菜刀切断绳子,他抱住她,就痛哭起来了,说:"你真熊,为啥寻死,留口气好跟鬼子拼啊!"第二天他走了。半年后才回来,瘦得柴火棍似的,还累出一个肚子疼的病。一疼起来,拧肠刮肚的,满炕乱滚。光复后一年,邻近的县都解放了,那里来了人民解放军,就他们县还驻有"中央"军,这帮王八犊子常从县上到屯来抢来西。有一天汉奸甲长领来四个人,硬要赶走她家的猪。德明气得拿起一块砖头,朝他们打去。他们可就翻了脸,说:"你真不想要命啦。"把他捺在地上,暴打一顿。就把猪绑在车上拉走了。

德明起来要去追,血从鼻子里流下来。屯里人拦阻说:"德明,得啦! 一口猪呗,拿就拿去吧,十口猪也顶不了一条人命呀!"德明说:"咱不是舍不得这口猪,只是这气,咱屈不了!"

这晚,他饭也没吃,用袖子擦擦脸上的土,扎上破腰带就朝北走了。秀容追上问他:"干啥去?"他说:"我参加人民解放军去,你在家好好过,多咱把这帮家伙打走,我才回来见咱屯的老少们!"

从这,管德明就参加人民解放军了。他走后,半年,这里也来了人民解放军,把"中央"军打跑了。秀容领着屯里妇女侍候伤员,喂水喂饭,洗衣裳,几夜不睡。她又领头做军鞋,鞋帮还扎上"同志们,努力打敌人"的字样。不久,她当了妇女小组长。如今她领导组里妇女,参加互助组,闹生产。她又参加了夜校认了好多字,也能看信写信了,在哪方面她都从没落在人后。

她想得头发晕,就拉过枕头躺在炕上。这时,她娘家嫂子就进来了。她看着秀容的脸说:

"他老姑,别懊糟啦! 人不能不信命呀,常言说'红颜薄命',可真不错。看你这人有人样,活有活样,双眼薄皮的,溜光水滑的小媳妇,怎摊上这样事儿?"

"我懊糟啥? 他又没死!"

"没死咋的? 也是废物了。"

秀容听来很不顺耳,就忍住气到外面抱柴火去了。可是还没等她回进屋,嫂子就在外地等着她呢。

"他老姑,咱嫂子小姑,没啥不可说的,如今是不讲封建啦,我看你就跟他离了吧! 两条腿的活人不有的是? 他残废了,你又没个一男半女,往前还有个啥奔头呢!"

秀容气得脸通红地说:

"嫂子,你这是啥心思! 别说他只断了一条腿,他瞎了,烂了,我也跟他过! 为了咱老百姓,咱国家,他光荣!"

"哟! 你还是卖瓦盆的出身,一套一套的呢,咱当嫂子的是一片好心呀,谁还往火坑里推你怎的!"

"咱的事,不要你乱嚷嚷!"

"看,你一句话把咱碰到南墙上了,反正咱是好心换不出好意!"

四

管德明来信后,大伙虽说都乐,可是也有人常暗里喊喊喳喳,揣摩着秀容能不能再和他过下去。支部书记、村主席和大伙唠起这件事时就说:

"德明为啥负伤? 因为他对咱老百姓忠实,爱咱国家,打敌人就坚决,就敢冲锋陷阵。德明是有功的人哪。国家爱他,人民拥护他。咱屯出了这号人,全屯都光荣!"

有一天晚上,秀容在村主席家开完会,一出来,便碰上了王子安在那等她呢。

"黑更半夜的,你不害怕吗?"

秀容一看他,头也不回,紧往前走。子安两步追上来说:

"我送你回去。"

"不用！不用！和我这样拉拉扯扯的像个啥？"

"嘿！你还带封建脑瓜呢！"

走到大路上，秀容撒腿就跑。子安追上来，抓住她，气喘喘地说：

"为啥半斤换不出八两呢？小时候的事，你全忘啦？"

"我喊啦！"

"黄秀容啊！人交心树浇根！……"

"你说这话是为了啥？想埋汰我吗？"

"这是啥话，恨不得把咱心抓出来，给你看看！"

"咱不稀罕你的心！"

"稀罕谁的心？"

"管德明的心。"

"那个一条腿的管德明？"

"是！一条腿的管德明！"

"那个残废的管德明？"

"是！就是那个残废了的管德明！"

"唉！你真是迷住一窍啦，他回来也是坐吃等死啦，还能做个啥？咱捣动买卖，钱是不少赚啊。"

"咱不爱你的钱，他比你好。他就是不动弹了，咱背着他抱着他，也和他过呀！"

"他哪点比我好？"

"他为老百姓为咱国家去打敌人，立了功，这就比你好！"

好半天，王子安才磕磕巴巴地说：

"咱做买卖也是为国家为老百姓呀！秀容！这些年，我虽儿成双女成对了，可是总也没有忘了你呀！"

秀容越听越气，就扯住他说：

"你千不该万不该，不该在这时候来挑拨咱，走！到村主席那讲讲理去！"

子安不去，秀容使劲地拉他。这时前面走来吴助理员和张国

财,子安无法挣脱,就被她拉到村主席家里。一进门,秀容就说:

"主席,你给断断理!"

子安靠门框站着,低下脑袋。

"怎的啦,秀容,有问题慢慢说。"

"王子安不怀好心,他挑拨我和德明的情义!想埋汰咱!"

"黄秀容,你不能血口喷人,我多咱埋汰你了?我姓王的脚正不怕鞋歪,今晚就对主席根根底底说说!"

"别吵!别吵!"张国财把王子安拉到里屋。秀容和村主席就唠起来:

"咱小时和王子安住对面屋,常一起玩玩闹闹的,觉着不错。自和德明结婚,和他就没啥来往了。如今他看德明残废了,就生了邪心,挑拨咱和德明离婚。我能那样做吗?我和德明风里雨里,穷里苦里熬出来了。吃糠咽菜的时候,咱都手拉手地过来了,如今他当了解放军人,为打敌人成了残废,咱能变心吗?咱是那种忘恩负义的人吗?谁若来挑拨我俩的情义,真比用刀子割肉都难受哇!"

她眼泪唰唰地掉下来了。

"秀容,你对,你对,咱穷人就要你这样的心,军属应当学习你。子安这小子真不对,我批评他。你以后不理他就行了。"

王子安被批评后,再不敢找秀容来了,可是他背后还不断叨念小话,盼着有一天黄秀容和管德明能离了。

五

秋天快完的时候,秀容和小组的人在场院里打场。大伙扬着高粱,磙子也吱呀呀地响。忽然,看见有辆大车在她家门口站住了,一个荣军,挂着双拐走进去了。

秀容放下杈子,拍拍身上的土,往家里跑去。一进门,她站住了,心里热呼呼的,怦怦直跳。

她看见德明坐在炕上,双拐靠炕沿立着,见她进来,他向前挪了一下,笑着说:

"你忙啥呢,一晃四年了,还认得我吗?"

秀容慢慢走到他跟前,有点羞臊的样儿,把手搭在他肩膀上说:

"你呀,剥了你的皮,我也认识你的瓢呀。"

她上下端详他:虽说缺了一条腿,倒挺胖,方面大耳的,满脸笑容,好壮实啊。一会德明下地了,拄上双拐,看看秀容,笑嘻嘻地站起来。秀容用手轻轻地去摸那断了的腿根,问:

"这里不疼吗?走道一样吗?"

"不疼,一样。"

下午屯里人知道德明回来了,东邻西舍,前后屯的人都来看他。村政府还送来一些鸡蛋,说德明在前方为人民立功了,流血了,应当慰劳。

于是他对大伙唠起在前方打仗、负伤的事。

春天打××地方时,连长叫他给团部送信,报告这边敌情和本连的堵击部署。半路上,遇上三个敌人。他躲也躲不了啦,就和他们打上交手战。他想:若是自己牺牲了,信叫敌人翻去,可就糟了。就在敌人向他心口伸来刺刀的时候,他一边抵挡,一边把信吞到肚里。交手战打了半点多钟,两个敌人叫他打死了,另一个逃跑了。他用口信转给团部完成了任务。又一次,咱队伍叫敌人四面包围了,同志们一天多没吃饭,又累又饿,很危险。由他去突围送信,和咱别的部队取得联络。冲进敌人阵地时,机枪大炮一齐向他打来,他拉紧马缰绳,飞一样地穿过去了,和咱南边部队取上联络,咱两面夹击,消灭了一团敌人。接着在××战斗时,一个炮弹落在他旁边,土把他埋住了,并炸断了一条腿。

"好样的,德明大哥,你真不失本色!"武装委员小王举起拳头说。

"咱屯出了这号人,大伙脸上都有光彩呀!"

"咱给管同志编个剧吧,就演他。"

德明说:

"如今,虽说不能在前方打仗,到后方生产工作,还能顶他

355

一个。"

秀容也听得起劲了,笑盈盈的,直瞅着德明的脸儿。

晚上,人都散了,德明躺在炕上哼着歌子,秀容在地上编芡子。他问她:

"今年,地侍弄得怎样？能打多少粮呀？"

"一垧地,七八石吧,去了吃穿,还有剩呢。"

"加上我呢？"

"也够啦,咱还搞副业呢！"

"如今我不能动弹了,你能养活我吗？"

"能！"

"这一条腿的人,你不嫌恶吗？"

"不！"

"为什么,老鸦喜鹊还打旺枝呢,你就甘心和我这残废人过了？"

"……"秀容低着头,绷着脸儿,要笑不笑的。德明又说:

"我看你是快刀切豆腐,两面光,装好人呗！"

这回可恼了秀容,她立时站起来,脸通红的,说:

"你姓管的,尽昧心眼说话,出口伤人,不死,你就看吧！"

德明笑了,说:

"逗你呗,可倒土命人心眼实,好糊弄。说真的,别看我腿残废了,心可没残废。这次回来,指导员和我唠了三个多钟头。劝我别悲观,回后方好好搞生产工作。我能悲观吗？爬着滚着,我也要干出个样儿,才不愧为荣誉军人。我挂着双拐,不管走到哪里,不仅不觉着难看,倒觉得挺光彩。"

"是呀！你放心,我对你里外一条心,要比早先还好。如今你不能回前方打仗杀敌人了,在后方生产工作,再给老百姓立功吧。"

他俩都笑了。

这年冬天,管德明和黄秀容搞了许多副业生产。编芡子、席子、粪箕子、筐。屯里老人、小孩、姑娘、媳妇也常拿着柳条子,"席枚子"到他家来,学编这些来西。德明一边给他们起头,一边讲着前方打敌人的故事。他对群众常宣传革命道理,说为什么必得把蒋介石消灭干净,为什么要反对美帝国主义的侵略。屯干部有事常和他来商量,征求他的意见。

第二年春天,管德明被调到区里工作,黄秀容也到区里当妇女委员去了。

孙大娘的新日月

一、帮助孙大娘割地

小二领着两个同志走到豆子地,太阳刚从东边土岗上冒出来。秋天的早晨,很凉。豆秧湿漉漉的。落在垄沟里的豆叶蒿子叶,软软的,一踩就贴在地上了。小二把腰带紧了紧说:

"同志,咱三人,各把两条垄,行吗?"

"行! 小嘎,张同志在这边,我在那边,你就夹在当间,好吗?"

"好,咱们'摽'着干,就割得快了。"

小二真行,割着割着,他就赶到前面去了。李永春在后面笑着说:"这小嘎真行!"

小二回过头来笑了说:"去年割豆子,我把打头的追得满身是汗;割高粱,我能把三条垄呢!"

一会,小二累热了,他把衣服脱下来,露出红黑色的肉,挺健康的。李永春对张捷说:"看,这小嘎又脱光膀子了!"

小二停下说:"铲三遍高粱时,我还光腚呢!"李永春哈哈笑起来。

"笑啥,同志,你当我瞎扯吗? 那时候高粱叶子挺厚的,太阳火烤一样,高粱地里又闷又热,非脱光腚不行!"

快到晌午时,太阳把豆子晒干了,割起来刷刷的,挺扎手。

"小嘎,你扎手不? 我手上尽是刺了。"李永春说。

"庄稼人的手,还怕扎? 看,我这巴掌净是茧子,赶上老牛皮啦;割高粱时,那老楂子,刀尖一样,哪回不拉破十几个口子!"

从西边白菜地旁边,走过来一个老太太,她赶着一只老母猪,老母猪的肚皮快拖地了。走到豆子地头，老太太喊道：

"小二，叫同志们，多歇几气呀！"

老母猪在地头趴下了，老太太走进豆地里。她硬把李永春和张捷的镰刀抢下，让他俩歇歇，可别累着。

"老大娘，我们不累，帮助一天，我要做出一天的活，割少了，能对起你老人家吗！"

小二也过来了，小脸通红，帮他妈抢下李张两同志的镰刀。他俩没法，只好坐在豆堆上休息。

这老太太，就是孙大娘，她抱来一捆豆子说：

"快给同志烧点豆子吃！"

张李两同志赶忙拦挡，说："老大娘，我们帮你割一点地，再这样麻烦你，于心不忍！"孙大娘像没听见一样叫道："小二，快去搂把苞米叶子来！"

"妈！搁啥点呀！有洋火吗？"小二也忙活起来啦，孙大娘从兜里掏出一个纸包来，里面裹着两根洋火。小二径向东边苞米地跑去。一会，抓来一把干沙沙的苞米叶子来。张捷去拿镰刀，要动手割地，李永春伸手去搬那快要点着的豆子。孙大娘可急啦：

"同志，这是干啥？瓜子不饱是人心，瞧不起我这老太太怎的？你们若不吃，可真叫我不舒坦，我参加那儿子，和你们一般大，我没有把你们看成外人呀……"她坐在这堆豆子旁边，不动了，显出不乐意的样子。李永春和张捷看无法谢绝，也坐在那里不动了。

于是，这堆豆子披披剥剥地烧起来了，升起一股香喷喷的味儿。豆子烧好了，小二抓出一把，吹了吹，就塞到嘴里嚼起来。

孙大娘朝他背上拍了一下说："这小子，怎啥也不懂，同志还没吃，你就先伸手。"

小二把头缩了缩，赶忙又抓了一把，连灰也抓起来啦，塞到张捷手里。

"快吃吧！同志，你尝，喷香！"

孙大娘抓了两把，倒在大襟上，擦一擦，塞在李永春手里。

"同志,看见你们,就顶上看见我儿啦,从他参加后,一见了咱同志,我就格外亲热。你们可别外道!"

"妈呀! 老母猪拱老王家白菜地去啦! 你看呀!"小二先看见了。

孙大娘急忙站起来,走了两步,转回来,又抓起一把豆子装到李永春的兜里。她拍拍衣上的土,紧走着,追赶老母猪去了。

张捷从兜里掏出豆子,一边吃一边说:

"吃多了! 拉稀呀!"

"放两个屁,就啥事没有啦!"小二说。

"群众的感情就是这样实诚,咱把它都吃了吧,不然,老大娘准不乐意。"

二、孙大娘乐得唠不完

城里离这屯二十里地,政府帮工队,都自己带着菜金粮食,住在这屯里。李永春和张捷给孙大娘帮工,就住在她家里。

孙大娘的院里有一垛秋板子柴火,一垛梢条,是妇女会和孙大娘一起打的。猪圈旁边有一堆粪,是小二和儿童团捡的。房檐上挂着十多串苞米种,是从两垄追肥的苞米地里选出的。屋里梁檩上挂着好多蒜辫和辣椒。柜台上大筐笸箩里,尽是干倭瓜片和西葫芦条。孙大娘除了一点萝卜没起回来,啥都预备好了,单等过冬啦。

这晚,孙大娘给李永春和张捷,烀的倭瓜吃,尽是青皮红瓤,又"面"又甜。又炒了"毛子喀"①。小二这孩子,也不嫌累,回来就玩起来啦,整一个竹夹子,说冬天打家雀吃,又磨他的红缨枪……

孙大娘是个顶要强的女人,三十九岁守寡,就领着两个儿子顶门过日子,那时,大儿子成祥才十四岁,小的二三岁。成祥给人家放牛当半拉子。她就打柴火卖呀,给财主家缝洗衣裳呀,割地铲地卖工夫呀。那才难呢,给人割地时,小二扔在家里没人管,只好背

① 即葵花籽,编者注。

上他，放在地头上，任他自己爬，抓土吃土，蒿子常扎得小二满屁股出血。秋天给财主家拆被，抱去小二，人家嫌他埋汰，不让放在炕上，小二只好在地下爬，砖地冰凉的，孩子常冰得拉稀。成祥是个懂事的孩子，白天累了一天，晚上还去打柴火，背回家来，冬天半夜不睡觉，赶着打草鞋。常对他妈说："妈，我看咱不能总这样憋屈，马粪蛋还有发烧的一天呢！"娘俩这样忙活，还是紧赶紧，破衣啰嗦的没穿过一件囫囵衣裳。光复后，来了共产党，八路军；分了一坰八亩地，也分了粮食、衣裳……成祥一心要想参军。有政府帮助，又分了这些东西，还怕啥呢，吃水不能忘了挖井人，不能忘恩负义呀，孙大娘啥没说，就叫成祥参加了。成祥走后，政府优待，好事享在前面。今天农会主任来问"大娘你要工吗？"明天小组长来问"大娘有啥活吗？"有个为难着灾的，大伙抢着帮助，对她格外近乎，大娘长大娘短的。有了大事小情，也都和她商量。今年种了一坰高粱，五亩豆子，三亩苞米。高粱因赵焕小组给放了秋垄，穗子红油油的，粒全鼓楞楞的，准能打上八石，五亩豆子也不错，三铲三蹚，豆粒格外肥大。眼看庄稼就到家了，老牛快下牛犊了，老母猪也揣上崽子啦，孙大娘过得可心盛呢。常说："我算享咱国家的福啦。"

这晚大伙坐在热乎乎的炕头上嗑着瓜子，孙大娘乐得唠不完啦：

"成祥参军了，我和咱军队，就结成骨肉亲啦。一听说'中央'军，就从头恨到底，恨得直咬牙！一听咱打胜了，我就……同志，你别笑话……我不信鬼神哪……我是惯了，我就冲南磕几个头……"

张捷哈哈地笑起来，孙大娘也笑了，笑得前仰后合的。都顾不得嗑瓜子了。

"看见你们，就想起我儿，也这样和和气气的，那孩子心眼灵呀，这咱准啥都懂啦，信都能写了么！从小对他妈就知疼知热的。临走还把一双好棉鞋脱给他弟弟了，说在军队啥也难不着……"

"你儿参军，打胜敌人，你老也有功呀！"张捷说。

"啥功不功的，他参军了，我更要给他争脸呀，我常对小二说：

'你哥哥自愿参加了,人都说一人参军,全家光荣,你可要学好,咱娘俩不能给你哥丢了脸。有活,自己勤快点,别单叫人家帮助。'"

说着,孙大娘"呼啦"一下站起来,到炕梢被橱上掏什么去了。那只花狸猫叫她踩得嗷一声跳到地下。小二站起来,揉揉眼睛,提一提裤子,也跟妈去了,孙大娘拿回一个大纸包,里边纸包纸裹的尽是成祥的信,上面落了土,大娘拿起掸子,又掸又吹又擦。轻轻地摆弄着,生怕弄破了。

"来看吧,这是我儿的信,这封说他在啥地方打杖呢,这是喜事,我搁红线绑上它,这封说他在啥地方整训呢,这是平安事,我用粉线绑上了,这两封尽是劝我的,叫我好好过日子,叫我勤劳动,唉,傻孩子,你妈能忘本吗?坐根儿就不是那衣来伸手饭来开口的人,还用嘱咐吗?还叫我做啥?……榜样,啥叫榜样?叫我学字,哈哈!把你妈说得太高了,这土埋半截的人了,还能学字!哈哈!可笑死人啦。"孙大娘又笑起来。几个人的头,都挤在小油灯底下,看信。两张相片从信里掉出来了。张捷刚拾起,就叫孙大娘拿过来,她笑着左右端详:

"临走时,那孩子,瘦得干巴拉瞎的,这咱,下巴圆了,脸蛋也鼓啦。看这眼睛,早先是双眼皮,这咱胖成肉眼泡啦,我孩子,参加后可胖了,肥头大耳的,李同志,你看看!看看他的神气,是从心往外出呀!"

小二也抢着看,他叫着:

"妈,你看,我哥还带着牌牌呢,这准是毛主席的像。妈,我哥可抖起来啦,他背的什么枪,他会打机关枪吗?……"孙大娘拿起信,放下相片,又拿起相片,放下信……一个劲地摆弄着。

三、来了喜报

李永春和张捷帮助孙大娘割了两天,高粱豆子都割完了。这天吃了早饭,孙大娘刚送走张李两同志,顺手把菜园里的一垄大葱拔回来了,她蹲在门口,把葱扎成捆儿,想晒到房顶上去。小二从西岗上打些毛柴,背回来了。

这时,南大道上来了一帮人,冲着太阳看去,暴土狼烟的,还有喇叭声音。这是啥事呢?是那闹秧歌吗?这帮人拐过小毛道,冲这屯走来啦,孙大娘站在门槛上,跷着脚看。小二早跑到大门外去了。西院二秃子跳前跳后地叫着:"妈呀! 来秧歌啦,冲咱村来了!"东院李三婶、小环子,都站在磨盘上瞅呢。

这帮人走进孙大娘的院里,喇叭吹得更高,鼓也打得更紧了。孙大娘愣了,从门槛上下来,靠着鸭子架站着。

"大娘,给你送'喜报'来啦!"李区长笑得全脸都皱成褶子。"成祥在前方立大功啦!"不知是谁喊的,声音比喇叭还高。孙大娘一切都明白了,向前走了两步,人们把她围住了,她乐得张着嘴,眯着眼睛,不知说啥好啦,直叫小二:"小二,你哪去了,快到屋把炕扫扫,叫李区长,大伙进屋吧!"喇叭不吹了,鼓也不打了。人越来越多,小孩子们,前钻后跳的,妇女喊喊喳喳的,男人们紧往前挤。乱嗡嗡的:

"呀! 大功,来了喜报啦!"

"啥? 怎叫喜报?"一个妇女尖声问。

"人家立功啦,得了喜报……"

"孙成祥,那小子,我早就看出来啦,是个有出息的孩子。"一个老头挤到前面来说。

"人家立啥功了? 大嫂子!"

"别乱嚷嚷了,听区长说话了。"

李区长站在磨盘上,把喜报拿出来了,用两手举起,给大伙看,他说:

"孙成祥,是咱屯人,大伙都认得他。他在勇敢部当排长呢;打××地方时,他领着排里人,冒着炮轰,夺下敌人四个碉堡,消灭敌人两个连,占领了阵地,咱军队就都全上来了,最后消灭敌人一万……孙成祥立了大功,当战斗英雄了,看! 这是喜报,这是××师给孙大娘的八万元,慰劳她老,一人立功,全家光荣……"大人小孩都使劲鼓起掌来。

"给孙大娘报喜来啦!"

"人家有福,摊上这好儿子!"

"啥叫福,这老迷信!"

孙大娘和小二站在磨旁边,仍是张着嘴,笑得眯着眼睛,这个过来拉拉她手说:"大娘,你大喜呀!"那个过来说:"大娘,你有福哇!"孙大娘不知怎说好了,一直说:"大伙都喜,大伙都有福哇!"区里人都回去了,人也散了些。她拿着"喜报"和八万元钱回到屋里,小二,自卫队长,二秃子,大敞子,都跟进来了。小二把"喜报"抢过来,炕头跑到炕梢:"喜报呀,我哥当了英雄!"二秃子蹦到炕上去抢,却叫自卫队长夺过来了。把它放在炕上,大伙都围上来。

"看,这毛主席像,这大红旗……"

这晚,孙大娘乐得怎也睡不着了,她把"喜报"和八万元钱,放在枕头边上,一会打开看看,一会压到枕头底下,这是她有生以来,顶大的喜事,去年分了房子、地,是大喜事,这回更是喜事。自从成祥爹去世,她"寡妇失业"的领着两个孩子过了十年苦日子。没想到这后半辈,是喜连喜,越过越有劲。于是她小声叨咕起来:"成祥,妈没有白养活你,你对起妈,对起你那躺在地下十年的死爹,更对起帮助咱们翻身的共产党。……"

她一翻身起来了,走到西院去找文书。隔着窗纸,她对文书说:"我求你起来给成祥写封信,行不? 告诉他喜报和钱我都收下啦,叫他再立功,再立功! 你别忘了!"

这时已经鸡叫了。

十月十三日

选自《文学战线》,1948 年第 1 卷第 5、6 期合刊

张玉兰

一、她是一个生产互助组的小组长

张玉兰,住辛吕屯,她是一个生产互助组的小组长。一天晚上,他们组里开了会,大伙都订了生产计划,可是在两个问题上有了争论:第一是孙老太太,她今年六十四啦,不能下地。大伙让她给同院人家看孩子,喂猪,捡鸡蛋。她嫌评分少了,说把孩子看病了,有个头疼脑热的怎办?又说丢了鸡蛋,人家要讹上她。大伙好说歹劝,她才干了。可是她又提出新的问题来:"老实孩子和调皮孩子,可不能一样分数;大孩小孩,炕上躺的和地下跑的,也不一样呀!"人们就哄嚷开了,有人说:"这老太太是横不讲理!"有人说:"人家说的也对!"经过一会争论,还是通过了孙老太太的意见。第二是李三嫂提议:看孩子的钱,平均由组里出。大伙都不同意。二敞子说:"那样,有孩子人家太便宜,没孩子人家太吃亏啦!""把孩子让别人去看,她就顶个整劳动力,我看,谁家有孩子,谁出钱!"李三嫂尖着嗓子喊起来:"若是组里不出钱,我情愿在家看孩子,我不下地啦!"本来,人早知道李三嫂是个"尖懒馋滑"的女人,她提了这样意见,又发态度,大伙更烦了。有人说她是平均主义脑瓜,有人说她尽量想找便宜。最后张玉兰说:"李三嫂,咱要凭理办事,不是大伙都有孩子,为啥大伙出钱呢?咱今晚就规定:若是孩子给人看,由他自己出钱。"散会时,李三嫂还嘟嘟嚷嚷的,说小组长"偏向",办事不公,是"看人下菜碟"……

第二天,刚吃完早饭,张玉兰就领着小芹,到屯主席家,想把昨晚开会的事,对他说说。偏赶上主席到西屯开会去了,碰上李三嫂领着她的二虎也在这里。

一会,小芹和二虎,不知为啥,打起仗来,只听二虎说:

"你管呢,我乐意!"

"你乐意!乐意不吃屁!"小芹说,"吃屁!吃屁,崩你二里地!"

二虎眼睛瞪得鼓溜溜的,拿起炕上放的"线板子",朝小芹打过去。小芹忙着躲闪,脚在炕席上一滑!摔倒了。

李三嫂从昨晚就满心是气,说张玉兰的孩子大了,轻手利脚的,能逗刚强,就不管有孩子人的难处……碰巧两家孩子又打起来,她把二虎拉到窗外,就劈头盖脑地打起来啦。张玉兰正要去劝劝,却听她破口大骂:

"我看那红眼巴瞎的小丫头片子,就不是个好物!你这贱种还偏去惹她!你能惹起人家吗?人家爹是军人,人家妈是小组长!你怎不撒泡尿照照你的脸相,哪点赶上人家?"

张玉兰想到门外,和她说道理:别拿孩子撒气呀!别指桑骂槐呀!她刚迈出门槛,主席回来了。他满脸是笑说:"区上拿来几架新农具,咱屯也要买上两架!"看张玉兰的脸冷落着,他正要问清缘由,窗外李三嫂又骂起来啦:

"人家是军属,有仗势,你有个啥?你说句话,还不顶人家放个屁香呢!"

主席把李三嫂劝了回去,又过来劝张玉兰。张玉兰说:

"主席!她凭啥大清早就红嘴白牙地骂人呢?咱一天忙得两脚不沾地,不是为大伙吗?一看见咱,就军属长军属短的'衮'咱呀!当了军属还有短处啦?"

主席劝她半天,说工作,就好比一个脏水缸,能装好的,也能装坏的。过几天,开会批评李三嫂,叫她打通脑瓜。

二、是他回来了吗?

张玉兰的男人赵玉成参军二年了。家里剩下她和小芹,那时,屯里坏人常叨念小话："张玉兰瞎逞强,早先穷得没地种,如今有地了,又没人种,天生该她受穷!"她偏要争这口气,就自己顶上男人,参加互助组,种了一垧半地。屯里人看她生产积极,模范军属,就选她当了生产互助组长。她常想:男人参军,人人说光荣,咱在家就要好好生产。工作是凭理办事,不偏这,也不向那,一碗水往平端,叫众人看。遇事多和人商量,好好团结大伙,俗语说得好:"山高遮不了太阳,水大淹不了船。"咱不能一手遮天,光靠自己是不行的。

自从玉成参军后,屯里人自然高看玉兰,可是李三嫂嫉妒她,尽拿小话磕打她,能和她一般见识吗?咱生产好了,玉成在队伍上也乐呀!明天再给他写封信,想着,想着,她想睡了。

照在窗上的月亮,慢慢下去了。门前大泡里的蛤蟆,乱嘈嘈地叫着。

可是,她"冷丁"地醒了,因为她听见:窗底下有人走路。是贼吗?屯里早就没有小偷啦。是地主来谋害她吗?是自卫队查夜吗?……脚步声轻轻地在窗底下走着。她害怕了,一把搂过小芹。

"芹她妈,开门呀!"没承想是芹她爹的声音。她一翻身起来,可是她又一想,许是听错啦,许是坏人要做坏事,来逗她呢。

"芹她妈,是我,是我回来啦!"她也忘了点灯,就去开门。

赵玉成挺大的个子,黑糊糊地站在那里,一动也不动。张玉兰也愣住了。

她纳闷:芹她爹为啥半夜三更回来,莫非他叫队伍开除啦?她点上灯,坐在炕沿上,也不吱声。赵玉成摸过烟袋,抽起烟来。他说:

"妈的,在家老想出去,出去又惦着回来。"他扭过身去摸小芹的脑袋。

"那么,你是怎么回来的?"她问。

"请假回来的呗!看看咱们地能种过来不,看看你娘俩怎样,你的腰疼病好了吗?小芹肚里还有虫子吗?出门人还能忘了家!"

"嘿呀！芹她爹，人可不能昧着心眼说话呀，屯里人可高看咱哩。你走了，大伙要给包耕，我死也不让。咱能走能干的，凭啥尽等别人！有个为难着灾的，人们抢着照看呀！你说人家恭敬咱个啥呢？就是因为你参加啦！"她越说越乐，往前凑了一下，拉起玉成的袖子；又起来，站在他的对面，满脸带笑地端详他：

"你胖啦，衣服是新发的吗？我看看你的背包里装的啥！"

赵玉成低着头，不住地吧嗒烟袋。"呀！你不舒坦吧？走累啦？从沈阳到这走几天？"

"四天！"

"我想起来啦，你该是饿了，我去拨弄点疙瘩汤；你喝了，热乎乎地出点汗，再睡吧。"她扎起围裙，拿出面口袋，说：

"这是过年区上慰劳的，还送的粉条，肉，尽是五花肉呀！"

可是赵玉成把她拦住了，说他不饿，乏得想睡。躺下，玉兰跟他唠这唠那的，就说不完了。问他在队伍里怎样，玉成说好。问他怎不常来信，玉成说忙。问他队伍里都做些啥，玉成说生产练兵学习。她还想跟他唠唠家里生产的事，可是却听赵玉成直叹气。

三、两年来光景大变啦

说起赵玉成来，也真够呛。刚到队伍时，整天练兵打仗，同志们亲亲热热的，倒挺痛快。又想起离家时，屯里人欢送他，老婆孩子一直送到五里地外。若不好好干，能对起谁呢？那时还很起劲，打仗也很勇猛。现在部队在后方留守，要搞大生产。他思想打不通，军队本来是打仗的，为啥生产？要讲打仗，咱拿起枪杆，冲锋陷阵都没说的；要讲生产，不如在家生产，谁还参军干啥！为了这，他很不安心。加上最近有两件事，让他更不痛快。第一，他们班里的胡桐，为了一点小事，和他吵了嘴。两人就闹开成见，疙瘩越结越深，班里也开过会，劝他俩解除成见，可是他心里总觉得憋屈。第二，班里孟庆同志，有个亲戚，听说是地主，最近来看孟庆，他吞吞吐吐说些后方军属的事。说干部们用大骡子翻地，犁杖一过，土翻的小壕沟一样深;给军属种地是浮皮刺痒,一糊弄就完了,军属房子坏了,猪圈坍了,也没人管。……

赵玉成想起家来,丢下她娘俩,有个生病长灾的,谁来管?再说离辛吕屯二年了,人不亲土还亲呢,回去看看吧。有心对班长说说,又怕班长说他听信地主谣言,没有立场。他犹豫了一礼拜,终于溜回来了。

现在,他到家了。虽然浑身挺累,可是睡不实成,照他想法,老婆见他回来,总要乐得哭一场,总要诉诉他离家后的苦处,她领着小芹是怎样孤零。……可是完全两样;她乐的不是因为他回来,是因为如今日子过得多么好,多么心盛。忙忙活活的,尽看她张罗啦。

第二天早晨,二锁子到她家借簸箕,看见赵玉成回来了,他回去就传开了。

一会,屯主席来了。他和玉成二年多不见了,这回见了面格外亲热。他拉住玉成的手说:

"你满面红光呀!多壮实!在队伍上打敌人,保护老百姓,辛苦啦!"

"没啥,主席功劳也不小呀!"赵玉成慢慢吞吞地站起来。

一会武装委员,刘盛才,刘大嫂也来啦。他们拍着赵玉成的肩膀说:

"你不在家,你媳妇可出息啦!你到隔壁邻右前后庄打听一下吧,从谁嘴里也说不出她一个'不'字来呀!你说劳动生产吧,一垧半地一垄没撩呀,去年副业生产是三百万。你说领导互助组吧,是起早贪黑,风雨不误呀。你说学习开脑筋吧,人家也能呱呱呱讲一套新道理啦!……"

刘大嫂眯起她那豆角眼睛笑着说:

"玉成呀,你好命哇,自个当了军人,媳妇当了小组长,你那小心眼要乐炸啦!怪不得大老远的跑回来,是想她啦?"

满屋大笑起来,赵玉成先是低着头捻烟卷,也叫大伙逗乐了,他说：

"我看你们是顺情说好话,别捧她啦,再捧她就懵了。"

玉兰衲着鞋底,笑得也顾不上衲了,她说:

"得啦!还是人家好,人家是解放军人;咱往哪摆哪露馅!"

快晌午,人们才散了。赵玉成心像让草塞着一样,没有一点缝儿。他想把心事告诉老婆,又怕哄嚷开了,有啥脸儿见人。二年来,屯里光景大变啦,主席那个庄稼汉子,说起话呱呱呱,提起笔来也能唰唰唰了。刘盛才那哭咧咧的,常年穿不上裤子的人,如今也穿着里外三新的衣服啦。那龇牙露齿的李懒蛋,如今也张口生产,闭口劳动的。就连小孩芽,也模范长模范短的,……特别是芹她妈,早先,还不是怎摆弄,她就怎随着,懂得啥!如今,你看吧,她两条腿,两片唇,忙欢啦!自己能顶起门过日子,又当了干部,去领导别人。

他想跟她好好唠唠,可是真也别扭,玉兰就没个空儿。一会,二锁子来说:"大嫂子,我下午到区上买铧子,你要不?给你捎来一个好吗?"一会,刘庆德来换稻籽。一会,西院二丫来问:"刨楂子算几分工?"一会,文书又拿着算盘、本子,来统计他们小组有多少户,多少牲口,多少地。……乱哄哄的,好容易这些事都过去了,可是二丫又跑来把玉兰拉走了,说区上送来两架新农具,大伙都去看了。赵玉成想:这简直是"晒台"呀!老婆汉子二年多不见了,也不能亲亲热热唠一会儿。

天快黑了,玉兰才回来,她一回来就对丈夫说:那新式犁杖多好哇!一架上面有两个铧子,还有轱辘……赵玉成满心是气,哪里想听这些,他躺在炕上骂起来:

"他妈的,真是酱锅里煮元宵,混蛋!东跑西颠的,还像个女人?"

玉兰笑了,把他拉起来,领他去看那新生下来的牛犊儿,它白脖颈,瞪着鼓溜溜的大眼睛。一会,一群鸭子从门前大泡子里回来啦,它们"踹"呀"踹"呀的,白的,黑的,还有花麻色的……玉兰让他圈起鸭子,她就抱柴火做饭去了。玉成想:不管怎样,芹她妈把日子整得也真欢腾,他的气渐渐消了。

四、张玉兰劝男人归队

十天过去了,眼看就要开犁种地了。张玉兰小组的劳动力早已组织好,已开始刨楂子。一天晚上,她正忙着做鞋,赵玉成两手抱着脑袋,带睡不睡地躺着。她说:

"芹她爹,你再歇个两三天,该回去啦!"

"……"

"家里你也看见了,有啥可惦记的?该回去了。"

赵玉成一翻身蹦起来说:"这骚娘们!来不来就撺上啦!我看,你是有外心!告诉你,我是开小差回来的,不回去啦。去把我的旧衣服拿来,我换下这身军装。"

"芹她爹!我就不怕你歪人,众人眼里看得明白,我姓张的到你家十三年了,多咱也是一步两脚窝,自觉没有错处。你若是开了小差,不回去啦,咱就说个清楚,以后,你干你的,我干我的,谁也别沾着谁!"

她越说越气,声音也变了。

"嘿!还有这一套呢,真是当了干部,有本事啦!"他起来坐在柜盖上,声音缓和下来了:

"芹她妈,自打今春,我就奔家心盛,一心朴实想回来,队伍上也不打仗,尽搞生产,我就泄气了,莫如回家种地。"他从柜盖上下来,走到玉兰旁边,笑眯眯地看她低着的脸。

"咱不能忘了早先那七拼八凑的穷日子,不能好了'疤拉'忘了疼,你坐根是为啥参加的?人家参军人,都立功啦,得了喜报和荣匾;你呢,参加二年了,得了啥?打仗没有当上英雄,生产能当上英雄也不错呀,如今又开小差回来了,你对起谁?有啥脸去见人?"

"你是叫我去拼死,给你争光彩吗?说实在的,我是上级准许退伍回来的。"

"我看看证明!"

他从兜里掏出一堆乱纸，摔到炕上，就蒙头睡下了。张玉兰拿起纸来，仔细翻看，哪里有退伍证明呢！她越想越憋屈，好像浑身泼了冷水。芹她爹，做下这不争气的事，真叫左邻右舍笑掉了牙；再说咱怎也不能忘恩负义呀，国家帮咱翻了身，咱给国家立下啥功啦！

第二天，李三嫂来啦，她进门就喊：

"大姐呀，我给你贺喜来，玉成姐夫荣归啦。俗语说得好：'是虎不离山，好鸟终归巢'呀，这回你该歇歇了，累坏了身子，姐夫可心疼呀！"

李三嫂，话里有话，满嘴是刺，玉兰脸唰地红了：

"李三嫂，咱男人丢脸了，可受不了你这抬举！"

"哟！你这人真不知好歹，姐夫回来，还碍着你当干部，当英雄啦？"她抽回身子，叽叽呀呀地走了。张玉兰想叫回李三嫂，奈她已走远，玉兰就坐在柜台上抽搭地哭起来。……赵玉成看看老婆，就悄悄地拿起镐头到外面刨粪去了。小芹看见妈妈哭了，也吓得要哭。玉兰擦了擦眼泪说：

"孩子，你爹从队伍上开了小差，咱娘们没脸见人啦！"

"妈！咱开会斗他，叫他坦白！"

这时对面屋王大娘也抱着孩子来啦，她说：

"哟！大媳妇，男人千山万水的回来了，不是大喜事吗？为啥哭天抹泪地尽撵他回去呢！我看，别叫他走了，一家三口人，好歹过个团圆。"

小芹把脖一歪，瞪起圆溜溜的大眼睛，说：

"大奶！你说这话，真糊涂。参军打敌人么！啥团圆不团圆的，你再说，我们也斗你。"

"这小丫头，可厉害，跟你妈一样：真是薄嘴唇，说四邻！"她哈哈大笑了。

不管谁说啥，张玉兰横了心，非劝他回去不可。

这两天屯干部也常来劝他归队，赵玉成的心，已有点转弯了。

他一边刨粪一边想：老婆和屯里人都劝我回去，是一片好意呀。本来么，穷人出身，做事要有恒心，参军是为了打敌人保护穷人翻身。想起指导员常说：练兵学习生产是后方军队的重大任务，后方生产，和前方打仗都重要；过去怎样勇猛打敌人，今天就该怎样积极搞生产。老婆说的也对：过去没在战场上立功，今天应在生产上做模范当英雄。这才是解放军人的本色。

一会小芹和她妈拉着牲口来了，小芹跑过来，抢下他手里的镐头。妈向她递了个眼色说：

"你刨粪，我套犁，叫你爹爹干啥去？"

"叫他回队伍！"

赵玉成站了一会，向四外看看，只好帮玉兰去套牲口，可是玉兰说：

"你回屋歇歇吧，歇个几天，好回去。"

不久，张玉兰小组已开犁种地了。她整天不在家；晚上也常开会。他们组上的制度是二十天结账一次，七天检讨会一次。有一天晚上她回来得很早，吃完饭，就和玉成坐在房檐下唠起来了，她说去年四月区上给前院老黄家送来喜报和光荣匾啦！说黄林玉升到大南边去了，在前方立了大功。喇叭，秧歌，是人山人海呀！大匾四个人举着，红底金字，还有花框；红彩绸飘飘荡荡的。看热闹的人，把黄大娘围住了，见过黄林玉的人都说："我早就看出来啦，林玉那孩子，肥头大耳的是个有出息的样儿！"没见过黄林玉的人，就争着问："他长得多高，长得啥样？俊不俊，啥时参加的？"黄大娘乐得老脸红扑扑的，五十多岁的人了，真是老来福哇！娶媳妇、养儿生孙也没这乐呀！

赵玉成说：

"芹她妈，人也真没处说呀，黄林玉那小子，小时候鼻涕拉搭的，如今出息那样啦！"

"人家有志气呀！在家时种地下力，斗地主积极，出外打仗也积极！"

最后玉成说：

"芹她妈，你放心我这次回去，一定也干出个样儿，等不到五月节，就有喜信给你捎来！"

"人家说啦，咱军队不是打仗，就是生产；你在队伍里当了模范，我在家也当了模范，才真是两光荣呢！"

"是呀！咱们俩都光荣！"

他们便乐乐和和地睡下了。

第二天，玉兰下地前，从柜掏出一个包，放在玉成跟前说：

"这是我给你准备下的，也不知你随心不？"说完她扛起粪耙子就走了。玉成打开一看：两双新鞋，四双补得好好的袜子，一套衬衣，两个本子，还有一打新新的东北票。

赵玉成笑了：媳妇这颗火热的心，可真叫人稀罕！他决定明天起身回去。

五、赵玉成归队

赵玉成要回队伍了，晚间屯里开个欢送会，玉成坐在前面，桌子上放上花生瓜子。他想起前年和他一块参加的六个人，那五个人都在大南方打敌人呢，独他开了小差。又想起那年走时，屯里人这个找他吃饭，那个送他东西，大红花戴在胸前。他后悔极了，站起来说：

"我赵玉成做错了事，辜负屯里老少们，对不起咱国家，有过必改，回去一定好好干，争取立功当模范！"

大伙使劲地拍起巴掌，主席说："家里，你放心，决难不着玉兰。"刘柱子说："大哥，我给你家包耕。"二锁子说："玉兰嫂有啥难处都找我！"张玉兰从后面站起来说：

"谁也不用呀，咱互助组里啥问题都能解决。男人参军，是理所当然，凭啥尽等人帮助呢？"李三嫂抱着孩子也挤过来了，她说：

"我得说说，我成天跟张玉兰挑鼻子弄眼的，尽找人家错处，可是人家做事也真端正呀！看人家好说歹说到底把男人又劝回去啦！

还是人家好哇!"大伙都笑了。

玉成走时,玉兰一直送到西山川里。树叶放青了,河沟水潺潺地流着。

最后玉兰在一棵大树底下停步了。春风送来前边玉成的声音:

"回去吧,风挺大的。"

花喜鹊在树枝上"呀""呀"叫着,好像也在欢送他。

"种殃"给老罗的苦难

一

五月里的一个早晨。我们牵着牲口,扛着犁杖,自瓦盆窑村出来。找到了罗永德的地,就开犁动工了。有人刨楂子,扬粪,有人扶犁,有人拿起镐头刨那被路人踩得很硬的地头,有人放火烧楂子。

一会,一个老头扛着镐头自屯里走来。他看见我们,可就急了,说:

"同志,你歇歇,到地头抽口烟去! 我来干,我来干! 你们这样帮我,我真不忍心。"他非常感激地笑着,嘴也结巴了。

"你是罗永德吗?"

"是,我是,从那木牌起,往南数四十五个垄,全是一等地呀!"

他肚疼,我们劝他回家歇歇,他怎么也不回去,说:

"同志,你们这样费心帮我,我有什么病,也能乐好了。摊上这样的国家真是千古难遇的。"这老头确实太激动了,可是他说不出更多的话来,就到地边刨地去了。

休息时,他伸出右手,对我们说:"同志,我是个残废,五个手指头全没了;若不,我是不该麻烦你们的。"

刘同志马上拉过他的那又黑又瘦缺了指头的右手,很亲切地问:

"老罗,这是怎的了,好好的手,怎成这样啦?"

"唉! 同志,说起来,话就长啦! 这正是乐的时候,咱不唠那些伤心事吧,有空叫我屋里的对你们说说,她全知道。"

下午,刘同志到他家里,他女人对刘同志述说了这一家人翻身前被蒋匪造成的血泪生活。

二

罗永德原住天津附近的一个村庄里。十九岁就下煤窑,干了二三十年,累伤了身子,吐血,还混不上生活。听说关东地多人少,好过活,就携家带口,破衣啰嗦地到东北来了。是呀,这里地倒不少,可是有地人家不租给他。他只有打点柴火去卖,"买一碗,吃一碗"。成年见不到一粒盐一滴油。好了,是糠皮搅野菜糊糊;遇上下雨阴天,生病长灾的,就更难了。

这一年,就这样穿破补烂,喝稀吃淡的,熬过去了。来年,老罗合计着多刨点荒。可是近处荒地,财主不叫开,说是他们的。加上身不由己,三天两头肚子疼吐血,只边边拉拉地开了二亩荒地。

秋天,日本鬼子投降了。不久,来了八路军,说是帮助穷人的军队。真的,过了年,就分给老罗八亩公地,老罗可乐死啦,合计种些高粱呀,苞米呀,大豆呀。女人也提着筐,村里村外捡粪。还贷了钱,买了犁杖,种籽。两人,起鸡叫睡半夜,把八亩地种上了。五月间,庄稼苗长得绿油油的,忽然来了"种殃"军,八路军转到江东去了。这回可毁了老罗,上边说这八亩地是官地,要收回。老罗是个老实人,急得干跺脚,女人给人家磕头作揖,上边才答应让他种这八亩地,要他到秋天对半交租子。

秋天粮食打下,除了交租子和还账,只剩了七斗。

腊月二十七这天,保长来说:

"老罗,你摊点花销吧!"

"保长,你看看我这家,光着的,饿着的,吱哇乱叫,哪里有钱呢?"

"吃喝不要可以,官款不摊可不成,不多,只要二百元,你挪动挪动吧！"

"大年跟前,叫我到哪去挪动呀！"

"后早,钱交齐,若交不上,老罗可别怪我不客气！"保长转身走了。

老罗和他女人半晌说不出话来。十岁小丫在炕里,拉起一块麻袋片,不住地往她光着的腿上遮盖着,像期待什么似的看着她爹妈。小元爬到炕沿边,伸着冻得通红的小手,要妈妈抱。

"这'种殃'可把咱熊苦了,今个出官款,明个摊花销。我看你躲出去,后天保长来,叫我和他滚吧！"

"穷富,要个团圆,我去打几捆柴火卖了它,把钱交上,咱还能过个消停年,若不,是过不去了。"老罗无可奈何地说。

老罗拿起一缕乱麻扎上腰,拉起小爬犁,迎着西北风,向北山沟走去了。他的棉袄破得只剩半截袖,棉裤腿也只剩半截了。

他越过尺来深的大雪窝子,爬上山崖。一边砍柴,一边肚疼,冻得直哆嗦。他打了十来捆时,觉得实在受不住了。心想:"打少了,卖不上二百元,钱交不齐,这年就别想过了。"又割了一捆,觉得眼前冒金星。拼命挣扎,一手拉着爬犁,一手拄着棍子,移到崖下来,又到了那尺来深的雪窝子路上,手脚都冻木了。他看见天地都像在转动,爬犁实在拉不动了。

太阳已落山,山沟里阴森森的,风扫过树叶,大声呼吼着,山上山下的雪都扬起来。老罗无奈何地丢下了爬犁,在雪路上跟跄着,一步一个跟斗,爹一声,妈一声的。出山沟不远,他只看见眼前一片黑,就倒下去,什么也不知道了。上灯时,村里人路过,以为他是老叫花子,把他救下来了。

抬到他家里,身体全硬了,昏迷不醒,第二天早上,还未暖过来,手脚都肿得鼓溜溜的。晌午,他刚明白过来,手指窗外,吃吃地说:

"爬犁,柴火,卖了……把钱交上。好过个消停年。……"

二十九这天,保长来齐钱,老罗女人连哭带叫地把前天情形说给他,他假笑着说:

"我也没办法,钱齐不上,上边扣我薪水。老罗,这没啥,我去找人把你爬犁、柴火拉回来,卖了它,把钱交上,若惹得上边来了人,你可受不了! 大新年节,谁都求个消停。"

他转身出去,找人拉爬犁卖柴火去了。

"人都是生儿养女的,怎狠成这样,逼得咱穷人实在没有活路了!"女人说着,躺在炕上痛哭起来。

"哭啥,老天爷饿不死瞎眼人。为了两个孩子,咱也得活下去呀!"他闭上眼睛,眼泪从两眼角流下来。

年过去了,老罗能坐起来啦,可是手脚都烂了,不能做活。家里的粮食也吃完啦。孩子大人一连饿了两天,村里李三婶看他家太可怜,送来一筐饽饽。人家能济一饥不能供百饱呀,两天又吃完了。没法,女人背着小元,领着小丫,到外村要饭去了。路上,小元在妈脊背上冻得直抖,蹬着小腿哭叫着:"妈呀,我要饽吃,不背啦!"小丫背着口袋,鼻涕流到嘴边,两腮通紫,一跛一拐的,跟在妈妈后面:

"妈,我走不动了,我脚疼。"

"好孩子,走吧,到前屯,要来饽饽,咱就回来。"

"妈,我饿……"小丫一边抹眼泪,一边紧追着妈妈。

看见孩子哭,妈也哭了。

黄昏时,他们带着一筐饽饽,三碗米,向回家的路上走来。走到河套,女人一滑,仰着摔倒了。小元压在身底下,小丫吓得妈呀妈呀乱叫。

从这一天,小元就病了。若是往日,要来饽饽,他早瞪起小眼睛,摇着小胳膊,急得要吃;或爬去抢吃。现在呢,他昏昏地睡着,妈拿饽饽给他,这孩子睁开眼睛看看,接过饽饽,随即闭了眼皮,饽饽从手里掉下来。

三天后的早晨,小元忽然睁开眼睛,要吃饽饽。老罗和女人都高兴极了,赶快拿来一块苞米大饼。小元笑了,那皮包骨的额头上起了一堆皱纹。他没有吃,只是把饼子紧紧地握在小手里。

可是,这天晚上,小元死了。

"我的元儿呀,直到死,也没吃口你自己讨来的饽饽!傻孩子!你还小呢,该等等看,咱家不能总这样穷,这样受人欺侮,这世道会变的呀!"

女人躺在炕上,滚着,号啕大哭。

老罗的手指,肉全烂了,只连着几根筋,他气得用牙咬断这些筋,哭着说:

"'种殃',害得我成了残废,害得我一家人去要饭,害得我的元儿丧了命。"

小元,还是穿着他那小破棉袄,光着下身,用草裹上,送到山沟里去了。

这年春天,女人常出去要饭,三月间,老罗才能下地干些活。可是这"种殃"太不容劲了,今天要站岗,明天修炮台,别得老罗这个老实人也恼了,一次他和保长吵着:

"我没有饭吃,饿得没劲我不能去!"

"你不是没死吗,不是还喘气吗? 能喘气,就能干活。"

他把老罗推走了,这回修炮台,修了十多天。不几天,就来了八路军,把"种殃"打跑了。

三

帮工这天晚饭后,我们全去拜访老罗的家。他住着一座新盖的草房,院里有摆得很整齐的一垛梢条,和一堆桦子。小院扫得挺干净。

老罗忙着烧开水,他女人热情地拉我们坐下,让我们坐到炕里,把腿盘上。

"大嫂,翻身了吧!"我们问。

"啊呀,不是共产党来,我们一家人早都见了'阎王'啦!"

老罗拿着一把柴火进来抢着说:

"同志,我这身可翻得透呢,分了地、房子、大棉袄、棉袍、布,秋天就能上套了。"

"合作社还有一万元股子呢。"女人说。

老罗要我们去看他的母猪和小乳牛。女人拿出他分的衣裳、布,一件一件地给我们看。一个十一二岁的姑娘背着书包进来了,笑眯眯的。

"这小丫,去年这时,还穿条破裤子、光着脚,东村西村去要饭呢!"老罗告诉我们。"小叫花子,现在变成洋学生啦!"小丫歪着头笑了,大家也笑了。我们都让她唱歌。她唱了:

> 穷人要翻身呀,
>
> 大家一条心。
>
> 铲除封建呀,
>
> 解除穷人的恨。

天晚了,浅灰的暮色弥漫了村庄,我们才告辞出来。

老罗的院里,几只母鸡在窝前漫游着。那母猪已带着崽子们趴下了。草棚里传出小乳牛的叫声。接着,小丫又唱起来了:

> 月儿渐渐高,风吹杨柳梢。
>
> …………

一九四六年